青·科幻丛书

杨庆祥／主编

夏茄 著

倾城一笑

作家出版社

夏笳

本名王瑶，北京大学中文系博士，西安交通大学人文社会科学学院副教授，从事当代中国科幻研究。从2004年开始发表科幻与奇幻小说，作品七次获银河奖，四次入围"全球华语科幻星云奖"。已出版长篇奇幻小说《九州·逆旅》（2010）、科幻作品集《关妖精的瓶子》（2012）、《你无法抵达的时间》（2017）。作品被翻译为英、日、法、俄、波兰、意大利等多种语言。英文小说Let's Have a Talk发表于英国《自然》杂志科幻短篇专栏。除学术研究和文学创作外，亦致力于科幻小说翻译、影视剧策划和科幻写作教学。

作为历史、现实和方法的科幻文学
——序"青·科幻"丛书

杨庆祥

一、历史性即现代性

在常识的意义上，科幻小说全称"科学幻想小说"，英文为 Science Fiction。这一短语的重点到底落在何处，科学？幻想？还是小说？对普通读者来说，科幻小说是一种可供阅读和消遣，并能带来想象力快感的一种"读物"。即使公认的科幻小说的奠基者，凡尔纳和威尔斯，也从未在严格的"文类"概念上对自己的写作进行归纳和总结。威尔斯——评论家将其1895年《时间机器》的出版认定为"科幻小说诞生元年"——称自己的小说为"Scientific Romance"（科学罗曼蒂克），这非常形象地表述了科幻小说的"现代性"，第一，它是科学的。第二，它是罗曼蒂克的，即虚构的、想象甚至是感伤的。这些命名体现了科幻小说作为一种现代性文类本身的复杂性，凡尔纳的大部分作品都可以看成是一种变异的"旅行小说"或者"冒险小说"。从主题和情节的角度来看，很多科幻小说同时也可以被目为"哥特小说"或者是"推理小说"，而从社会学的角度看，"乌托邦"和"反乌托邦"的小说也一度被归纳到科幻小说的范畴里面。更不要说在目前的书写语境中，科幻与奇幻也越来越难以区别。

虽然从文类的角度看，科幻小说本身内涵的诸多元素导致了其边界的不确定性。但毫无疑问，我们不能将《西游记》这类诞生于古典时期的小说目为科幻小说——在很多急于为科幻寻根的中国学者眼里，《西游记》、《山海经》都被追溯为科幻的源头，以此来证明中国文化的源远流长——至少在西方的谱系里，没有人将但丁的《神曲》视作是科幻小说的鼻祖。也就是说，科幻小说的现代性有一种内在的本质性规定。那么这一内在的本质性规定是什么呢？有意思的是，不是在西方的科幻小说谱系里，反而是在以西洋为师的中国近现代的语境中，出现了更能凸显科幻小说本质性规定的作品，比如吴趼人的《新石头记》和梁启超的《新中国未来记》。

王德威在《贾宝玉坐潜水艇——晚清科幻小说新论》对晚清科幻小说有一个概略式的描述，其中重点就论述了《新石头记》和《新中国未来记》。王德威注意到了两点，第一，贾宝玉误入的"文明境界"是一个高科技世界。第二，贾宝玉有一种面向未来的时间观念。"最令宝玉大开眼界的是文明境界的高科技发展。境内四级温度率有空调，机器仆人来往执役，'电火'常燃机器运转，上天有飞车，入地有隧车。""晚清小说除了探索空间的无穷，以为中国现实困境打通一条出路外，对时间流变的可能，也不断提出方案。"[②]王德威将晚清科幻小说纳入到现代性的谱系中讨论，其目的无非是为了考察相较"五四"现实主义以外的另一种现代性起源。"以科幻小说而言，'五四'以后新文学运动的成绩，就比不上晚清。别的不说，一味计较文学'反映'人生、'写实'至上的作者和读者，又怎能欣赏像贾宝玉坐潜水艇这样匪夷所思的怪谈？"[②]但也正是在这里，我们看到了一种基于现代工具理性所提供的时间观

①　王德威：《贾宝玉坐潜水艇——晚清科幻小说新论》，收入王德威《想象中国的方法》，三联书店 2003 年。

②　同上。

和空间观，这种时间观与空间观与前此不同的是，它指向的不是一种宗教性或者神秘性的"未知（不可知）之境"，而是指向一种理性的、世俗化的现代文明的"未来之境"。如果从文本的谱系来看，《红楼梦》遵循的是轮回的时间观念，这是古典和前现代的，而当贾宝玉从那个时间的循环中跳出来，他进入的是一个新的时空，这是由工具理性所规划的时空，而这一时空的指向，是建设新的世界和新的国家，后者，又恰好是梁启超在《新中国未来记》中所展现的社会图景。

二、现实性即政治性

如果将《新石头记》和《新中国未来记》视作中国科幻文学的起源性的文本，我们就可以发现有两个值得注意的侧面，第一是技术性面向，第二是社会性面向。也就是说，中国的科幻文学从一开始就不是简单的"科学文学"，也不是简单的"幻想文学"。科学被赋予了现代化的意识形态，而幻想，则直接表现为一种社会政治学的想象力。因此，应该将"科幻文学"视作一个历史性的概念而非一个本质化的概念，也就是说，它的生成和形塑必须落实于具体的语境。在这个意义上，我们会发现，科幻写作具有其强烈的现实性。研究者们都已经注意到中国的科幻小说自晚清以来经历的几个发展阶段，分别是晚清时期、1950 年代和 1980 年代，这三个阶段，恰好对应着中国自我认知的重构和自我形象的再确认。有学者将自晚清以降的科幻文学写作与主流文学写作做了一个"转向外在"和"转向内在"的区别："中国文学在晚清出现了转向外在的热潮，到'五四'之后逐渐向内转；它的世界关照在新中国的前三十年中得到恢复和扩大，又在后三十年中萎缩甚至失落。"[①]这种两分法基本

---

① 李广益：《论刘慈欣科幻小说的文学史意义》，《中国现代文学研究丛刊》2017年第 8 期。

上还是基于"纯文学"的"内外"之分，而忽视了作为一个综合性的社会实践行为，科幻文学远远溢出了这种预设。也就是说，与其在内外上进行区分，莫如在"技术性层面"和"社会性层面"进行区分，如此，科幻文学的历史性张力会凸显得更加明显。科幻文学写作在中国语境中的危机——我们必须承认在刘慈欣的《三体》出现之前，我们一直缺乏重量级的科幻文学作品——不是技术性的危机，而是社会性的危机。也即是说，我们并不缺乏技术层面的想象力，我们所严重缺乏的是，对技术的一种社会性想象的深度和广度，这种缺乏又反过来制约了对技术层面的想象，这是中国的科幻文学长期停留在科普文学层面的深层次原因。

在这个意义上，以刘慈欣《三体》为代表的 21 世纪以来的中国科幻文学写作代表着一种综合性的高度。它的出现，既是以往全部（科幻）历史的后果，同时也是一种现实性的召唤。评论者从不同的角度意识到了这一点："经济的高速发展及科技的日新月异让我们身边出现了实实在在'看得见摸得着'的变化。3D 打印、人工智能、大数据、可穿戴设备、虚拟现实、量子通信、基因编辑……尤其中国享誉世界的'新四大发明'：共享单车、高铁、网购和移动支付，更是和我们的生活紧密相关，中国在某些方面甚至已经站在了全球科技发展的前沿。在这样的情况下，……科幻小说对未来的思考，对于人文、伦理与科学问题的关注已经成为了社会的主流问题，这为科幻小说提供了新的历史平台。"[①]"以文学以至文艺自近代以来具有的地位和影响而论，置身于全球化程度日益加深的时代，对文学提出建立或者恢复整全视野的要求，自在情理之中。刘慈欣科幻小说的文学史意义，因而浮出水面。"[②]

---

① 任冬梅：《浅析新世纪以来中国科幻小说的现状及前景》，《当代文坛》2018 年第 3 期。

② 李广益：《论刘慈欣科幻小说的文学史意义》，《中国现代文学研究丛刊》2017 年第 8 期。

　　　　　　　　　　　　　　　　　　　　　　　倾城一笑

虽然刘慈欣一直对"技术"抱有乐观主义的态度，并坚持做一个"硬派"科幻作家。但是从《三体》的文本来看，它的经典性却并非完全在于其"技术"中心主义。毫无疑问，《三体》中的技术想象有非常"科学"的基础，但是，《三体》最激动人心的地方，却并非在这些"技术"本身，而是通过这些技术想象而展开的"思想实验"。我用"思想实验"这个词的意思是，这些"技术"想象不仅仅是科学的、工具的，同时也是历史的、哲学的。或者换一种说法，不仅仅是理性主义的，同时也是理性主义的美学化和悲剧化。也就是说，《三体》所代表的科幻文学的综合性并不在于它书写了一个包容宇宙的"时空"——这仅仅是一个象征性的表象，而很多人都在这里被迷惑了——而更在于它回到了一种最根本性的思想方法——这一思想方法是自"轴心时代"即奠定的——即以"道""逻各斯"和"梵"作为思考的出发点，并在此基础上想象一个新的命运体。如果用现代性的话语系统来表示，就是以"政治性"为思考的出发点。政治性就是，不停地与固化的秩序和意识形态进行思想的交锋，并不惮于创造一种全新的生存方式和建构模式——无论是在想象的层面还是在实践的层面。

三、以科幻文学为方法

在讨论科幻文学作为方法之前，需要稍微了解当下我们身处的历史语境。冷战终结带来了一种完全不同的世界格局，也在思想和认识方式上将 20 世纪进行了鲜明的区隔。具体来说就是，因为某种功利主义的思考方法——从结果裁决成败——从而将苏东剧变这一类"特殊性"的历史事件理解为一种"普遍化"的观念危机，并导致了对革命普遍的不信任和污名化。辩证地说，"具体的革命"确实值得怀疑和反思，但是"抽象的革命"却不能因为"具体的革命"的失败而遭到放逐，因为对"抽象革命"的放弃，思想的惰性被重新体制化——在冷战之前漫长的 20 世纪的革命中，思想始终因为革命的张力而生机勃勃。正如弗里德里克·詹姆逊在《对本雅明的几点看法》一文中指出的，"体制一直都明白它的敌人就是观念和分析以及具有观念和进行分析的知识分子。于是，体制制定出各种方法来对付这个局面，最引人注目的方法就是怒斥所谓的宏大理论或宏大叙事。"意识形态不再倡导任何意义上的宏大叙事，也就意味着在思想上不再鼓励一种总体性的思考，而总体性思考的缺失，直接的后果就是思想的碎片化和浅薄化——在某种意义上，这导致了"无思想的时代"。或者我们可以稍微迁就一点说，这是一个高度思想仿真的时代，因为精神急需思想，但是又无法提供思想，所以最后只能提供思想的复制品或者赝品。

与此同时，因为"冷战终结"导致的资本红利形成了新的经济模式。大垄断体和金融资本以隐形的方式对世界进行重新"殖民"。这新一轮的殖民和利益瓜分借助了新的技术：远程控制、大数据管理、互联网物流以及虚拟的金融衍生交易。股票、期权、大宗货品，以及最近十年来在中国兴起的电商和虚拟支付。这一经济模式的直接后果是，它生成了一种"人人获利"的假象，而掩盖了更严重的剥削事实。事实是，大垄断体和大资本借助技术的"客观性"建构了一种"想象的共同体"，个人将自我无限小我化、虚拟化和符号化，获得一种象征性的可以被随时随地"支付"的身份，由此将世界理解为一种无差别化的存在。

当下文学写作的危机正是深深植根于这样的语境中——宏大叙事的瓦解、总体性的坍塌、资本和金融的操控以及个人的空心化——当下写作仅仅变成了一种写作（可以习得和教会的）而非一种"文学"或者"诗"。因为从最高的要求来看，文学和诗歌不仅仅是一种技巧和修辞，更重要的是一种认知和精神化，也就是在本原性的意义上提供或然性——历史的或然性、社会的或然性和人的或然性。历史以事实，哲学以逻辑，文学则以形象和故事。如果说存在着一种如让·贝西埃所谓的世界的问题性①的话，我觉得这就是世界的问题性。写作的小资产阶级化——这里面最典型的表征就是门罗式的文学的流行和卡夫卡式的文学被放大，前者类似于一种小清新的自我疗救，后者对秩序的貌似反抗实则迎合被误读为一种现代主义的深刻——他们共同之处就是深陷于此时此地的秩序而无法他者化，最后，提供的不过是绝望哲学和憎恨美学。刘东曾经委婉地指出中国现代文学提供了太多怨恨的东西，现在看来，这一现代文学的"遗产"在当下不是被超克而是获得了其强化版。

我正是在这个意义上认为21世纪的中国科幻文学提供了一种方法论。这么说的意思是，在普遍的问题困境之中，不能将科幻文学视作一种简单的类型文学，而应该视作为一种"普遍的体裁"。正如小说曾经肩负了各种问题的索求而成为普遍的体裁一样，在当下的语境中，科幻文学因为其本身的"越界性"使得其最有可能变成综合性的文本。这主要表现在1. 有多维的时空观。故事和人物的活动时空可以得到更自由地发展，而不是一活了之或者一死了之；2. 或然性的制度设计和社会规划。在这一点上，科幻文学不仅仅是问题式的揭露或者批判（自然主义和现实主义的优势），而是可以提供解决的方案；3. 思想实验。不仅仅以故事和人物，同时也直接以"思想实验"来展开叙述；4. 新人。在人类内部如何培养出新人？这是现代的根本性问题之一。在以往全部的叙述传统中，新人只能"他"或者"她"。而在科幻作家刘宇昆的作品中，新人可以是"牠"—— 一个既在人类之内又在人类之外的新主体；5. 为了表述这个新主体，需要一套另外的语言，这也是最近十年科幻文学的一个关注点，通过新的语言来形成新的思维，最后，完成自我的他者化。从而将无差别的世界重新"历史化"和"传奇化"——最终是"或然化"。

---

① ［法］让·贝西埃《当代小说或世界的问题性》，史忠义译，北京大学出版社，2012年。

我记得早在 2004 年，一个朋友就向我推荐刘慈欣的《三体》第一部。我当时拒绝阅读，以对科幻文学的成见代替了对"新知"的接纳。我为此付出了近十年的时间代价，十年后我一口气读完《三体》，重燃了对科幻文学的热情。作为一个读者和批评家，我对科幻文学的解读和期待带有我自己的问题焦虑，我以为当下的人文学话语遭遇到了失语的危险，而在我的目力所及之处，科幻文学最有可能填补这一失语之后的空白。我有时候会怀疑我是否拔高了科幻文学的"功能"，但是当我读到更多作家的作品，比如这套丛书中的六位作家——陈楸帆、宝树、夏笳、飞氘、张冉、江波——我对自己的判断更加自信。不管怎么说，"希望尘世的恐怖不是唯一的最后的选择"，也希望果然有一种形式和方向，让我们可以找到人类的正信。

　　权且为序。

2018 年 2 月 27 日　于北京

倾城一笑

目 录

倾城一笑

西安是座历史悠久的城,到底多悠久,有个笑话为证。

说有几个大连人和一个西安人同坐一列火车,此时正值大连建市一百周年,大连人们一路叽叽呱呱热烈讨论他们城市的伟大建设,骄傲之情溢于言表,说到酣畅处,其中一人问旁边闷不作声的西安兄弟:"哥们儿,你们西安建市一百周年有啥庆祝活动没?"

西安人愣了愣,神情木木地答道:"一百周年俺想不起来了,好像六百周年的时候,有个'烽火戏诸侯'吧。"

我给凌岸鸿讲这个笑话的时候,并不知道仅仅七天后,这座在死人骨头和烤肉芬芳中沉睡了三千多年的城市,将在我的轻轻一笑中灰飞烟灭。

1

现在是 2009 年 1 月 25 日,农历年三十,我们两个坐在钟楼脚下的一家星巴克里,下午阳光很好,透过落地窗暖暖地晒在身上,金色尘埃逆着光线上上下下地飞。

我说:"这位大哥,您倒是给我笑一个嘛。"

凌岸鸿低着头发呆，我弯下身子，把脸硬是凑到他视线可及的范围内，他浅褐色的双眸非常清亮，隐藏在长而浓密的睫毛后，让人联想起长颈鹿之类眼神无辜的动物。

我还记得第一次见到他的时候，那双眼睛是微微发蓝的深灰，有如这个城市时而晴明时而阴霾的天空。

"不然，我给您笑一个？"我没心没肺地咧开大嘴露出八颗牙。

他愣了愣，像是刚从梦里醒过来，抬起眼睛看我说："你怎么一点没变呢。"

"真的没变么？"我捏捏自己的脸，"骗人。"

"样子是变大姑娘了，说起话来还跟以前一样。"

"切，你直接说我长不大算了。"我轻蔑地眯起眼睛，"你才长不大呢，你们全家都长不大！"

午后阳光飘飘荡荡，落进盛满红茶的白瓷杯里，流光溢彩。这家星巴克的装修很有味道，木框结构的落地窗呈立体几何状向外面伸展开，像一条纸折小船，窗外是热闹的世纪金花广场，年轻姑娘们来来往往，厚厚的冬装外套下露着短裙长靴，让人不禁感叹这座城市的与时俱进。

我像只小猫般缩进软软的沙发里，隔着一张桌子看着凌岸鸿，这样的距离让人很不习惯，要听清楚对方说话就得把脸凑过去，我一直怀疑这是所有咖啡馆设计上的一个阴谋，搞得一对对隔桌交谈的男女看上去十分暧昧。

"什么时候回来的？"他问。

"今儿早上刚到。"

"我怎么记得你现在不住西安了。"

"是啊，全家都搬去北京了。"

"我说呢，这么多年没见了。那你这次回来是……"

"走走亲戚，看看老同学。"

"哦。"他点点头，"想不到在这儿能遇上，真巧。"

"是啊是啊，信不信我刚刚才想起你呢，陕西这地方特别邪，念谁的名字，谁就会出现。"

"啊，谁说的？"

"说曹操曹操就到，你没听过啊，曹操不就老在陕西这一带流窜来着。"

"你啊。"他终于笑起来，"你在那边安红安红地叫，吓我一跳。"

"叫习惯了，改不过来嘛。"我也笑。安红是《有话好好说》里面那个女主角的名字，被我拿来当了他的外号，也不管人家喜不喜欢就硬叫了好多年。当年张艺谋在那部片里演了个收废品的，操一口地道的西安话在楼下大喊"安红，饿（我）爱你！安红，饿（我）想你！"喊得惊天动地，我每看一遍都要抱着肚子狂笑。

"要不是听你这么喊，我还真不敢认，变化太大了。"他说。

"那时候我才多大啊，黄毛小萝莉一个，这都过去多少年了，七年？八年？"

"那么久了？"

"2001 年，到现在可不是八年了。"

"是么，时间过得可真是快。"

我对着他连连微笑点头，却一时想不出下一句话接上，有些句子像一把快刀，你抽出它轻轻落下，滔滔不绝的谈话应声而断，就算硬要接也不再是原来那茬。

凌岸鸿拿着小勺子在杯里慢慢搅动，他喝最普通的黑咖啡，不加奶，只加一点糖。我默默看了一阵，突然说："我记得你以前是不喝咖啡的。"

"哦？"

"说影响睡眠，是不是？你喜欢大白天睡觉来着。"

"哈，记性真好。"他笑一笑，"那时候年轻呗，作息规律不正常，黑白颠倒，现在总算调整过来了。"

"我一直奇怪呢，那时候你晚上都干些什么啊？"

"晚上啊……"他仰头望一望天花板，杯子里的反光映在上面乱晃，一环又一环滟滟的光圈。"瞎混呗，上网逛逛，发发呆什么的。"

"骗人，你以前不是这么说的。"

"啊？"

"你记得不记得，以前我让你做过一套测试题？"

"啊……什么题？"

"就是些稀奇古怪的问题啦，我自己编的，拿给朋友做，里面有道题问：'夜里 12 点到凌晨 1 点这段时间，你通常在干什么？'"

"哦，我怎么回答来着。"

"你填的是，讲故事。"

"哈，真想不起来了。"他笑着摇摇头，"讲什么故事，都是瞎编乱写，糊弄小姑娘的呗。"

"哦，你现在终于承认啦！"我气势汹汹地瞪大眼睛，"你那时候说的那些话，都是骗我的对不对？"

"糟糕，我还说什么了。"他敲敲自己的额头，神情无奈，眼睛里却依然带笑，"那时候年轻不懂事，姑娘您大人有大量，别跟我计较。"

我双手撑在桌子上，整张脸凑过去看他，他清亮的眼睛里盛了阳光，像一块透明的琥珀，从里面可以照见我自己的脸，我的眼睛是一种带着金属光泽的深红色。

"你真的忘了？"我低声问。

他的瞳孔猛然收缩一下，像被阳光刺痛。

"我老了，记性真不如你。"他说，"怎么了？"

我看见那些银蓝色的字句从他肺腑中升起来，像一缕轻烟，碰到空气就凝成闪闪发光的珠子，沿着唇齿间滑落，嘀嘀嗒嗒掉在桌子上散开，回响空灵透彻有如金玉。

他说的是真话。

"你是真的忘了。"我轻轻笑一下,"那就好。"

"凌岸鸿——"

一个女人的声音突然从旁边斜斜飞来,像寒光凛冽的小刀划过空气,划过我和凌岸鸿之间交错的视线,"哧"的一声没入桌面。

鼻尖感到微微的凉意。

我转过头,看见一双漂亮的眼睛正瞪着我,细而长的眉毛很威风地向上挑起,像轻轻颤动的蝴蝶触角。

"你来啦。"凌岸鸿站起来让座,女人身材高挑,踩一双七八厘米的高跟靴子,几乎与他比肩,脸上妆容精致,像时尚杂志封面上的模特。

我看着他们俩并肩坐下,颇熟稔的样子。

"我女朋友,采采。"凌岸鸿说,"本来约了今天逛街的,我在这儿等她。"

"哦,出来办年货?"

"也不是,随便逛逛。"凌岸鸿笑,"这附近新开了好几家商场,你还不知道吧。"

"去挑钻戒。"那个叫采采的姑娘脆生生插一句,"我们年后结婚。"

她纤长的手指搭在凌岸鸿手上,两个白金指环交相辉映。

"恭喜恭喜。"我笑。

这几个字从我嘴里吐出来,像混浊的气泡,上升,然后噼噼啪啪依次裂开。

"这个是笑笑,我跟你说过的。"凌岸鸿伸手指我。

"哪个笑笑?"

"以前住我们家楼下,我给她补习过功课。"他说,"现在大学毕业都好几年了,是不是,时间过得真快。"

"是啊,我们刚才还说起呢。"我说,"不过他可是一点没变。"

一时间又没了话,钟表在墙上嘀嗒嘀嗒响。

"你们聊完了没有?"采采低头看表,"4点半了,什么时候出发?"

"还来得及。"凌岸鸿说,"你要不要点东西喝?"

"现在喝东西,晚上还吃不吃饭了?"采采哼一声,她眼睛很大,又有点吊眼梢,随便看谁一眼都像在瞪人。

凌岸鸿低下头笑一笑,笑得像个被苛责的小孩。

我说:"你们先走吧,别耽误了。"

"你呢?"他问。

"我再坐一会儿。"

"那我们先走了,再见。"

"再见吧。"我笑着挥挥手,"真要再见得是明年了。"

"啊,差点忘了。"凌岸鸿走出几步,又回头,"春节快乐。"

"春节快乐。"

我轻轻说出这句话,它像一条暗绿色的小蛇,摇头摆尾追着那一对手挽手的背影,溜出星巴克大门,游过世纪金花广场,跃过车水马龙的街道,一直钻进鼓楼下幽深的城门洞里,终于再也追不上了,只剩下沿路剥落的破碎闪光,渐渐融化在空气中。

2

很多年前,一个阳光明媚的上午,我和凌岸鸿并排坐在我们家房顶上,脚下是大片矮矮的灰色屋顶,头顶上方是微微发蓝的灰色天空,面前栏杆上有鸽子悄声低语,叽叽咕咕。

我依然记得那天上午的许多细节,比如我穿着一整套校服,藏蓝色百褶裙,白衬衣,红蓝黑三色的小领带,脚上是白色短袜配黑色浅口皮鞋，头发梳得整整齐齐，一副三好学生模样。我穿成这样出门是因为那天是星期一，学校变态地规定所有学生都要穿校服参加升旗仪式，但正巧星期一又是个需要上交海量作业的日子，我没有写完作业，于是生平第一次逃学了。

我还记得自己精神萎靡地走到电梯门口，按下按钮，红色数字一格一格变换，与此同时，却有什么东西在我的脑袋里悄声低语，像个小小发条吱呀吱呀，一圈一圈卷紧。

电梯停下来"叮"的一声响，那个发条跳起来。

那一瞬间，仿佛有另外一种力量主宰了我的身体，一种与每天早起，上学，交作业，跟其他几千人一起挤在狭小的天井里看升国旗，统统不一样的力量。

电梯门在身后打开又关上，我悄无声息地推开安全出口，走进昏暗的楼梯间，像一只猫。

很多童话和科幻小说都会把通往另一个世界的入口设在一些很奇怪的地方，衣橱，床底下，或者储藏室的某一面镜子，其实不就是这样么，大部分人都并不会想到，就在与他们日常活动的空间仅仅一墙之隔处，会有你不曾注意到的另外一重时空存在着，你需要做的，只是伸手轻轻一推。

楼梯间幽深狭窄，回荡着我的脚步声，空气里有股潮湿的尘土味道。我一级一级向上，拐弯，向上，拐弯，尽头矗立着一扇高大的铁门，我推了推，竟然没有锁。

门开了，阳光和清新的暖风扑面而来，面前是一望无际的明澈天空，一群鸽子正从矮矮的灰色楼群上方飞过去，把悠长的鸽哨声拉成窄窄的圆弧。那时候我突然觉得，自己像在赴一个迟到许久的约会，而这个上午的屋顶，它就像一位耐心的情人，把一切都为我准备好了。

风从很远的地方吹来，卷起发梢与裙角，又继续轻快地穿越整座城市。我张开双臂，想要对着脚下的城市大喊一句什么。

我喊的是："安红，饿（我）爱你——"

身后"啪"的一声。

我吓了一跳，回头看见配电室的阴影中坐着一个人，正呆呆地看着我，他脚边掉落了一本书，纸页被风吹得哗哗乱响。

"啊。"我们两个同时叫了一声。

一瞬间我脑海中闪过的，竟是我和同学之间经常玩的一个很无厘头的游戏，当两个人同时说同样的话时，要抢着在对方身上拍一下，据说先拍中的那个会走财运，被拍的会走桃花运，玩这个游戏我老是赢。

长久沉默。

我看着他，一张苍白而清俊的脸，约莫二十多岁的样子，不像坏人，最多算有点古怪。他背靠着墙席地而坐，两条长腿架在面前栏杆上，脚上没穿鞋，赤裸的双脚暴露在明暗交接线处，一晃一晃的，像一对随时要飞走的白鸟。

许久之后，我开口说："你在这里干什么？"

"你看不出来么？"他抬起脚边的书本反问一句。

"在看书啊？"

"你这不是看出来了么。"他拍拍书上的灰，抬头问，"你呢？"

我愣了一下，卸下肩上书包，从里面掏出一本厚厚的物理课本，扬一扬说："我也看书。"

"哦。"他认真地点一点头，继续翻开手中书本，我偷偷打量那本书的封面，是《尼尔斯骑鹅历险记》。

切，还以为有什么了不起呢，这书姑娘我早就看过。

我胆气壮起来，走过去，从书包里掏出一张旧试卷放在地上摊平，挨着他坐下，开始看今天课上要讲的那一章。不仅如此，我还故意把套着白短袜和黑皮鞋的脚架在栏杆上，一晃一晃。他抬起头看见了，向我轻轻一笑，我注意到他的眼睛是微微发蓝的深灰色，随着光线不同会有微妙的变化，像一块猫眼石，又像这个城市时而明媚时而阴霾的天空。

阳光洒下来，照耀这一方小小阴影外广大的世界，一群鸽子叽叽咕咕落在栏杆上，落在我和他的脚旁边，有如一排安静的音符。

回忆中的时光像一幕幕电影画面，天总是那么晴朗，阳光总是那么暖，风总是那么轻快，鸽子总是一圈一圈地飞，我每次爬上房顶，总是看见那个长腿赤脚的年轻人坐在那儿看书，有些书我看过，有些听都没听说过。

他看书的时候，我总是坐在旁边捧着一本习题集做勤奋刻苦状，做到费解处就用笔戳一戳他，他接过去钻研一阵，有时候能说出个一二三四，有时候就老老实实地承认不会。

"切，你水平也不怎么样嘛。"我轻蔑地哼哼。

他好脾气地笑一笑说："我做这玩意儿都是多少年前的事了，现在早忘了。"

"骗人，学了这么多年，哪能说忘就忘了。"

"不骗你。"他说，"等你上了大学，毕业了，工作了，就会发现，很多东西你以为自己记得清楚，其实忘起来是很容易的。"

有时候他看着看着，就把头歪向一边睡着了，我放下手里厚厚的习题集，侧过头看他，他的睫毛长而浓密，像女孩子，在脸上投下两扇颤动的阴影，风吹乱了他的头发，也吹乱了手中书本，纸页哗哗作响。

我偷偷从文具盒里摸出尺子，量一量他睫毛的长度，再抵着自己的眼皮比一比，结果郁闷地发现我的睫毛竟然没有他的长。

真是没天理。

阳光洒在脚上，沿着脚腕一寸一寸往上爬，暖暖的，痒痒的，我做完一章题，觉得累了，摘下眼镜来休息，鸽子叽叽咕咕低语，侧过小小的脑袋看我。

世界太过安静了，我从书包里摸出 CD 机，戴上耳机听一张王菲的专辑，周末刚从音像店里买回来，藏在书包里还没来得及拆封。

爱上一个天使的缺点，
用一种魔鬼的语言，
上帝在云端，只眨了一眨眼，
最后眉一皱，头一点。

爱上一个认真的消遣，
用一朵花开的时间，
你在我旁边，只打了个照面，
五月的晴天，闪了电。

那些音符和歌词像一串寂寞的气球，向着无穷无尽的天空里飞上去，飞上去，想伸手去抓，却又怕把它们碰碎了。

他醒来的时候已经是中午，各家厨房里飘出饭菜香气。

"我要走了。"我说，"回家吃饭去。"

"哦，好啊。"他睡眼惺忪地抹一把脸，"我再看一会儿书，然后回去睡觉。"

"你怎么老是白天睡觉啊？"

"晚上有晚上的事情要做啊。"他学我的口气说话。

"切，那你干吗还要爬上来看书，假模假样的，在家窝着不就好了嘛。"

"习惯了。"他低头笑一笑，"喜欢这上面的阳光吧。"

我没有话说，站起来拍拍裙子上的灰土，说："那我走啦，再见。"

"再见。"他向我挥挥手。

我不知道他是谁，不知道他做什么工作，不知道他住哪里，很长一段时间里我甚至连他的名字都不知道，直到有一天我问起，他才告诉我说，他叫凌岸鸿。

我默默念着凌岸鸿凌岸鸿，突然爆发出一阵狂笑，笑声响亮得惊飞了面前那一排鸽子。

"安红，安红！"我模仿老谋子用西安话大喊大叫，"安红，饿（我）爱你！安红，饿（我）想你！"

他扶着额头满脸无奈，眼睛却在笑，蓝灰色双眸闪闪发光。后来我发现他就是这样一个人，无论脸上做出什么表情，眼睛里总是在笑，像个没有什么心事的小孩子。

我总是趁他睡着的时候偷偷地观察他，猜测有关他的一切，他的皮肤苍白，应该很少出门晒太阳，他不抽烟，牙齿很干净，他的衣着并不讲究，或许不是很有钱，他有一双非常漂亮的手，指尖细长骨节匀称，上面没有墨水痕迹也没有一个茧子，他不是作家，不会弹乐器，也不是程序员。

这家伙实在是个很难猜的谜。

他不是很爱说话，大部分时候都在沉默地看书，但偶尔也会有那么一次两次，会突然间像变了个人似的，滔滔不绝一次讲很多。

他喜欢讲一些从没听过的故事给我听，不知道是从书上看来的还是自己编的，真真假假，虚虚实实。

"曾经有一段时间，我很痴迷于幻想一个世界。"有一次他这样对我说，"幻想里面的日月星辰，天文地理，飞禽走兽，文化种族，幻想人们如何生活，如何征战，如何争权夺势，如何恩爱缠绵，我甚至绞尽脑汁，想要为这世界起个好听的名字。某一天，在我想出那个名字的一瞬间，突然有种强烈的感觉，在无穷无尽的虚空中，某个世人无法抵达的角落，那想象中的世界 biu 的一声变成真的了。"

"骗人骗人！"我开心地喊叫起来。

"你听我讲完嘛。"他神情严肃，"那一刻我激动得不行，继而想到，要是我自己也能去那个世界里转一转该多好，紧接着，又是 biu 的一声，我出现在新的世界里，不是穿越小说里的那种 biu 哦，而是好像自己就是那个故事中的人物，在那里出生，长大，过了普普通通的二十几年。"

"骗人！"

"我就这样到了自己创造出来的世界里，一切都是新的，令人欢欣雀跃，热血沸腾，恨不得立刻去成就一番伟大奇遇。我迫不及待地收拾行囊出发，去认识那个无比奇妙的世界，一路走一路看，却逐渐发觉它的单调呆板，人们依旧受那些规则支配，日出而作日落而息，由生到死，一个又一个循环，令人厌倦而绝望。我后悔了，我尝试改变，尝试逃离，但这个世界的法则同样支配着我，我回不去了。为了维持生活，我试着把自己原来那个世界的经历当成故事讲给一些人听，他们十分喜欢，于是讲故事成了我赖以谋生的手段。"

他讲到这里就停下来，默默对着栏杆上的鸽子发呆，这家伙十分喜欢发呆，我早就习惯了。

"后来呢？"我等了一会儿，终于忍不住问，"你是怎么回来的？"

"我没回去啊。"他低头笑了笑，"我一直都在这里。"

我愣了一会儿，突然觉得脊背上阵阵发凉，像爬过一条小蛇。

"切，你骗人。"我恶狠狠地大声说。

再次见到凌岸鸿是七年之后，农历年三十的下午，我回到阔别已久的西安，坐在钟楼脚下新开张不久的星巴克里默念他的名字，然后我抬起头，看见一个熟悉的背影，正站在柜台前买一杯黑咖啡。

　　　　　　　　　　　　　　　　倾城一笑

我跳起来大喊着安红安红，他错愕地转身看过来，一张苍白清俊的脸，与记忆中相比变了很多，又似乎并没有什么不同。

"你还记得我么？"我仰起脸看他，他的眼睛是普通的浅褐色。

我的心怦怦地跳起来。

他仔仔细细端详着我，眼神里满是疑惑。

"我是笑笑啊。"我提醒他。

又过了许久，那张脸上终于浮现出一丝释然的微笑。

"哦，笑笑，好久不见。"

他笑起来的时候眼神依旧清澈，只是眼角有了细小的皱纹。

我没心没肺地笑着，鼻子里却没来由地一酸。

3

茴香豆的茴有四种写法，羊肉泡馍的馍有三种掰法。

一等如绿豆，二等如黄豆，三等如枣核，颗粒再大就只能糊弄老外了。

我坐在"德发长"二楼，面前一只粗瓷大碗里躺着两个白生生的死面馍，肚子实在饿得慌，恨不得拿起一个直往嘴里塞，可这老店的规矩就是如此，馍得自己耐下性子慢慢掰。心急是吃不了羊肉泡馍的，更何况身为一个西安人，再饿极了也不能丢列祖列宗的脸。

关于泡馍这种食物有无数传说，我认识的一个老西安，总是带着个布口袋上街，里头装的是头天晚上掰好的馍，到了店里交给伙计，送到后头去做，再拿两个馍坐着慢慢掰，没事就和同桌的人谝闲传——谝是一个陕西方言里才有的字，谝闲传相当于一般人说的侃大山。一个馍掰完，正好热腾腾的泡馍送上来，把掰好没掰好的馍往口袋里一扫，开吃。

这才叫懂生活。

我一边掰馍一边对着窗外发呆，天色黯淡下去，红的黄的白的街灯亮起来，照出一片迷离的绯红色夜空，钟楼坐镇在东南西北四条大街的交会处，光芒璀璨，晶莹剔透，像个玩具般不真实。

　　这座城市从未让我感觉如此陌生，白天它是灰扑扑的，是砖石，钢筋水泥和黄土垒成的，有一点破旧和呆板，静静躺在微微发蓝的灰色天空下，然而每当夜幕降临时，城墙上的灯火一盏一盏亮起来，那些玲珑的角楼和高大的城门，那些街道，车流，商场和酒吧，它们通通变得轻盈明亮，像是七彩光芒凝聚而成的，是无数流淌的传说，诗歌，比喻和描述编织成的。

　　它们令人想起盛唐时的长安城，亦真亦假，如梦似幻，你眨一眨眼，或许就会消失，散开，像烟花一样飞到空中去。

　　凌岸鸿还给我讲过一个故事，他说在钟楼下面黑暗温暖的深处，睡着一只很大的蛤蟆，已经睡了几千年，你深夜在这附近走，就能听到地底下传来低低的咕噜声，那是它在说梦话，咕呱咕呱。

　　他说这座城市，以及这城里一切的一切，都是那只蛤蟆的梦，有一天它醒过来，我们也就不复存在。

　　我说，西安城十三朝古都，三千多年的历史，全都是它梦见的么。

　　他说是的。

　　我说，那它自己呢？也在它自己的梦里么？

　　凌岸鸿没有回答。

　　我得意洋洋地说，哈，就知道你在骗我，还当我小孩子呢，姑娘我十八岁了！

　　那是我离开西安之前，喧嚣的夏夜，也是坐在这家"德发长"的二楼窗边，望着灯火辉映中的夜色有一搭没一搭乱编，我说我成年了，可以喝酒了，于是两个人就你一瓶我一瓶干掉了半箱"西北狼"，本地啤酒，名字霸道，口感也浓烈，只可惜现在已经不生产了。

那时候很多事情都跟现在不一样，那时候没有金融危机，泡馍五块钱一碗，那时候申奥刚刚成功，一切百废待兴，那时候国泰民安，歌舞升平，人民安居乐业，那时候美国总统还是个白人。

那时候我只是个刚满十八岁的高中毕业生，黑黑瘦瘦，额头明亮，而凌岸鸿也还很年轻，年轻得像我现在一样，他有一张苍白清俊的脸，笑起来眼神清澈得像个孩子。

他的眼睛是微微发蓝的深灰色。

碗里的馍掰完了，我叫服务员端去煮，不一会儿一大碗热气腾腾的泡馍就摆在面前。白的粉丝黄的肉片盖在上面，琥珀色浓汤围边，香气冲上来顺着鼻子直往脑袋里爬。

红的辣椒酱和绿的香菜末拨进去，搅一搅，埋下头狠狠开吃，第一口汤入口就烫痛了舌尖，那是一种热烈丰盛的痛，香气淋漓的痛，像一把大刀迎面将人劈作两半，脑浆咽喉五脏六腑都暴露在空气中幸福地抽搐。我吃得稀里呼噜声响震天，鼻尖上冒出密密麻麻一层汗。

"你还是这么能吃。"一个声音从对面传来。

我没有抬头看，也不想抬头，那些字句像浓黑墨汁，黏黏答答落在桌上慢慢晕开，沾了渗，触了染。

"等我吃完再说。"我把脸埋在碗里继续狠嚼。

一大海碗吃干捞尽见了底，我抬起头幸福地擦擦嘴，看着对面穿黑衣的男人，一张没有什么表情的脸，藏在黑沉沉的大墨镜后面，看不出年龄，记不住特征。

"好久不见，阿史。"我说。

最后那两个字像枚金色小箭正中他眉心，于是那张假人般的脸终于忍不住抽搐了一下。

阿史这个外号也有些来历，最初我喊他史密斯先生，因为这家伙长得实在太像《黑客帝国》里那个一脸衰相的密探，后来叫得多了，就成了大史，小史，史史，阿史，每次都搞得他一副牙痛样。

其实，只要他开口说一句"不许叫我阿史"，我就会乖乖从命，那些黑色墨汁的力量是我无法抵抗的。但他确实没开过口，我也就厚着脸皮一直喊到现在。

"找你找得真费劲。"他说，"怎么不回我短信？"

"忘了，刚才一直发呆来着。"

"搞什么，无组织无纪律。"

"不敢不敢，您就是组织，您就是纪律。"

我一边打着饱嗝一边继续没营养的对话，其实阿史这家伙并不像看上去那样没有幽默感，最起码我说一些白冷烂的笑话，他不会一脸耿直地瞪着眼睛等我解释。

"吃了没有？"我说，"这家老店做菜很地道的，给你推荐推荐？"

"吃了。"他板着脸回答，"你见到他了？"

"刚见过，就在下面那家星巴克。"我向窗外指一指，木框结构的小屋正在夜色中的广场角落里吞吐光芒。

"怎么样？"

"比您还干净。"我说，"清洗得还真是彻底啊。"

阿史皱了皱眉。

"别大意。"他说，"你知道出了差错会有什么后果么？"

"毁灭世界？"我放肆地笑起来，"靠，别戴个墨镜就把自己当superhero（超级英雄）行不行，再说了，要毁灭世界去纽约啊，窝在西安这么个土旮旯干什么。"

"你不知道他是什么样的人。"他冷冷地说。

"您知道？"

"我知道他曾经是个危险分子。"

"切，那您该去看看他现在的样子，看看他心满意足的幸福模样，您现在给他一座金山外加全套 Play Boy，说兄弟你去毁灭世界吧，他肯定会摇摇头说不好意思我没空啊，我忙着挑钻戒收拾新房呢。"

"不要胡闹。"阿史压低声音，这几个字落在桌上飞溅过来，硫酸一样嗞嗞作响，我随手抄起两个空盘子挡住。

"没胡闹。"我心平气和地说，"反正这人我是查不出来，您觉得有问题您去查。"

"我来就是为了这个，如果从他身上查不出来，就从别的地方入手，你对这城市熟，所以找你协助，七天之内一定要出结果，不然……"

"不然怎么样？"我鼻子里哼一声。

阿史没有再说下去，那"不然"后面的省略号像六个墨点晕开，愈来愈大，逐渐连成一片，填满整间屋子，仿佛有生命般融入到窗外无边夜色中去。我坐在那团冰冷的黑色里，觉得身上热气都被一丝一丝抽走，整个人往下沉，像一块石头。

"难道他们要清洗这座城？"我压低声音问。

他不回答，我眯起眼睛，看见他苍白的咽喉上有小小的黑色印迹在游动，有些话是不能说出来的，这是法则，连他也无法抗拒。

"我×！"我一拍桌子狠狠骂一句，用的是陕西话里一个很野的字，它像个绿莹莹的弹球满地乱蹦，店里其他人都朝这边看过来。

"安静！"阿史口气严厉。

我乖乖地坐在那里不动。

"不管怎么样，这七天里，你要好好配合我，早点查清楚对大家都有好处。"

我点头。

"别担心，就算出什么事，我也不会扔下你在这里当炮灰。"他的声音低沉下来，舒缓下来，于是我终于可以喘一口气。

我们坐在那里，隔着一张桌子默默对视，窗外广场上有人放烟花，噼噼啪啪地在夜空中炸开，绚烂夺目，那些绯红惨绿的光泻进窗口，像大大小小的獠牙刺破黑暗。

这家伙不说话的时候，倒也没那么讨厌。

我想起来第一次见到阿史，那是 2006 年的夏天，北京，刚下过一场雨，街道在湿漉漉的空气中闪着光，我一个人坐在路边喝一罐啤酒，望着高架桥上流淌的车灯发呆。

那正是我一生中最凄惶的时候，四年大学时光，像水中月，镜中花，伸手捞起来，只剩下指间破碎的粼粼波光。我没有朋友，学业，前途，成就，安全感，没有一个可以依靠的人，没有未来方向，什么都没有。

我不知道自己的故事应该如何写下去。

"你在干什么？"一个陌生的声音突然从旁边飘来，质感黏腻冰冷，让人无端地感到背后发凉。

"数路上的车子。"我回答。

"多少？"

"718 辆。"

"你的记性很好。"那个声音说。

"是的。"我低声说，"过目不忘。"

"你从小就很会背课文。"

"岂止课文，连老师上课讲错的地方，我都记得清清楚楚。"我笑一下，"记性好不见得是好事，别人忘掉的，我都记得，不管该不该记得都记得。"

"你每天都写日记。"

"习惯了，这么多年。"

"你沉迷于讲故事，或者看别人讲故事，你经常对着电脑屏幕一整天，不吃不睡不出门。"

我抬起头，看见一个身材瘦高的男人站在旁边，穿一身黑衣，在迷蒙的夜色中显得有几分不真实，最初我有点怀疑那只是我喝多了产生的幻觉，但紧接着黑衣男人居高临下向我看过来，借着一点幽暗的路灯光我看清了他的脸，一张再普通不过的脸，辨不出年龄，记不住特征，脸上假模假样地戴一副很大的墨镜。

"我靠，你是谁？"我说。

他俯下身，把脸向我凑过来，我本能地想要躲开，但他低声说一句："不要动。"于是我发现自己只能坐在那里呆呆地仰望他的脸。

"我们观察了你很久，你正是我们需要的人。"他说，"听着，这个世界和你想象中不一样，惟一的问题是，你要不要选择知道真相，要不要选择加入我们。"

我说不出话，只能在内心深处用最大音量喊着，我×，大哥您也太《黑客帝国》了吧，有点儿创意好不好！

但与此同时，另一个我在冷静地告诉自己，他说的每一句话每一个字都是真的，真得就像白纸黑字一笔一画写在我脑袋里一样，他的语言有种特殊的力量，清晰坚硬得如同钢铁和法律，我看不见，却感觉得到。

"选择吧。"他说。

选择吧，to be or not to be（生存还是毁灭），金斧头还是银斧头，红药丸或者蓝药丸，困扰人类上千年的两难处境。

心灵的选择。

然而我真的有的选择么。

如果哈姆雷特没有刺出那一剑，如果诚实的樵夫没有假模假样地说哦对不起这把斧子不是我的，如果尼奥没有吞下红药丸，故事将在那一刻戛然而止灰飞烟灭，再也无法迎来一个完整而有意义的结局，这是每个观众和读者都心照不宣的秘密。

正因为这世界的本质是一个故事，所以生活在其中的我们并没有自由选择的权力。

我点点头。

他的脸近到不能再近，然后伸手摘掉墨镜，用一双死亡般浓黑的眼睛凝视着我。

一声低哑的呻吟从我喉咙里挤出来。

我在他的目光里悄然呆立，如同被眼镜蛇催眠的小鸟，不能动也不能出声，甚至不能感到恐惧，我看见他眼睛里有细小的黑色在游动，像一群小小的蚊虫，它们时聚时散，发出细碎的声响，然后喷涌而出，涌入我的眼睛里。

黑色字符像汹涌澎湃的潮水将我吞没，令人窒息，那一瞬间我知道了，所有那些过去不曾知晓的事，那些关于世界本源的秘密。

这世间万般变化，确实是个故事。

起初，地是空虚混沌，渊面黑暗。神的灵运行在水面上。神说，要有光，就有了光。

藏族传说中，法师赤杰曲巴把五种本原物质收集起来放入自己体内，轻轻地"哈"了一声，就有了虚空；他又对着虚空"哈"了一声，就有了火光，露水和尘埃，他再说一声"哈"，风就吹动着世界在虚空中旋转起来。

史密斯先生对尼奥说，我们都生活在代码中。

在时间和空间诞生之前，在奇点和宇宙大爆炸之前，在物质和能量之前，这个世界的法则先行存在，如同人们在创造一个虚拟世界之前，那些代码和程序内部清晰严谨的逻辑关系，已然被先行编写出来一样。当你能够懂得这种最高语言时，你也就懂得了种种规律，森罗万象，懂得这个故事的开端与结局，主控思想与意义。

能够理解和运用这种语言的人就是"言者"，他们像一群程序员，昼夜不停地编写和讲述关于这世界的故事，他们说出的一切都会实现，他们是除了沙加以外最接近神的存在。

但他们又不是神，因为他们自己也生活在这故事里，他们讲述故事的故事也是被事先编写好的。

他们在故事中创造规则，又在规则的支配下讲故事，像一个自我循环而又自我复制的怪圈，于是太阳落下后又会升起，大海退潮又涨潮，花谢花会再开，宇宙膨胀，然后回到一个小小的奇点，然后继续膨胀。

真是复杂，我的脑袋开始隐隐作痛起来，下次不能再喝这么多了。

"你没事吧。"黑衣男人说。

我抬起头，看见他唇间吐落的字句，像浓稠的黑色墨汁一滴滴落下来，落在地上就慢慢晕开，沾着渗，触着染。

我恐惧地摇摇头。

"欢迎加入我们。"他说。

黑色墨汁落在我的手上身上，晕开渗进去，变成细小的字符，密密麻麻浮现在皮肤上，我知道自己将不再是原来的自己，我的属性被改写，被赋予新的功能，我将与面前这个黑衣的男人一样成为一个言者，用自己的后半生持续不断地讲述故事，别人的和我自己的。

他戴上墨镜，我从光洁的镜面中看见我自己的脸，我的眼睛变了颜色，是带金属光泽的深红。

脑子里面轰轰然乱成一片，我突然想起凌岸鸿对我说过的那些话，字字句句浮现在脑袋里盘旋，原来他不是骗我的。

我坐在那里，眼泪突然就流了下来。

"挺晚了，要不要送你回去。"阿史说。

窗外烟花还在此起彼伏，旁边墙上的电视机里，有熟悉的音乐声龙腾虎跃，春节联欢晚会好像就要开始了。

"不用了。"我说，"就住这附近，走两步就到。"

"那好，路上小心点，别太晚睡，明天打电话叫你起床。"

"别太早，早了我起不来。"

倾城一笑   021

"我叫你，一定起来。"

我长长叹一口气，走到门口又回头问一句："对了，凌岸鸿，他到底是因为做了什么被清洗的？"

阿史坐在那里轻轻摇头，我知道这依然不能说。

"好吧，那明天见。"我说，"哦不，是明年了。"

"明年见。"他说。

4

我一个人走进酒店大门，经过前台时，迎宾小姐笑容甜美地向我说一声"春节快乐"。她唇间字句是柔美的粉红色，内里却发出生涩的铁锈味道。

年三十晚上还要值班，换了谁情绪都不会好。

走廊里空荡荡的，今晚的酒店很冷清，偶尔从某一扇门后传来电视的声音，我看了看表，春晚这会儿已经开始了，那些喜气洋洋的歌舞从全城几千万台电视机中飘出来，汇聚成欢乐的洪流在空气中涤荡，男女老少手拉手肩并肩，挤挤挨挨地在里面畅游。

走到房间门口，我犹豫了一下，没有开门，而是继续向前走去，一直来到走廊尽头的安全出口，小小的绿色标志在暗处闪着光。我推开门，沿着幽暗的楼梯一路向上，脚步声在封闭的空间里盘旋回荡，我不知道自己想去哪里，又似乎知道，小小发条又开始转动，吱呀吱呀。

最顶楼的门没有锁，真是幸运。

推开门，冰冷的夜风涌进来，带着烟火气息，我独自一人走上空荡荡的房顶，这时候一朵巨大的烟花刚刚升起来，在离我很近的地方爆炸开，"砰"的一声巨响。

像是一块墨玉被子弹击穿，金的银的光沿着裂隙流向四面八方，那是来自天国的光吧，绚烂得令人不敢直视。

"我×！"我禁不住高声赞叹一句。

四下里一片寂静，没有人听见。

真好啊，这热闹夜里难得的寂静，没有此起彼伏的短信骚扰，没有电视里欢歌热舞的轰炸，可以一个人静静地想些事情。

我从口袋里掏出一罐冰凉的啤酒，打开一口一口往肚里灌，略带苦涩的泡沫涌下喉咙，周围的一切变得不真实起来。

一个问题，我为什么会在这里，此时，此刻。

做一个言者，其实和平常的死上班族没有什么区别，甚至还要更加无聊些，一周七天上班，一年三百六十五天，几乎没有休假，时间是从下午 2 点到晚上 10 点，惟一的好处是不用早起。

我总是睡到中午 12 点起床，洗一个澡，弄一大堆吃的填饱肚子，换上单调的黑色制服，戴上墨镜，出门乘地铁，去一座不能说出名字的阴惨惨的大楼里上班，楼里有三部电梯，我走进靠边一部最破旧的，对控制面板说一句："十三楼。"它像一把小小的金色钥匙，嗡嗡欢唱着打开那些隐秘的机关，电梯上升，停稳，开启，黑洞洞的走廊在面前展开，那原本不该存在的十三楼。

我和我的同事们就在这暗无天日的地方不分昼夜地工作，之所以没有阳光，是因为太过明亮的光线会干扰真实的稳定性。我不知道这里有多大，能容纳多少人，也不知道其他人都在做什么，整层楼像一个迷宫，被分为无数功能职责各不相同的部门，彼此契合，和谐运转，宛如一台超大型电脑中不同的元器件，共同处理这一无比宏大而又无比精致的工程。

我的工作非常简单，就是按照别人提供给我的剧本，一字不差地用那种至高无上的语言讲述出来，那些数字，人名，事件和情节经过我的嘴，变成活生生的、有血有肉的故事，它像是某个大制作虚拟游戏中一个小小模块，跟其他模块拼接在一起，一层层组装成型，最终成品被小心地投入外面那个无比广大的世界。

于是太阳得以照常升起，万物得以生长，城市里高楼耸立又倒塌，道路延伸又封锁，车辆行驶，堵塞，碰撞，人们匆匆忙忙地行走往来，邂逅，相爱，结婚生子，建设和谐美满的生活。

我一刻不停地工作，忘记了时间流逝，直到另一个穿黑衣戴墨镜的年轻人走进来接替我，我不知道他的名字，也几乎没说过话，只是每天例行打个招呼。然后我出门，坐电梯下楼，走进夜幕笼罩下的城市中去，赶末班地铁，回家。

回去的路比来时还要漫长，列车驶出地表一路向东，在黯淡的星空下摇摇晃晃，无数亮着灯的楼群从窗外一闪而过，灿烂又寂寥。那时候我总会想起在遥远的另一座城市中，那个熟悉而又陌生的身影。

我想象他穿着黑色制服戴着墨镜，出门下楼，去一座同样阴惨惨的大楼里做同样的工作，从晚上10点到第二天早上6点，晨曦微明时他回到家，洗个澡换身衣服，带一本书爬上屋顶，坐下来，看太阳从那些矮矮的灰色楼群后慢慢爬上来，看无数玻璃窗上金红色的反光一寸一寸移动，古老的城市在他脚下苏醒，鸽子噼噼啪啪飞上微微发蓝的灰色天空，一圈又一圈。

他脱掉鞋，把赤裸的双脚架在栏杆上，在暖暖的阳光中看书，然后不知不觉睡去。

如果那时候，我没有推开门走上屋顶，张开双臂喊那么一嗓子，此时此刻发生的一切，会不会有所不同？

安红，安红，后来到底发生了什么。

那份指令上说西安这座城发生了异变，如同肌体长出肿瘤，程序感染病毒，必须查找出来加以清除，否则这危险的异变就会继续扩大，浸染健康有序的世界。

指令上说，曾有一个言者，因为触犯了某些戒律而被清洗，被擦除了言者的身份和记忆，但他依然生活在那座城市里，需要被列

　　　　　　　　倾城一笑

入重点调查对象。

指令最末尾写着那个熟悉又陌生的名字，凌岸鸿。

你要接受这份指令吗？那个带来指令的黑衣男人面无表情地问我，我不知道他的名字，只知道他来自高我一级的部门。

To be or not to be，金斧头还是银斧头，红药丸还是蓝药丸。

我点点头。

黑衣男人把指令放入我手中，上面的字符化作黑色细流，渗入皮肤，溶入血液，身体里的小发条吱呀吱呀卷紧，我站起来，接过他递来的飞机票，转身出门。

远远地有钟声传来，十二下，满城烟火纷纷扰扰地升起来，爆炸，散开，落下，砰砰啪啪，绯红惨绿的光融在烟雾里面流淌开，笼罩着整座城，一切朦朦胧胧，亦真亦幻。

我绕着屋顶一圈一圈慢慢地走，边走边唱王菲的那首老歌。

> 遇见一场烟火的表演，
> 用一场轮回的时间，
> 紫微星流过，来不及说再见，
> 已经远离我，一光年。

> 有生之年，
> 狭路相逢，
> 终不能幸免，
> 手心突然长出纠缠的曲线。

> 懂事之前，
> 情动以后，
> 长不过一天，

留不住算不出流年。

哪一年，
让一生，
改变。

真是好老的一首歌啊。

手机在衣袋里振动起来，我愣了一下掏出来看，屏幕上那点微弱的亮色在漫天辉光映照下，几乎难以辨别。

一行小小的字。

"祝春节快乐，心想事成。"

奇怪的是，既没有署名也没有发信人的号码。

5

一个乱七八糟的梦。

梦见我和安红，采采和阿史四个人结伴去参观兵马俑。冬天，空气阴冷，博物馆拱形的屋顶下一个个长方形大坑，那些泥塑的战士们悄然肃立，灰扑扑的脸上写满沧桑。

屋子里冷得受不住，我偷偷溜出去，坐在院子里一张长凳上，稀疏的冬日阳光落下来，宁静萧瑟。我看到旁边不远处蹲着两个小孩，七八岁的样子，女孩子梳两条羊角辫，穿一条耀眼的红裙，男孩子穿带海军领的短袖衫。

这可是冬天哪，我心里说，然后提醒自己别太认真，我是在做梦呢。

他们两个头顶着头，一边在地上画着什么一边说话，奇怪的是我在梦里依然能看到他们说出的语句，女孩子是金红色的，男孩子是银蓝色，像两群漂亮的小鱼随波摇曳，彼此追逐嬉戏。

"干什么呢？"我走过去问。

他们抬起头，亮晶晶的眼睛一闪一闪。

"画画。"小男孩说。

"画什么，我看看。"

"凭什么要给你看啊，你又不是我妈。"小女孩翻着白眼看我。

这几个字像小箭一样嗖嗖向我飞来，小小年纪就这么毒舌，长大还得了。

我很不高兴，作为这个世界独一无二的 superhero，我感到自己的自尊心受到了伤害，我决定吓唬他们一下。

我伸手抓住长凳扶手，在心里默念巧克力巧克力，这是一块软软的巧克力，冰冷坚硬的生铁瞬间改变了质感，我轻轻一掰，扶手应声而断。

"我是女超人，你敢不听我的话？"我举起扶手向他们晃一晃。这一招我在梦里用过不止一次。

两个小孩对视一下，小脸上满是不屑。

"切，这算什么呀！"小女孩说。她手指在地上画着什么，嘴里唱歌一般念着："我是花仙子，开花，开花。"

金红色小鱼摇头摆尾，沿着她的指尖游入干枯的大地，一大片莹莹绿色破土而出，开出许多黄花，毛茸茸的草叶香气。

"我也会。"小男孩不服气地喊着，"羊，羊。"

一大群羊，轮廓粗鄙得像是用彩色铅笔随意图画出来的，它们一边咩咩叫着一边啃食草地上的黄花。

"大灰狼，大灰狼。"小女孩喊，一个巨大的灰色东西怪叫着冲过来，惊得羊群四散奔逃。

"大老虎，大老虎。"小男孩喊。

"武松，武松。"小女孩喊。

小男孩急了，他喊："圣斗士，圣斗士。"

小女孩喊："机器猫，机器猫。"

我愣愣地坐在那里，看着越来越多奇形怪状的东西凭空出现，翻滚厮打，扭作一团，满地娇嫩的黄花被压得粉碎，四下飘零纷飞。

"兵马俑，兵马俑。"小男孩跺着脚大声喊。

大地震动起来，纵横交错裂开无数鸿沟，像一面千疮百孔的破布，无数灰扑扑的战士走了出来，它们关节僵硬，手中握着生锈的青铜武器，泥土烧成的眼睛空洞惨白，齐刷刷向着我们望过来。

"额滴神！"我嘶哑着嗓子喊一句，"玩大了，快把它们弄回去！"

沉重的脚步声，咔嚓咔嚓，咔嚓咔嚓，秦始皇的大军迈着整齐的步伐向我们逼近，大地有节奏地震动，金色烟尘遮天蔽日。我低头看旁边那两个小孩，他们颤抖得像寒风中最后两片树叶。

噩梦。

谁也无法控制的噩梦。

"快跑！"我一手拉着一个孩子，扭头狂奔起来，沉重的脚步声不紧不慢地跟在背后。

咔嚓咔嚓，咔嚓咔嚓。

世界一片混乱。

我向着大厅门口跑去，迎面撞上两个人，是凌岸鸿和阿史，灰头土脸样子相当狼狈。

"采采呢，你见到采采了么？"凌岸鸿一脸焦急地问。

我摇摇头。

沉重的脚步声沿着他们身后台阶迸落下来，黑沉沉的，混杂着尘土与铁锈味，咔嚓咔嚓。

"追上来了！"阿史咬着牙，"往那边跑！"

我们三个大人带着两个小孩在荒凉的园子里乱跑，像一部好莱坞僵尸片。天空阴云密布，没有一丝阳光，那些灰头土脸的兵马俑们步伐僵硬，跟在后面穷追不舍。

咔嚓咔嚓，咔嚓咔嚓。

我们跑了许久，终于在一口废弃的古井边找到了采采，她以一个奇怪的姿势蜷成一团，茂盛的长发铺展开，如一朵黑色大丽花。凌岸鸿扑上去摇晃她的肩膀，她的脸从黑发下露出来，一双很大很漂亮的眼睛无神地望向天空。

她似乎是死了。

凌岸鸿出奇地镇定，他抬起一张苍白的脸对我说，不要紧，这是梦，不是真的。

是的，我点点头，这是梦。

阿史走上前蹲下，掰开采采紧握的手，从里面拿出一张残破的字条，凑到眼前看了看，脸色突然一亮。

我知道该怎么办了。他说，你们跟我来。

我们七拐八拐，穿过一条漫长幽暗的通道，来到一间小屋里，屋子正中央有一块半人多高的圆形石头，色泽暗红，表面光滑，模样十分诡异。

使劲推。阿史说，推动这块石头，就能启动结界封住门，它们就进不来了。

我们几个齐心协力拼命地推，石头却丝毫不动。

沉重的脚步声回荡在通道里，咔嚓咔嚓，越来越近，那些泥灰烧成的空洞洞的眼睛从黑暗里浮现出来，发出惨白的光。

"想想办法！"阿史声音嘶哑。

凌岸鸿突然松开手，低头对那两个小孩子说："这不是石头，是气球。"

两个孩子对视一眼，点点头。

是气球，他们两个同时说。

穿红裙的小女孩鼓起小嘴轻轻一吹，石头就晃晃悠悠地飘了起来。

一切都仿佛电影画面，阴冷的空气中起了涟漪，暗蓝色光波闪过，那些兵马俑被隔绝在离我们几步之遥的地方，它们僵硬的膝盖依旧敲打着看不见的门，声音沉闷，砰砰啪啪。

我们几个瘫坐在地喘着粗气，一下一下。阿史看着我，脸上浮现出诡异的笑容，他举起手中那张字条给我看。

字条是空白的。

一切都只在你梦中。他说，只要你的经验能够让你相信这个方法可靠，它就会起作用。

他说，归根结底，只有自己才能救赎自己。

我茫然地望向门外那些兵马俑，他们依然在对着看不见的门拳打脚踢，泥塑的脸上没有一丝表情。

这个梦还真 TMD 长。

隐隐约约响起一串熟悉的手机铃声，像一条金属线编成的小蛇，歪歪扭扭钻进来，幽暗的空间漾起层层波纹。

谁的电话？阿史问。

我的我的。我边说边摸口袋，却是空荡荡的。

这是做梦呢，有人打电话叫我起床。我说。

你要走了？安红看我。

是啊，要走了。

出得去么？他向外望一眼。

我点点头，说没问题。

兵马俑们还在那里砰砰啪啪砸门，我双腿分立，一手握拳收在腰间，另一手平平向着门外伸出，五指并拢，掌心向外，气沉丹田。

"去死吧！"这三个字抵着牙缝蹦出来，是剑锋一般凌厉的金色。

如——来——神——掌——

一片耀眼的金光，排山倒海汹涌澎湃，光芒里有细小的尘埃在飞。

6

"说我会中。"

"搞什么？"

"快说啦，我会中。"

"你会中。"

我食指轻轻扣动扳机，十米外的气球"砰"的一声炸开，一阵欢快的电子音乐响起，还有个娇滴滴的女声像小蛇一样扭啊扭："太棒了，您真是神枪手！"

摊主面色十分不善，从挂礼品的墙上取下最大的那只毛绒玩具熊，我喜笑颜开地接过来，扭头对阿史说："真好，我请你吃冰激凌！"

他一脸牙痛状。

天空难得晴朗，向南望，甚至可以看见一线黛青的山峦，那是秦岭南麓，稍近些的土塬上有三五成群的帝王陵墓，在稀薄的冬日阳光下显得轮廓分外柔和。小时候这种景色天天都能见到，现在却变得异常稀罕。

我带着阿史在兴庆公园里乱转，从一个摊位侵掠到另一个，大年初三，出来逛的人已经很多，处处张灯结彩的很是热闹，气球风筝棉花糖风车烤肉糖葫芦应有尽有。

"这才叫生活啊。"我满满塞了一嘴，望天做感动流泪状，阿史黑衣黑墨镜，提着一大串战利品跟在后面，脸色阴郁得像被墨泼过。

"别忘了我们是来干什么的。"

"知道知道，调查研究找线索。"我鼓着腮帮子唔唔唔地说，"且容我慢慢走慢慢观察，工作休闲两不误嘛。"

他不说话，继续神情阴郁地跟在后面，如同这几天来频繁上演

倾城一笑

的情景。

沉香亭，彩云间，花萼相辉楼、南薰阁、长庆轩、兴庆湖，都是有来历的名字，据说这一带曾是唐长安城三大宫殿区之一，最早是李隆基下令建的，称兴庆宫，几百年来一直是骚人墨客泛舟游览的地方，那些风流婉转的故事至今还铭刻在雕梁垂柳与烟波之间，随着暖风一声声吹入耳。

这地方有我无数的童年回忆，小时候我的日记本上总是用歪歪扭扭的字体写着："今天是星期天，爸爸妈妈带我到兴庆公园玩，公园里很多人，很多花，真好看，我吃了糖葫芦，爬了假山，这是多么难忘的一天啊。"

至于后面那个黑衣男，我很怀疑他还记不记得"童年"两个字该怎么写。

游乐场人声鼎沸，角落里一座高大的摩天轮矗立在蓝天下缓缓转动，投下蜘蛛网一般精致的影子。

"快，那边那边！"我欢叫着一路奔过去，"你，在这儿排队，我去买冰激凌。"

"冬天吃什么冰激凌，不怕胃痛。"

这句话冷冰冰硬邦邦，落在地上一摔就化为几道烟灰，假话，这家伙根本就想吃的。

我给他一个轻蔑的白眼，转身跑开了。

我们一人举着一个三色蛋卷坐在小圆车厢里，向着晴朗的天空缓缓上升。

我问阿史："刚才明明下面很多人排队的，怎么我买个冰激凌回来都不见了。"

"排什么队。"阿史冷冷地说，"我跟他们说不用排了。"

我挠挠头："是啊，我怎么没想到呢。"

小圆车厢越来越高，公园围墙越来越矮，我趴在玻璃窗上向下望，那些灰色楼群层层叠叠在脚下铺展开，无数男女老少穿行其间，无数语言逆着午后阳光游上来，彼此缠绕，交汇，穿行，撕扯，像五光十色的海洋生物，它们是如此绚烂而又如此脆弱，让我想起安徒生笔下的小人鱼，美丽，却没有灵魂，一旦升上海面就化为雪白的泡沫，再也不会有人记得。

许多年之后，这座城市被海水淹没，就会是这样的景象吧，热闹而又安静，宛若童话。

"看到什么了？"阿史坐在我对面问，他的身体隐藏在阴暗中，像一摊影子。

"没什么。"我叹一口气，"一切正常。"

一切正常得不能再正常，有人互道新年快乐，有人许下愿望，更多人像平时一样，谈论工作，天气，物价，国际形势，家长里短，娱乐八卦，有人甜言蜜语，有人争吵诅咒，有人插科打诨，有人彼此宽慰，有人用语言编下致命的圈套，等猎物一脚踩进去，有人嘶喊，有人呻吟，有人沉默着，但依然被其他人的语言包围，那些生命力旺盛的小东西滋生在每一个角落里，生长，繁茂，衰败，消失，一刻不停歇。

"真的没什么异常？"阿史皱起眉头，"奇怪。"

"什么样的算异常呢？"我缩在椅子里舔着冰激凌，"地震，火灾，飞机撞大楼，算不算异常，还不都让它们发生了，以您这样见多识广的看来，太阳底下还真有什么新鲜事么？"

"纯属抬杠，你知道我说的是什么。"

"什么啊，那些怪力乱神？"

"那些违反规律的东西。"阿史神情严肃，"这座城的指数一直在超标。"

我一时无语。

言者们总喜欢谈论一个叫作"神迹指数"的东西，这本来是个文学术语，用来描述一个故事的离谱程度，神迹指数越高，该故事也就越偏离现实主义这条康庄大道，走到浪漫主义，魔幻现实主义，科幻灵异或者神话传说这些怪力乱神的方向上去。

在编造这个世界的工作中，神迹指数是一个尤为重要的参量，必须被控制在一个微妙的平衡范围内，指数过低，会像一潭死水毫无生气，若是过高，则随时有崩溃的可能。世界在这个范围内小心地涨落着，并让那些小概率事件严格地按照小概率发生，于是你每天都能在报纸上看到各种超自然现象的报道，中大奖，鬼上身，UFO劫持，自己却从未亲身经历过一次。

我们私下里管这个东西叫"神经指数"，如果一个言者的故事里神经指数居高不下，他就离被清洗不远了。

在西安这座城市长达几千年的历史中，曾发生过无数变态而又离谱的事件，有些被载入史册与传奇，有些则被小心地尘封，不留下一点痕迹，管理这座城的言者换了一批又一批，却总是治标不治本，最老实本分忠心耿耿的家伙，到了这里也有发神经的可能。这座城太过古老了，存在的时间太长，它就像个风烛残年的老人，曾经健全的免疫系统早已千疮百孔，那些怪力乱神就像病毒，潜藏在它身体的每一个细胞里，随时寻找漏洞进行攻击。

我不止一次怀疑，这座城的状况远比我们看到的样子要严重许多倍，它外表依旧朴实木讷，与世无争，其实病毒早已入脑，无可救药，它已经疯了几千年，只是我们在其中生活得太久，从来不曾察觉。

"他藏不住的。"阿史说，"早晚被我抓到。"

我知道他在怀疑谁，那个不守规矩的家伙，那个危险分子。

"你小时候是不是特别有正义感啊。"我岔开话题。

"什么意思？"

"没什么，就是想起来这么一问。觉得你一定从小就当班干部，老师不在的时候，你就负责看着其他同学上自习。"

"你骂谁呢。"

"啊，被你看出来了。"

"不要以为别人都是傻子。"他冷冷地说。

我扭头假装看风景，阳光一寸一寸移动，冰激凌都快化光了，我把最后一口塞进嘴里使劲地嚼。

"你呢？"他问，"是不是从小嘴巴就这么坏。"

"没有啊，我一直是乖孩子来的，不打架不骂人，五讲四美三热爱。"

"嗯。"他点点头，"那就是憋坏了。"

"哈，故意的是吧。"我一巴掌打落他扔来的小箭，"小气鬼。"

"彼此彼此。"

"还是小孩子好啊。"我突发感慨，"有吃有喝，有的玩，不用上班，自由自在，就算一不小心犯了什么错误毁灭了世界，也有大把机会补救。"

"什么意思？"

"没什么，想起这两天做的一个梦。"

"什么梦？"

"记不太清了，乱七八糟，好像被兵马俑追杀什么的，特别刺激，像个科幻大片，里面还有你。"

"嗯，我在里面都干吗了？"

"跟我一起被追杀呗。"

"真荣幸。"

我们就这样有一搭没一搭地闲谝，这种感觉倒也不坏，对我们这样的人来说，一年中大部分的时间都在对着黑暗说话，像这样坐在阳光下，由着舌尖字句一串串冒出来消散在空气中，实在是太难得的消遣。

我突然想起凌岸鸿，想起屋顶上那些阳光灿烂的日子。

那一年，那一天，那一次莫名其妙的相遇，真的只是巧合么？

或者……他也想找个人说话？

某年某月某日，某个星期一早上，他坐在屋顶上边晒太阳边看书，像一个寂寞而又百无聊赖的神灵，我穿一身校服从家里走出来，精神萎靡地站在那里等电梯。

他独自对着空气说了些什么，用那有魔力的语言，一个名字或一段故事，像一朵花无声绽放，除了那些鸽子以外没人听见。

上帝在云端，只眨了一眨眼。

最后眉一皱，头一点。

我望着窗外胡思乱想，阳光洒在身上，懒洋洋地不想动，摩天轮已经转到最高点，大半座城尽收眼底，五光十色的语言飘浮在空中，如同一座蜃楼。

"很多东西你以为自己记得清楚，其实忘起来是很容易的。"

"那样的世界，我也没有见过。"

"祝春节快乐，心想事成。"

我猛然坐直身子。

远远地，有什么东西在隐隐闪动，我眯起眼睛仔细地看，它并不具有一个具体的轮廓，但却在移动，像海上飓风，又像看不见的巨兽，在语言的海洋中卷起一个巨大旋涡，遮天蔽日，我听见它的声音，虚无缥缈，没有音调与旋律，像传说中的鲛歌，远远近近席卷而来。

天气依旧晴朗，我却觉得背上冒出冷汗。

"有情况！"我大喊一声。

阿史噌地站起来，额头撞上车厢顶棚，很沉闷的一声响，我却顾不上笑他。

"怎么？！"他瞪着我，又瞪窗外，只可惜他看不见，我们两个的能力不同，他可以下命令，却无法观察。

"目标出现。"我言简意赅，"我看见它了。"

"来得好。"阿史咬牙，像发现猎物的警犬。

"好你个头，我们怎么下去？"

"不用你操心。"

他掏出手机，想一下开始拨号，电话通了，先是一阵熟悉的音乐飘出来，然后有人说话："欢迎您拨打我们交通音乐台的热线电话，请问您有什么……"

"安静。"阿史对着听筒冷冷地说，"从现在开始，按照我的指令行事。"

黑色墨汁化作黑色电波，像一大群蝙蝠哗啦啦散开，消失在晴朗的天空中。

电话里没了声响。

"给那些出租车司机打电话。"阿史下令，"让他们听我指挥。"

"真赞啊。"我轻声叹息，"且容我给你写一个'服'字。"

黑色蝙蝠在空中噼噼啪啪拍打翅膀，飞向四面八方，我看见它们像黑色的雨滴一样落下去，落到这座城市的各个角落里，晕开一团一团的墨迹，现在整座城里有成百上千个黑点在移动。

"告诉我方位。"阿史捂住听筒看我。

"好像在南边，往北移动，速度很快。"

"具体位置呢，哪条街哪个路口？"

"靠，我怎么知道，我从来不认路的。"

他嘴唇颤抖一下，还是没骂出声。

"离这里远不远？"

"不太远，七八公里的样子。"

"几点钟方向？"

"五点吧。"

"往东南边去。"阿史对电话下令，"离得远的先原地待命。"

我看着这一场混乱的追捕在脚下的城市里上演，那巨大的旋涡在快速移动，像一条迅猛有力的鲨鱼，许多墨点东一下西一下蹦跳，试图围追堵截，像没头苍蝇。

"再往西边一点。"

"哦，搞错了，那边是东……"

"它停住了，快追！"

"又跑了……"

摩天轮还在缓缓运行，视野越来越狭窄，阿史脸上线条也越绷越紧，越来越浓的阴影笼罩在上面，像一块花岗岩。

"它在绕圈子。"我说，"沿着一条不规则的路线。"

"别追了。"阿史下令，"把路堵上，看他怎么过去。"

黑色很快淤积起来，像一大摊污泥，隐隐有喇叭声和各种咒骂从那个方向传过来。

旋涡向着那摊黑色接近。

我瞪大眼睛看着，几乎不敢呼吸。

它毫无障碍地穿过去了，仿佛在另一层空间中移动一样。

"靠！"

"什么情况？"阿史问。

"没用。"我摊手，"biu 的一声就过去了。"

阿史紧皱眉头。

"它还在移动么？"

"还在。"

"那就好。"他对电话里说，"派个车来公园门口接我们。"

出租车停在路边，我们下车狂奔过去，有些交警模样的人试图阻拦，被阿史两三个字打发到一边。

现场已是一片混乱，黑压压的一片车，足足排了好几百米，周围又是路障又是警车又是围观群众，吵闹声像大群黄蜂，密密麻麻在空中飞舞，扰得人心烦意乱。

"都安静！"阿史大喝一声。

一片寂静。

我抬头仰望，天空依然是晴朗的，有细碎的云絮飘浮，阳光洒落在这一大片安静的人群身上，像在拍电影。

那飘渺的声响逐渐逼近，我感觉到它带来的压力，一阵阵挤压着耳膜，如同暴风雨来临，静谧的空气中逐渐起了涟漪。

来了。

那巨大的旋涡出现在视野中，像一道龙卷风，一直延伸到极高的天空中去，无数语言碎片像五光十色的花瓣，被一层层席卷着向上升起，然后纷纷扰扰地落下来。

我极力睁大双眼想要看清，却被这花之雨模糊了视线，那是怎样壮丽的景色啊，我站在那里，任由巨大的旋涡将我吞没，旋涡中空空落落，没有声音，没有形状，没有色彩，一片纯粹的寂静。

我睁开眼，看见一只蓝灰色的鸽子从头顶上方飞过，在瞳孔中留下一道优美的剪影。

然后它跟旋涡一起离开了，飞远了，有如一道渺渺的歌声。

我呆立许久。

闹了那么半天，只是一只小小的鸽子么？

好像被耍了。

"怎么样？"阿史问。

我回头看他，说："什么都没有。"

"你看清了？"

"很清楚。"

他脸色阴沉，阳光下宛如一尊石像。

"收队吧。"我低声说。

"收队。"他回头下令，"该干吗干吗去，就当什么事都没发生过。"

人群和车辆轰轰然散去，一切又恢复正常。

我站在阿史旁边，突然毫无征兆地爆发出一阵大笑，这一天实在是太精彩了。

7

依然是许多年前在西安。

日子过得很快，5月的花儿匆匆谢了，然后是漫长炎热的夏天，然后是几场秋雨，天气转凉。

某个星期一的下午，天空阴霾，风吹着一切能发出声音的东西哗哗作响，一群鸽子绕着灰色楼群拍打翅膀，归巢的姿态优美而悲怆。

我在放学路上遇见另一个同学，我们两个突发奇想，走了很远的路去买两大罐牛奶，一路走一路喝着回去，狂风吹起我们的校服裙角，好像《绿野仙踪》里那场吹走多萝西的龙卷风，随时要将我们带往另一个世界。

回到楼下时，我看见地上满是水，几个陌生人站在旁边东张西望。

"怎么了？"我问旁边一位略有些脸熟的大叔，并且猜测是不是哪里水管子漏水了。

"你不知道么？"大叔一脸凝重地盯着我看，"有个女孩，跟你年纪差不多大的，从咱们楼上跳下来自杀了。"

我愣在那里不能动。

这件事沸沸扬扬闹了一阵子，终于平息下来，自那以后小区管理人员加强了警戒，出入都要登记，通往屋顶的门也永远上了锁。

我想我再也见不到凌岸鸿了，我不知道他住在哪里，不知道他做什么工作，甚至连这个人是不是真实存在都无法确定。

星期一早上我穿着校服背着书包从家里走出来，按下电梯，耐心等待，叮咚一声响，电梯门打开，我进去，下楼，骑车去学校，升国旗，交作业，上课，考试，回家。

天灰蒙蒙的，像是要下雨又总是不下，我像一只受了潮的钟表，终日陷在桌椅与墙围成的角落里，怀念窗外那一方明净的天空。

那一年高考作文的题目是《心灵的选择》，我写了这样一个故事。

从前有个人（我们姑且称他为 S 君），在路上捡到了一枚硬币。

这可不是一枚普通的硬币，它可以做出正确的选择！也就是说，当你有什么事需要扔硬币决定的时候，只要你扔的是这枚硬币，你的选择就永远不会错。

早上出门前 S 君想，是坐地铁还是坐公交车呢？他扔了硬币，决定坐地铁，结果到办公室翻开报纸，发现当天要乘坐的公交车出了车祸，一车人全部遇难。

诸如此类的事情。

有一次 S 君出发去登山，途中却遇到一场可怕的暴风雪，他深知如果找不到避风之处必死无疑。他走啊走，突然脚下碰到一个僵硬的东西，他扒开雪一看，原来是一个冻僵的人，他心想：是救他呢还是继续前行？经过心灵深处翻江倒海的思量之后，他决定扔硬币决定。

"如果是正面，我就救他；如果是反面，就把他扔在这里。"

他扔了硬币，是正面。

于是 S 君脱下手套，开始给那个冻僵的人做全身按摩，经过一番努力，终于把那个人救醒了。

"谢谢你。"那个人（姑且称他为 M 君）感动地说，"你真是一个道德高尚的人啊。"

"没什么，这是我应该做的。"S 君回答。

于是，两人搀扶着走出雪地。

但是且慢，有人或许会问，难道S君决定去登山之前，就没有扔一下他的神奇硬币，来决定该不该挑这么一个糟糕的日子出行么。

我可以偷偷告诉你，正是硬币让他选择这一天出发。

我还可以再偷偷告诉你另一件事，S君救下的那个遇难者，M君，是一个亿万富翁。

回去之后，M君拿出很多金银珠宝，股票证券，以及自己美丽的女儿来酬谢S君，从此S君过上了幸福的生活（真好啊，我也想要这样一枚硬币）。

很多年之后S君快要死了，天使和魔鬼都跑来争夺他的灵魂。

"跟我去天堂吧，那里有永不凋谢的花朵，永不枯竭的清泉，天使唱着赞美歌，上帝的辉光永远照耀你。"天使在他左耳边说。

"跟我去地狱吧，那里有喝不完的美酒，享不尽的美女，地下的火焰终年不熄，一年四季都可以泡温泉。"魔鬼在他右耳边说。

"听上去似乎地狱更对我胃口。"S君自言自语道，"但那也可能是虚假广告，我不得不防，还是扔硬币决定吧。"

他扔出了硬币，正反两面在空中旋转翻滚，闪闪发光，最后"砰"的一声落地。

它立住了。

既不是正面也不是反面，而是笔直地立在那里，像这样。（旁边有我画的示意图）

他不敢相信自己的眼睛，决定再扔一次看看。

硬币还是立住了。

他扔了一百次，一千次，一万次，每一次的结果都一样。

他就这样扔啊扔啊，天使和魔鬼等了太久，都变成了石头。于是最终 S 君既没有上天堂也没有下地狱，他就这样继续在这个世界上飘荡，口袋里装着他的硬币。

四十分钟，一千个字，不知改变了多少人的命运。

奇怪的是，这篇白扯的作文居然得了高分，于是我的高考分数刚刚好够了北京那所大学的分数线，那时候父母和老师都说，一定是有个神在保佑我，我也没心没肺地笑着说是呀是呀。

只是我们谁也没有想到，那个神就坐在我们家屋顶上。

拿到录取通知书是 7 月，我穿着牛仔短裤和粉红色 T 恤，光脚踩一双白色凉拖，踢踢踏踏地一路跑上顶楼，通往屋顶的门依旧紧锁，我又踢又踹，除了碰伤了一根脚趾外没有任何收获。

我满心沮丧，一跳一跳出了楼梯间，打算坐电梯下楼。叮咚一声响，电梯门打开，一双熟悉的眼睛望出来，微微发蓝的深灰色。

"好久不见。"长久沉默后，我们两个同时说一句。

我抢先一步跳起来去拍他的肩。

从那之后我便开始相信，这世间万般变化只是一个故事，不然怎可能有那么多起承转合，那么多伏笔，悬念，曲折与分晓，那么多情理之中与意料之外，那么多蓦然回首与恍然大悟。

只是那时候，我还看不到这一切的结局。

在西安的最后一个夏天，每天都有青空白云，有飞过天际的鸽群和寂寥的蝉鸣，夏日刺目的白光混淆了视线，看不清过去，也看不见未来，以至于现在回想起来，只剩下一些凌乱的碎片。

"再讲一个故事，好不好。"

"从前有一座遥远的小镇，里面住着许多词工，每当夜幕降临时，他们就聚集在一起，用词语编织起这个世界，每个措辞都必须严谨，必须准确无误，否则就要出大乱子。如果有一个词工不小心说了一句'玻璃透明得像一块冰'，那么第二天早上太阳出来，所有的玻璃就会像冰一样融化掉。"

"啊，那不是所有的比喻都不能用了？"

"是啊，这个说了比喻的词工也受到严厉惩罚，他想为什么是这样呢，为什么我就没有讲故事的自由呢，但他始终想不明白。有一天晚上工作时，他趁别人不注意，偷偷往故事里加进一个小镇里不存在的人物，一个神秘商贩，第二天早上，他走上街头，迎面就遇到这个商贩，跟自己描述的样子一模一样。商贩掏出一本书给他，说你拿去，这本书里有你想知道的一切。"

"词工回到家里，把其他词工召集起来，一起看这本书，里面充满各种他们不曾见过的东西，各种想象出来的，不能被说出来的东西，他们怀着巨大的恐惧与希望读这本书上的内容，世界在分崩离析，轰鸣着，咆哮着，直到第一缕太阳光照进屋了。他们放下手中的书，一起出门，去见识那个新被创造出来的世界，那个从来不曾有人见过的世界。"

"什么样的世界呢？"

"不知道。"他笑一笑，"我也没见过。"

直到现在我依然记得这个故事，每个字，每个词，连同他讲故事时的姿态表情，他微微发蓝的深灰色眼睛望着远方天空，里面有种光在流转。

8

我又做梦了，回到这座城市里我总是做梦，各种各样奇异的梦。

梦里我是一个穿红裙子的小女孩，梳两条黑亮的羊角辫，甩着脚在一条小路上踢踢踏踏地跑，跑到一座楼下仰头喊叫："安红！

安红！"

窗户吱呀一声打开，一个小男孩从里面探出脑袋。

"嘘，小声点。"他压低声音，"大人们还没睡着呢。"

我吐了吐舌头，安安静静坐在一棵树下等他，阳光很好，风吹着叶子哗啦哗啦作响。

不知道等了多久，又是吱呀一声，我抬头看，看见那个男孩子推开窗户，像只鸽子一样飞了下来，轻轻巧巧地落在我旁边。

"你会飞啊？"我瞪大眼睛看他。

"会啊。"

"我怎么不知道。"

"你不知道的还多呢。"他开心地笑，露出白白的牙齿。

"什么啊，告诉我。"

"秘密。"

"告诉我嘛。"

"那，你不能告诉别人啊。"

"我才不说呢，说出去是小狗。"

"其实啊，你现在看到的是我的梦。"他说，"在梦里当然想做什么都可以啦。"

"真的？"

"真的啊。"

"不对吧。"我挠挠头，"怎么感觉是我在做梦呢？"

"不都一样嘛。"他说，"这世界是一个很大很大的梦，我们的梦都在里面。"

我想了想，觉得他说得也有道理。

"可是，要被别人发现了怎么办？"我说，"你做了那么多坏事，他们会来抓你的。"

"放心吧。"他说，"那些笨蛋抓不到我的。"

我隐隐约约感觉到，他说的笨蛋也包括我在内，心里有些不高兴。

"哼，要是我告诉他们呢。"我说。

"你才不会呢。"他眯着眼睛笑。

"谁说不会，你等着。"我一边说一边假装往外跑，跑到一半偷偷回头瞅一眼，他坐在那里看我，还故意眨了眨眼睛。

我不好再装下去，悻悻地走回去，说："你怎么知道我不会？"

他抬起一双动物般清澈的眼睛看我。

"我们不是好朋友么？"

"谁说的。"

"一直都是啊。"

"将来呢？"

"将来也是。"

"不骗人？"

"骗人是小狗。"

"拉钩。"

"拉钩。"

我把小指头伸出去。

拉钩上吊一百年不许变。

他把一只手放在嘴上说了句什么，然后握成拳头放在我手心里。

"给你。"

"什么东西？"

"魔咒啊。"

"啊？"

"有了它，你就能跟我一样。"

"真的给我？"

"当然，我们不是好朋友嘛。"

我紧紧攥住拳头，觉得手心里有什么东西热乎乎地一跳一跳，像一只小鸟的呼吸。

他对我笑一笑，说："现在不怕了吧。"

我点点头。

我们蹲在那里，伸出手指在地上写写画画，像两个无忧无虑的小孩子，冬日阳光落下来，又温暖又柔软，有如一块棉花糖。

"你在画什么？"他问。

"把我们刚才说的画下来。"我说，"不然醒来以后忘掉了怎么办。"

"哦，我也画。"

我画一个小女孩，他画一个小男孩，两个人手拉着手，在天上飞。

远远地，突然有脚步声，有人过来了，我们两个对视一眼，连忙三下两下把地上的画儿都擦了。

"干什么呢？"一个声音传来。

我抬起头，看见一个女人站在那里，依稀有点面熟，一双眼睛是带金属光泽的深红。

"画画。"安红若无其事地回答。

"画什么，我看看。"她说。

"凭什么要给你看啊，你又不是我妈。"我没好气地说。

这时候电话铃响起，我就醒了。

我迷迷糊糊地摸出手机放在耳边，阿史的声音。

"休息好了没有？"

"不好。"

"怎么了？"

"没什么，刚做梦呢，被你吵醒了。"

"这次又梦见什么？"

"忘了。"我望着空荡荡的天花板发一会儿呆，"一点儿都想不起来。"

"不舒服就休息吧，给你放假。"

"这么好。"

"我不当周扒皮。"

我笑起来，这家伙幽默感突飞猛进，不知道是受我影响，还是这座城市的气场在作怪。

"对了，下午借你车用用。"我说。

"干什么？"

"有点事。"

"你会开么？"

"怎么不会，我有驾照的。"

"我是问会不会开。"

"又不让你坐，怕什么。"

"还是小心点。"

"婆婆妈妈，不会给你撞坏的。"

"我是说你小心点。"

"知道了。"

挂掉电话，我缩回被子里闭上眼，试图把刚才忘掉的梦续上，却怎么也睡不着了。

9

天空阴霾，一片暗沉沉的灰色，像是要下雨。

我开着阿史的黑色奥迪，沿绕城高速一路向南，沿途大都是农田，冬天的田里荒芜一片，只残留一些枯黄的玉米秆，更远些也有矮矮的工厂烟囱，青白色烟柱微微倾斜向一边，像笔触浓郁的油画。

我有意开得不太快，反正又不赶时间，上次跑这条路已经是两年前的事了，我其实是个没什么方向感的人，全靠沿途景色辨别方向，偏偏城郊又冒出许多新开发的楼盘，一座座空荡荡的楼房拔地而起，在铅灰色的天空下悄然静立，全是陌生风景。

一个人开车其实挺没意思的，没人说话，只能乱七八糟想些事情，想听点音乐，打开音响却是一套老掉牙的英文歌，从 Sound of Music《音乐之声》到 Sound of Silence《寂静之声》应有尽有，令人不得不对阿史的品位嗤之以鼻。我换到广播，FM93.1MHz，西安音乐台，里面在放一个有奖竞猜节目，主持人都说陕西话，热热闹闹的很是喜庆。

原本四十分钟的路开了一个小时，抵达时天色愈加昏暗起来，像晚上五六点的样子，我找地方停好车，抱一束白菊花下去。

墓地的名字叫神河源，据说风水不错，一侧有缓坡，坡前有一条小河流过，我是不太懂这些的，只是每次来都是冬天，河里水势落下去，在枯树和嶙峋的石滩中絮絮流淌，显得寂寥。

空气阴冷凝滞，我踏着石阶一级一级向上，两边地上有小小的石刻路牌，一排，二排，三排……像电影院里对号入座，黑的白的碑石立在各自座位上，上面黏附着亲友们留下的哀思和祈愿，像一串串细小的白花，在冷风中逐渐凋零枯萎，最终化为粉尘。

爷爷的墓是十八排二号，我记得清楚。

我把花放在那一方汉白玉的石碑前，按理应该说点什么，张了几次嘴却没有声音，语言像懦弱的小兽，蜷在深深的洞穴里不肯出来，我很想把手伸进自己的喉咙里，一直向下，从最隐秘的地方掏出那些话，揉搓成一团点上火烧掉。

如果语言也是有生命的，那么把它们烧成灰，是不是死去的人就能听见了呢？

远远的有个人影走过来，手里拎着扫帚和铁皮桶，是守墓的大叔，五六十岁的样子，实际上可能更年轻些，我对那张脸还有印象，似乎是姓李。

"就你一个人来咧？"他远远地招呼我。

"是啊。"

"家里都好吧？"

"好着呢。"

他点着头四处看一看，拿起手中的扫帚在碑石上扫起来，其实上面的土早被雨水浇成了斑斑点点，扫是扫不掉的，得用湿布擦。

我把香和蜡烛点着了插在神龛里，用手去拔石缝里的几丛枯草，李大叔扫了一会儿，坐下来跟我闲谝，我觉得他很像是这片园地的主人，对每一位来访者都一视同仁，表达一点最简单质朴的善意和礼数。

"柏树长得比去年大了。"

"嗯，长大了。"

"这字儿被雨冲了，怕是得找个师傅重新描一描，跟你家里人说说。"

"嗯。"

"带纸钱了没有，没带我下去给你拿点。"

"带了，够用。"

那些话像黑色蝴蝶，无声无息地拍动翅膀四处乱飞，我还想说点什么感谢的话，突然间眼泪莫其名妙掉了出来，而且一掉就收不住，顺着脸颊哗哗往下流，像灼热的闪电，要把脸上割出口子来。

大叔坐在旁边沉默好一阵，叹口气说："娃伤心咧。"

他留下铁皮桶和扫帚，冲我点点头，一步一步走远了。

我拿出纸钱，一张张点着了扔在桶里，橘红色的火苗升起来，腾起暖暖青烟。

四下里寂寥无声，有风阴惨惨地在墓地穿行，在那些荒草和松柏间呜呜呼啸，像吹埙的声音。那是一种古老的陶土乐器，像个扁扁的酒壶，西安的许多旅游景点都有卖，小时候我曾听过一个街边艺人用埙吹一首《苏武牧羊》，悲切得让人心里发空，以至很长一段时间里，我都以为那乐器是招魂用的，里面住着一个鬼魂，会在寒冷的荒野里呜呜哭泣。

　　两年前那个春节，我和我的家人们守在这座城里，等待一个早已被写好的结局。那时候我已经洞晓了这个世界的秘密，一天一天的痛苦煎熬中，我总是心怀侥幸，我想那个结局既然已经被写好了，做不做手术或许真的没有什么区别，就让这一切顺其自然地发生吧。我用最豁达的态度鼓励那些亲人，让他们耐心，耐心等待。

　　在这煎熬和侥幸中，手术的日期一天一天近了。

　　开颅，切除一个脑瘤，对那样年纪的老人来说，自然是一场生死考验，我曾无数次亲口读出类似的故事，手术台上每一个细节，令人揪心的每一分每一秒，我读出那些过程和结局，连嘴唇都不会颤抖，我读那些人的希望与绝望，祈祷与悲恸，甚或之后漫长岁月中逐渐愈合的伤口，逐渐淡漠与遗忘，生死，死生，再普通不过的故事。

　　然而当同样的考验终于压到自己头上时，我却坐立难安，像一只火炉上的蚱蜢。手术是那样漫长，我从医院阴冷的大厅里逃出来，在街上漫无目的地走，那时候天也是阴沉沉的，路上车辆往来，川流不息，我拦下一辆出租车，心不在焉地盘算着到底是该找地方吃点东西还是去看场电影，脱口而出的却是一个熟悉的地址。

　　是的，那时候我才意识到，这座城里有一个人，是可以改写这个结局的。

　　那个喜欢坐在屋顶上看书的年轻人，有一双微微发蓝的深灰色眼睛。

　　我跑回那栋楼，坐电梯上十八楼，再沿着幽暗的楼梯间向上爬，铁门依旧紧闭，借着一丝微弱的灯光我却看清，门锁不知什么时候已经坏掉了，只靠一根铁丝拴着。

　　我轻而易举地扭开铁丝，拉开门走上屋顶。

　　天空阴霾，像大片低矮的屋顶，没有鸽子，没有那个熟悉的身影，只有风呼啸着从遥远的地方吹来，时而低沉时而尖厉。

我绕着屋顶一圈一圈地走，呼唤他的名字。

安红，安红，凌岸鸿。

你在哪里。

帮帮我好不好。

这个世界上，只有你能帮我。

只有你肯帮我。

我不知道自己在那里等了多长时间，七八个小时或者更久，很多时候一个人的命运就在这几个小时或者更短的时间里被改变了，在我等待的那段时间里，世界上一定发生了很多这样的事。

夜幕降临，城市灯火一盏一盏亮起来，我坐在那里像一块石头，浑身没有一丝热气。

安红，安红。

我喊了你的名字，你为什么还不出现。

安红安红安红安红安红安红安红安红安红安红安红安红……

我没有等到他，只是等来一条短信，告诉我最终结果。

那天晚上我像个孩子一样放声大哭，哭了很久都不能停止，直到我下楼，走在回医院的路上，依然一边走一边抹着眼泪，嘴里呜呜呜地哭。

说不清那是一种什么感觉，真的像一个受了天大委屈的小孩子，不停地问为什么呢为什么呢，为什么会是这个样子不是那个样子，可没有一个人听见也没有一个人回答。

寒风习习，路灯光色泽金黄，一路寥落的树影。

我想起那个在我们家楼上跳楼自杀的少女，其实她的命运也是早早被安排好的，有人写下她的故事，用钢铁一般清晰的语言念出来，于是在那个天气阴霾的下午，她身体里的发条徐徐转动，一圈圈卷紧，她在吱呀吱呀声中乘电梯一路向上，推门，眼前是灰色天空下矮矮的灰色楼群。

"啪"的一声，发条跳起来，她的身体像鸟一般划过空气，姿态优美而悲怆。

凌岸鸿早知道这一切，这个故事是他亲笔写下，亲口说出的，他知道那天之后，通往屋顶的门将被永久锁上，但他也不能改变那个残酷冰冷的结局，他所能做的只是让我在放学路上遇见一个同学，我们突发奇想，跑去很远的地方买牛奶喝，等回到家时，围观的人群已经散去，地面用水洗过，干干净净。

他不是神，我也不是神，我们和那少女一样，身体里有个小小发条在吱呀吱呀地转，支配我们走完早已决定好的命运。

天色越发地暗了，我看着最后一摞纸钱化为烟灰，站起来鞠了三个躬，转身离开。

走到停车场，看见守墓的李大叔端着一大盆热气腾腾的饭食往屋里走，后面蹦蹦跳跳跟着一大一小两个孩子。

"要走咧？"他问。

"走了，明年再来。"我说。

"留下吃饭不，你大娘知道你来，专门做了猫耳朵。"

我想也没想就说了声好，天晚了，肚子里确实饿，况且那一大盆猫耳朵闻着就香。

猫耳朵是一种面食，又叫麻食，把面团搓成拇指大小的薄片，微微有些弯曲，下锅一煮晶莹剔透，十分耐嚼，臊子是素的，土豆茄子豆角，大约是附近农民自家种的，香得异常结实，拌一点醋泡的青辣椒丝，还没入嘴，胃里先有一股暖流冲上来勾着舌头根。

我本以为这么大一盆，三个大人两个小孩未必能吃完，结果不但吃干捞尽半滴不剩，还就着咥光一盘白面馍。咥也是陕西话，比"吃"这个字的感觉来得更豪快些。

"娃怪可怜的。"李大娘说，"明年来，大娘还给你做。"

那句话像只温暖粗糙的大手，轻轻摸着我的脸，在她心里我大约就是个小孩子吧，会一个人跑来扫墓，坐在死去亲人的墓旁边呜呜呜呜地哭，会像头饿极的小兽一样捞最后一碗猫耳朵吃。

"明年再来。"我又一次点头。

回去的路依旧漫长，天已经完全黑下来，远方有大朵烟花从路边升起，绯红惨绿烟紫流金，它们绽放时寂然无声，恍如一朵花开，很久之后，才有隆隆的声音传到近处。

那一带就是古时的乐游原吧，现在成了城郊荒地，附近的农民在公路边搭起简陋的棚子，出售各种烟花爆竹，很多人专程开车去那里买来放，从初一到十五热闹不息。

我开到近处停下来，下车靠在一边仰头看，那些巨大的光球绽开来，几乎遮蔽了大半夜空，轰隆声响彻天地，几个小孩子吓得捂住耳朵不放，却又一眨不眨地瞪大眼睛看，他们稚嫩的小脸像一排花儿，上面有各种颜色的光芒流淌。

我站在那儿看着，突然觉得心里异常平静。

或许世界就是这个样子的吧，有人死，有人生，有人欢笑有人哭，日复一日年复一年，直到世界毁灭的那一天，有人怀着满满心事，独自开着车在旷野里走，遇见路边一场烟火表演，把夜空照得璀璨。

许许多多类似的故事。

不知不觉有细细的雨点飘下来，落在额头上丝丝的凉，那些孩子似乎并不受影响，依然看着笑着，拍着手跑来跑去，我恋恋不舍地又看了一阵才上车。

雨刷在窗前左右摇摆，抹开红的绿的光，像湿漉漉的水彩颜料，我把音响打开，一边听那首保罗西蒙和声版本的 Silent Night，一边加速往回开。

倾城一笑

Silent night, holy night.

All is calm, all is bright.

Round young virgin, mother and child.

Holy infant so tender and mild,

Sleep in heavenly peace,

Sleep in heavenly peace.

这个版本的 Silent Night 还有个名字，叫 Seven O'clock News《晚 7 点新闻》，静谧安详的歌声中始终有个男播音员的声音喋喋不休，讲述着谋杀，越战，民权运动，反战示威，两种声音共同编织成某个并不平安的平安夜，如同 2009 年的这个春节。

黑色奥迪在雨里飞驰，像一只鸟，这个晚上将要发生的事还有很多。

10

停车时雨下得正大，我冲进那家叫作 Miss 的酒吧，看见满屋衣着光鲜的俊男美女，光影幽暗中显得个个面目陌生，绕场走了两圈，突然听见一个姑娘在角落里高喊："笑笑笑笑，这边！"

我盯着那张艳光四射的脸半天不敢认，女大十八变，这丫头变得也未免太迅猛了一些。

"怎么才来啊，喝酒，喝酒！"不知是谁喊叫着。

掺了绿茶的芝华士递到面前，我很豪气地一口干掉，这才顾得上仔细打量四周，桌旁十来个人，都是中学同学，掐指一算竟有六七年没见。桌上点着小圆蜡烛，一大堆玻璃杯和扑克牌七零八落，看样子是在玩杀人。

"来来来，多一个人，再加一张平民牌。"

就这样稀里糊涂加入了战局，这游戏我学得很早，玩得却不多，只记得大概规则，一群人抽了牌，确认自己身份，法官站起来宣布天黑闭眼，杀手杀人，警察指认，天亮了大家睁开眼。

"笑笑死了。"法官神态庄严地宣布。

"我 × 谁这么二尿，首杀新人，没人性嘛！"有人吆喝。"尿"也是陕西话里骂人用的，被这帮人喊惯了，倒不显得多么粗野，只是亲切生动。

"请死者发表遗言。"法官看我。

"呃……我刚来，啥都不知道呢还。"我憨笑着环顾四周，"能观察一下再说话不？"

"不行不行，死者得第一轮发表遗言，然后你就不能说话了。"邻座一个男生对我说，他口中字句掉落下来，色泽灰扑扑透着假。

"那就是你了。"我说。

"理由呢？"法官问。

"需要理由么？"我说，"就是他，听我的，把他投死！"

"好吧，死者遗言发表完毕，请安息。"

我乖乖坐在那里喝酒，看他们开始分析案情，男男女女相互指证，攻讦，辩解，搅乱视线，转移目标，各种言语像带箭头的彩色符号，在空中纠结成一团，谁忠谁奸一目了然。

其实就这样在一旁看戏也挺有意思，重要的只是过程热热闹闹，反正我已经是个死人了。

"投死我吧！"那个坐在我旁边的杀手兄弟激动地大喊，"我是警察，你们这些愚民就投死我吧！"

我觉得他是真有点入戏了。

夜深了，曲终人散，我独自站在酒吧门口，掏出手机给阿史发短信。

"我喝多了不能开车，你打个车过来吧，在大唐通易坊的 Miss

酒吧。"

路上安安静静的，没有什么车，两侧街灯都是仿古样式，雨雾中笼着一团团柔和的杏黄光芒。这一带是新建的商业区，一律仿唐的建筑，高楼立柱，飞檐斗角，尽显奢华气象，不远处一段朱红的宫墙上，用浓墨和金粉刷着一行大字："独领风骚一千年"，大约是房地产广告，更远一些就是大雁塔，矗立在各色光雾中同样显得不真实，隐隐有喑哑的铁马摇曳声传来。

雨水从屋檐上落下，被灯光染成金的银的线，跌出一排水花，我抱着膝盖坐在台阶上，仿佛回到一千年前的长安城，据说那时的酒肆歌楼会有意把屋檐修得很宽，让过往行人在下面避雨，有多少故事就是在那些屋檐下发生的。

阿史撑一把黑伞出现在我身后，依旧神不知鬼不觉，我把钥匙甩给他，摇摇晃晃拉开车门钻进去。

"喝了多少？"他握着方向盘目视前方，"我记得你酒量一般。"

"不知道，没数。"我把身子在后排座位上摊平，像一条咸鱼，"难得玩这么尽兴，不就多喝几杯么，怎么啦。"

"玩什么了？"

"先是杀人，后来改玩 Truth or Dare，好玩死了。"

"怎么玩的？"

"真心话大冒险，没玩过啊。"我语气里满是不屑，"最简单了，拿个酒瓶转呗，转到一个人就是真心话或者大冒险，要么回答大家一个问题，要么就得按照要求做件事。"

"为什么？"

"就是整人啦，找些尴尬的事情让人家做，或者挑八卦问题问，最好玩就是问，你中学时候都喜欢过谁，说我们大家认识的，不认识的不要说，把每个人都扒了一遍。每说出来一个名字，我们就说，为那个谁谁谁干一杯！"

"怪不得喝成这样。"

"头一个就逮住我们班班长，有个姑娘问他，你当初有没有喜欢过田甜，田甜是我们隔壁班班花，大眼睛小酒窝，特别受欢迎，以前成天传他们两个的事，传得有模有样的，结果那小子居然说没有。那姑娘跟他说，这个可以有，他说，这个，真没有！"

"也许他不想说呢。"

"靠，至于么，都那么多年了，有就有，没有就没有呗。"

"那依你看是有还是没有呢，真话假话总瞒不过你吧。"

"是真没有啦，我也挺诧异的。"

"嗯，后来呢？"

"后来好不容易又逮着他一次，我们就追问说你到底喜欢过谁，总得说一个吧，他开始非要说一个上大学以后认识的，我们说不行，中学六年呢，总不能一个都没有吧，他支支吾吾老半天，终于说出来一个，你猜是谁。"

"我怎么猜，总不能是你吧。"

"靠，为什么不能是我啊，就是我，怎么着吧。"

"哦，那你知道么。"

"不知道啊，想都没想过，那家伙严肃得要命，从小长一副优秀班干部的脸，跟我就没说过几句话。"

"是么。"阿史似乎笑了一下，"让他当着那么多人面说出来，也挺尴尬的。"

"反正都是过去的事了呗，又没人当真，人家现在有女朋友，都快结婚了。"

"那你呢，你说了没有。"

"说什么，喜欢的人啊？"

"嗯。"

"说了呀——"我故意拖长声音。

"谁啊？"

"切，我干吗要告诉你啊，再说了，说出来你认识么？"

倾城一笑

"好好，不说。"他并不跟我计较。

"其实真没啥好说的，不就是青春期么。"我望着湿漉漉的玻璃窗笑，"以前看一个香港电影，《六楼后座》，也讲一群年轻人玩Truth or Dare，你看过没有？"

"没有。"

"里面有句话记得特别清楚，'青春就像一块方糖，有棱角，易碎的，荒唐的，甜蜜的，这种甜蜜需要你用舌尖的温度融化才能品尝。你不可能隔岸观火。'"

他笑一声："行啊你，喝多了记性还这么好。"

"我就是喝了酒变话痨，脑子还清醒呢，不服气啊。"

"不敢。"

一时间没有什么话，我闭上眼睛，任由车子摇摇晃晃。

过了一会儿阿史说："明天就是初七了。"

我嗯了一声。

"我今天把报告写好，交上去了。"

"怎么说？"

他沉默。

"不说就不说，我又不傻。"

"我买了明天下午回北京的飞机票。"他说，"两张。"

"哦。"我又闭眼躺了一会儿，说，"就这样了？"

"就这样吧，尽人事安天命。"

我笑了一下，这句话从他嘴里说出来真是有些讽刺。

又是长久没有声音，不能说出来的话太多，那些禁言的咒令有如毒藤，一圈圈缠在脖颈上，令人窒息。

其实又有什么不能说，不就是清城么。

就像电脑中了病毒，杀毒软件查不出来，就把整块硬盘格式化，最偷懒的方法往往最受欢迎，干净利落，不留后患。

况且这座城真的是太老了，像一座上年纪的老宅子，木梁腐朽，瓦片凋零，老鼠和白蚁在里面做窝，更有鬼狐精怪自由进出，彻夜歌舞唱酬，狂饮达旦，看见的人胆战心惊，都说这地方阴气太重，住不得了。

不如一把火烧掉再建一个新的，大地白茫茫一片真干净。

"人生真是寂寞如雪啊。"许久之后我突然低声说一句。

"又念叨什么？"阿史问。

"没什么，瞎感慨。"我睁开眼睛，"想起我们班上一个男生，暗恋一个女生很多年，也是晚上玩游戏的时候八卦出来的。最后有人想了一个问题问他，说你有没有什么关于那个女生的回忆，印象特别深刻，临死前还会再回味一遍的。他说有啊，就是刚上高中分班的时候，他到学校看了分班名册，一个人往教室走，走进去看到那个女孩子坐在窗户旁边，夏天，阳光照进来，就那一瞬间特别简单，特别美，像一幅画儿，可以在心里藏一辈子。"

"嗯……那个女生也来了么？"

"没来，她毕业后去了加拿大。"我把手放在额头上，看指缝里漏进来的光，"她是我很好很好的朋友，善良美丽，像个天使，不管是男生女生都喜欢她，但她身体不好，得了一种罕见的过敏症状，随时可能会死。"

我说："我很想为他们俩讲一个故事，让他们在一起长相厮守，白头到老。"

阿史握着方向盘沉默不语。

雨小了很多，在风里四下飘飞。

我又来到酒店房顶上了，坐在矮矮的围栏上喝着罐装啤酒，双腿在空中摇荡，夜幕中的城市像一只巨兽伏在脚下，灯红酒绿鳞次栉比，呼吸起伏间渺渺的声响。

脑袋一阵一阵发晕，像是一团茫茫的雾气起伏翻涌，流光溢彩，细看去都是细小的字符在转，转啊转啊转啊转……我闭上眼睛，脚尖钩住栏杆，身子向后慢慢倒下去，倒下去，整个城市倒悬了过来，那只巨兽跑到了天上，晃晃悠悠地打转。

我想起那个叫埃舍尔的荷兰艺术家，想起他作品里那些形形色色不可思议的场景，水流从高处坠落成瀑布，又顺着渠道流回高处，人们沿着楼梯一圈一圈下行，又回到原地，两只画出来的手互相描画对方，天使和魔鬼互为背景组成一幅拼图，那些几何图形相互纠缠，彼此复制变幻，制造出种种现实中不可能存在的悖论。

其实那才是这个世界的本质，一个不断自我讲述的故事，无始，无终。

任何由人讲出来的故事都必然有开端，有结尾，有烫金书写的"Once upon a time"和"The end"，即便是《一千零一夜》中的桑鲁卓，她的故事也总有讲完的一天，之后是一场盛大婚礼，happy ending。

只有那些自我叙述的故事永远不会完结，从前有座山，山里有座庙，庙里有个老和尚在给小和尚讲故事，讲的什么呢？从前有座山，山里有座庙……就这样永远永远重复下去。

我们生活其中，被支配被主宰，永世不得翻身。

远远地，钟声敲响了十二下，我摇摇晃晃爬起来，站在窄窄的围栏上，夜空中有鸽子飞过的声响，哗啦哗啦。

我举起一只拳头放在嘴边，好像吞下一个看不见的魔咒，再喝一口啤酒咽下去。

不要怕，不要怕。

这世界只是我的梦。

喝空的啤酒罐哑然落地，我张开双臂，向着无边夜色中纵身一跃。

我身无形，自由飞翔！

11

我张开双臂，在深紫色的夜空里逆风飞翔。

你是否也曾做过有关飞翔的梦，有时候在梦中被人追赶，徒劳地向前奔跑，双脚却被地心引力牢牢吸附在原地，你胡乱挥舞四肢，像一个在游泳池里溺水的人，然后你发现自己飞起来了。

或者像我这样，从很高的地方纵身跳下，大地迎面撞过来，这个过程漫长而优美，在接近地面的一瞬间身体停住了，变轻了，飘浮在空中，你尝试用双手推动空气，并感觉到那些动作带来的压力与浮力，像一只羽翼初成的雏鸟，重新学习与空气有关的一切，你逆风而上，在深紫色的夜空里翱翔。

小时候看过大卫·科波菲尔的一个魔术，那个男人让灯光暗下来，坐在幽蓝的光雾里，讲述一个又一个在空气里飞行的梦，每一个孩子的梦，万户的梦，达·芬奇的梦，费戈尔蒙埃兄弟的梦，莱特兄弟的梦，彼得·潘的梦，大卫的梦。

然后他用那仿佛具有魔力的声音说："我将我此次飞翔献给那些先驱者。"

屏幕上黑白的影像，酷似卓别林时代的喜剧电影，一个站在山坡上身背翅膀的人对着镜头说："我将尝试用人造的翅膀飞起来。"

他奋力一跳，拼尽所有力气拍动翅膀，然后沿着山坡滚下来。

现场观众哄堂大笑。

但那不是喜剧，那是曾经无数次上演的真实，在那笑声里，我的眼睛突然就被泪水充满了。

镜头里一幕又一幕，黑白的机械的动作，沉重的木板和羽毛，还有庄严的神情——那是一种早已死去的肃穆和激情。一位年迈的绅士伸长脖子站在那里，绑着木板的双手打开着，等待别人为他打好礼服上的黑领结，活像漫画里的人物。

倾城一笑

那一刻音乐响起，进行曲。

我坐在电视机前不停地啜泣，为了摆脱引力，为了推动空气的梦想，为了人类无数次拼尽全力地拍打翅膀，年幼的我竟然哭得如此伤心。

又或许是因为我在内心深处知道，那个男人在舞台上飘逸而梦幻的飞行，仅仅是魔术而已。

我先向着钟楼飞去，从那些纵横交错的光柱中穿过，飘飞的雨丝在周围闪闪发光，我好奇地摸了摸那口大钟，铜铸的表面粗糙冰凉，然后我坐在撞钟的木梁上，像荡秋千一样撞了它几下，钟声浑厚，在寂静的雨夜里传了很远。

我哈哈大笑起来，笑声像一群洁白色的鸽子飞上天空，这景色真是漂亮极了，我一边笑着一边跳起来，向着更高处飞去。

我追着我自己的笑声穿越整座城市，那些亮着灯的城墙与街道，高楼与天桥，一串串有如水波里的倒影，冰冷的雨滴坠下去，敲打出看不见的涟漪。我用各种能想象出来的姿势上下翻飞，我打着滚，翻着跟头，斜穿，盘旋，猛冲，急上急下，把自己搞得头晕眼花气喘吁吁，然后我肚皮朝天飘浮在半空中，任由雨点敲打在脸上身上，一团团白雾从我嘴里吐出来，上升，散开。

一只鸽子从视野里飞过，蓝灰色的羽毛，姿态优美。

我翻个身追上去，它拍打翅膀的声音混合着我的呼吸，竟然如此合拍。

我追着它飞啊飞，飞过那些熟悉的小吃街，飞过城墙和护城河，沿着路灯一直向东，飞过兴庆公园，飞过中学时的校园，飞过小学，飞过幼儿园，我看见前面那栋高楼，屋顶黑漆漆一片，我轻轻降落下去，脚尖踩着栏杆，那只鸽子落地，变成一个高高瘦瘦的身影，熟悉而又陌生。

他转过身，城市灯火照亮了他的脸，一双眸子是微微发蓝的深灰色。

"好久不见。"他说。

我默默瞪他许久，然后向着那张脸上狠狠挥出一拳。

沉闷的一声响。

他结结实实地挨了这一拳，苍白清俊的脸上泛出红印。

"你终于想起来了？"我冷笑。

他手指按在脸上轻轻地笑，说："你手痛不痛。"

"痛！"我说，"痛死了，他妈的这果然不是梦！"

他还是笑，声音低低地说："你的眼神真凶啊，像要吃人。"

"谁让你骗我这么久，没人性！"

"我怎么骗你了？"他说，"我什么都没说啊。"

"让你什么都不说！"我又是一拳，这次没用上全力，被他躲过了。

"就算我不说，不是照样被你发现了？"

"那是姑娘我天生冰雪。"

"是啊。"他点点头，"你一直是个聪明的小丫头。"

我气势汹汹地瞪过去，他却始终微笑，眼睛里暗蓝的光在流转。

"你找到了自由，找到了选择的权力，对不对？"我说，"你找到了那个没有人知道的魔咒，你把自己变成了神，可以支配这座城的神，然后再假模假样地接受清洗，对不对，白天你是一个无辜的普通人，当夜晚降临，当你进入睡梦中，这座城市也就陷入了你的梦里，你想做什么就可以做什么，天马行空，无拘无束，等你醒来后，又会忘记梦里的一切，重新做回无辜的普通人，谁也查不出来，谁也找不到证据，对不对？"

我把这些话掏出来，像一大串鞭炮点燃了扔到他头上，他沉默着轻轻躲过。

"你骗过了所有人，骗过了我，你觉得这样很好玩是不是！"

我紧握着拳头，觉得脸上有火在烧，为什么，为什么你都不肯告诉我，为什么这么多年来你都不肯出现，为什么你不来找我，而要等我来找你。

如果不是我下定决心来找你，或许故事就这样结束了是不是，我们在同一座城里生活，相遇，邂逅，重逢，却始终像在两重世界，最终我离开，你留下，一个向左，一个向右。

更何况这座城就要消失了，再也没有机会写后续，许多年后我老了，想起屋顶上那些阳光灿烂的日子，心里会有多难过，你知道么。

他长长叹一口气，眼睛望着别处。

"真是的，看见你这样子，好像突然不会说话了似的。"

我也说不出话来，心脏怦怦地跳，一下一下敲打着胸膛。

"其实很多东西，不是自己能支配的。"沉默许久之后他说，"我曾经以为一辈子就这样了，认命了，我想放弃那些不着边际的幻想，老老实实讲故事，老老实实服从那些规则。他们说我有问题，我也就真的相信自己有问题，他们说我被感染，需要被清洗，我也就心甘情愿接受判决，他们把语言磨成利刃插入我的脑袋，我看着自己被劈成两半，一半被杀死，被磨成粉烧成灰，剩下的一半像行尸走肉般活着，现在想起来，那样的生活才真像一场梦，在梦里我是一个普通人，不会发疯，不会胡思乱想。"

我喉咙像被什么东西堵住，喘不过气来。

"但那被杀死的一半依然存在着，究竟为什么，我也不知道。"他伸出一只手，放在面前若有所思地审视，"或者说，我就是那本该死掉的一半，而你白天看到的，是另外一个凌岸鸿，我在他睡着的时候跑出来，在这座城里游荡，像一个鬼魂，一个自由的鬼魂，而当他醒来，梦里的一切又会消失，不留下一点痕迹。"

那是真的么，我也看那只手，手指上那枚戒指去了哪里，是你有意摘下来放在床头，还是你在梦里就忘记了那个叫采采的姑娘。

"骗人！"我说，"我才不信。"

"你啊，总说不信不信。"他笑起来，"其实你不是一直都在相信么。"

"相信什么？"

"相信那些怪力乱神的东西，不是么？想一想你做的那些梦，想一想你为什么会来见我。"

"什么意思，你想说我也变异了？"

"不然你是怎么飞起来的？"

"我想想……就那么 biu 的一下……难道不是你给了我那个魔咒么？"

"那只是一个钥匙。"他轻轻摇头，"最终还是你自己的力量，你相信那种力量，不是么。"

"这么说，我也有可能 biu 的一下就摔死了？"我声音嘶哑，"靠，原来我跟你一样疯。"

"是啊，也有可能是我传染给你的。"他笑，"我们是同类。"

我看着他，半晌无语。

这种时候我真不知道该用什么表情面对。

笑一笑，他用眼睛回答我。

我笑不出来。

是啊是啊，从开始，到现在，不都是因为你么，我一生的故事就这样被你讲得乱七八糟，你却还笑得出来。

脑袋里晕成一片，像有无数鸽子拍打翅膀。

"疯了，都疯了。"我叹气，"大家一起发神经。"

"也没什么不好。"

"那这座城呢，这座城怎么办，就这么看着它被清掉？"

"早晚的事。"他说，"那么多城市都被毁灭了，清空了，留不下一点痕迹，你觉得这一座又能坚持到什么时候。清理了旧的，自然会有更新更漂亮的来替代，这是自然规律，是不能违背的法则。"

听上去真是悲凉。

那些曾经古老的东西就这样消失了，从地图上消失，从现实的世界里消失，从人们的记忆和语言里消失，像那些胶片泛黄的老电影，一把火烧掉，最终留下的只是一小撮烟灰。

新的城里还会有那些城墙么，有混浊泛绿的护城河么，有死去的人长眠的墓地么，有放烟火的孩子么，有各种各样的小吃么，有没有钟楼下的大蛤蟆，有没有那么多怪力乱神的故事，有没有时而晴明时而阴晦的天空，有没有那些鸽子，有没有你有没有我。

"城灭了，你怎么办呢？"

"会一起消失吧。"

"不能离开这里么？"我说，"我们一起离开。"

"就算那个凌岸鸿可以离开，我也不行，我和这座城是连在一起的。"

"那我呢？"

"你不一样，离开这座城，那些异变的部分就会自动消失，你还可以重新做回一个正常人。"

"那有什么不好？"

"没什么不好。"

是啊，这样想来确实没什么不好，我会回到那座遥远的城市，继续之前的生活，一年三百六十五天，上班，下班，回家睡觉，而这座城里发生的一切，或许会像一场梦一样，睁开眼伸个懒腰，忘得干干净净。

"真不想这样啊。"我望着远方灯火沉浮。一声叹息像雨滴，从我唇边滑下去，不见了。

"别怕，只要在这座城里，你就是自由的。"他伸手握住我的手，握成一个拳头。

"你还可以做选择。"

我摇头又点头，许多话在喉咙里翻滚，却一时淤住了，化作无言的沉寂。

安红，安红，我还有很多事不明白啊。

比如那一年那一天的相遇，到底是不是你安排的，又或者我根本就是你擅自创造出来的人物，像那个神秘的商贩？

又比如那篇诡异的高考作文，是不是你在暗中保佑我，为了让我离开这座城，去一座遥远的城市过正常人的生活？

那些年里我经历大大小小的故事，哪些是你讲述的，又有哪些被你篡改过？

你在梦里会想起我么。

醒来之后，嘴角会不会留一丝莫名的笑。

君临天下的感觉自由么，洒脱么，寂寞么。

嘴巴张开又闭上，好半天才终于说出一句话。

"我们，还是不是好朋友？"

"傻丫头。"他笑一声，伸手按住我的肩膀。

我抬头望，看见那双再熟悉不过的眼睛，清澈见底，隐藏在纤长的睫毛后面，他就那样低头看着我，很久很久，然后俯下身来，把冰凉而又灼热的嘴唇压在我的嘴上。

一个字句，一个又脆又硬，又苦又甜的字句从他的舌尖滑到我的舌尖，像一块银蓝色的糖。

如果这是梦，我希望自己永远不要醒过来。

12

宾馆房间里安静得吓人，我坐在床边，脚下是收拾好的行李，手心里攥着一枚硬币，攥得微微发烫。

如果是正面，我就留下。

如果是反面，我就离开。

心灵的选择。

我想起那一老一小两个和尚，孤零零地坐在庙里没完没了地讲着，从前有座山，山里有座庙，庙里有个老和尚在对小和尚讲故事，讲的什么呢？从前有座山……他们的脸上落满尘埃，眼神黯淡惨白如泥土。

终于有一天，小和尚开口对老和尚说，我不想再听这个故事啦，为什么我们不能讲点别的呢？

老和尚惊呆了，他从来没听过如此大逆不道的话。

就在他慌乱得不知如何是好的时候，小和尚已经自顾自地讲了起来，他的故事里有遥远的星辰，有广阔的平原与大海，有向着天空生长的城市，有城市里貌美如花的女子……她们中最美的一个背着行囊，正向着这座与世隔绝的深山里走来，寂寥的石阶被她的脚步声踏碎了寂静，山间清泉留下她顾盼的身影，她抬头，从雪白的额头上抹下一滴汗，看见前方山林掩映中现出一座古老的寺庙，庙里有笃笃的木鱼声……

老和尚抄起手中木鱼，狠狠拍在小和尚头上。

小和尚瞪大一双亮晶晶的眼睛，倒下去了，鲜血嘀嘀嗒嗒，沿着蒙尘的地砖缝流淌。

老和尚坐下来继续敲他的木鱼。

从前有座山，山里有座庙，庙里有个老和尚在对小和尚讲故事，讲的什么呢？从前有座山……

血色在眼前弥漫开，冰冷而绚烂。

我把硬币高高抛起，正反两面在空中翻滚，它掉在地板上骨碌碌地滚，一直滚到床头后面去了。

手机铃声突然响起来，嘀嘀嘟嘟，我抓起来按下通话键，是阿史。

"我到了，下楼吧。"

"哦。"

"哦什么哦,速度。"

扔下电话,我爬到地上去找那枚硬币,床后面太暗,我摁亮手机当电筒照明,找了好半天终于看见了。

硬币卡在床脚和墙壁之间,竖立着,正反两面同时闪着幽暗的光。

我愣愣地看着,突然很想对讲述这故事的人比出一根中指。

去死吧!

阿史正坐在酒店大厅里翻一份报纸,看见我下来脸色有些阴沉。

"这么慢,不是让你速度么。"

我走到他面前,垂着眼皮说:"走吧。"

他帮我拎行李,出门,上车,我一步一步跟在后面。

天阴得厉害,云层低垂,像乌黑的潮水涌动。车往咸阳机场的方向开,出了城,天地空旷,荒芜的田野上暮霭弥漫,有一种宇宙洪荒的苍凉味道。

七天前,也是这辆车,也是这样的景色,也是这条路,只不过方向相反,那时候西安城在道路尽头,在初升的朝阳下慢慢苏醒,有一种金红的光芒弥漫在地平线上。我一路哼着歌,阿史从后视镜里不停地看我,终于忍不住说你就不困么,我说困啊,可是一想到下车后可以杀去坊上喝一碗肉丸胡辣汤就精神得不行,他说至于么,我说当然,那一家的胡辣汤总是早上8点不到就卖光了,我怨念了那么多年还没喝过一次呢。

而今这座城在我身后,离我越来越远,太阳一点点落下,它即将陷入永久的沉睡,不管是胡辣汤还是别的美味,我都再也吃不到了。

车里太过安静了一些,阿史打开收音机,不知哪个电台在放歌,竟然又是王菲的那首《流年》。

有生之年，

狭路相逢，

终不能幸免，

手心突然长出纠缠的曲线。

懂事之前，

情动以后，

长不过一天，

留不住算不出流年。

哪一年，

让一生，

改变。

　　音乐渐渐微弱下去，消失在一片嘈杂的电波声里，于是我与这座城最后的一丝联系也断了。

　　我把头靠在蒙着水汽的玻璃窗上，伸一根手指写写画画，画一个穿裙子的小姑娘，一串水泡从她嘴里冒出来，像是在说着什么，画着画着我突然笑起来。

　　"笑什么？"阿史从后视镜里看我。

　　"没什么。"我说，"想起临走前，把手机扔在酒店房间里了。"

　　"那怎么办。"他皱眉，"怕是来不及回去拿了。"

　　"那就不拿呗，一个手机而已。"

　　"你倒看得开。"

　　"事到如今，还有什么看不开的呢。"

　　话题又被斩断了，嘀嗒嘀嗒在空气里流淌。

　　"会不会有点恨我？"阿史突然说。

"为什么？"

"如果不是我要你协助调查，也不会有这些事。"

"我才没那么无聊。"我摇头。

"怎么就是无聊了。"

"没有你或者没有我，结果就会不一样么？说到底也就是赶上了，没什么选择。"

"这话倒真不像你说的。"

"是么，我会怎么说？"

"更较真一点吧，像个小孩子。"

"嗯，说明我觉悟提高了。"

"也许吧。"阿史说，"开始我还真有点担心。"

"担心我想不开？"

"多多少少。"

"要说完全不纠结，也不可能。"我望着窗外轻轻地笑，"其实你说得对，只有小孩子才喜欢较真，总想着事情为什么是这个样子不是那个样子，想不明白就难过得不行，觉得受了天大委屈一样。"

"是啊，小时候都免不了这样。"

"记得上中学时看《玩具总动员》，里面有个玩具叫巴斯光年的，总以为自己是个太空战士，你记得么？"

"嗯，有点印象。"

"我当时特别讨厌那个家伙，愣头愣脑又自以为是，别人怎么跟他解释都听不进去，一直到后来他终于明白了真相，还非要爬到栏杆扶手往下跳，想搞清楚自己是不是真的会飞。我当时真的不懂，他明明已经知道自己是个玩具了，怎么还那么愚蠢，可是我看到那里的时候，不知怎么一下子就哭了，哭得稀里哗啦的。"

"觉得很心酸是么？"

"说不清，其实现在想想，是觉得他有点像自己吧，倔头倔脑，根本不会飞，还老是活在幻想里，幻想自己拥有一整个浩瀚无边的宇宙。"

"嗯，是挺像你。"

"你呢，有没有想不开过，当你还是一个小孩子的时候？"

"有吧。"

"什么样的？"

"大概也是上中学的时候吧，跟几个同学去看《泰坦尼克号》。"

"不是吧，那么俗的片子。"

"不是看男女主角的时候了，是后来船往下沉的时候，妇女和孩子上救生艇，有个男人就把怀里的孩子交给妻子，跟他们道别，自己留在船上等死，我那时候想将来我长大了，长成一个男人，也要担负这样的责任，还不能表现出悲伤的样子，心里就有些难过。"

"你果然从小就很严肃啊。"

"觉得很奇怪是不是？"

"也不奇怪，感觉你从小就是个大人，而我直到现在还是个小孩。"

"也许吧。"

"你从什么时候开始做一个言者的？"我抬头看他开车的背影。

"跟你相比算早吧，我父亲就是言者。"

"怪不得。"

"我很小的时候就知道一些，语言啊规则啊什么的，我父亲总是说，没有规矩不成方圆，他做事也很有条理，基本上说什么，别人都会听，后来他死了，我就接他的班。"

我愣一下，说："那时候你多大？"

"十七岁。"

心沉甸甸地跳了两下，《泰坦尼克号》是什么时候上映的，1997年？那一年他几岁？

黑色墨汁在空气中浮动，又是一个不为人知的故事，像黑色蝴蝶绝望地扑打着车窗玻璃。我从后视镜里看他的脸，一张再普通不过的脸，辨不出年龄，记不住特征，眼睛藏在墨镜后面。

我把头靠在椅背上，身体蜷成一团，外面天色愈加昏暗，依稀飘起细碎的雪花。

从城里到咸阳机场是一个小时，再有一个小时换票登机，一切顺利的话，飞机会最后一次从这座古老的城市上空飞过，夜色中能看见满城灯火流淌。

我坐窗边的座位，外面漆黑一片，只有机翼上铺一层极幽暗的光，阿史坐在旁边翻一本杂志。

"下雪了。"我说，"不知道能不能顺利起飞。"

"应该没问题吧，又不是很大。"

"再下一会儿就不好说了。"

"等等看吧。"

我回头看他，说："万一今晚真飞不了了怎么办？"

"又瞎说什么。"

"没有啊，突然想问问看，这次清洗范围包括咸阳机场在内么？"

阿史唇角抽搐一下，说："飞机不飞，我们就开车走。"

"听上去蛮拉风的。"

"让你别瞎想，总有办法。"

我点点头，又百无聊赖地坐了一会儿，说："好没意思，不如玩点什么吧。"

"玩什么？"

"真心话大冒险，敢不敢？"

"两个人怎么玩？"

"扔硬币呗。"我从口袋里掏出那枚硬币，"你选正面还是反面？"

"正面吧。"

"那我选反面，扔到谁算谁倒霉。"

"行。"

我把硬币弹向空中，伸手接住，打开。

是反面。

"靠，我输了。"我说，"我选大冒险。"

"我说什么你都照做么？"

"你说过什么是我不照做的么。"我笑。

他看了看四周，说："要是我让你从飞机上跳下去呢？"

"切，跳就跳呗，只要你下命令。"

"也罢。"他嘴角浮上一丝不易察觉的笑，"一会儿飞机上发晚餐的时候，罚你不许吃，行不行？"

"靠，也太狠了吧？"

"不是愿赌服输么。"

"行，行，那接着玩？"

"好，我来扔。"

我把硬币递给他，这次他扔出的是正面。

"该你，真心话。"

"我不能选大冒险么？"

"不行，一轮真心话，一轮大冒险，这是规矩。"

"你之前怎么没说。"

"没说也是规矩啊，没有规矩不成方圆，是不是。"

"好吧，你问。"

"那，我问你，你要说真话。"我凑近了看他的脸，"按计划，我是不是应该被留在这座城里，一起清洗掉？"

他的眼神在墨镜后跳了一下，我看得清楚。

长久沉默，我紧盯着他苍白的嘴唇，像落入网中的鱼徒劳地翕动，却没有声音。

"不能说，是不是？"我轻轻地笑，"不说可就犯规了哟。"

我一边说，一边把手放在他的喉咙上，指尖抵着跳动的血管，一点点用力，直到最终整只手伸进去，伸进去，摸索着钩住那些缠

倾城一笑

绕在舌根上的毒藤，一搅一拽，将它们连根拔起。

那一小团黑色在指间兀自挣扎扭动，咝咝地尖叫，然后迅速萎蔫下去，化作黏稠的液体滴落在地。

"现在，你可以说了，真心话。"

他一手按着脖子上的红印，墨镜有些狼狈地滑落在鼻梁上，我看见他死亡一般漆黑的眼睛，里面盛满惊诧，这景象实在太难得了，我又笑起来。

我们就这样长久对视，机舱里空气沉闷，充斥着长长短短的呼吸，七零八碎的语句，融成一片。

"你……果然……"阿史嗓音嘶哑。

"果然有问题。"我点点头，"其实你早就知道了，或许比我自己知道得还要早，不是么？"

阿史咬着牙，我形容不出他脸上的表情，有一些慌乱又有一些决然，或许还有一些不甘心吧。

"你想怎么样？"

"我？我想怎么样？"我摇摇头，"为什么这么问，你现在觉得我跟那些怪力乱神一样，很危险，是不是？"

"不是！"他瞪着我，双眸漆黑如墨，"不管你变成什么样，我都不会把你扔在这里当炮灰，我说过的！"

他说的是真话。

我深深地吸一口气，又吐出来。

是啊，这么一个严肃且有正义感的家伙，怎么会言不由衷呢。

只有冰激凌那次除外。

"谢谢。"我说，"你真是个好人啊。"

"好人"那两个字刺中了他的额头，他眉峰紧锁，脸上线条绷得更紧。

"别废话。"他压低声音，"我就是不想你死。"

那句话在空气里飘浮，苦涩里竟有一丝丝的甜，像某种奇怪的药汁。

我叹息一声，头靠过去压着他结实的肩膀，他身体僵硬一下，然后伸出一只胳膊用力揽住我。

飞机震动了一下，开始滑行，机舱里一片欣喜的喧哗，我向外看，看见跑道两边蓝色的小灯，映着机翼上薄薄的积雪，我们两人的影子映在舷窗上，和外面夜色叠在一起。

"可惜啊，我不能跟你一起走。"我轻轻地说。

"瞎说什么？！"他低头瞪我，"没事了，飞机马上要开了。"

"可我回去，你会怎么样？"

"这跟你没关系！"

"或许吧。"我笑，"那就是我自己不想走，太累了，况且离开这座城，活着也跟死了没什么区别。"

"不知道你又发什么疯！"他咬牙，"乖乖坐着别动，这是命令！"

黑色墨汁像冰冷的锁链，绕在我身上收紧，我轻轻吹一口气，它们就掉落在地上，碎成一段一段。

"我看你也离发疯不远了。"我笑着轻轻摇头，"这座城真是可怕。"

他瞪着我，那么用力，眼睛里像有墨汁要流淌出来。

我把一只手放在他苍白的额头上，他张大嘴想要喊我的名字，但是那两个字唤起的特殊意义已经从他的脑海里永远被抹掉了。

"笑一笑。"我说，"不要总那么严肃，笑一笑，生活更美好。"

然后我把手伸进自己胸膛，掏出那个支撑起我全部意义的名字，小心地揉碎，我的身体失去了这个名字，像一篇文章失去了主题，散落成无数细碎的字句，纷纷扬扬有如一场花雨，没有声音，没有颜色，没有气味。

最后消失的是我的笑容，它滚落在飞机发动机的嗡鸣声中，像一枚圆润的句号。

13

宾馆房间里安静得吓人，我手心里捏着那枚硬币，微微发烫。

窗外，厚重的云层在涌动。

我开口吟唱，用那种至高无上的真言，它是绿莹莹的，像一枝青荷，从我的身体深处一节一节抽出来，在舌尖上发枝散叶，在空中结一朵菡萏花苞，莹白如玉，像要透出光来，尖端一抹红粉，是那光泻出来的地方。我继续唱下去，硕大无朋的花瓣一层一层打开了，舒展了，现出花芯里碧绿的莲台，一个小人儿在里面睡得安详，最后一个音节落地时她睁开眼睛，轻轻跳下地伸个懒腰，转眼就与我一般高了。

她有着我的容颜，我的身量，我的温度，我的呼吸，我的记忆，我的语言，我的心。

她站在那里看着我，唇角一抹半嘲讽半忧郁的笑，眼睛是带金属光芒的深红色，我也看着她，像在照镜子。

"决定了？"

"决定了。"

"切，这算什么。"

"不知道。"

"没法做选择，拿我当炮灰？"

"你不是炮灰，我才是。"

她静静地站在那里，双手抱着肩膀，我低下头不敢直视她的眼睛。

手机又一次响起来，嘀嘀嘟嘟，我们两个同时看过去，谁都没有伸手去接。

"我是我自己么，还是你故事里安排的人物？"她问，"有没有选择的权力，有没有自由意志？"

"不知道。"我说，"应该有吧。"

"那，如果我说我不走呢。"

我想了想，伸出手说："不如让它决定。"

她看着我手里的硬币，许久之后突然笑了一声："无聊。"

然后她提起行李往门外走。

"等一下。"我在后面叫。

她回头看我。

我把那枚硬币塞进她手里，上面依然沾染有不知谁的体温，微微发烫。

"好运。"我低声说。

她抱住我，在我背上使劲拍了拍，然后放开。

"你也是。"

手机还放在桌上，她忘了拿，不过这些都不再重要了。

14

这座城就要毁灭了，我的故事也终于快要完结。

我像个游魂一样在这城里走，想为它找个合适的结局，happy ending or bad ending，往往只在最后几千个字。

天色昏暗，最后一丝光渐渐熄灭下去，依稀飘起细碎的雪花。

那些言者正在紧张地工作吧，备份一切需要的数据，清理碎片，计算空间，一座新的城市正在孕育中，时间一到，它将破土而出，从旧城的废墟里站立起来，像一颗新长出来的牙齿，洁白坚固，在初升的朝阳中闪耀光芒。

那时候或许会有一个新的名字，被镌刻在它闪闪发光的门楣上，只是我现在还猜不到。

这座太过古老的城，曾经拥有那么多名字，西安、西京、长安、奉元、大兴城、咸阳、丰镐，甚至更早之前那些不为人知的字符和音节，被埋在漆黑温暖的地下，那儿沉睡着无数历史和古墓，无数古老城池的废墟，一座下面叠着另一座，每一座里都藏着无数故事，永远挖不到尽头。

我走过西大街，走过世纪金花广场，穿过鼓楼下幽深的城门洞，看到一个戴白帽的回族老人正坐在墙根下，面前的手推车上排列着大大小小的木头蛤蟆，小的有巴掌那么小，大的有碗口那么大，它们嘴里都含着一根木棍，可以抽出来沿着背上的锯齿刮，发出咕呱咕呱的声响，有的清亮有的混浊。我有一次经过的时候很想买一个带回去玩，可又觉得有点幼稚，再之后就把这件事忘掉了。

我买了一只小蛤蟆，它黑漆漆的背脊上有好看的木头纹理，张大嘴望着天空，像是在笑。

"你能帮我找到安红么？"我轻声说。

小蛤蟆张大嘴笑着。

我用木棍刮了刮它的背，它咕呱咕呱叫了两声，然后从我手心里跳下地，一步一步往前蹦。

我跟在它后面走啊走，夜色里又有人开始放烟花，忽明忽灭，砰砰啪啪的爆炸声掩盖了我的脚步。

走到南大街的时候大地开始摇摆起来，像一张水床，晃得人脚下站立不稳。我抬头望，望见夜色中林立的楼群开始轻微地扭曲，像一幅被揉皱的照片。

开始了。

街上熙熙攘攘的人群开始骚动，这是西安最时尚也最漂亮的一条商业街，有着城里第一家肯德基，第一家麦当劳，第一家必胜客，有许多我叫不上名字的奢侈品店，玻璃橱窗宛如梦幻，街道两侧的小巷深深浅浅，隐藏着无数酒吧，迪厅和慢摇吧。不同于东大街的窄小拥挤，北大街的空旷冷清，西大街的仿古建筑，这里是年轻人聚集的地方。

现在那些衣着光鲜的男男女女正从无数敞开的大门里跑出来，神情茫然慌乱，西安这座城坐落在一块异常古老而结实的黄土上，几千年来几乎从未发生过地震，最近一次是去年5月汶川地震的余震，据报纸上说死了五个人，都是惊忙中从楼上跳下来摔死的。

我看见一个女孩子短裙长靴，迈着矫健的大步往钟楼的方向跑，一个男孩子提着鼓鼓囊囊的购物袋跟在后面，女孩子一边跑，还一边回头骂他跑得太慢，用的是陕西话，这场面不知为什么让我觉得很有喜感。

我逆着人群的方向追赶我的小蛤蟆，像一条破浪前行的大马哈鱼，不断有人撞在我身上，冒出一两句充满乡土气息的骂人话，噼噼啪啪迎面敲打着额头，我不顾上理会，伸长脖子在许多双脚中搜寻那个小小的影子，它咕呱咕呱地叫，声音飘浮在空中，像一串小小的、湿漉漉的脚印。

寒风穿过城门洞呜呜作响，像在吹着什么乐器，我跑到书院门，一条小小的仿古街隐藏在城墙下，专卖各种古玩字画和工艺品，剪纸皮影泥塑，等等，一年四季都很热闹，我看见一些人胳膊下夹着大大小小的包裹，匆匆忙忙往外跑，那大约是每家店里真正值钱的好东西吧。

小蛤蟆一跳一跳越跑越远，我向远处望，看见杂乱人群里一个熟悉的身影正迎面跑来，脖子上挂一条黑白相间的围巾，在风里飘起来，像一只摇摇欲坠的大鸟。

"安红！"我大喊一声。

他停住脚步，茫然地向四处看。

"安红！安红！"我又蹦又跳，他似乎是看见我了，神情有些茫然，然后他加快脚步向我跑来，手里挥舞着一卷画轴，像侠客挥舞宝剑，哈利·波特挥舞魔棒。大地又在摇晃，好像小时候在公园里玩蹦床，一阵阵上上下下地颠，整个世界变成一团橡皮泥，再也站立不住了，我膝盖一软坐倒在地，看见厚重的城墙以一种十分诡异的角度向我倒下来。

安红扑过来，他的身体凌空跃起，想要拦在我和那一大堆即将分崩离析的城砖中间。

我尖叫起来。

这是我一生中所能发出最响亮的叫声，它像一把金色的利剑从我喉咙里飞出来，疾如风快如电，从虚空中倏然划过，于是一切都静止了，不动了，像一堆烧化的瓷器突然遇到冷空气，就那样凝滞在原地。

我喘着气，整个世界只剩下我一个人的心跳，一下一下。

凌岸鸿在离我很近的地方，浅褐色的眼睛睁得很大，像一头奋力奔跑的鹿，他的嘴也同样大张着，像是要喊我的名字，那名字已经到了他的舌尖，随时准备蹦出来。

他手里那卷画轴掉落在半空中，我伸手展开，是一副装裱好的对联，大约是要买回去贴在家门上的。

上联是：喜居宝地丑牛旺

下联是：福照家门银蟾兴

红纸黑字，金色勾边，夜色里闪着光，一股喜庆味道。

那只小小的木头蛤蟆歪倒在一边，又不会动了，我把它捡起来，亲一亲它笑呵呵的大嘴巴，放进口袋里。

现在该怎么办呢？

我捧住凌岸鸿的脸，嘴唇贴着他冰凉的睫毛，轻轻说出一个银蓝色的字句，那字句坠入他的眼睛里，像糖块坠入两潭湖水，把它染成了微微发蓝的深灰色。

他眼睛眨了眨，睫毛擦着我的脸，像鸽子哗啦啦拍打翅膀。

那个名字终于从他舌尖蹦出来。

"笑笑！"

"好久不见。"我低头对他微笑。

"好久不见。"他也笑，"这是你干的？"

"正是。"

"好彪悍的丫头。以后我要给你起个外号，叫西北狼。"

我也笑，以后，还有没有以后了呢。

"走吧。"他伸一只手给我，"让我们飞得高一点，好好看看这座城。"

我拉住那只手，那只指尖细长骨节匀称的手，身子向着空中飘去。

我们手拉着手在天上飞，细小的雪片凝在空中闪闪发亮，碰在身上就会弹开，一丝丝细碎的凉。

"想去哪里，想要什么，都说出来吧。"他问，"最后的愿望总是可以满足的。"

我摇头，还有什么事情，是想做而没有做过的呢，青龙寺里赏樱花，未央湖上泛舟，秦襄王陵上看日出，或者去找找那传说中的虾蟆陵？

"再讲一个故事给我听吧。"

"还想听故事啊。"他笑。

"故事都是不会死掉的，可以永远永远流传下去。"

"嗯，那么跟我来吧。"

我们飞到古老的城墙上，这是明洪武年间，朱元璋在隋唐皇城的遗址上修建的长城，到现在也有好几百年了，冬天的夜晚灯火通明。我凑到近处伸手去摸，发现每一块城砖上都布满密密麻麻的字，像无数微黑的石碑，各种各样的字体，行楷，狂草，魏碑，小篆，仿宋，黑体，卡通体，歪歪扭扭的钢笔字，铅笔字，粉笔字，还有小孩子的涂鸦……它们正从厚重的城砖里生长出来，像一层湿漉漉的青苔，想要争先恐后地冒出来透一口气。

"找不到人说话的时候，人们会来把自己的故事讲给城墙听。"凌岸鸿说，"它们被封在这砖墙里成百上千年，现在终于自由了。"

我一路向前，任由粗糙的城砖磨痛了我的指关节，那些故事带着陈旧的泥土气息飘散出来，在空中畅游，好像无数看不见的孢子，我随手抓住一个，小心翼翼地放在舌尖上，酸甜苦辣，腥涩咸麻，各种各样复杂的味道。

"荡乎八川分流，相背而异态……"

"白人白马白旗号，银弓羽箭白翎毛，胯下战马赛虎豹，斩将刀斜担马安桥……"

"羲之顿首。快雪时晴，佳想安善。未果为结……"

"天生丽质难自弃，一朝选在君王侧。回眸一笑百媚生，六宫粉黛无颜色……"

"沉吟放拨插弦中，整顿衣裳起敛容。自言本是京城女，家在虾蟆陵下住……"

"余死之后，余之全部财产由汝继承，务望善视经国、纬国两儿有如己出。祝上帝赐福予汝……"

"白嘉轩后来引以豪壮的是一生里娶过七房女人……"

"曾经有一份真挚的乃情放在饿地面前，但饿莫有珍惜，直到失去地时候才后悔个不行……"

"从前有座山，山里有个庙，庙里有个和尚……"

"从前有座古老的城，城里有座钟楼，钟楼下面睡着一只蛤蟆，有一天它醒过来，整座城就不见了……"

我回头看着他笑，说："这不是你的故事么？"

大地又一次轰隆隆震动起来，一只巨大的蛤蟆破土而出，摇晃着肥痴的身子一步一步往钟楼上爬，它的身体是土褐色的，眼睛有一口钟那么大，半透明的眼皮微微耷拉着，像是睡得太久而不愿醒过来似的。

"希望它的下一个梦里，有你有我，两人相遇，相守，幸福的日子万年长。"我说。

"你可以试着讲个故事给它听,看它会不会梦到。"

　　他看着我,微微发蓝的深灰色眼睛里有火焰在燃烧,那是一团暗暗烧了十几年的火,现在它终于烧出来。

　　他撕扯我的衣服,我撕扯他的衣服,他吻我,我吻他,他咬我,我咬他……我听见他发出低哑的呻吟,像高原里的蓝色罂粟一样绽开,娇嫩的花瓣轻轻颤抖,向着地面缓慢地飘落下去。

　　我们赤裸的身体在空中紧紧抱在一起,没有一丝缝隙,他的身体那么苍白,那么消瘦,显得不真实,我用颤抖的手指用力抓住他的肩膀,在上面留下一个个红色指印。

　　空气微凉,上下左右四面八方席卷过来,随着每一个动作起伏澎湃。

　　(以上片段应观众要求所加)

大蛤蟆咕呱咕呱地叫起来,如一口大钟。

那些灰色楼群慢慢开始塌陷,无声无息,像是用煤灰垒成的,满城的鸟儿都飞了起来,遮天蔽日,在暗涌的浓云下排列成一个巨大的"裘"字。

这是这座城最后的表情。

"我×,不知道为什么突然觉得好想哭。"我靠在他的臂弯里说。

"那就哭呗,我陪你一起哭。"

"哭不出来啊。"我揉一揉自己的脸,再揉一揉他的,"又不是小孩子了,想哭就能哭。"

"哭不出来,那就笑吧。"他在我耳边轻轻地说。

我笑了。

漫天雪片纷纷扬扬落下，跟随整座城一起消融，散开，飞向空中去。

2009 年 2 月

附：西安的五十个传说（来源于互联网）

1. 盛唐人口达到一百万，并且是人类历史上第一个达到百万的城市。

2. 看地图就会发现，有八条河组成一种很奇怪的图形环绕着这座伟大的城市。

3. 唐朝的时候，皇帝住在大明宫，因为这里是西安城区地势最高的地方，可以鸟瞰全城。

4. 西安有条龙脉，头向北，饮渭河之水，尾朝南，吸天地之灵气，从秦岭里冲出，龙头就是今天的龙首村附近。

5. 唐朝的皇宫和汉朝的皇宫是对称的，一个在东边，一个在西边，都在"龙头"附近，是西安最高的地方。

6. 动物园后面有个小山，那是秦始皇父亲的陵墓。

7. 吕洞宾被点化成仙的酒馆在八仙庵前，那里有一石碑。

8. 中国最古老的巷：大小"学习巷"。盛唐时候，那里居住着几万胡人，在那里学习汉语，故名。

9. 西安有一处圆形城墙，那是唐朝遗留的建筑，含光门是原版唐朝的城门，西安城墙是在唐朝皇城基础上修筑的。

10. 日本京都的规划完全照搬长安城，包括朱雀门和朱雀大街。

11. 朱雀大街宽超过一百米，青石铺路。

12. 现在城墙围住的面积在唐朝时期只是皇城。

13. 唐时候长安城面积是现在西安城墙内面积的十倍。

14. 鼎盛时期留学生有十万。

15. 西藏密教真言宗等六个教派发源于西安。

16. 西安灞河是秦穆公振兴秦国，独霸西戎后为纪念霸业而命名的河。

17. 端履门的意思是官员在这里必须端正朝服，整装入觐。

18. 下马陵，为纪念独尊儒术的董仲舒，汉朝规定必须在他陵墓前下马。

19. 大雁塔曾经是科考中榜之人留名的地方，白居易也曾留过。是为雁塔题名。

20. 大雁塔是个著名的斜塔，大概向西倾斜了一米。

21. 在唐朝时，阿富汗和吉尔吉斯斯坦的大部分，朝鲜半岛的大部分属于中国。

22. 买东西的典故来自"东西木头市"，买"东西木头市的东西"天长地久就是买"东西"了，现今街道在西安城区原址。

23. 钟楼原来不在大家看到的那里，而是今天朝西三百米的位置。

24. 修钟楼的目的是为了破坏西安王气，压制西安龙脉，当时看来，洪武的次子是除了永乐外最有希望当皇帝的。

25. 李隆基在兴庆宫办公，现存勤政殿殿址，李白让杨贵妃磨墨，高力士脱靴就在那里，也就是在那里，当李隆基落寞地做自己的太上皇的时候，高力士一直伴随着他，并且在他的儿子想杀他的时候挡在他面前喝退官兵。

26. 羊肉泡馍已经有两千多年历史了。

27. 雁塔是饱经风霜，曾经遭受雷击，现今去参观，走的是封闭了数百年又重新开启的大门。

28. 西安楼观台是老子讲道的地方。

29. 烽火戏诸侯的事情发生在现今西安城东的骊山上，而当时的帝王宫殿，在今西安城的西郊。

30. 西安是一个"开元通宝"比"乾隆通宝"要多得多的城市。

31. 唐朝时候西安城市中轴线在今天的西边，兴庆宫就在东墙边，它的湖水连接着今天的曲江。

32. 大雁塔的位置原来城墙开了个口子，有专门通道连接城区和曲江，一片湖水延伸到城外。

33. 今天西安野生动物园的位置是原来汉朝时候的皇家狩猎的御苑，平民以前是不可以靠近的。

34. 西安野生植物园是原来汉朝的皇家园林，有很多争奇斗艳的名贵花种，今天那里还保留了独有的数十个品种。

35. 渭河河床原来比现在要靠南，只因为一场大地震，居然向北移动了两公里。

36. 西安南二环路下面原来是条河，在明朝的时候是一条防洪渠，在唐朝的时候，也是联系几条水系的景观水面。

37. 日语有二百至七百个音接近西安方言，称之为唐音，比方他们把"是不是"念：dei shi ga 西安人叫：dei shi。

38. 长安城墙曾经在师大附近，有唐天坛遗址，现在高新区七公里的百米绿化带下面就是价值连城的唐长安城墙。

39. 唐人民风彪悍，开放，看看那时候女人穿的衣服。在体育场前面的雕塑，唐仕女打马球图。李白等都善技击。

40. 如果大家在高空看过西安的话，就会发现，西安周边有五个丘陵，组成一个漂亮的五边形，将西安围绕在中间。

41. 西安周边的山川丘陵组成的图案是一个八卦状，任何一个地方在《周易》中都有独特的含义，可以说鬼斧神工。

42. 秦岭由东向西绵延千里，只是在西安的位置向南有个凹陷，西安附近，渭河距离山很远，而其他地方距山都很近。

43. 西安南边有上百个峪口，就是山里的河把山劈开后的河道，古人的意味是将山川精华全部汇集到西安城。

45. 将近八百公里的渭河所有的大支流都在河北边，只是流过西安附近时，接收了一条南岸注入的大支流。

44. 西安城墙为什么南边最短？是因为有人想把原来位于城内的庙移动到城外。庙不能搬，那就搬城墙。

46. 原来宫殿里的空调是从冬天的河里取冰，保存入夏，这些冰就保存在西安南边的翠化山附近，并有专人看管。

47. 唐朝末年，拆毁西安城，顺渭河而下去修建洛阳，奇怪的是这些木材到了华山就被莫名挡住了，无法入黄河。

48. 西安最高的西南角是三千七百六十七米，最低的东北角是三百二十米。

49. 西安城经历了数次大规模的建设和毁坏，直到六百年前才基本确定了今天的位置。

50. 西安为什么叫长安？因为在这里，统治者可以长治久安，生活富足，是天府之国。

夜 莺

童 话
The Fairy Tale

每天早上醒来，总是先闻见玫瑰香。

少女睁开双眼，望见淡淡的晨光穿透窗帘，正落在窗台上大捧娇艳欲滴的血红色玫瑰上，花丛中插着一张卡片，暗金镶边精致华美，中间却空落落不着一字。

她小心地伸手拈起卡片，冰凉的纸面沾染了她指尖的温度，便有一丝色彩沿着纸张纹路逐渐晕开，如同水彩颜料在象牙底色上蜿蜒流淌，这里或者那里绽放然后消逝，仿佛有生命般自行渲染出会动的图画。

那是一朵慢慢打开的，红润的玫瑰花，花芯里藏着一对同样红润的嘴唇，当那嘴开口说话时，周围的花瓣跟着轻轻颤动起来。

"生日快乐，公主殿下。"它用丝绸般柔软的声音说道，"愿您的美丽如这玫瑰花般永不凋谢。"

"你总这样说。"女孩低声说道，像在自言自语，"可是我真的美丽么？你并没有见过我。"

"快乐的人永远是美丽的。"卡片回答。

女孩轻叹一口气，说："今年还有故事可以讲给我听么？"

"有的，公主殿下。"卡片说，"可我以为您已经不再想听我的故事了。"

"因为我已经不再是小孩子了么？"女孩说，"不，讲给我听吧，我想听的。"

"好的。"卡片毕恭毕敬地回答，于是画面上的图案也变化起来，好像有一双看不见的手不停地在画面上涂涂抹抹似的。玫瑰花隐没在纸张纹路中，继而浮现一扇窗，窗推开，外面满树繁花，各种声响仿佛从极遥远的地方传来，风掀动窗帘，鸟儿在枝梢间鸣唱，树叶哗哗低语。

"这是一个非常古老的童话。"卡片柔声低语着，"从逝去的时代里流传下来，却依然迷人的童话故事。那是春天，短暂而残酷的季节，一位年轻的学生独自坐在窗前，望着花园里明媚的春色，眼睛里蓄满了泪水，因为他找不到一朵红玫瑰，好邀请那位美丽的小姐去参加舞会。"

"红玫瑰？"女孩问，"一朵红玫瑰去参加舞会，多么奢侈啊。"

"不，在那个时代，玫瑰还只是长在原野和庭院里的植物，只要你有心去找，总能找得到。"

"我不相信。"女孩说，"不过你继续讲下去吧。"

"年轻人找不到红玫瑰，非常悲伤，这时候，住在圣栎树上的一只夜莺看到了他的眼泪。"

"夜莺也是那个童话时代的东西么？"

"是的，一种鸟，羽毛朴实无华，歌声却动人，传说它们只在月光下歌唱。"卡片一边说，一边在它的画面上呈现出夜莺的样子。

"真奇妙。"

"就是那样一只夜莺，被年轻人的忧伤打动，于是它决定，为那位恋人去寻找一朵红玫瑰。"卡片继续说，"它飞过许多地方，终于找到一棵老迈的玫瑰树。'我愿意给你一朵花。'玫瑰树说，'但严寒冻僵了我的血管，我现在开不出花了，除非……"

"除非什么？"女孩问。

"除非夜莺用它心口的热血来浇灌。"卡片轻声回答，"那天夜里，小夜莺用自己的胸脯抵住玫瑰树上的尖刺，在冰凉如水晶的月光下唱了整整一夜，它心口的血液流进树干中的管道，于是便有一朵玫瑰绽开了，比死亡的颜色还要红艳，比灵魂的气息还要芬芳。"

在它一边讲的时候，卡片上也有一朵洁白的花蕾一层层绽开了，从花芯开始慢慢晕成红色，像是有人一不小心从指尖溅了一滴血在白绢上一样。

"清晨，学生推开窗户，看到院子里的玫瑰树上开出了一朵花，是那么殷红美丽，于是他摘下玫瑰，去找他的心上人。"卡片接着讲下去，"可是那少女看着玫瑰花，却皱起了她好看的眉头。'我担心它和我的衣服不配。'她说，'再说大臣的儿子答应要送我一些珠宝，谁都知道珠宝比花要值钱。'"

"珠宝比花值钱？"女孩惊奇地睁大眼睛，"她居然拒绝了一朵玫瑰花？"

"是的，她拒绝了。"卡片说，"年轻人非常生气，把玫瑰扔出窗外，一辆马车从上面碾过去，像是碾过一颗鲜红的心似的。'爱情是多么愚昧啊，尽让人相信些不实际的东西。'学生说完这些，一个人回家去了。"

卡片上，有一片殷红的花瓣落下来，盖住了夜莺小小的身体。然后它们一起渐渐消融，像褪色的旧相片那样失去所有颜色与轮廓。

"我的故事讲完了。"空白一片的卡片说，"你喜欢么？"

"不。"女孩轻声说，"这个故事太悲伤了，它真的是一个童话么？"

"是的，一个古老的童话，我说过的。"

"好吧。"女孩点点头，"我收下这个故事，作为你送给我的生日礼物。"

"不胜荣幸。"卡片恭恭敬敬地说，然后它轻颤了一下，在少女的指间自行开始翻折变化，很快变成一只纸折的小鸟。

"再见，公主。"它说。

"再见。"

小鸟蹦跳着落在窗台上，拍打了几下镏金的翅膀，飞走了。

黑 衣 人
Man in Black

酒吧坐落在七百多米高的广场上，广场很幽静，正中央有一棵巨大的金丝楠树，"银蓝色玫瑰"酒吧就在树上，如同栖息在枝梢间的一只睡鸟。

黑衣男人提着他狭长漆黑的金属盒子，苍白的脸藏在斗篷兜帽里。他踏上广场的时候，夕阳正缓缓落入天边紫红色的云海中，在这样高的地方，天空显得很近，周围一片寂静，只有风的呼啸声。

他登上旋梯，伸手在门上拍了三下，镶嵌在门板上的少女雕像睁开双眼，对他笑脸相迎。

"晚上好，亲爱的，您可很久没来了呀。"

"晚上好。"黑衣人答道，他的声音柔软，一如唇角的曲线。

"您来的时候不错，今晚可有新节目。"少女说。

"又是新节目？"黑衣人低笑道，"看来客人不会少。"

"当然，小心脚下。"

少女轻笑着裂成两半，门开了，黑衣人低头走进去，径自穿过寂静漆黑的走廊，然而那一片静谧中却隐藏着什么，冰凉而锋利。

他停住脚步，近乎透明的长剑无声无息地逼上来顶在背后。

低沉冷酷的男声从黑暗中传来："别动。"

"我没动。"黑衣人说。

"转身。"那声音再次响起。

黑衣人转过身，面前的男人身材高大，深灰色长大衣领子向上竖起，头发向后梳，露出左侧额角一道旧伤疤，压在灰绿色的眼睛上方。长剑从他袖口中伸出，剑身朴实无华，却泛出异常冰冷的色泽。

他上前一步，用剑挑开黑衣人的兜帽，一缕黑色额发垂下来，挡在年轻苍白的额头上。

"果然是你。"持剑的男人皱起眉，"见鬼，你到这儿来干什么！"

黑衣人嘴角泛起一丝微笑，他的嘴唇薄而透明，这微笑便带上一丝戏谑的味道。

"你难道看不出来么。"他轻声说，语调低缓得如同催眠。

持剑人闷哼一声，手中的剑更逼近了一分，冷笑道："做生意？在这种地方？"

"为什么不行呢，军官大人？"黑衣人瞪大眼睛，"我触犯什么条例了么？"

持剑人恼怒地指向他手里那只狭长的盒子，喝道："放下。"

黑衣人小心地放下盒子，对方剑锋下滑，沿着光滑漆黑的金属表面游走，小心地抵住锁孔。

"里面是什么？"他问。

黑衣人故作焦急地上前一步，说："等等，我来开。"边说边掏出一大把叮当作响的各色钥匙，跪下去开锁，嘴里还低声念叨着，"不要这么粗暴好不好，普通老百姓的财产不值几个钱，可也不该随便糟蹋。"

持剑人低头看他兀自忙乱，冷冷地说："你不是普通老百姓。"

话音刚落，盒子便轻轻弹开，露出黑丝绒衬底上一束银蓝色的长茎玫瑰花，滟滟的光芒泻了开来，鬼火一般四下里碰撞蔓延。

"这是……"持剑人惊异不定地立在原地，脸上也笼了一层银蓝色反光，"你卖给这家老板的东西？"

黑衣人仰起头，微笑着回答："不然你以为这酒吧靠什么出名的？"

自动钢琴在乐池一角如泣如诉地弹奏着，吧台上，两只细长的玻璃杯中各自立着一枝银蓝色玫瑰花。近乎无色的液体从调酒器中倒出来，溅落进杯中，于是杯中的酒也带上了浅蓝色的辉光，无数气泡从杯底袅袅上升，在茎叶与花瓣间碰撞破裂，银光闪烁。

墙角的百叶窗将昏黄的日光切割为一排细窄的条纹，两人坐在交错的光影中，身穿黑色小礼服的侍者端来酒杯，动作轻盈谨慎如猫，不让一滴珍贵的酒液溅落在外。身材高大的军官疑惑地打量着，额角的伤疤像一只怒兽般暗沉沉地爬在眉梢，带着一丝未曾退去的阴郁。

"尝尝看，格雷大人。"黑衣人手法优美地端起酒杯，"出了这扇门就喝不到了。"

"这算什么，贿赂？"

"听说你升官了。"黑衣人意味深长地笑一笑，"现在是休假吧，难得在这种地方见到你，应该我请客的。"

"你用什么给这花施肥？"对方语调仍是冷冷的，"死人骨头，还是内脏？"

黑衣人摇头轻笑，把酒杯举到嘴边啜吸着。格雷闷了半晌，也拿过杯子小心地尝了一口，泛着蓝光的气泡滑过舌尖涌下喉咙，他始终紧锁的眉峰不禁舒展开来。趁在这时，黑衣人凑过去压低声音说道："听说过'银姬'么，一种只有三寸长的银蓝色小蛇，放进罐子里，和玫瑰一起养，整整一百天。"

酒含在嘴里，一瞬间竟真的哽住了，军官睁大眼睛定在原地。

"开玩笑的。"黑衣人恶作剧得逞般笑起来，"你刚才对我态度也不怎么样哦。"

"你！"杯子重重地蹾在桌上，黑衣人把一根纤长的手指放在嘴边嘘了一下，向后靠进椅子里。军官深吸一口气，压低声音道："给我小心点，早晚落在我手里！"

"我又怎么了。"黑衣人无辜地摊开手，"听起来好像是恐吓。"

"你自己做过什么自己心里清楚。"军官哼了一声，从大衣口袋里抽出一根烟点燃，黑衣人小心地避开幽蓝色的烟雾，对方看着他，故意缓缓喷出一口浓烟，灰绿色眼睛得意地眯起来。

黑衣人轻咳着扇动面前的空气："好了好了，我是守法公民，也没有得罪过什么黑道势力，只是老老实实卖我的花，您是炽将军手下的副官，不要跟我一般见识。"

"你的生意不干净，别以为我不知道。"军官夹着烟瞥他一眼，他声音不高不低，刚好两个人能听见，"现在不查你，不等于一辈子没事，自己小心点。"

"那就奇怪了。"黑衣人也放低声音说道。

"奇怪什么？"

"以你的身份跑来这种地方，又不是为了查案，这个假休得未免也太悠闲了吧。"

军官端着杯子锋利地瞥他一眼。迟疑片刻，他含含糊糊地开口说道："找个人。"

黑衣人凑到他耳边，声音像呼吸那样轻柔："女人。"

端着酒杯的男人震了一下，转头看着对方，眼神半是恼怒半是惊疑。黑衣人向后避开他的视线，懒洋洋地说："以前有女人经过，你从来不会转过头去看的。"

军官握紧了手中的杯子。

"不关你事。"他恶狠狠地说。黑衣人举起双手表示明白，于是两人端着酒杯各自陷入沉默，只有指尖的香烟兀自燃烧，细细的烟雾在光影交错间盘旋缭绕。

金色的余晖逐渐消失在楼群间，如同唇间的炙热退散。云层翻涌上来，从那后面隐隐传来钟声，紧接着是一阵沉闷的雷鸣。

倾城一笑

"要下雨了。"黑衣人说。

"是啊。"

"每天晚上这个时候，都会下起雨。"他回头看着闷闷不乐的军官，"你不觉得很奇妙么？"

"奇妙什么？"

"这座城市。像有生命一样，按照它自己的规律一天天运转下去。"

"什么算有生命。"军官吐一口烟，"照你这么说，机械也有生命。"

"问得好，什么才算有生命。"黑衣人望着空中，像在喃喃自语，"自由意志么。"突然间他嘴角泛出一丝微笑，像是发现了什么有趣的东西。

"怎么了？"军官问。

"嘘，别出声。"黑衣人低声说，随手从旁边拿起一个空酒杯，小心地，然而又是极迅速地倒扣在桌面上。

军官凑上去看了一眼。

"苍蝇？"他嫌恶地皱起眉，"这里怎么会有苍蝇。"

"这里有一切不可能的东西。"黑衣人像个淘气的孩子般微笑着，趴在桌上看着酒杯里那个安静的小东西，然后以优美的动作移开酒杯，敲敲桌面把它放走了。

"或许，我们刚才的问题答案都在这里。"他若有所思地说，军官不解地看着他，黑衣人出了一会儿神，回头继续说："格雷，你以前是做空勤的吧。"

夹着烟的男人闷哼一声："你什么都知道。"

"每天开飞艇巡逻，俯瞰这座城市的每一个角落？"黑衣人举起酒杯，"城里每个男孩子的梦想。"

"你自己试试看。"军官深吸了一口烟吐出来，"天天吃法式大餐，从餐前酒到餐具摆放的顺序，连饭后上的雪茄都一模一样，用不了一个月就知道什么滋味了。"

"这我可没想过。"黑衣人轻轻笑起来，"小时候很羡慕那些天上飞来飞去的有钱人，现在每天上上下下绕来绕去地送货，走得多了倒也习惯了。"

"别哭穷。"军官说，"鬼知道你做那些生意挣了多少钱。"

"你了解这座城市么？"黑衣人并不理会，自顾自说下去。

"了解什么？"

"它生命的奥秘。"他望向窗外，眼里闪着奇异的光，"从地上，到地下，从她坚硬而脆弱的外壳，到她冰冷却火热的内心。"

"你今天问题还真多。"军官冷冷地喷出一口烟。

"你不会想这些么？"

"很少，我要想的事情已经够多了。"

"那好吧，最后一个问题。"黑衣人微笑着，"你知不知道这城市里最高的地方在哪里？"

军官皱起眉头："钟塔？"

"是芒夕大桥。"黑衣人说，"你知道它还有个名字叫作叹息桥么。"

"叹息桥？"

"钟塔是不会动的，它永远那么高，芒夕大桥却每天都在升起和降落，周而复始，一刻不停。传说当半夜12点的钟声敲响时，那座桥升到顶点，比钟楼的尖顶还要高，失意的人会选择手捧蜡烛，在钟声结束的瞬间从桥上跳下去，掉进无边无际的灯火中去。落地之前，还来得及唱完一支歌。"

"你……从哪儿听来的。"军官压低眉峰，冷冷地看着他。

"没什么，只是每次喝酒的时候，都会想起这个传说。"他叹了一口气，苍白的双颊微微晕出红色，"格雷，你在这城里飞了三年，看到的是它光鲜的表面，它白天暴露在阳光下的样子。这么多年来，你一直生活在两百米以上的高空，从没有看过那些隐藏在阴影

　　　　　　　　　　　　倾城一笑

中的部分，甚至地面以下的部分是什么样的。想在这座城里找一个什么人，或许会比你想象中要困难得多。"

"有多困难？"

"如果你只是开着飞艇跑来跑去，或许一辈子都找不到。"

军官猛灌一口酒，酒杯狠狠砸在桌上："到此为止！"

一阵滚雷由远及近袭来，砸响了沉闷的空气，在那之后，是绵密的雨声。

稀稀落落的掌声在周围响起，酒吧中央的舞台上，穿暗绿色厚外套的女孩子抱着琴盒匆匆忙忙走上去，淡茶色短发湿漉漉地贴在脸上，不过十二三岁年纪，瘦弱得像个孩子，面颊和赤裸的小腿在酒吧黯淡的光线中白得有几分不真实。

灯光逐渐亮起来，将她和周围的空间分割开，和黑暗中流动的烟雾、酒精、香水气息、暧昧的目光和叹息声分隔开。女孩脱下外套随手扔在地板上，里面穿着式样简单的黑色露肩连衣裙，冷艳，却纯洁。她打开琴盒，取出缀满洛可可式花纹的仿古七弦琴，琴身漆黑沉重，抱在怀里隐隐有暗色金属光泽闪烁，一侧镶嵌着各色华丽繁复的仪表开关。女孩手上戴着黑色露指手套，在仪表上灵巧地拨弄几下，七根弦便嗡鸣着散发出不同光彩，仿佛有生命的电子流一点点注入它们的身体似的。

起初是几个铮铮的音符，沉默了一下后，便由弱渐强地流淌出一段流水般错综缠绕的旋律。女孩低低的歌声浮动在这旋律里，圆润中带着低沉，夹杂一点孩子气的暗哑，如同水银溅落。

> 如果我有雏鹅般小巧的翅膀，
> 我要坐在篱笆上，
> 看天上的流云来往，
> 我要离开这个伤心的地方。

听，

夜莺歌唱，

泣血到天明，

为了下一段旅程，

为了一朵玫瑰的开放。

　　她坐在高高的圆凳上，两条腿随着韵律荡在半空中，像是一个天真无邪的小姑娘似的，但她的歌声和琴声却仿佛在地底下沉沉地流淌。黑暗中，暗红的烟蒂忽明忽灭，女人们的长发散乱一桌，把冰冷的唇贴在光洁的高脚杯壁上。最远的一个角落里，两个各怀心事的男人被包裹在幽蓝的烟雾中，注视着灯光下年轻的歌手。她的头发在灯光下覆盖着一层近乎透明的银白色光晕，一双略带琥珀色的清澈眼眸，像猫眼似的发出红灿灿的光，目光虚无缥缈地穿过黑色虚空。

　　最后几个音符缓缓散去，过了一会儿，掌声如雨点一样逐渐响起来。

　　女孩苍白的脸颊上浮动着一抹红晕，她抱着琴跳下椅子鞠了一躬，退出光圈，消失不见了。

　　在那歌曲的余韵中，所有人都仿佛暂时坠入了往事，与周围一切远远隔开，各种气息四下里流淌，于是也分不清你我，分不清醉或不醉了。

　　"是一首好歌。"黑衣人一边鼓掌一边说，"如果没有酒吧里的歌手们，这座城市将变得多么乏味啊。"

　　军官沉默不语，宽厚的肩膀沉甸甸坠在椅子里。

　　黑衣人并不看他，故意问道："以前没有来酒吧听过歌么？"

　　"听过。"军官叹一口气，"但不是这一首。"

"当然，当然。"黑衣人抿嘴轻笑，"我差点忘了，听说你以前是这里的常客。"

军官再次抬头怒视他，这时候年轻的歌手正沿着过道向门口走去，在他们桌子旁边停住了脚步。酒杯里，银蓝色的玫瑰仍在散发最后一点光芒。

黑衣人注意到了她的眼神，举起杯子说："喜欢么？"

女孩点点头。

"送给你。"黑衣人递过去，女孩有些惊诧地看着他，小心地捡起花枝贴在脸上，微弱的光芒映出了她嘴角一丝明净无瑕的微笑。

"回去插在酒里，还可以开一天。"黑衣人说，"清水也可以。"

想了一想，他从军官的杯子里拿出另一朵花递给她，动作轻盈得像在变魔术。

女孩向他低头鞠了一躬，抱着琴盒与花转身离去。酒吧的门开了又关，绵密的雨声连成一片，像乐章中一个小小的滑音飘了进来，又迅速消散在幽暗的空气中。

军官看着他冷笑一声，说："你可真大方。"

"这是什么表情。"黑衣人重新做出无辜的样子，"送花给酒吧的歌手也犯法么？"

"谁知道你打什么主意。"军官说，"不法分子我见得多了，付出总有回报，这一套骗骗小女孩还差不多。"

"这话说的，可真是伤人。"黑衣人叹一口气，站起身说："好吧，格雷大人，请不要忘记今天我请你喝了城里最贵的酒，这个人情以后要还给我的。"

军官警觉地抬头看他："你去哪里？"

"回家，做我的不法生意。"黑衣人说，"然后睡觉。"

他低头行礼，转身走出酒吧，只剩下身材高大的男人独自坐在那里等待下一支曲子。

黑暗的角落里，依稀有什么声音嗡嗡作响，刚才飞走的那只苍蝇又飞回来了，趴在墙上静静地注视这一切。

雨
The Rain

绵密的雨丝落在狭窄的街道中，青石路砖缝隙间跳荡着金黄色水光。

墙上，一盏小小的街灯亮起来了，朦胧的光笼罩着飘飞的雨丝，也笼罩着坐在墙角里的女孩子。二十多岁，或者更年轻些，像只无家可归的小鸟般依在爬满花枝的篱笆旁瑟瑟发抖。雨水从她的葡萄酒般暗红色的长发里流出来，沿着年轻的面颊轮廓往下淌，她的嘴唇苍白得有如洒在海滩上的月光，颤抖的手指交叠在心口上，按住一枚小小的银色项链坠。

远远地，钟声又响起来了，巨大的指针跳向9点整，紧接着小巷尽头传来一串寥落的脚步声，身穿长袍的男人从迷蒙的光雾中走出来，黑色靴子踏在水花里，伞缘下露出苍白精致的脸，头发和眼睛也是黑色的，仿佛缠绕着稀薄的水汽。

女孩抬起头，眼神迷蒙地望向那个几乎要融化在夜色中的身影。"对不起，我来早了。"她勉强地笑一下，"想不到地方可以去。"伞斜过来罩住了她的身体。

"哪里，是我让您久等了。"黑衣的年轻人微笑着回答，"请进来坐。"

他打开篱笆后的门，门内透出暖暖的，静静的光。

坐落在街角的店铺隔断了时疏时骤的雨帘，空气温暖而凝滞。天花板上悬挂着一盏黄铜的吊灯，像一枝从上面盘旋着垂荡下来的

　　　　　　　　倾城一笑

玫瑰花藤，十二朵错落有致的花蕾里倾下柔和的灯光。红木家具古老却轮廓柔和，宽大的沙发里堆着各种颜色的刺绣抱枕。女孩裹着厚厚的毛巾，抱着冰冷的膝盖坐在椅子里，盯着桌椅晃动的阴影看。

黑衣人从屏风后走出来，手中端着茶盘，热气逆着光线缠绕升腾，仿佛有生命似的。

"请用。"他走到桌边放下茶杯，语调轻柔地说。

女孩低头捧起杯子，白瓷杯里漂浮着淡红的玫瑰花蕾，茶汤却是清澈见底的浅绿，香气浓甜得竟有微醺的感觉。

"好香。"女孩轻声说，"玫瑰花么？"

"当然。"

"以前喝过，却不是这种香味，也不是这颜色。"

"那就不是真正的野生玫瑰花。"黑衣人微笑着，"用月季，或者其他品种不纯的花蕾染上颜色，加入香精，最终喝进肚里都是人工添加的东西。真正的玫瑰花茶现在很少了，保存新鲜玫瑰的香气和味道，这是一门艺术。"

女孩低头轻轻啜吸一口，温暖的茶香爬上她的指尖与脸颊，竟也如花瓣尖端那一抹嫩红。许久她抬起头，微笑着说："每次见你，好像都穿着黑色衣服。"

黑衣人愣了一下，低头看看自己。"大概为了在客户面前有个良好形象吧。"他说，"我这么懒的人，只知道选黑色这种安全色，不容易难看。"

"不会，很好看啊。"女孩笑了一笑，用哑得近乎听不见的声音加上一句，"有点像他。"

黑衣人低头给她续茶，杯子里重新升起热气，盘旋缭绕，不让场面冷下来，许久他柔声问道："这次怎么样？决定了么？"

女孩点点头，说："签字吧。"

泛旧的象牙色卷轴摊开在面前，暗红的花体字一行行一列列呈现，宛如被烧熔的铁水。女孩最后犹豫了一下，将苍白的指尖按上纸面，一阵刺痛后，温热的血液渗入纸张纹路中，化为一个娟秀的名字，凝固在那里再不变动。

幽颜。

"这是你的真名么？"黑衣人点点头，"很美。"

女孩低头不语，双手抱住肩头，指尖一再用力，却还是止不住颤抖。

"我怕。"许久之后，她轻声说。

"怕什么？"

"不知道。"女孩摇头，眼里终于涌上一层泪光，"怕以后再也见不到他，或者怕见到他。"

烛火摇曳，她的手指缓缓向下滑，带着游动在雪白的脖颈上的一道阴影，最终停在了心口。

"想起来就觉得冷，这里冷……"

黑衣人在她面前蹲下，声音轻柔得像在哄一只猫。

"那就把这颗心留着吧。"他说。

泪珠从女孩眼里滚落下来，她说不出话，或者已经再无话可说，只是摇头，拼命摇头，那脸颊仿佛是冰糖做的，被热热咸咸的泪水淌过，随时要化掉。黑衣人伸出一只纤细苍白的手，从她冰凉潮湿的头发里抚过，许久，他轻声说："你愿意相信我么？"

女孩含着泪水，终于点了一下头。

"我答应你的事，一定会做到。"

她又点一下头，从脖子上解下那枚项链，最后看了一眼，紧紧捏在手心里，泪珠从她眼中不断滑落，仿佛没有一个尽头。

许久，她伸出手，黑衣人用自己的手包裹着它们，极小心地合拢在一处，仿佛捧着一潭易碎的露珠。

"现在，睡吧。"他说。

女孩把头慢慢放在他的肩膀上，闭上眼睛，还没有干透的长发

倾城一笑

垂下来遮住了脸。

雨声绵密不绝，屋檐下晶莹剔透的水花此起彼伏，篱笆在风里剧烈摇摆。

一片寂静中，几个梦呓般含糊不清的音节从女孩嘴边滑落。

"很温暖。"

"嗯？"黑衣人凑近她美丽的脸庞。

"你的手。"

"是的，一会儿就暖和了。"

他伸手从她脸上拨开一缕长发，在她耳边悄声低语着。

"睡吧，做个好梦。"

"嗯……"

"雨很快就要停了。"

女孩不再说话，像小孩子一样蜷在毯子里，美丽的脑袋滑落在他的膝盖上，睫毛和嘴唇完全停止了颤动。

最后一点灯光在吊灯里微弱地摇摆了几下，消失了。

艾罗斯特拉特
Erostrate

风吹过被高楼和天线割裂开的天空，挟卷着大朵的流云。

如果你像这风一样，能够自由地在空间里穿行，那么就请跟我一起从各种我们想象不到的角度，来看看这座蛛网般交错纠缠的城市吧。

你可以从高处掠过那些矗立在晨雾之上的尖顶和广场，像是海面上五光十色的蜃楼。或许从这里你会发觉，城市的每个最小的单元都在永不停息地有规律地运动中，有的部分升起，有的部分降下，如同一部巨型机器上的齿轮和轴承般相互契合，支持着整个城市的蠕动。那些半空中交错在不同层面上的通道和台阶，像成千上万支钟表指针，带着巨大的阴影以不同的频率转动着，连接到其他地方去。只有城中央那座最高的塔楼是固定的，那顶上除了空中的鸽群和裹在灰色斗篷中的敲钟人外，还没有人光顾过。

接着你可以搭乘着风的羽翼一同呼啸着撕扯那塔楼尖顶上的旗帜，然后跟随着悲凉的鸽哨声俯冲下去，在水泥，钢铁与玻璃的丛林里优雅地盘旋，千万个窗口——亮着灯的和黑暗的一闪而过，然而这还只是全部窗口中很小的一部分。

你还可以选择飞得更低，直到进入那些几乎终年不见天日的阴影中，直到擦着地面钻进一条狭窄的小巷，在破旧的招牌和晾晒的衣物缝隙间穿行。一群孩子赤着脚从淌着水滴的被单下嬉闹着跑过，张开双臂望向他们头顶上方支离破碎的天空。下一秒，你可以向上飞到几百米的空中，看到沐浴在阳光中的那个巨大的玻璃圆球，像是一滴水珠般一尘不染。各种奇异的花朵正开得茂盛，还有终生在花丛中做着各种游戏的天使一般的小孩子们。

这是艾罗斯特拉特，魔法与科技再无分别的城，梦境一般真实，欲望一般华美，如果你有机会看，请一定好好看个够。

那儿，用许多纤细的钢索紧紧地维系着的一座优雅绝伦的天桥正在缓缓升起；几十层楼高的摩天轮静静转动着；巨大的女神雕像迎风展开了翅膀，她会唱一千多首歌，许多歌曲的历史比整个城市还要悠久；还有流动在楼群中间，大大小小的河流和瀑布，由几千条不同规格和角度的引水渠精确地控制着它们每秒钟不断变化的流向，千万簇水雾如花朵一般蒸腾，上升，凋败。

只要你不感到疲倦，我还会继续领你看很多很多东西，那些大理石砌成的空中竞技场，那些会在月光下啜泣的树林，那些悬吊在摩天轮上缓缓转动的咖啡吧，还有用光和影制造出的，却比实物更逼真更绚丽的立体广告。

继续飞吧，自由自在地飞吧，我们看到一艘银白色的飞艇划过

倾城一笑

一望无际的蓝天，飞艇里坐着穿深灰色军大衣的军官，眉间忧郁，眼神却坚毅；我们看到短发女孩抱着琴盒走在街头，像个小孩子般好奇地东张西望；我们看到阴暗的街道转角一座古老的小楼，有着斑驳的灰石墙面和杂草丛生的青黑色屋顶，窗上青藤密布，门口的篱笆上开满鲜花。从这扇门里，身穿黑色长袍的男人走了出来，脸隐藏在斗篷兜帽中，沿着幽暗潮湿的青石街道向远方走去，很快便消失在蜿蜒曲折的道路尽头。也许会有亿万分之一的概率，让我们无意中看见头天晚上那个女孩的行踪。她身穿长裙走在阳光下，发间飘散着栀子花的清香，然而，是哪只手从那象牙般光洁的额头上抹去了一切情感波动的痕迹呢？她就是那样走着，混在涌动的人群里挤进繁忙的空中轨道车，然后随着整辆车消失在纵横交错的网络通道里。只是那么惊鸿一瞥，我们又失去了她。

　　风继续旋转着，呼啸着，你日日夜夜观察这城市的每一个角落，能否告诉我，是谁在支配这城市的运转，又是谁在这城市的支配下运转呢。

少　女
The Girls

　　少女走在空无一人的天桥街道上，来自远方的风吹过钢索之间，发出琴弦般微弱的嗡鸣声，也吹乱了她压在外套兜帽下的短发。突然间，一声微弱的猫叫在身后响起。

　　一只小小的黑猫正站在离她不远处的桥面上，耳朵上装饰着金属叶片，一双金色的瞳孔瞪着她看。短暂的对视后，它转过身，像个幽灵般滑过路面，优雅而缓慢地迈着碎步离去。

　　少女愣了一瞬，抱起琴盒急匆匆地跟在那只黑猫的影子后面，她穿过废弃的后院，走过寂静的街心花园，向着破败阴暗的旧巷深处前进。这里终年被遮盖在高楼的阴影中，支离破碎的阳光苍白耀眼，溅落在雨后残留的水潭里，道路两边的高墙上画满形态粗野的涂鸦，七零八落的门窗如同许多黑洞洞的眼睛，向外喷吐阴冷潮湿的空气。

猫始终在前方不紧不慢地行进，时而停下来四处仔细张望一下，如同一位国王在巡视自己的领地。突然它跳上一段低矮的院墙，回头挑衅般望了一眼，轻盈地向另一侧跳去，就此消失不见。

少女犹豫了一下，沿着墙角一堆倒塌下来的废砖块，小心翼翼地爬上墙头。旁边是各种简易板材拼凑成的屋顶，高高低低杂草丛生。

黑猫正站在不远处的屋顶上，回头喵了一声，柔媚得如同情人在呼唤，少女抱紧手中的琴盒，咬牙纵身一跳。

落脚瞬间，那片屋顶突然倾塌了下去，她短促地惊叫一声，便一路向下滑，只来得及抽出一只手抓住粗糙冰冷的瓦片边缘。

身体在空中来回摆动，指尖狠狠扣进柔腻的灰泥中，少女惊恐地向上望去，那只黑猫重新出现在洞口边缘，柔柔地叫了两声，然后扬起爪子重重拍在她手背上。

锋利的爪尖如剃刀一般，只一下就划开了手套和手背上的皮肤，少女惊叫一声，手一松便坠入无边黑暗。

依稀有水滴声。

钝痛与晕眩后，她睁开眼睛，四下里漆黑一片，只有天花板上的破洞和缝隙中落下的粗粗细细的暗淡光柱，照亮空气中狂乱舞动的灰尘。这里似乎是一座废弃的工厂，四处散落着意义不明的奇怪零件。从光与暗的缝隙中，许多肮脏的赤脚一闪即逝，踏着猫科动物般敏捷而轻柔的脚步，从各个角落里围拢过来。

她向上看，面目不清的人影逐渐逼近，一群衣衫褴褛的少年，身形高矮不一，但每个人身上都多少有些变异怪诞的地方，青灰色的鳞片，长而锋利的犬齿，毛茸茸的尖耳朵，狼那样向后弯曲的膝关节，或者快要垂到地面的上肢。除此之外，他们每个人身上都有图案繁复的花纹，爬满每一寸裸露的皮肤。

黑暗中传来一个低沉怪诞的声音，仿佛从坏掉的收音机里传出来一般，一点刺耳和奇怪的变调。

"是谁？"

一个少年的声音回答道："一个小姑娘，暗夜带回来的。"

声音继续问："她怀里是什么？"

"像是个盒子。"少年边说边伸出一只毛茸茸的爪子向琴盒抓去。少女抵抗着，少年被她的动作惹恼了，一掌拍过去，琴盒掉落在地，七弦琴连同一朵枯萎的银蓝色玫瑰一起摔了出来，乱糟糟一片鸣响。

"抓住她。"那个声音不紧不慢地说。

几个少年从后面抓住少女的胳膊，任她像一只落入网中的小鸟般徒劳地挣扎着。黑暗中慢慢走来一个人影，在琴盒边站住脚步。一只沉重粗糙的机械手伸过来，捡起地上的玫瑰，只是轻轻一捻，干枯的花瓣就化为碎片。

那只手又捡起七弦琴，金属手指在琴弦上按了按，没有声音，紧接着噼啪一串爆响，竟有蓝色电火花从暴露在关节下的铜线周围迸出，琴弦锵的一下应声而断，在黑暗中扬起一道银色弧光。

那人影走得更近了，暴露在光柱中的是一张奇异的脸，圆润小巧的下巴，总是在笑的丰润嘴唇，鼻子以上的部分却覆盖在厚重的机械面具下，或者说，脸的上半部分根本就被各种电子器械取代了，两只突出的镜头向不同方向转动对焦，仿佛在用眼睛打量着眼前的猎物。

少女惊恐地瞪大眼睛，抓着琴的手伸到她面前，起初那个电子声音从面具后面传来，嘴唇却没在动。

"这是什么？"

少女颤抖了一下，说："我的琴。"

"弹给我听。"声音命令道。

抓着她的几双手放开了，少女接过琴，她的双手仍在颤抖，手腕上带着红肿的痕迹，但就在那一瞬间，那双手紧紧抓住琴向身后用力一挥。

漆黑的琴身在空中划过一道弧线。

随着沉闷的撞击声，身后几个毫无防备的少年被击倒在地，趁这个瞬间，她抱着琴跌跌撞撞冲出重围，飞快地向光亮处跑去。

"追。"那个声音说。

在这道命令落地之前，少年们已经兴奋地呼喊狂啸着，一个接一个纵身跃出。

狭窄的街道蜿蜒曲折，迷宫一般回环往复，却没有一个尽头。

少女跌跌撞撞地拼命奔跑，呼啸的风声擦过耳畔，刀一般锋利，身后的声音远了又近，四面八方上下左右袭来。那些追逐者天生就熟悉这里的每一条岔道，手脚并用踏过碎砖与院墙，灵巧迅猛得如同野兽。

跑，一直跑，绕过不知多少个拐角，少女猛然停住脚步，眼前是一小片荒草丛生的空地，几座废楼围着一座水塔，四面八方再无退路。

她咬咬牙，一手抱着琴，一手抓住爬满红锈的脚手架向上爬。少年们尖叫着紧随其后，猴子一样敏捷地攀援而上，还没等她爬到一半就追了上来。

少女停了下来，赤裸的小腿在风中颤抖，她紧抱住怀里的琴，右手穿过铁架，用最快的速度将一排开关全部推到顶，紧接着拉下外套上的兜帽蒙住头。

一只手从下面一把抓住她的靴子，暗绿的指甲长而锋利。

女孩细碎的牙齿紧咬住嘴唇，手指用力按下琴弦，巨大尖厉的电子噪音迸发而出，断金裂玉。那抓她靴子的少年禁不住伸手捂住耳朵，向后一头栽倒，其他人也紧跟着纷纷落下，像一串熟透的果子。

紧接着，一阵青烟夹杂着火花四溅从琴壳里冒出，噪音如崩断的钢丝般戛然而止。

少女跺了跺脚，把琴塞进外套和身体之间，拉紧拉链，继续向上爬去。脚下，那些永不疲倦的敌人发出愤怒的呼喊，正加快了速度重新出发。

水塔顶端只是水泥垒成的墙壁，没有任何管道连接，各色建筑物密密麻麻地矗立在四周，她像被困在一座孤岛上。然而就在这一瞬间，发动机的嗡鸣声震撼了空气，如一曲交响乐的序章轰轰然隆重登场。

少女错愕地抬头，一架小巧的银白色飞艇正沿着楼群中的缝隙从她头顶上空掠过，驾驶舱玻璃罩向后滑去，一个戴着墨镜的男人探出身子，向她抛出一卷绳梯。

"上来！"他大声喊道，"抓紧梯子！"

绳梯末端在水塔边缘恶作剧般来回飘摇，少女伸出手奋力去抓，却始终隔了一臂长的距离。

下面的尖牙利齿又一次逼近了，比之前还要更快些。

"跳！"驾驶飞艇的男人喊道，"别怕，我掩护你。"

他边说边用牙齿拉下右手的手套，露出一只闪闪发光的机械手，手腕咔咔转动两声，几秒钟之内就变形为一杆漆黑发亮的激光束发射枪。

冰冷的底座架在左臂上，眼睛贴近瞄准镜，瞄准爬在最上面的少年扣动扳机。耀眼的光束射穿了他的尖爪，少年惨叫一声掉落下去。被光束切断的金属把手化为滚烫的液体溅落，激起一串暗红色的火星。

"跳!"他又喊一声,少女咬紧牙关纵身一跃,像只鸟一样在空中转了个圈子,背上的琴从灌满了风的外套中滑了下去,翻转几周后砰然落地。她抓住绳梯,瘦小的身躯摇摆得像个稻草人,被一双有力的大手三把两把拽进驾驶舱里。

"你没事吧?"男人左手拉着操纵杆,右手迅速推上玻璃罩,回头看她一眼,突然愣住了。

"是你?"他边说边推开脸上的墨镜,"酒吧里的歌手?"

少女喘着粗气,惊恐不安地瞪着对方,粗重的双眉下狼一般灰绿的眼睛,还有压住眼角的那一道旧伤疤,这张脸只见过一面,却分明勾起了她某些记忆。

"出什么事了?"格雷惊异地打量着她。

少女艰难地摇摇头,机舱很小,她不得不蜷成一团靠在仪表盘下。格雷拉起操纵杆让飞艇上升到安全高度,低头看着她苍白的脸,说:"别怕,没事了。"

"他们派你来的么?"少女突然开口问道。

"谁?"格雷愣了一下,少女睁大琥珀色的眼睛看了他一秒,移开目光不再说话。

一时间驾驶飞艇的男人也不知该说什么。

"别怕。"他又重复一遍,"那些家伙追不上了。"

飞艇小心地掉头,沿着楼群缝隙向开阔处上升,少女突然想起什么似的,转身扑在玻璃舷窗上。

"怎么了?"格雷问。

"我的琴!"

"掉了?"

"就在那儿。"少女伸手指去,水塔脚下一片狼藉,废墟中只露出一道残破不全的黑色边缘。

"我最重要的琴。"少女转头望向他,指尖按在玻璃上,用力得发白。格雷沉默了一瞬,点点头说:"我去帮你拿回来。"

飞艇重新掉头，降落在一座废楼的楼顶上，格雷跳出驾驶舱向楼顶边缘跑去，右手在瞬间变为带锁链的铁钩，瞄准水塔发射，嗖的一声紧紧咬住脚手架。

"在这儿待着别动。"他回头喊道，一脚踏上锈迹斑斑的护栏，"很快回来。"

少女点点头。格雷纵身一跃，向水塔荡过去。

落地，缓冲，翻滚，小跳一步抓起琴，然后再翻滚。

一连串动作计算得精确无比，然而最后一个步骤完成前，一把黑沉沉的枪已经抢先指住了他的头。

怪诞森严的电子音在上方响起。

"不要动，当兵的。"

他抬起头，那个声音的主人正站在自己面前，电子眼一只监视着他，另一只紧盯着飞艇的方向，与这样一张可怕面容相匹配的，却是一副属于年轻女性的，结实有力的身体，金色皮肤光洁紧绷，裹在背心短裤中的曲线宛如训练有素的猫科动物般流畅舒展。

格雷抓紧手中的琴，刚刚来得及瞥一眼右手，头顶上的枪口又向下压了压，紧紧抵在他额角的旧伤疤上。

"不要动。"那个声音再次响起，金属面罩下的嘴角依旧挑着一抹冷峻的微笑，"你可以试试看，谁的手比较快。在你右手的武器变形之前，我就可以打爆你的头。"

"你是谁？"格雷压低眉峰，恼怒地问道。

"南城的'夜枭'，不会没听说过吧。"

"夜枭？"格雷不禁吸一口气，"没想到居然是个女孩。"

"还是个漂亮女孩。"对方换了一个娇媚的女声，发出一串银铃般灿烂的轻笑，"当兵的。我不杀你，我只要那个女孩和她的琴。"

格雷举起琴，想了一想说："可这样会违背我的使命。"

"什么使命？"

"保障人民治安。"

他边说边把琴向上奋力一扔。

对方分神的瞬间，格雷身体微斜，额头贴着枪口滑向一侧，左手顺势架住夜枭持枪的右臂反身一扭，将她揽进自己怀中，右手同时变成长剑架在她喉咙间，这一连串动作完成后，琴才砰然一声落地。

"我也不想杀你。"灰绿色的眼睛眯成两道线，"放下枪，让你的人放我们走。"

面罩下的嘴角依然在笑。

"试试看。"随着这几个字落地，那条看似僵硬的机械手臂突然以匪夷所思的角度向后一击，打中格雷的后脑，身子鱼一般向下一滑。

两人几乎同时向后翻滚，直起身，举枪对准对方。

一片寂静，只有一高一矮两个身影立在水塔的阴影下纹丝不动，如同雕像。

一千一万种可能性从空气中流过，转瞬即逝，紧接着，一阵不祥的声响从头顶上方传来。

巨大的黑影从上空掠过，炙热的气流扑面而来，吹得一切会动的物体摇摇欲坠。白色飞艇被挤压在狭小的空间内，歪歪扭扭向下俯冲，仿佛随时可能坠落，敞开的机舱里露出少女小小的身影，被风吹乱的短发在阳光下闪闪发光。

格雷表情凝固了一下，一时不知是该赞叹还是该骂人。

飞艇像只笨拙的白鹅般东碰西撞，发动机里喷出的火焰烧熔了一侧建筑物的外墙，金属和玻璃溶液带着耀眼的火花四处飞溅。趁夜枭和她的手下被冲得四下散开，格雷深吸一口气，向前一跃抓起地上的琴，向一道废弃的水泥墙后跑去。

短暂的骚乱后，夜枭部队重新估计了形势，随着一道无声的命令发出，少年们纷纷散开，三两个一组爬上周围建筑物的废墟，在钢筋水泥和残破的玻璃窗之间寻找藏身之处。少女艰难地将飞艇悬在离地面很近的地方，向外探出身，格雷正躲在墙壁拐角处，被风吹乱的头发垂下来散在额头上，多少显出几分狼狈。

"快上来！"少女一边喊一边扔出绳梯。

格雷犹豫了一下，伸出一只手，然而在下个五分之一秒内，军人训练有素的洞察力令他眼角捕捉到一抹不祥的闪光。他转过头，阴暗的楼洞里，那长着机械手臂的女子正从一道残破不全的落地窗后立起身，对着白色飞艇的发动机部位举枪瞄准。

"不——"他大喊一声，仰头对着飞艇拼命挥手，"你！下来！快，跳！"

少女愣了一下，开始拼命撕扯胸前固定用的索带。

远远地，机械义眼像摄像机镜头般嗞嗞作响地伸缩聚焦，然后锁定。扣下扳机的一瞬间，少女刚刚爬出驾驶舱勇敢地一跃。

金红色的巨大火花盛开在空中，壮丽华美如同流淌的油画颜料。

格雷接住少女，右手迅速化为巨大的阳电子盾，炙热的火焰和空气碰撞拍击，震得整条手臂都几乎要裂开。

"不要命的丫头！"他低头看着臂弯中的少女，话音抵着舌尖狠狠从牙缝中迸出来，"你怎么会开飞艇？！"

"我不会！"少女紧闭眼睛无辜地答道。

"那算你走运！"

收回盾牌后，他一手夹琴，一手抱紧少女纤细的腰肢，向旁边废弃的下水道口一头跳了下去。

如果说有什么会比艾罗斯特拉特的城市街道更复杂，那就是它的下水道系统。

"这下真迷路了。"格雷停下脚步，回头看一眼抱着琴紧跟在后面的少女，长叹一口气，说，"在这儿等我，我爬上去看看。"

几乎是下意识地，少女上前一步，伸手抓住他的袖子。格雷错愕地回头，愣了一瞬后，他放缓声气说："别怕，我不会丢下你的。"

少女低着头，许久慢慢松手，格雷立在原地，反而不知道该不该动。

"真是奇怪。"他又叹一口气，说，"你怎么会招惹上那群人的？"

少女摇摇头，问："他们是谁？"

"夜枭，地下城的探子，连我也只是听说过。"他看少女仍是瞪大眼睛看着他，不禁摇头微笑，说，"总之不好惹，以后不要来这种地方了。"

话音刚落，他的神色又是一变，眉间低低压在一处，转头向四周凝神望去。

四周漆黑一片，只有风在纵横交错的管道中穿梭往复，如管风琴，又如野兽低声哭泣，一圈又一圈放大循环，音色越发尖厉响亮，竟像是有什么东西向这边逼近了。

格雷跨一步挡在少女面前，举枪向黑漆漆的洞口里瞄准，然而狂啸而来的竟是飞刀一般锐利的风，劈头盖脸擦过耳畔身侧，如乱鞭抽打一般刺痛，两人猝不及防，被彻底掀翻在地。

紧接着，更多道风从四面八方的管道里涌来，仿佛有生命般形成一道巨大的旋涡，将两人牢牢封在风眼中。

旋风停止后，一群身穿黑衣的人已将所有岔路堵得密不透风，长长短短的武器指向一大一小两个身影。

"放下武器。"为首一人用介于冰块和青铜之间的音质命令道。

格雷低头看一眼右手腕上的仪表盘，指示灯显示能量已所剩无几。

"你要这个么？"他干脆拧下右手向对方扬了扬，嘴角挑衅地上扬。

持枪人依旧是冷冷的："不管你是什么人，闯进地下城的地盘，最好还是安分一点。"

"让我猜猜看。"格雷故意大声说道，手里兀自掂着机械右手转个不停，"驻守在下水管道里，又能操纵风，莫非你们是'岚'的部队？"

"你知道不少事情。"

"闻名不如见面。"格雷说，"做个交易如何，放这姑娘走，我留下。"

持枪人冷笑了一声："这是我最近听到最冷的一个笑话。"

"是么。"格雷说，"那小心别感冒。"

他手中的机械手突然化为铁钩，向上笔直地发射出去，切开头顶上方一道粗大的引水管。大水汹涌而出，如瀑布般劈头盖脸泼下。

水从脚下的管道里浩浩荡荡涌过，格雷抱着少女，右手的金属钩挂在一段钢筋上，两人悬挂在一段竖直的管道中，衣角发梢嘀嘀嗒嗒淌着水。

"没事了。"他长吐一口气，低头看一眼怀中的少女。

少女镇定地点点头，就刚才那一番经历来说，这镇定实在很了不起。

"可我们怎么上去呢？"她轻声说。

"这正是我在想的问题。"格雷说。

右手的能量彻底耗尽了，不得不维持在铁钩状态，剩下的都是最原始的体力活，爬脚手架，还要带着一个少女。

终于重新见到地面，格雷喘着粗气瘫坐在地上，脱去湿透的长外套，顺手披在少女瑟瑟发抖的肩头。右手的铁钩在手腕下晃荡着，吱呀吱呀不堪重负地叫唤。

"怕是坏了。"他叹口气，卷起衬衣袖口无奈地摇晃着手腕。

少女低下头轻声说："对不起。"

"你道歉什么。"格雷反而笑了，不禁伸手放在她湿漉漉的脑袋上按了一按，"对了，你叫什么名字。"

少女想了一想，说："千宁。"

"哦，不错的名字。"

"你呢？"

"格雷。"

"你是军人么？"

"真的这么像？"格雷摸摸自己的脸。

"为什么不穿军装？"

"我在休假。"

"来这种地方休假？"

格雷愣了一下，然后淡淡笑起来："不知道，瞎转吧。"他望向远方密密麻麻的灰色楼群，眉峰短暂地舒展开，像一只刚刚结束战斗的野兽。

"你知道这附近有座桥么。"他低声说，"叫叹息桥。"

"叹息桥？"

"没什么。"他收回目光，"你呢？一个人跑到这么危险的地方。"

少女不说话，只是低头看着自己的琴。

"你可真是个神秘的姑娘。"格雷轻叹一口气，伸手拿过琴看了看，站起身来说，"走吧，跟我来。"

"去哪里？"少女抬起头，从宽大的外套衣领下望着他，眼神清亮得如同湿润的水彩颜料，在微风里流淌闪烁。

"带你去修琴。"格雷耸耸肩，"正好顺路。"

机械师的店狭小阴暗，隐藏在繁华的闹市拐角处。格雷推开咯吱作响的店门，笼子里一只机械鹦鹉拍打着翅膀娇滴滴地叫起来。

"亲爱的，我没电了，亲爱的——"

"闭嘴！"身材高大的军官不客气地猛拍一掌，鹦鹉立即缩着脖子不再吭声，身后的少女禁不住捂着嘴轻笑起来。

店铺里光线幽暗，几排架子上堆满各色稀奇古怪的零件，更显得空间狭小，一群五彩缤纷的热带鱼在凌乱的光柱与尘埃间缓慢游动，却是电子影像。少女满脸惊奇地站在鱼群中四下张望着，与周围阴暗颓废的陈设相比，这一群鱼实在绚烂得有几分不真实。

格雷径自向里走去："有人么？"

一个满脸油渍，脖子上系着大方格子手帕的脑袋从高高的柜台后面伸出来，鼻子红红的，像是伤风感冒，看半秃的脑袋似乎有些年纪了，眼神却很精悍。

"叫什么叫，没人没人！"红鼻头不耐烦地摇晃着，格雷抢先一步扔过铁钩形态的机械手，对方凌空一把抓住，凑到鼻子下仔细闻了闻，这才抬起头来看他。

"我当是谁。"他咧开嘴笑了，"臭小子，先把上次的账清了。"

"清账……连这次一起。"格雷无奈地拖长声音，把琴推上凌乱的柜台，"你看看这个。"

红鼻头又是先闻一闻，再戴上放大镜仔细端详着，嘴里嘟嘟嚷嚷着："好东西啊，坏成这样子，可惜了，你小子下手可真狠。"

"不是我。"格雷叹一口气，"难修么？"

机械师抬头瞪他一眼，手下却已经开始拆外壳，动作敏捷准确得像在弹钢琴。

"什么难不难的，你付得起就行。"他说着，贴近过去仔细对着几处意义不明的痕迹看了一阵，抬起头抓起脏兮兮的手帕下摆猛擤了擤鼻涕。

"高级货，零件不好配。"他笑嘻嘻地说，"不是你的吧。"

格雷用大拇指点点身后，少女正认真地逗弄空气中摇头摆尾的鱼群，安逸轻盈如童话中的小人鱼。

"可爱的女孩子，最近兴趣变了嘛。"机械师笑得越发像个怪伯伯，格雷威胁般地举起右手，却发现袖口里早已空空如也。机械师拿起柜台上的铁钩，在空中抛了两下，拆开来粗暴地敲打一番，然后接上一杆电枪充电，接口上的指示灯一排排亮起来，仿佛一堆破铜烂铁重新获得了生命。

"爱惜点东西行不行。"他嘟囔着把铁钩扔出柜台，格雷装上试了试，果然完好如初，不情愿地闷哼一声："谢谢。"

"少假惺惺的。"老头不耐烦地挥挥手，"好了好了，琴你先留下，修好了告诉你，现在赶紧给我滚蛋吧！"

格雷无奈地摇摇头，回头看一眼流连忘返的少女："你……哦，千宁，我们走吧。"

"千宁。"老头色眯眯地抽着鼻子，"好名字。"

格雷懒得理他，径自拉着少女冰凉的手往外走，像从糖果铺前哄走娇惯的小女儿。"你的琴先放在这儿，他会帮你修好的。"他头也不回地说。少女匆忙间转身向红鼻子老头鞠一躬，便换得二十八颗黄牙的灿烂笑容。

小小的店铺里重新安静下来，只有满屋鱼儿依旧悠闲地追逐着并不存在的气泡，一双双眼睛里同时映出那两个远去的背影。

摩 天 轮
The Wheel

据说，在艾罗斯特拉特，无论贫穷还是富裕，低贱还是显赫，每个人一生中都必然去过三个地方：中央车站，结婚大礼堂，以及黑猫游乐场。

没有轨道的过山车，十二层的旋转木马，无重力蹦床，鬼怪城堡，热气球，各种活生生的童话角色不知疲倦地舞蹈游行，疯狂欢乐的笑脸一天二十四小时从不凋谢。

当然，还有几百米高、可以俯瞰大半个城市的摩天轮，每一个缓缓移动的房间内部都遵循不同的装修风格，足以用来举办最奢华

倾城一笑

的派对与最另类的沙龙。

"我喜欢东方风味。"坐在红木沙发里的中年男人双手交叠在腹部，轮廓分明的脸上始终挂着淡淡的笑容，黑色便服式样简洁，每一处细节都无懈可击。

坐在对面的黑衣年轻人慵懒地向后靠去，放下一半的窗帘将他的脸淹没在阴影中，只有一只端着茶杯的手暴露在外，苍白的肤色与另一个人色泽均匀的微黑皮肤形成鲜明的对比。在这样高的地方，游乐场的喧嚣声仿佛被一层厚重的幕布隔开，世界变作一台热闹的童话剧，他们两个坐在安静的后台，听掌声和欢笑潮水般此起彼伏。

"很久没有来过游乐场了。"中年人望向窗外说道，"上一次大概还带着我儿子吧，也有十几年了。"

"这样说来，我倒不记得自己什么时候来过。"黑衣人微笑着说，"能在这么高的地方晒太阳，倒是难得。"

"你喜欢阳光？"

"又爱又怕。"

中年男人饶有兴致地望向他。

"光敏症。"年轻人淡淡地说，"先天基因缺陷，太多阳光会杀死我。"

将军不由自主挑了一下眉毛，不动声色地回答："那可真是太不幸了。"

"岂止不幸，还很奇怪吧。"年轻人举起自己毫无血色的手看一眼，"按道理说，我这样的人原本就不该被生出来，存在于这个完美和谐的城市里，更不要说坐在这里陪您喝茶了。"

中年男人笑了起来："在我看来，任何事情都有存在的理由。"

"任何事情？"

"就像你园子里的玫瑰，你种下它们，施肥，除虫，精心照料，

夜 莺

等它们长出花蕾之后，小心地剪下来，卖给愿意付钱的人；有的玫瑰长在阴暗的废墟中，没有人发现，它们也生根，发芽，开出小小的花朵，最终凋谢。你能说出是谁安排它们不同的命运么，是种花的人么？"

年轻人摇摇头。

"没人知道，每一朵玫瑰都只为自己开放，每一朵玫瑰都有自己的神灵，挑到什么，便做什么。"

"说得好。"年轻人轻轻鼓起掌来，"大人每次跟我谈话，都有一些精彩的句子啊。"

"这不是我说的。"中年人故作懊恼地回答，"是一个死掉的诗人说的。你看，年轻时候我也读过一点书的。"

年轻人端起茶杯抿了一口，又向后靠去，苍白的脸在光亮中一闪即逝。

"如果是大人自己呢？"他说。

"我自己？"

"会怎么选择。"

中年男人嘴角上扬，露出一丝狡黠的笑容："我选择你园子里的玫瑰，最珍奇，最昂贵的那一朵。"

"英明的决断。"

"这是我的使命，大部分时候根本没有什么所谓可选择的道路。"中年人耸耸肩，"年轻的时候我们都问过自己愚蠢的问题，要江山还是要美人，要权势还是要自由，有时苦恼得整夜未眠，但到头来却发现自己根本什么也没有。你只有时间和命运给你的一切，这个世界上最现实的东西。"

年轻人开心地笑起来："看来您不仅是诗人，还是哲学家。以前我一直以为，军衔越高的人脑子越古板呢。"

中年人故意露出苦笑的表情："我知道你在说谁。"他喝一口茶，放下茶杯，像轻轻敲下开庭的小槌。

"那么现在，还是让我们开始古板地谈生意吧。"他说。

年轻人欠一欠身："您的订单，我正在努力完成。"

"有困难么？"

"困难总是可以解决的。"年轻人说，"只是我有点好奇，真的有必要奢侈到这种地步么？"

他摊开一只手，一枚嫩芽从他发光的掌心里慢慢抬起头来，抽枝长叶，然后开出一朵洁白的花蕾，伴随这个短暂而又漫长的过程，年轻人的声音轻柔地响起：

"全世界最珍贵的'泣血'玫瑰，来自古老的童话，永远不会凋谢，也永远不会丧失芬芳。传说中，它的香气可以令任何两个人之间深深相爱，终生不渝，甚至曾经不共戴天的仇敌也不例外。当然，"他收起掌心的幻影，"也只是传说而已。"

中年人望着他手中的小小戏法，似笑非笑。

"大人知道这种玫瑰一年可以开几朵，又都卖给哪些人了么？"年轻人抬头看他。

"我不知道。"中年人气定神闲地回答，"不过，以这次的场面来说，也足以配得上那些玫瑰了。"

年轻人侧过头，窗口照射进来的午后阳光正缓缓移动着，把他身体越来越多的部分留在黑暗中。

"一打泣血玫瑰，作为婚礼上的花束献给新娘，"他轻声叹息着，"多么奢侈，又是多么传奇。人们都会赞叹，赞叹新娘的美貌和华贵，赞叹新郎的荣耀和地位。只是除此以外，谁会真正在乎那些玫瑰本身呢。"

中年人并不回答，只是饶有兴致地望着窗外，仿佛有什么特别的东西引起了他的注意。年轻人也禁不住一同望去，窗外不远处，悬浮在半空中的小花园里，一位裹着暗绿色披巾的年轻女孩正坐在长椅上，怀里抱着一只装满新鲜橙子的纸袋。几只珍珠色的鸽子在她周围拍动翅膀，静谧安宁得如同午后4点的阳光。

中年人出神地看着，仿佛被这无意中捕捉到的一幕深深打动了。

"多美。"他微笑着说。

对面黑衣年轻人却无动于衷，脸上淡漠得没有一丝表情。

女孩酒红色的长发沐浴在阳光中，灿烂得仿佛被戴上一顶玫瑰花冠。窗口随着摩天轮的转动继续缓缓上升，于是那美丽的身影也越来越远，很快就淹没在一大簇五颜六色的气球后面。

中年人收回视线，父亲般慈爱地微笑着，从怀里掏出一张薄薄的电子支票放在手掌上，嘀的一声轻响，半透明的塑料卡片上便呈现出一个很大的数字。

支票放在暗红色桌面上，一根精心修剪过的指尖轻按着它推过去。

"这是剩下的订金。"

沉默了一瞬后，苍白得近乎透明的手指拈起那张卡片。

"我期待着你的玫瑰。"中年人说。

"您的订单，并不是我能保证的。"年轻人依旧面无表情，"一切只取决于玫瑰本身，或许像您所说的，它自己的神。"

"希望一切顺利。"中年人依旧微笑着。

摩天轮巨大的阴影如日晷般缓缓移动，女孩从它脚下走过，鞋尖踏着碎石小路，深红色长发披散在肩头，散发出栀子花的香气。突然间，一只手从背后抓住她的胳膊。

女孩惊呼一声回头，怀中纸袋重重落地，金黄色的橙子弹跳着四下散落，在阳光下如同闪闪发亮的珍珠和宝石。

格雷喘着粗气站在她面前，像是刚跑了很长的路，额角的旧伤疤因为激动而泛出暗红色，令原本俊朗的眉梢显出几分阴森。女孩半是惊疑半是恐惧地仰头望向他的脸，一时间两人就保持这个暧昧的姿势凝固不动，只有一声接一声粗重的喘气回荡在幽静的空气中。

倾城一笑

"格雷……"

女孩刚开口喊出这个名字，身材高大的男子已用尽最大的力气，将她纤细的身躯紧拥在怀中。

"你跑哪里去了……"他咬着牙迸出这句话，就再也没有其他声音，只是双臂颤抖着用力收紧，像是怕一松手，怀里的人就会突然间消失。

"格雷大人……"最初的惊骇平息后，女孩终于开始尝试无用的挣扎，"您……请您放开我……"她声音微弱地请求，双眼茫然地望向天空。

"不要跑！"男人大声说，他的身体由于过于用力而向前弯曲着，几乎将自己身体的重量统统压在女孩柔弱的肩头上，"不要跑……幽颜！"他一遍又一遍重复，像命令又像请求，"我到处找你，酒吧，公园，所有地方，我们曾去过的，不曾去过的，你知道我找你找得多苦么？"

"可是我……"

"我答应过无论如何不会不管你，"男人只顾自言自语，"你跑掉，我会找你回来，我们不要管别人……我会带你走，好不好，相信我，这次相信我。"

女孩不再挣扎，她等待紧拥住自己的男人慢慢平静下来，等待他颤抖的手臂放松，然后，轻轻地，她伸出一只手推在他的胸口，高大的男人就这样被一只柔若无骨的手推开了，仿佛没有重量似的。

"格雷大人，请您不要再说这种话了。"她平静地仰头说道，"我不会跟您走的。"

格雷紧紧拉住她的胳膊，像攥着最后一根稻草，瞪圆了双眼却说不出话来。

"我快要结婚了。"女孩说，脸上无悲亦无喜，圣洁得如同天使雕像。

"结婚？！"

"您是一个好人，以后不要再来找我了，好么。"

说完这句话，她轻轻抽出被捏红的手腕，转身要走，却重新被用力拉住。

"为什么？"男人脸上的神色半是焦躁半是哀求，"到底为什么？"

女孩默默摇头，再一次，她小心地从格雷手中抽出自己的手，在对方手臂上拍了拍，不无怜惜地说一句："忘了我吧，您自己也会得到幸福的。"

她轻叹一口气，然后转身离去。

叹息声如羽毛般缓缓落下，触地瞬间却不知去了哪里，想要低头寻觅时，早已毫无影踪。

格雷独自站在那里望着她的背影，脚边满是在阳光下闪闪发光的橙子，摩天轮矗立在他背后，沉默而威严地缓缓转动。

女 神 像
The Nike

巨大的女神像立在荒凉的坡地上，底座是一条古老战舰的形状，女神赤裸的脚趾踩在船头，长袍被风吹得紧贴在胸前，身体向前倾出一个美丽的弧度，双翅迎风招展，像是随时就要翱翔而去。传说中，这座雕像的历史与这城市一样悠久，漫长的岁月风化了她曾经光洁的皮肤和华美的衣褶，甚至剥落了她美丽的头颅，只剩下曼妙优美的体态立在风中留人遐想。

稀稀落落的荒草间依稀点缀着零星白花，千宁坐在神像脚下，游乐场的喧嚣从很遥远的地方传来，更显得四下里荒僻寂静。天空依然是晴朗的，与每天下午5点的天空并无分别，晴朗得让人忘记了时间的流逝。

身后传来一声猫叫。

起先像是试探，然后一声接一声，轻柔甜美，仿佛撒了糖霜的天鹅绒垫子。幽暗破碎的回忆跟随这猫叫声涌上心头，千宁一惊，瞪大眼睛回头，茂盛的草丛一阵晃动，依稀有个黑影缓缓逼近。

　　她爬起来，脚踏着爬满苔痕的石阶小心退后，一模一样的猫叫声却从相反方向同时响起。

　　千宁怔住了，一阵寒气战栗着滚过背脊，再次回头，一双冰冷的电子眼正撞上她恐惧的目光。

　　尖叫或者瘫软在地，似乎是这种状况下惟一可以选择的，必须冷静，必须。千宁压低身子，膝盖微沉，像一只随时准备跳起来逃走的猫。

　　金属面具下丰润的嘴唇露出笑容，猫叫声依旧连绵不断，像一个恶意的玩笑，紧接着又是一串清喉咙的声音，电流声，广播调台声，最后终于变作一个低沉性感的女声，喉音震动间略带一丝沙哑，像极了某张老唱片中的爵士乐手。

　　"找你可真不容易。"她用这个新的声音说，"还多亏了暗夜。"

　　身后，耳朵上饰有金色叶片的黑猫缓缓迈出草丛，轻盈地跳上主人肩头，神情倨傲如一位帝王。

　　"别怕。"那个声音说，"你看，我一个人来的，这次我不抓你。"

　　千宁咬了咬嘴唇，依旧固执地保持沉默。

　　"我只想听你弹琴。"声音快活地说。

　　沉默一刻，千宁低声说："坏掉了。"

　　"我知道，所以你生我气对不对。"面具女孩蹲下身，"拿来，我帮你修。"

　　"你修不了。"

　　"当然能修。"

　　"不能。"

　　"就是能。"

　　黑猫不失时机地喵了一声，仿佛也想加入这场奇特的争吵似的，两个女孩各自愣了一瞬，面具下的嘴唇突然无声地笑了起来，露出杏仁般洁白细碎的牙齿，那样炽热光亮的笑意燃烧起来，足以融化任何敌意。

千宁不由叹出一口气，说："已经送去修了。"

"真的？"面具女孩说，"那我们先和好吧，可你要记得下次弹琴给我听。"

她伸出机械手，掌心向上，千宁犹豫一下，把自己的手放上去，冰冷的金属手指捏住她的手腕晃了晃，动作倒是轻柔的。

"你叫什么名字。"对方说。

"千宁。"

"怎么写？"

千宁犹豫一下，在机械手心里用指尖划下那个名字，抬头问："你呢？"

"我的手下都叫我夜枭。"面具女孩兴高采烈地回答，"不过，你可以叫我卡斯嘉。"

"夜枭？卡斯嘉？"

"卡斯嘉是我妈妈给起的名字，夜枭是我的代号，夜里行动的鸟。只要是这座城里发生的事，我的人都可以打听到。"

"真的？"

"当然是真的。"卡斯嘉笑着，"我不是找到你了么。"

"为什么要找我。"

"听你弹琴啊。"

"上次呢？"

"上次？"卡斯嘉在她旁边坐下来，电子眼一只对着她，一只望着远方。"上次是地下城的命令。"

"地下城？"

"你还真是什么都不懂啊。"卡斯嘉耸耸肩，"这座城，艾罗斯特拉特，像一座森林，有钱人是鸟，在最高的枝头筑巢，最好的阳光，最干净的空气；普通人是猴子和松鼠，从这棵树跳到那棵树，上上下下找果子吃；穷人是老鼠，阴暗的树洞里找地方藏身；而我们，我们是地下的居民，我们像白蚁一样，在树根下面做窝，有我们自己的国王和军队，过我们自己的生活。"

"你住在地下？"千宁问。

"大部分时候。"

"地底下……是什么样子？"

"又黑又冷，不过习惯了就好啦，"卡斯嘉回答，"你没去过地下吧，各种各样的管道，还有大工厂和大机器，城市的垃圾被运到那里，分解成干净的水和空气，还有人们需要的各种东西，再重新运回去。"

"好玩么？"

"好玩？"卡斯嘉神秘地笑一笑，"你去了就知道好不好玩了。"

"怎么去？"

"你真的要去？"卡斯嘉回头看她，嘴角笑容分明凝固了一瞬，两人沉默了一会儿，金属面具下传来一声叹息。

"其实还是地面上好啊，有阳光，有流动的空气，有花香。"卡斯嘉慵懒地伸个懒腰，向后靠在粗糙冰凉的石阶上，电子眼望着天空。

千宁低头看她，小心翼翼地说："那你为什么要住在地下？"

"傻瓜。"卡斯嘉笑了，"跟你说你也不明白。"

千宁鼓起腮帮，闷闷地说："不说就算了。"

"是怕你真的没法明白啊。"卡斯嘉叹口气，"你在地上长大，我在地下长大，我们各自世界的规则不一样。"

"地下的人不能到地上来么？"

"很危险，即使像我们夜枭这样有权自由行动的部队，也必须非常小心。白蚁就必须在阴暗的地下做窝，这是自然规律。"

千宁沉默不语，卡斯嘉笑起来，说："等我们真的变成好朋友

夜莺 129

了，我再讲地下城的故事给你听。"

"真的？"

"真的，我从来说话算话。"

她们勾了勾手指，不管这举动在这两人之间看起来有多奇怪，金属手指向下一压，顺势拉住千宁的手。

"现在，就让我带你见识第一个小秘密吧。"卡斯嘉笑嘻嘻地说。

两个女孩一前一后跑上荒草丛生的台阶，一只猫在前面带路，绕着底座跑了大半圈后，卡斯嘉站定了，伸手拨开一大蓬茂盛的蒿草，露出石头底座上一个不到半人高、黑漆漆的洞。

里面漆黑一片，卡斯嘉紧紧拉着千宁的手，在黑暗中流畅地奔跑。她们上了一架破旧的运货电梯，生锈的管道吱嘎作响，一直升到不知多高的地方，钻出门，阳光扑面而来。

千宁惊异地睁大眼睛。

她们站在女神像宽大的肩头。夕阳就在正前方并不遥远的地方，那么圆，那么大，又是那么红，各色云层翻涌着包围上来，将天空也染成胭脂红，金黄与紫罗兰的颜色。脚下的游乐场，连同更远处的无边城市，都像笼罩在一片蒙蒙的雾里似的，弥漫着金红色辉光。

钟塔上传来六道钟声。

女神像重重地叹息一声，仿佛刚刚被解除了魔法，一双风化剥落的手缓缓举起，交叠在心口。

从脚下很深很远的地方，从神像空洞的身体里传来了歌声，那是由许多声部合在一起的曼妙和声，带着发条与轴承转动的清脆声响，像是千百个音乐盒同时打开唱歌。

Why do birds suddenly appear

Every time you are near ?

Just like me, they long to be
close to you.

Why do stars fall down from the sky
Every time you walk by ?
Just like me, they long to be
close to you.

"Close to You。"千宁望着远方轻声说道，"这首歌的名字叫
Close to You。"

她的声音逐渐汇入和声里，如同水银滚落进一只沸腾的青铜
罐子。

On the day that you were born
the angels got together
And decided to create a dream come true
So they sprinkled moon dustin your hair
And go starlight in your eyes like they do.

That is why all the guys in town
Follow you all around
Just like me, they long to be
close to you.

在这样的歌声中，整座城市安静而喧闹地运转，千万辆列车往
来穿行，车厢内的人们从手中的报纸上抬起头，狭窄的街道里，穷
孩子追逐奔跑，喷泉广场上，鸽子四散飞翔；格雷坐在长椅上扔掉
烟头，又点燃一根夹在指尖，而在离他两千五百米外的地方，红发

的女孩正在和另一个男人拥吻；摩天轮的咖啡厅里，中年人坐在窗口凝望远方；昏暗的店铺里，机械师正在埋头修琴。

夕照笼罩着女神像上那两个小小的身影，一群鸽子拍打着翅膀从她们身边掠过，玻璃眼珠咝咝转动，羽毛间发出细微的金属摩擦声。

最后一个音符落下时，黑衣的年轻人正站在摩天轮的阴影里，仰头望向远方，暗色的云层正在天边汇聚，挟带着电光和雷声隆隆翻涌而来。他把斗篷的兜帽拉在脸上，低头默默走进人群里。

夜色已经深了，一个人影坐在巨大的落地窗前，窗帘外传来哗哗的雨声，瞬间划过的闪电照亮了黑色军服上华丽的肩章。

放在桌上的一只手裹在精致的黑色军用手套中，指尖香烟缓缓吐出悠长的烟雾，一旁桌上的通信器亮了起来，那只手掐灭烟头，然后按下按钮。

"将军大人，格雷中校来了。"一个声音说。

"进来。"

厚重的合金门无声地滑向一侧，同样身穿黑色军服的年轻军官走进来。

"将军大人。"他立正行礼。

桌前的人转过身，轮廓分明的脸上没有一丝表情。

"休假愉快么？"他问。

格雷低着头，苍白的额头上仍挂有一抹沉重的神色。

"过来。"将军命令道。

在年轻军人移动脚步的瞬间，将军突然起身，抽出腰间的佩剑向他劈下去，剑锋在空气里闪过一道暗青色的辉光。

格雷下意识地伸手，近乎透明的长剑穿破军用手套的束缚横贯而出，架住这一凌厉的攻势，金属碰撞声喑哑得如同呻吟。

"将军！"他惊愕地抬头。

青色长剑沿着对手剑身下滑，向隐藏在袖口中的手腕削去，格雷扭转手腕，两柄长剑如蛇般相互纠缠着咬在一处划了好几个圈子，吱吱作响，然后短暂地分开。

"你的手还在？"将军剑锋向前立在黑暗中，冷冷地说。

"已经修好了。"

"是应该恭喜你活着回来么？"

格雷咬牙低着头，透明长剑依然谨慎地挡在面前。

"飞艇呢？"将军又问。

"坠毁了。"

一声冷笑："了不起。"

"我是为了救人。"

"救人？"

一剑劈下，被挡住，然而紧接着又是一下，无所谓角度方位或技巧，只是纯粹的力道与速度，一道紧接一道暗青色的光芒如威严的雷霆砸下，暗红火花在黑暗中明了又灭。年轻军官的上身与膝盖已然弯到一个极限，拼尽全力承受着这可怕的怒气。一声沉闷的钝响后，他终于单膝跪地向前倒下。

青色长剑指在他眉心。

"去那种地方救人？"将军上扬的尾音中隐藏着冷冷的笑意。

格雷喘息着，压低声音回答："我不知道会遇上地下城的人。"

"你知道什么？捅了这样的马蜂窝，却只是被他们的探子和巡逻兵蜇了几下，算你走运。"

"当然，您什么都知道。"格雷抬起头，灰绿色眼睛中压抑着怒气。

"不要以为你在休假就彻底自由了，开着飞艇四处去找一个女人，真有你的。"

"这是我自己的事！"

"所以我没有拦你，也没有关你禁闭。"

夜　莺

将军的语调依然是冷静的，像冰压熄了火。沉默片刻后，青色剑锋垂下来收回腰间，他转身向窗前踱了几步，留一个高大的背影立在猩红的窗帘前。格雷犹豫一下，收起手中的武器站起身。

　　许久，将军略带沙哑的声音传来，像用得过久的乐器蒙上一层铜锈。

　　"我是你的父亲，不是你的敌人。"

　　格雷咬紧牙关立在那里，额角伤疤红得像一个新鲜的烙印，许久才从牙缝里迸出一个字。

　　"是。"

　　"我知道你不想结婚，不想要公主。"将军回过头继续说，"但这些事不是你或者我能够决定的。格雷，我不管你的事，但你是一个军人，必须为自己的言行负责。"

　　年轻军官低下头，闷闷地回答："我知道。"

　　"这次的事情就算了，从明天开始你的休假结束，现在你走吧。"

　　格雷转身向门口走去。门滑开的一刹那，背后传来将军的声音。

　　"格雷。"

　　他停住脚步。

　　"记住，你如果犯了错，我惩罚你，是以军人的立场；出了事，我会保护你，是以父亲的立场。"

　　年轻军人沉默一下，转身敬礼，离去。

　　大雨从天而降。

　　千万道银色的雨丝密密织成一片，如刀锋般闪着整齐划一的光。格雷走出门，在雨点将他浇透之前，一艘银白色飞艇缓缓滑到他面前。

　　他回头看一眼窗口，厚重的窗帘后，隐隐有一个黑色身影立在那里。

　　手掌贴近识别锁，绿光闪过，驾驶舱缓缓打开。他坐了进去，各种仪表盘依次亮起，带着熟悉的电流嗡鸣声。炽热的气流搅乱纷繁的雨丝，飞艇无声滑动，上升，如同夜色中一个轻盈的气泡。

刚升上高空，右手边的通信装置就不耐烦地尖叫起来，格雷打开按钮，柔和的女声响起：

"格雷中校，有外线接入。"

"谁？"

在那个声音回答之前，一张长着红鼻头的老脸已经抢先出现在屏幕上。

"喂，臭小子，是我。"老头咧开嘴露出黄牙。

"什么事？"

"修好了。"

"什么修好了？"

"小姑娘的琴！"机械师抽着鼻子，"你个无情无义的东西。"

"啊，知道了。"

"明天上午来拿，别太早了，早了我在睡觉。就这样，晚安！"

格雷愣了一下，说："喂，可是你……"

后半截话说出来之前，机械师的脸已经从屏幕上消失了。格雷拧紧双眉，指尖抚过崭新的、纤尘不染的通信屏，低声对着空气把那句话说完：

"可是你是怎么找到我的……"

飞艇从一望无际的迷离灯火上方划过，寂然无声。

笼 中 鸟
Bird in Cage

"千宁？千宁！"

"啊，收到。"

夜 莺   135

"目标右转了！"

洒满阳光的屋顶上，卡斯嘉蹲在一排不知谁家挂出的旧床单后面，探头望向远方，嘴边笑容飞扬。黑猫慵懒地趴在一旁，尾巴轻拍她赤裸的脚背。

身穿黑衣的身影呈现在一只电子眼里，被放大，锁定，沿着喧闹的街头缓缓移动，另一只眼里是两条街区外，短发少女仓皇四顾的身影。

"笨蛋！"卡斯嘉禁不住着急起来，"前面一个路口，你的右边，糖果铺，右转！"

"看到了！"千宁按住耳机，对着微型话筒气喘吁吁地说。

她匆匆忙忙跑着，随着耳边传来的提示，追逐前方某个幽灵般飘忽的身影，卡斯嘉猫一样矫健而优雅地从屋檐，水管与天线组成的网络中跃过，时不时朝某个窗口做个鬼脸，黑猫不情愿地跟在后面。这场奇特的追踪已经持续了将近一个小时，日光越来越浓，各家厨房里依次飘散出高低错落的香气，宛如不同质感的音符蹦跳跌宕。

"他停下了。"耳机里传来卡斯嘉惊讶的声音，"进了一家店。"

"哪里？"千宁问。

"左拐，第七家，窗口挂着一个大鸟笼，里面有只鹦鹉。"

千宁在那家店铺门口停住脚步，身后，卡斯嘉从屋檐上轻盈地跳下来。

"我来过这家店。"千宁说。

"机械师，你也认识他？"

"他帮我修的琴。"

"真的？我本来也想帮你找他呢，没有老头子搞不定的东西。"

千宁愣愣地站在那里仰头望着，参差不齐的屋檐，狭小的门廊，除了门上挂着"休息"标志外，与记忆中并没有什么不同。

"进去呀。"卡斯嘉从身后推她一把。

"其实，我……"

"我什么我，去吧去吧。"身后热心过头的同伴硬把她推到门口，俯下身低低加一句，"好运啊。"

推门，进屋，环视四周，鹦鹉在笼中假寐，鱼儿成群游弋，然而却看不到一个人影。

她穿过凌乱的房间，架子上各色机械逐一溜进视野，一只手，半张脸，巨大的眼球盯着她看，掉了一半脑袋的玩具熊咯咯欢笑着，幽暗的光线照亮它们身上厚厚的尘埃，把一种令人胆寒的妖异色彩四处涂抹开。

过道尽头有一扇隐蔽的小门，她试着推了推，门不开，却从门后隐隐传来机械叮咚声和说话声。短暂地犹豫了一下，她小心地把耳朵贴上去听。

"你来早了。"那是这家店的主人在说话，夹杂着浓重的鼻音，"今天上午我本来有个客人要等。"

另一个声音柔缓得如同丝绸，只听过一两遍，却依旧分辨得出来。

"很尊贵的客人？"

"客人的事别问我。"第一个声音嘟囔着。

"当然，职业操守。"

"啰唆，你自己还不是一样。"

"我？一个普通的卖花人？"

机械师发出一声冷笑："听起来好像比我这个老头子的活儿高尚多了。"

"你喜欢你的活儿，我喜欢我的活儿，"另一个声音慢悠悠地说，"配置土壤，调节空气，栽种，修剪，浇水，喷药，对它们说话。花朵是有生命的，你知道有生命意味着什么？"

"意味着钱，妈的，我几辈子也买不起那么贵的花。"

"意味着你不会孤独。"

"最受不了你这套。"机械师声音里透出不耐烦，"我修机器，你卖玫瑰，都是为有需要的人服务，不管对方什么身份地位。人们付钱，我们供货。"

年轻人低低笑了几声："好像是这样的。"

"其他都是鬼扯！"一阵擤鼻涕的声音，"说吧，又怎么了？"

"我来取货。"

"现在就要？"

"今天正好有空。"

"好，我也不会多问。"伴随着说话声，有人在房间里走动，丁零当啷地翻找着什么，夹杂一串低声抱怨，很快，脚步声又回来了。

"要打开看一下么？"

"不用，这样就行了。把账结了吧，连带以前的。"

沉默了一刻，机械师有些阴郁的声音响起："你惹麻烦了？"

"我不问，你也不问。"

一阵细碎的嘈杂声，紧接着是年轻人的声音："那么我先告辞了。"

脚步声响起，千宁连忙闪开，门开了，那个裹在黑色长袍中的瘦高身影走出来，手中提着一只蒙着黑布的鸟笼。

门里有人"喂"了一声。

他停下脚步。

"你答应过要送我一盆花的。"机械师的声音闷闷地传来，"要活的，能开很久的。"

黑衣人回头微笑："我记得，下次带来。"

门在身后关上，黑衣人穿过走廊，看见少女的背影站在一群彩色游鱼中，外套下纤细的小腿被阳光照得近乎透明。

"你……"他愣了一下，千宁转过身，眼神无辜得如同天使。

"啊，对不起，我以为店里没人。"她轻声说。

黑衣人笑了："你不是'银蓝色玫瑰'酒吧的歌手么。"

"您好。"少女鞠了一躬，"上次谢谢您的花。"

"不用客气，花开得好么？"

"枯掉了。"

"总会枯掉的。"

千宁点点头。

"真巧啊，在这里又见面了。"黑衣人说，"这城市真小。"

"我来……嗯，取我的琴。"

"琴坏了？"

"我自己不小心。"

"不过你来得不巧，店主人今天休息。"黑衣人微笑着，回头看一眼掩藏在架子背后黑暗的角落，"要我帮你叫他么？"

"没关系的。"千宁连忙摇摇头，"我下次再来好了。"

"别担心，一定能修好的。"

女孩点着头，目光落在对方手里的鸟笼上。

"这是什么？"她问。

黑衣人低头看一眼鸟笼，微笑着说："啊，一个小玩具。"

他们一起走出店铺门，正午的阳光肆意泼洒下来，黑衣人戴上兜帽，将苍白俊秀的脸庞藏在阴影中。

"你去哪里？"他低头问身边的少女。

"我……"千宁犹豫着，"我还没想好。"

"嗯，我现在要回去了。"黑衣人说，看着少女琥珀色的双眸瞬间黯淡下去，他微笑着继续开口说，"想不想去我的店里坐一下？"

他们走过一条又一条街，糖果和巧克力砌成糕饼店的外墙，玻璃橱窗后面站着会动的少女模特，盲眼乞丐在街角拉小提琴，风轻摇，树叶哗哗作响，甜蜜的颜色，悠扬的气味，绚烂的声音，统统在阳光下融作一片，宛如蜂蜜与牛奶四处流淌。

几只野猫慵懒地趴在墙头，大大的眼中闪着钴蓝色金属光芒。在它们身后，有一道黑影无声无息地逼近。

几千米外幽暗的房间里，屏幕上清晰的图像突然晃动起来，伴随着刺耳的噪声闪烁跳跃，变为一片黑屏。

突如其来的寂静在空气里不安地蔓延开，一只手狠狠地掐灭了烟，按下桌上的通信器。

"给我接那个老家伙。"将军低声说，优雅的语调里隐隐有一丝危险的怒气。

阳光下，黑衣人停住脚步，回头向着远方望去，仿佛听到什么声音。

"怎么了？"千宁问。

"没什么。"他低头微笑了一下，"走吧，还有很长一段路呢。"

"你每天都要走这么多路么？"

"是啊。你累不累？"

"不累。"千宁摇摇头，然后又说，"有一点。"

"走慢一点吧。"

"嗯。"

说话声逐渐远去，一个影子在他们身后跳下，晒成金褐色的赤脚向旁边走了几步，对着地上一堆机械猫的残骸踢了踢。它们裂开的脖子里露出断裂的电线，咝咝作响，空洞的玻璃眼睛逐渐熄灭下去，名叫暗夜的黑猫蹲在旁边，得意地舔着爪子。

"干得好。"卡斯嘉蹲下来拍拍黑猫的头，回头望向两人走远的方向，嘴角依然带着艳丽的微笑，"嗯，你们两个，就好好约会吧。"

昏暗的店铺里，一架古董电话响起来，机械师伸手抓起听筒。

"喂？"他听了一会儿，表情随即严肃起来，"啊？我知道了。"

放下电话，沉郁的神情像坟地里的藤蔓爬上额头，他站起身，从贴身口袋里摸出一串钥匙，打开角落里一个小小的柜子，搬出几支奇形怪状的武器架在工作台上。聚光灯狭窄的光柱打落下来，微黄却耀眼。

"这就是做生意，宝贝儿。"他低声说道，不知是对着那堆机器还是喃喃自语。

前厅传来开门声和机械鹦鹉聒噪的哀嚎，他警觉地抽动鼻子，迅速关灯，锁门，穿过走廊，看见身穿军装的格雷站在门口，正在恐吓那只不识趣的傻鸟。

"臭小子，你来得可真够晚的！"老头又恢复了那副松松垮垮的样子，一边抠着眼角的眼屎一边说。

"我今天有任务。"格雷回过头，"怎么，你刚起床？"

"没事。你来取东西？"

"修好了么？"

"当然。"老头咧开嘴笑着，"跟新的一样。"

他从柜台后面取出琴盒递过去，格雷打开盒盖，漆黑琴身躺在丝绒底座上，泛出柔和的光，流畅优美如少女青涩动人的曲线。

"不用看了。"机械师不耐烦地说，"你又不懂。拿去还给你的小女朋友吧。"

格雷合上琴盒，说："多少钱？"

"账单我会寄给你的。"机械师说，"放心，这点小钱你总付得起。"

格雷点一下头，提着盒子向门口走去，推门的一刹那，他突然停下脚步。

"琴盒怎么会在你这里。"他回头冷冷地问。

"有个小孩捡到了。"老头打个长长的哈欠，"没花我多少钱，就不算进总账里了。"

格雷沉郁地看他一眼，推门离去。

店铺的门隐藏在一片爬满鲜花的篱笆墙后，栗木门板暗淡褪色，黄铜把手被摩挲得异常光滑，门上钉着一道窄窄的金属小条，上面写着"保加利亚"。

"保加利亚。"少女踮起脚尖读着牌上的字，回头问身边的年轻人，"这是你的名字么？"

"不，这是这间店的名字。"黑衣人微笑着回答。

"店的名字叫保加利亚？"

"第一位店主人为它起的，这块牌子也是他亲手钉下的。"

"真的？"少女惊奇地四下里环顾一周，"这间店有多久了？"

"不知道，至少我接管这间店的时候，没找到什么详细记载。"黑衣人边说边从长袍口袋里摸出一大串钥匙，细长苍白的手指拈起其中一把，注意到少女惊奇的目光，他笑一笑解释道："这是旧房子，还是用古老的方法比较可靠。"

他打开门，侧身让到一边，说："请进。"

正午时分，屋里显得有些阴暗，千宁像个小孩子般惊奇地环顾四周，古老的红木家具，宽大的沙发，雕花窗棂，绘满四季花草的屏风，一切都如同一幅古老的画卷般寂然清静。

"好漂亮。"她轻声说，像是怕惊扰了空气里的浮尘。

"这是我招待客人的地方。"黑衣人说。

"可是没有花啊。"

"花当然在花房里。"黑衣人神秘地微笑着，"这么娇贵的东西，不能随便摆在外面卖啊。"

千宁认真地点一点头，终于抵挡不住诱惑陷进沙发上一堆宝蓝、榴红、杏黄和烟紫的靠垫中间。

"先坐一下，我去给你泡茶。"黑衣人边说边消失在屏风后面，玫瑰花香很快飘摇起来，濡湿了周围每一寸空气。

　　资料中心保持了旧时代图书馆的格局，有着宽阔明亮的阳光厅，高大的落地窗，墨绿色厚绒窗帘半垂半掩，一排排桌子被暗色玻璃分隔为小间，方便人们不受外界干扰地利用独立终端索取资料。

　　格雷独自站在大厅中央一排紫藤花下，军靴后跟焦躁地敲打地面，阳光透过圆拱状的玻璃穹顶洒落下来，使他阴郁的双眉隐藏在一片斑驳花影中。

　　"可真是稀客。"一个活泼娇俏的声音从背后传来。年轻军官回过头，一道光正照在他的眼睛上。

　　"对不起。"那个声音有点惊慌失措地说，光柱挪开了些，细细的粒子束翻滚汇聚，逐渐呈现出一个拇指那么大的虚拟影像，纤细的腰，赤裸白皙的长腿，一头金色卷发飘荡在空中，四片晶莹剔透的翅膀在肩头拍打振动。

　　"最近过得怎么样，我的中校。"那小小的妙人儿像一朵轻盈的花般落在格雷肩头，动作细腻得几乎感觉不出来那是幻影。

　　格雷不得不努力扭过脖子才能与她那双宝石般晶莹的红色眼眸对视。"怎么这么久。"他神情阴郁地说，"我今天有任务的，就午休这点时间。"

　　"人家也很忙的嘛，这么大堆资料都是我一个人管。"小妖精孩子般噘起嘴，绷了不过两秒钟又绽出笑脸，"才等一下就不耐烦，哼哼，故意的，谁让你这么久没来了。"

　　"这一套都是从哪儿学来的。"格雷不由叹出一口气，明明只是人格化的数据库管理程序，却撒娇撒得惟妙惟肖，连自己也不忍心板起脸来生气。

　　"好啦，你来找我，肯定不是什么好事。"小人儿拍动翅膀浮在空中，脑袋娇憨地歪向一旁，"说吧，打架啦？被老爹骂啦？打牌输钱啦？女朋友又不见啦？"

"你……"

"又瞪我，小气鬼，上次幽颜那件事又不是我不帮你，你那个将军老爹权限比较大有什么办法，我一个人工智能跟他老人家怎么硬扛啊。"

"我们不说上次。"格雷压抑着怒气，"这次你能帮就帮，做不到也给我保密。"

"好啦，我们是好朋友嘛。"小妖精停在他的鼻尖上笑得甜蜜，"说吧，想查什么。"

"我要地下城的资料，越多越好，机械师那个老鬼的也要，我要知道他都在跟谁做生意。"格雷压低声音，"另外，还有这个东西。"

他举起手中的琴盒，灰绿色眼里闪着冷酷的光。

穿过漫长的甬道，仿佛要迷失在另一个世界里，眼前终于出现一扇红门，如同爱丽丝梦游仙境。黄铜钥匙滑入锁孔，转动，黑衣人推开门，回头神秘地微笑一下，以一个优雅的姿态让到一边，仿佛魔术师耐心等待观众屏住呼吸的那一刹那。

柔和的光芒穿过拱形的玻璃圆顶，照亮了整个巨大的温室，铺洒在每一株繁茂的花朵上，那些墨绿的叶子，舒展的花瓣，羞涩的蓓蕾都在湿润的空气中微微颤动，香气馥郁得令人难以自持。

千宁痴痴地站在那里，黑衣人领着她穿过玫瑰铺成的海洋，不同品种，不同姿态，不同的枝叶与花朵错落有致，有的开在水里，有的缠绕在柱子上，有的铺成一片红白相间的绒毯，有的像瀑布一样从高处倾泻而下。

"玫瑰是一种很古老的花，传说从古希腊时代就开始被人们种植。"他边走边说，柔缓的声音穿行在花香里，"我们的祖先相信这是代表希望，爱与美的花，并为之编写出许多古老的神话。也正因如此，它们是这个世界上到现在为止，保留得最完整的物种之一。许多动物和植物都灭绝了，变成昂贵的标本，或者被机械复制品取代，然而玫瑰却生生不息。仅仅是在这间花园里，就有三百多种玫瑰生长着。"

"三百多种？"少女惊奇地睁大眼睛。

"每一种玫瑰都有自己独特的名字。"黑衣人介绍这些花朵时，神情温柔得如同一位忠实的情人，"这种叫作'酒神'，花蕾是白色的，用酒浸泡就变成深红色，是宴会上的奢侈品；那是'卡桑德拉'，会让人做奇妙的幻梦；这是'卡门'，像传说中的吉卜赛美人，它的香气可以催情。至于你旁边那丛……"

"睡美人。"千宁低声插一句。

"你见过？"

千宁不说话，只是低头看着，那些殷红的花朵盛开在荆棘刺中，好像一颗心无意中掉落进去似的。

"传说可以令女人的容颜永驻。"黑衣人低声说，仿佛怕唤醒了一个隐秘的咒语。

他们继续向前走去，更多色彩与芬芳如同一本书里精美的插图与文字，一页接一页翻过。

"从没见过这么多花。"千宁轻声说，"你一定很喜欢它们。"

"玫瑰是很特别的。"黑衣人说，"她有许多不同的传说与象征，爱与美，情欲与死亡，禁忌与毒药。"

"我听说过，其中的一些。"

"可是你知道玫瑰最初的意义么？"

千宁摇摇头。

"是药。"黑衣人说，"我们的祖先用它擦洗伤口，消毒，驱除异味，防止食物腐烂，治疗皮肤病，沐浴，美容。人们相信玫瑰中蕴含的力量可以带来希望，消除人心中永恒的烦恼和苦痛。"

沉默一阵，他继续低声说："古老的东方的哲人认为，人生来有七种烦恼，生，老，病，死，怨憎会，求不得，爱别离。它们困扰每一个人，永世不得解脱。在这些烦恼面前，你或许不如试着去做一朵花，其意柔软，寂然清静。"

千宁默默地听着，黑衣人望向她轻笑起来："说得太多了，你有什么烦恼呢，你还这么年轻。"

"那是什么花？"千宁抬头问道。

他们已经走到了圆形温室的中央，一棵一人多高的玫瑰树独自矗立在那里，枝子黑得像乌木一样，却光秃秃地没有一朵花。

"听过'夜莺与玫瑰'的童话吧？"黑衣人问道。

女孩禁不住轻颤了一下，默默点一下头。

"这就是那棵玫瑰树。"他抬头望上去，眼里闪着奇异的光，"世界上最后一棵，它开出的花被人们称作'泣血'，比珠宝钻石都要珍贵。"

"真的么。"

"当然是真的。"黑衣人说，"只不过现在还没到它要开的时候。"

"什么时候开呢？"

"这我就不知道了。"他把手放在树干上，用一种几不可闻的缥缈声音低吟道，"大概要等到夜莺开始唱歌的时候吧。"

暗绿色字迹汹涌澎湃地从屏幕上方落下，把一片莹莹的反光映在格雷脸上，那金发红眸的小妖精趴在他肩头，两只雪白的小脚在空中晃悠个不停。

"地下城的资料大多在军方数据库里，用你的权限就调出来这么多，慢慢看吧。"她懒洋洋地说，"那个老头子你就别想了，怕是你爹都动不了他。"

"为什么？"

"因为根本没什么可动。"妖精说，"案底可是一干二净。"

"就没有一点……"

"比你那个卖花的朋友还干净。"

"怎么可能……"格雷低声喃喃道。

"假设A，档案根本不是他本人的；假设B，伪造的。"

"如果是伪造，那他很可能是地下城的人。"

"还有一种可能。"妖精说。

"你是说……"

"军方的人，卧底，特工，或者以前曾经是，这个你比我清楚。"

"这老家伙……"格雷握紧拳头，"就查不到一点破绽？"

"你想要什么破绽？我要是你，就不去招惹这种老男人。"她把"老男人"这三个字拖得很长。

"琴呢？"格雷问。

"要说那把琴呢就有意思了。"妖精慢悠悠地咬着指甲，"居然查不到它的型号和生产商。"

"什么？"

"更过分的是，连类似的样本都找不到，真正全城仅此一把。"

"她？怎么会……"

"假设A……"妖精唱歌般张开小嘴，格雷紧皱眉头说："别假设了，我要结果。"

"A，境外走私货；"妖精不理他，继续说道，"假设B，私人密制的；假设C，上古遗迹；假设D，那就是使用者的权限比你高。"

"别说了！"格雷站起来，他的脸上有种奇异的铁青色，"我还没那么傻。记住，保密！"

他把刚才看过的资料全部从终端上删掉，转身匆匆离去了，只剩下那小小的影像在空中闪烁着，发出抱怨的叹息。

"急性子，唉，男人都这样。"她蹦跳着对那个背影喊一声："你早晚会后悔的！"然后咯咯低笑着消失了。

阳光一寸一寸移动，从这朵花跳到那一朵上。

千宁躺在花丛中一把沙发上睡着了，小小的脸安静地藏在短发掩盖下，黑衣人走过来，为她盖上一块毯子。

旁边桌上放着那只刚取回来的鸟笼，他走到桌边掀开黑布，露出笼子里一只小小的夜莺，金属羽毛精细入微，一丝一缕纤毫毕现，闪着青铜色的幽光。黑衣人重新摸出钥匙，用其中一把打开抽屉上的锁，取出一个黑底朱漆的小盒子，再换一把钥匙打开盒子，露出白绢衬底上一颗暗红色的晶体，仿佛有生命般微微跳动着，像红宝石，却更光洁柔润，像玛瑙，却更晶莹剔透，像珊瑚珠，却散发出露珠那样的光彩。他用第三把钥匙打开鸟笼上的锁，捧出沉睡中的夜莺，灵巧的指尖拨开胸膛，把红色晶体小心地安放进去。

夜莺睁开眼睛，明亮如黑曜石，它歪着脑袋看了看身旁的男人，抖动羽毛，低头一根一根小心地梳理，像从很长的一个梦里醒过来。黑衣人把它送回鸟笼里，对着蹦跳啁啾的鸟影露出温柔的微笑，如同昏黄余晖一点点蔓延开。

"你醒了，幽颜。"他低声说。

银白色飞艇急速划过天空，降落在将军府门口。

午后阳光晴明，窗帘却依旧低垂，门滑开，年轻军官急促响亮的脚步声打破了寂静，仿佛带着怒气。

"你不推门也不行礼么。"坐在桌前的男人转头望向来人，语气异常平静轻柔。

"我有事要问我自己的父亲。"格雷立在那里冷冷地说。

"什么事？"

格雷举起手中的琴盒："你知道这把琴是谁的？"

"不知道。"将军懒洋洋地耸一下肩，"我猜，是你准备要送给某个女孩的礼物？"

琴盒"砰"的一声被扔在光洁的桌面上。

"我们约定过不管对方的事。"格雷说，"但我需要一个解释。"

将军轻扬起一侧眉毛："你就这样对自己的父亲说话？"他坐在那里岿然不动，神情却更加柔和，像在驯服一只暴怒的小狗。

"坐下。"他低声说。

格雷沉默一刻，坐进对面的椅子里。

"我不过给你一个机会，自己去做选择。"将军说，"现在的你太年轻，什么都看不到，我让你多看一些东西，这是我惟一能够做到的事。"顿一下，他用漫不经心的声音说，"公主可爱么？"

"这是两回事。"格雷绷紧双肩，紧紧握着椅子把手，"你不能什么事都瞒着我，把我当作你的棋子。"

"你不是我的棋子，不是。"将军提高声音，"格雷，你是我儿子，我的儿子总要结婚，我希望他幸福。"

"那不是我要的幸福！那是你的！"

"真是年轻人。"将军叹息一声靠在椅子里，显出一丝疲惫，"没有这桩婚事，我依然是将军；而你，你依然是中校，你还年轻，二十年之后，你会是什么，你知道么。"

"我不是靠你才做到中校的。"年轻军官压低双眉，"也不会靠任何人。"

"当然，你一直很努力，有才能，忠诚耿直，我为你骄傲。"将军直视他的双眼，"然而你想过没有，如果你不是我的儿子，如果你出生在那些低矮阴暗的平房里，现在的你会是什么样？"

格雷沉默着。

"没有人能不靠任何人而生存，你一样，我一样，公主也一样。就算你们只身一人游荡在这座城市里，你会带着你的右手，而她会带着她的琴，不是么？"

年轻人低头看一眼右手，紧紧握拳，发出暗哑的机械摩擦声。

"每个人都希望幸福，幸福是什么，这个答案永远在变化，你不会知道。"将军继续说，他的声音低哑下去，显得苍老，"娶公主不见得就是幸福，然而谁不想娶公主呢？公主又该嫁给谁，才能得到幸福？是你么，是像我这样的老头子么，还是某个终年见不到阳光的贱民？"

"她……她还是个孩子……"格雷痛苦地低语。

"所以你要保护她，试着给她幸福。"将军说，拿起桌上的琴盒递过去，"去吧，去还给她，她会感谢你的。"

格雷迟疑着，黑暗的房间里只有钟表嘀嗒作响。许久，他终于伸手接过琴，站起身，步履沉重地走出房间。

飞艇依然安静地停在阳光照耀下，他坐进驾驶舱，吐出一口气，手里的琴盒扔向一边。

将军的声音突然从背后传来，带着一丝嘲讽。

"小心点，别弄坏了。"

格雷惊觉回头，身后却是猫一样伏在椅背后的少女，举枪顶住他的后脑。

"快开。"卡斯嘉恢复了女孩声音，"你不想被别人看到吧。"

飞艇离开地面，穿过城市中凌乱的光影。

卡斯嘉趴在椅背上笑嘻嘻地说："既然你那么不愿意，那把琴，不如还是我替你去还给她吧。"

"你到底是谁的人。"格雷冷冷地问。

"傻瓜。"卡斯嘉轻蔑地哼出一声，"地上的军队和地下城，从来都不是像你想象的那样势不两立。有时候是敌人，有时候相互利用，有时候联手合作，有时候也可以做点交易。"

格雷皱一下眉："我和公主见面，是你们安排的？"

"当然，不然哪有那么多英雄救美的故事。"她顽皮地笑着，温热的嘴唇贴向军官耳边，"不过我现在后悔了，她一点也不喜欢你，你也不喜欢她，真是糟糕的相亲。"

格雷肩膀僵硬了一下，然后无力地瘫软下来，像是终于到了一个极限。

"你到底想怎么样？"他神色疲惫地说。

"我？"卡斯嘉发出一串清脆的笑声，"我是夜枭，最自由的鸟，跟你们这些人都不一样。我想怎么样就怎么样。"

"你……"

"千宁现在是我的朋友，我当然要帮她。"卡斯嘉点点手中的枪，另一只手抓起琴盒，"这个交给我吧，以后的事情不用你管了，麻烦开门。"

"什么？这里？"

卡斯嘉叹口气："笨啊。"

她探身按下按钮，驾驶舱门向后滑去，微冷的狂风呼啸着冲进来。卡斯嘉把琴绑在腰间，拉住舱门灵巧地翻出去。

"再见，当兵的。"冰凉的机械手指按在唇边，又带着一丝余温轻轻压在军官额头，"祝你好运。"

她轻盈地向后翻个跟头坠入无尽虚空。

格雷惊恐地探头望去，女孩的身影转眼间变成一个黑点，紧接着，巨大的银灰色滑翔伞像一朵花般在她背上绽开，姿态优美如鸟儿伸展双翼，很快消失在一望无际的晴空中。

竞 技 场
The Abattoir

天空竞技场的得名，是因为它被一根纤细的圆柱支撑在一千多米的高空中，构造是仿罗马式的，一层又一层观众席像无数环带，悬浮在圆形平台上方。

一场厮杀正进行到高潮，角斗士们赤身裸体，只在腰间佩戴黄紫两色的缎带以区别阵营，他们带着各种变异扭曲的身体，像野兽那样缠斗厮打，尖牙利爪间挂满血肉碎片。在他们上方，来自几万人的欢呼潮水一般此起彼伏。

尽管看似野蛮，角斗士们的移动与组合却体现出高度智慧与实战经验，每一个动作都令整体局势瞬息变化，惊险无比。当几个紫色腰带的战士围着最后一个黄色腰带轮番攻击，令他带着满身鲜血虚弱倒地后，场面瞬间静了下来。

两种不同颜色的光芒在观众席中闪过，如一片参差繁茂的花海，紧接着，一道光柱从竞技场上方升起，凝成一只很大的手，拇指向下优美地一划。

欢呼声再次响起来。紫色战士们拖着对手沉重的身躯向竞技场边缘走去，留下满地残破凌乱的血肉躯体。

贵宾包厢有三面墙和一面地板都是玻璃的，可以清楚地看到脚下的厮杀，另一面墙则由许多大屏幕组成，用以播放各种方位角度拍摄下来的现场状况。

门打开，笼罩在黑袍中的年轻人走进来，如同一个幽灵。

将军背对着他靠在椅子里，饶有兴致地紧盯着屏幕，那个系黄腰带的角斗士刚被扔下竞技场，镜头从各个角度呈现出他在空中挣扎惨叫的样子，身躯扭成种种匪夷所思的形状，过了很久才砰地落地。

血光从屏幕上散射出来，照进斗篷里苍白的脸，却未能在深黑色的双眼里激起一丝涟漪。

"你来晚了。"将军回过头，心情很好的样子说，"刚结束一场很精彩的比赛。"

黑衣人在旁边一个座位坐下，说："没关系，我不是来看比赛的。"

"哦，当然。"将军说，"你是热爱生命的养花人。"他又回头看着屏幕，一些人正匆匆忙忙冲上来清理地上的血肉，把掺和香料的细沙撒在上面。

"听说用死人的血肉做肥料，可以让花开得更加艳丽，你没试过么？"

"试过。"黑衣人说。

"哦?"

"效果不怎么样。"

"啊,很多传说都是靠不住的。"

脚下,一场新的厮杀又开始了。十个人站在中间手持光剑,三只独眼巨怪踏出围栏,发出暴风般的怒吼。

搏斗与惨叫声不断传来,黑衣人面对屏幕静静地坐在那里,声音仍是一贯丝绸般的柔缓。

"这次将军约见我,有什么事么?"

"订单,我的订单。"将军手指轮番敲击着椅子扶手,"日子一天一天近了,有点着急呢。"

"我说过我无法保证。"

"多糟糕,这么大的场面,我可不想出任何差错。"

"这种事谁都不能保证。"

"这样做生意可怎么行。"将军微笑着摇摇手指,"怎么样,需要帮忙么?"

"不,不用烦劳您。"黑衣人说。

"说吧,说吧,有什么要求。"将军友好地轻声说,"我可以做到很多事情,只要你开口提。"

"那可真是承受不起。"

"真的,我说到做到。"将军认真地看着黑衣人,"你知道的,我可以做到很多事情,不只是依靠钱或者武力那么简单的事情。"

"只是一朵花而已。"黑衣人不动声色地说。

"一朵花,可是值得出大价钱。"

"可您不知道我想要什么。"

"说得对,这是最困扰我的问题,我不知道你想要什么。"将军若有所思地望着对方,"所以,告诉我吧,我真心诚意地在听。"

"说真的,您太让我感动了。"黑衣人冷冷微笑着。

夜 莺

"我需要你帮忙。"

"跟上次一样?"

"一样,你最擅长的事,取走一个人的心,只有你能做到。"

"谁的?"

"谁的?"将军脸上流露出不耐烦的微笑,"现在还要问谁的,你不是已经送了花给她么。"

"你是说……"

"流浪的歌手,我们未来的小新娘。"

"她是公主?"黑衣人声音中闪过一丝惊疑。

"你不知道么?"将军奇怪地看着他。

"真的。"黑衣人压低声音,像是在自言自语,"我本该想到,她认得我的花。"

"天哪,没想到?对着那么可爱的姑娘?"将军有些夸张地举起手,"你把自己的心也弄掉了么?"

黑衣人沉思着,斗篷里深邃的黑色双眸射出略有些刺人的锐利光芒。

"为什么?"他低声说,"她还那么年轻。"

"一颗年轻的心,新鲜饱满,毫无瑕疵。为什么不把它加入你的收藏呢。"

"这不是外科手术。"黑衣人说,"只是一种治疗。我不能随便取走一个人的心,除非她自愿丢弃。"

"真的?"将军微微压低眉毛,"那真的是太糟糕了。"

"所以,我做不到。"

他站起身,低头行礼。

"不留下看节目么?"将军在他身后说。

屏幕上,又一场厮杀刚刚落幕,最后一头巨怪踏在幸存者身上,抬起粗大的头颅望向观众席。

"我还要去送货。"黑衣人说,"告辞了。"

将军望着屏幕，微笑着比出向下的拇指。

"我们的交易依然有效。"他说。

黑色身影悄然而去，远远地，在观众席另一侧的包厢里，一只望远镜落下来，露出一双阴沉沉的灰绿色眼睛。

女神像依然是宁静的，仿佛不受这座城市里其他纷乱嘈杂的声音影响。千宁坐在草丛中望着远方，身后，有一双赤脚悄然靠近。

"你也真是太好找了。"卡斯嘉凑近她耳边轻声说。

千宁惊了一下回头，漆黑的琴盒已经递到她面前。

"我帮你拿回来啦。"卡斯嘉边说边坐下，顺手拔一秆柔嫩多汁的草穗叼在嘴里，黑猫不失时机地跳上她膝头，懒洋洋摊开四肢。

千宁接过琴，说："谢谢。"

"现在可以弹琴给我听了吧。"卡斯嘉说。

千宁抱着琴，指尖轻轻拨动，琴声稀稀落落地响起，好像东一下西一下的雨点。

"想听什么？"

"女神像唱的那首，会么？"

"Close to You。"千宁点点头。

琴弦上划过一串明丽却忧郁的音符，像许多灰色和深蓝色的珍珠碰撞着掉落进一口深井，激起各色幽暗的水花，然后寂然无声地沉下去，沉下去。她的歌声喑哑地响起在琴弦间，像滑入井口的一道月光。

> Why do birds suddenly appear
>
> Every time you are near？
>
> Just like me，they long to be
>
> close to you．

"你再唱我就要哭了。"卡斯嘉看着天空说。

千宁不说话，乐声渐渐疏朗下来，只剩最后几个音符像混浊的水泡依次崩裂。

"为什么。"卡斯嘉看着她，"我还以为你应该开心的。"

千宁沉默了一阵。

"我以后不能来这里了。"她说。

"哎，你呀……"卡斯嘉叹一口气，"我会去看你的。"

两个女孩长久沉默，一只黑猫跟着一起垂下耳朵。

"你知道么，第一次偷偷爬上地面，我只有八岁。"卡斯嘉突然说。千宁望向她，说："那一定记得很清楚吧。"

"有些清楚，有些却不记得了，像一场梦。"卡斯嘉说，"好像是一个夏天的夜晚，刚下过雨，天上放着烟花。"

"烟花？"

"夏天，夜晚，雨，烟花，那时候的我对这些完全没有概念，只看见头顶上方有好多颜色，一朵一朵，闪烁绽放。"卡斯嘉仰头看着天，面具掩盖了她的表情，然而声音是有点悲伤的，"那么远，却又显得那么近，真的，不知道怎么跟你说。"

"很开心吧。"

"大概有点，可是也难过，像狗一样在地上打滚。"

千宁沉默着，慢慢点一下头。"有时候是这样的。"她说。

"是什么样？"

"喜欢一些东西，越喜欢越难过。"千宁说，"就像这个没有头的女神像，我可以从我的窗口远远望见她，但只是那么望着，听她每天傍晚都唱着同一首歌，就觉得难过。"

"为什么？"

"不知道，或许觉得她唱完那首歌，就会飞走了。"

"傻瓜。"卡斯嘉拍了一下她的脑袋，"雕像是不会飞走的。"

"雕像是不会飞走的。"千宁低声说，"可是我宁愿看着她哪一

156

天飞走。"

她们又沉默了一会儿。

"要是会飞就好了。"千宁说,"像你一样自由自在地飞。"

"飞到哪里?"

"你飞过最远的地方是哪里?"

"最远……倒也没有多远……"卡斯嘉望着天空,"这座城那么大,到处都有人把守。"

"从来没有飞出去过么?"

"没试过。"卡斯嘉看一眼身旁忧郁的女孩,"你想出去?"

"连你都出不去……"

"我可没说出不去啊。"

千宁抬起头。

笑容重新涌上嘴角,卡斯嘉拔出牙间的草秆,另一端轻轻点在千宁鼻尖。"你先弹琴给我听。"她说。

千宁也笑了,她抱起琴。

"还听刚才那首?"

"还听刚才那首。"

明丽的乐声又像水珠般滚落下来,溅湿石阶缝隙间微黄的荒草。

大礼堂上方终年飘荡着管风琴乐,孩子们空灵圣洁的合唱时而响起,伴随洁白鸽群飞上天空。

洒满阳光的灰白石阶上,看门人匆匆忙忙地追上一位身穿黑袍的客人,对方将脸隐藏在兜帽下看不清面目,只有怀中一大束玫瑰火红耀眼。

"这位先生。"他气喘吁吁地问,"请问,您是新娘的朋友么?"

"不。"平静的声音从缺乏血色的嘴唇里飘出,"我只是来送花的。"

烛火明亮，气氛安详，新娘挽着父亲的胳膊走出来，她美丽的脸隐藏在薄纱后，神色沉静如水。宾客中不由响起一片低低的赞叹，为新娘的姿容，更为她手中那束美丽鲜艳的花朵，宛如一块宝石，将滟滟的红光泼洒在白色婚纱上，令一切珠玉都失去了光彩。

新郎新娘来到神父面前，开始接受祝福，宣读誓词，黑衣人默默从后排起身，无声无息地离去。

楼道幽暗深长，乐声依然沿着台阶一层层滚落下来。突然间，一把剑从后面抵住脖子。

"站住!"

声音是熟悉的，却被悲伤和愤怒多少扭曲了音调，锐利地刺痛耳膜。黑衣人停住脚步，站在那里低声说："你不能好好打招呼么。"

泛着银光的长剑划开兜帽，随即有一只有力的手臂将他推至墙角，横剑架在他脖子上。

"你在这儿干什么?"格雷的脸颤抖着逼压上来，旧伤疤红得像要燃烧起来。

"送花。"黑衣人回答。

"不要再骗我了!"军官怒吼着，剑锋向前推进，紧紧勒着对方死人般苍白的皮肤。

"没有骗你。"黑衣人平静地说，"她一直希望婚礼上有一束玫瑰花。"

"是你做的，对不对?! 你也是我父亲的人!"

"你不会明白的。"黑衣人说。

格雷狞笑着，"我必须明白。"他恶狠狠地说，灰绿色眼睛里闪过狂乱灼热的光。

"你不明白。"黑衣人的声音依旧平静，"是你让她痛苦，你答应爱她，却又不能守护她的幸福。她为了你牺牲自己，默默消失，再不来打扰你，然而她的心又是那么痛苦，痛苦到再无法承受，快要死掉的地步。这些你明白么？"

军官的身体冰冷僵硬，像被一道咒语彻底化为石头。

"你呢？"他嘶哑着嗓音说，"你做了什么？"

"我答应她，让她再也不会痛苦，让她可以以一颗平静的心开始新的生活，结婚，生子，继续安定幸福的人生。"

"为什么！为什么这样做！她现在什么感情都没有了，就像一个死人！"

黑衣人抓住他持剑的手腕轻轻推开，仿佛那只手上并没有什么重量似的。

"你要她为你而死么。"他冷冷地说，"像是为了水中的幻影而殉情。或者是看着你结婚，然后抑郁终生？"

军官拼尽最后一点力气僵持着："你为什么不对我也下手？"

"你能舍弃自己的心么？"黑衣人说，神情淡漠得像冬天地平线上的夕阳。

格雷的手颤抖着。

"告诉我，你可以么？"

长剑无力地垂落下去，身材高大的军官靠在墙边，像发着高烧般浑身颤抖。

"混蛋……你这个混蛋……"他低头喃喃自语着。

"走吧。"黑衣人说，"不要在这里出现，让她按照自己的选择生活。"

他拉起残破的兜帽盖住脸，转身继续下楼，身后传来格雷痛苦的声音，沿着曲曲折折的楼道追上来：

"你把她的心弄到哪里去了……"

黑衣人边走边说："你会知道的。"

暗 夜
Dark Night

雨稀稀落落地从废楼缝隙间落下。

卡斯嘉拉着千宁穿过狭窄的小巷，脚下踏着污水泥泞四处飞溅，一只黑猫紧紧跟在后面。

"就是这里了。"走在前面的女孩停下脚步，机警地向四周张望一下，弯腰推开一个下水道盖子，阴暗潮湿的气息扑面而来。

"欢迎来到我们的地盘。"她向下一步，抬头伸出一只手，嘴边盛放着示巴女王一般骄傲的笑容。

雨水哗哗地流，水声在幽深封闭的空间里循环往复，两个女孩湿润的脚步声混杂其间，显得空旷寂寥。

"你住在这里？"千宁小心翼翼地四下张望着问道。

"傻瓜。"卡斯嘉笑一声，"你不看这里能住人么？"

"可你上次说地下……"

"那是更下面一层啦，这里只能算地下城的外围，像护城河，也像迷宫，跟上面的世界隔开。"她停下来，回头看一眼千宁，"啊，我差点忘了，你来过的。"

女孩情不自禁打了个寒战。

"还遇上'岚'的部队。"卡斯嘉笑得有点不怀好意，"那群家伙可不好惹哦。"

"他们……会操纵风？"

"不如说，驯养风。"卡斯嘉说，"这里的管道太过错综复杂，就像机械中的电子线路板，而在这管道里穿行的风，就像线路中的电流，几百年，几千年，随着管道的发展而越来越复杂，最后进化出有意识的生命。"

"生命？"

"这是一个传说啦，驯养风的方法是地下城的秘密之一，由'岚'的首领世世代代流传，整个城市的地下管道都是他们的地盘。不过你放心，有我'夜枭'在，今晚畅通无阻。"

千宁点点头，努力跟上卡斯嘉轻快的脚步。

"知道么。"走在前面的女孩继续说，"我小时候也曾有一次像你一样，想要沿着这些管道一直向前走，走到城市的尽头，或许走着走着，会突然看见前面有一扇小门，红色的，把手是金子做成的，推开门，就可以看见城市外面的样子。"

"后来呢？"千宁问，"你成功了么？"

"当然是迷路啦。"卡斯嘉说，"缩在角落里，周围只有老鼠跑来跑去，一直到'岚'的部队发现我。"

黑暗中，千宁上前一步，拉住她冰冷的机械手。

"你觉得……真的可以走到城市的尽头么？"她轻声说。

卡斯嘉回过头，把另一只粗糙却温暖的手放在女孩瘦弱的肩头，在她开口说话之前，一个声音却挟带着阴湿的气息从旁边管道中传来。

"当然不行。"

起先是黑洞洞的枪口，紧接着是隐藏在后面色调暗沉的人影，还有压低在额角伤疤下，一双阴郁的灰绿色眼睛。

"至少今晚不行。"那人影冷冷地说。

"你?！"卡斯嘉愤怒地伸手摸枪，格雷依旧站在那里，粗大的枪管从袖口里伸出，顶端如蛇头般膨胀上扬，线条冷酷而优美。

"不要动。"他说，"我无意冒犯两位，只是奉命行事。"

"是你？"千宁愣愣地望着他，"为什么？"

"请公主跟我回去。"格雷面无表情地说，"这里很危险。"

卡斯嘉上前一步挡在千宁面前："她不会跟你走的。"

"是么。"格雷说，"很好，让我们各就各位吧。又是一出英雄救美的戏，我只是奉命扮演我的角色，你可以选择扮演你的角色。"

"这个角色不适合你。"卡斯嘉从后腰里拔出枪，伏低身子如一头猎豹，"你敢开枪么？这里很黑，或许会误伤你宝贵的公主。你对你的枪法那么有自信？"

格雷阴冷地笑起来："身为夜枭，你对你的敌人了解太不够了。"

他先开枪了，枪口对准的不是蓄势待发的女战士，而是呆立在一旁的千宁。

卡斯嘉怒吼着侧身一翻，将千宁扑倒在地，微弱的红色光柱击中了她的头，没有爆炸，没有电流，没有灼烧气味，甚至听不到一声惨叫，卡斯嘉倒在地上捂住脸，嘴张到极限，却只能发出一阵咔咔的机械摩擦声。

千宁惊恐地抱住她的头，暗夜扑上来，一声接一声凄厉地尖叫，女孩惶恐不安的声音夹杂其中，划破潮湿的空气：

"卡斯嘉？卡斯嘉！"

"不用担心。"格雷上前一步，"只是干扰电波，她现在看不见也听不见，这状态会持续一分钟。"

千宁抬起头瞪着他，大滴眼泪聚在眼眶里，却不肯落下来。

"跟我回去吧。"格雷伸出另一只手，"公主殿下。"

"我不走！"千宁咬紧嘴唇，倔强地扬着小小的下巴。

沉默片刻后，黑暗里传来军官的一声叹息。

"公主，你是个了不起的女孩。"他说，"我喜欢你的歌喉，你的勇气和智慧，是的，每个人都会喜欢你，但是现在，我必须带你回去，这是我的使命，而你，你生在这座城市中，就注定无法离开。这是命运，我们两个人都无法违抗。"

"我不信这些。"千宁说。

"那么从今天开始，你可以试着相信。"格雷说，"跟我一起开始相信。"

卡斯嘉微弱地呻吟了一声，金属面具烫得可怕，脸却如死人般冰凉。军官蹲下身，枪口抵在她头上，眼睛依旧望着千宁，有一丝威胁，但更多的是悲伤。

"走吧。"他低声说，"不然，你知道我会怎样做。"

暗夜依旧一声接一声叫着，金色眼睛在黑暗中闪闪发光，千宁低下头，一滴眼泪终于掉下来，无声无息地溅落在卡斯嘉苍白的嘴唇上。

"我跟你走。"她低声说。

格雷点点头，拉住女孩颤抖的手。

下一瞬间，另一把漆黑的枪杆从后面抵住他的头。

"住手吧。"一个闷闷的、夹杂浓重鼻音的声音响起。

千宁抬起头，在格雷苍白的脸后，她看到了机械师那红得耀眼的鼻子和参差不齐的黄牙。

"是你？！"格雷恼怒地压低双眉，他认出了身后那个声音。

"是我，臭小子。"老头异常严肃地说，"戏演完了，放女孩们走。"

"你到底是谁的人？"格雷举起枪，声音从牙缝里迸出来，"这东西是你造的，不是么？"

"当然，你老爹付了钱的。"机械师枪口又向下压了压，"不过这东西他可没付钱，怎么样，试一下？"

"你个混蛋！早该猜到，你是地下城的人！"

"是，或者不是，这问题重要么？"老头不屑地抽抽鼻子，"懒得跟你说，放下枪，放下，我不想这里变成战场。"

卡斯嘉艰难地坐起来，声音像坏掉的钟表那样嘎嘎作响。

"死，老头。"她断断续续地说，"你，来凑，什么，热闹……"

"我救了你，丫头。"老头说，"你和你的朋友，一对儿不要命的！"

"你……"

"你什么你，你也把枪收起来，快！"

卡斯嘉只是张大嘴发出一声尖叫，趁机械师说话时，格雷右手闪电般向后挥去，透明长剑横贯而出，架开机械师手中漆黑沉重的枪管，向那只闪闪发光的红鼻子削去。

机械师站在那里没有动，甚至连神情也没有一丝变化，剑锋近得不能再近，明晃晃的光锋利冰冷，却突然像冰雕成的一般开始融化变软，紧接着，格雷藏在袖中的右手爆发出明亮的火花，爆裂开来。

"我让你放下枪，傻小子。"老头冷冷地说，"你想用我造的武器对付我么？"

身材高大的军官沉重地跪倒在地，卡斯嘉颤颤巍巍地站起来，举枪刚要瞄准，被千宁冰冷的手拉住了。

"别……"她声音颤抖地说。

格雷回过头，脸色苍白灰暗。

"你太善良了，公主。"他苦笑着说，"我是你的敌人啊，杀了我，否则这一切不会结束。"

"闭嘴！"机械师手中的枪把重重地敲在他额头上，看着军官痛得一声闷哼，他满意地笑了，"这里没有敌人，从现在开始，你和公主，包括我在内，都是被地下城的夜枭劫持的人质！"

他把枪扔给卡斯嘉，然后举起双手。

"你还能看得见吧，丫头。"他神情严肃地说。

"能。"

"那你带路。"

愣了片刻后，卡斯嘉举起枪，笑容重新回到她嘴边。

"明白。"她说。

雨已经停了。

几个人依次爬出下水道口，四周荒草丛生，没有路灯，没有凋敝的电线杆，只是荒草，草间散布着大堆风化剥落的垃圾和建筑废料，浓郁却荒凉的气息散逸在微凉的空气中。城市像一座巨大的蜃

　　　　　　　　　　　　倾城一笑

楼，矗立在身后不远处，灯火闪烁流动。

"按照'岚'提供的地图，这里是城市边界最远的一个出口了。"卡斯嘉回过头说，"不过这里我也没来过。"

草丛里响起一阵细碎的声响，暗夜压低身子，眼睛闪闪发光，紧接着，一只浅黄色的老鼠钻出来，小小的爪子抱在胸前，睁大眼睛惶恐地望向这几个人。

黑猫纵身扑出，只一瞬间，那小而肥嫩的身体就消失在它掌下，只剩下一截尾巴尚在蠕动。千宁打了个寒战，卡斯嘉拉住她的手。

"别闹了，暗夜。"她回头说，"天快亮了。"

黑猫恋恋不舍地留下那具尚温热的躯体，跟在主人的脚步后离开了。

他们踏着荒草一直向前走，天边慢慢透出一丝鱼肚白，升起在一大片黯淡的、空旷的地平线上，那么平直，那么单调，仿佛再向前一步就是无尽虚空。

那是海，一望无际的、苍凉的海面。

沉甸甸的波涛拍打岸边荒地，发出一道又一道回响，一列废弃的老式列车停在岸边，锈迹斑斑的车厢沿着铁轨一直在水里延伸了很远，最后淹没在混浊的波浪下面。

几个人站住了，仿佛站立在世界尽头，不能再前进一步。

"这就是我们能走到的最远的地方。"机械师低声说，"在这座城市周围没有被海淹没之前，火车是惟一可以离开的交通工具。"

"从什么时候开始？"卡斯嘉低声问，"这片海……"

"不知道。"机械师说，"我小时候来过一次，那时候这辆火车比现在要新，不过已经废弃了。"

千宁呆呆地向水边走去，她的眼里闪着泪光，嘴唇颤抖着，却说不出一句话。

火车像一条搁浅的怪兽骨骼，静静地躺在波涛中，车头那两盏破碎的大灯如同两只空洞的眼睛。千宁伸出一只手放在车厢外墙上，沿着铁轨向前走，粗糙生锈的铁皮划破了她的手指，她却浑然不觉。水波淹没了她的腿，然后是腰，格雷上前几步，从后面抓住了她。

千宁回过头，望向那双熟悉却又陌生的灰绿色眼睛，望向他背后荒凉的坡地和更远处的城市，格雷也望着她，两人相对无言。

"太阳……"卡斯嘉轻声说。

一轮苍白的朝阳从遥远的海面尽头慢慢爬上来，把光芒洒在粼粼的波涛上。几人小小的身影立在岸边，拖着长长的影子一动不动。身后，艾罗斯特拉特像一座孤岛矗立在无穷无尽的水波中，正迎来早晨第一缕阳光。

远远地钟声响起，新的一天又开始了。

美丽的、寂静的清晨，黑衣人走进花房，晨曦刚刚照亮满屋沉睡的花朵。花房正中的玫瑰树上，盛开着一朵殷红的玫瑰花，巨大华美，像红宝石一样散发出光芒。

他并没有多看那花朵一眼，只是跪下身，从草丛中捡起一只小小的夜莺，黑曜石般的双目紧闭着，胸口还刺着一枚乌黑的玫瑰刺。

"你唱了一首很好的歌。"他低声对手中的夜莺说，然后小心翼翼地把它放进一个水晶小盒子里，关上一旁空着的鸟笼门，转身离去。

路
The Road

又是一个雨夜。

黑衣人撑着伞走到"银蓝色玫瑰"酒吧的树下，里面正传来略带一点沙哑的动人歌声，一丝一丝散开在雨帘里。

> 如果我有雏鹅般小巧的翅膀，
> 我要坐在篱笆上，
> 看天上的流云来往，
> 我要离开这个伤心的地方。

他站在那里听了一会儿，然后上楼，进门。舞台上，光线缓缓移动，女孩把眼睛闭得很紧，两抹浅浅的红晕在她的面颊上燃烧。

歌声结束，掌声响起来，持久而热烈。千宁抱着琴穿过黑暗的走廊，看见角落里站着的黑衣人也在轻轻鼓掌，怀里捧着一束玫瑰，洁白胜雪。

"谢谢。"她低声说。

"好久没来了。"黑衣人微笑着回答，"也好久没听到你唱歌了。"

"今天是最后一天。"千宁说，"以后就再不唱了。"

"所以这是送给你的。"

千宁接过花，鞠躬致谢。

"很晚了，又在下雨。"黑衣人撑开伞，"没有人送你么？"

"本来有，但他今天不能来。"千宁抬起头，说，"你能送我么？"

黑衣人愣了一下，继而微笑着说："也好。"

他们一起出门。

城市的夜色笼罩在雨丝中，灯光从各个地方流淌过来，在光洁的路面上晕成一摊摊水彩画般斑驳的色彩。

他们不声不响地走了许久，霓虹灯光在头顶上方交织出迷蒙的天空。银白色路灯星星点点，蜿蜒回环的道路仿佛无数条闪耀着光芒的水晶链饰缠绕在一起，

"冷么？"黑衣人低头问。

"不冷。"千宁说,"只是有点累。"

"其实你可以坐车的,坐车要快很多。"

"我喜欢走路。"

"哦?"黑衣人轻笑一下。

"从这个夏天开始,喜欢走路。"千宁说,"在那之前,我都只能从窗口向外俯视这座城市,幻想在那中间旅行,像穿越一个巨大的迷宫,看到许许多多奇妙的景色,遇见许许多多不同的人。"

"现在呢?"黑衣人问,"和你幻想的一样么?"

千宁并不回答,沉默片刻,她抬起头轻声说:"告诉我。你有没有试过朝一个方向一直走,一直走到城市的边缘。"

"没有。"黑衣人说,"我没有去过那么远的地方。"

"我试过。"

"然后呢?"

他们停下脚步,前方的路口像一朵巨大的盛开的雏菊,信号灯光闪烁个不停。千宁抬起头看着对方苍白的脸,各色光芒在她的双眼里闪耀着,寥落而迷乱。

"然后我就回来了。"她回答。

他们面对面站在那里沉默了一会儿,城市的声音从四面八方透过雨帘传来。

"那么,是到说再见的时候了吧。"黑衣人轻柔地说,"如果愿意,你可以拿着这把伞。"

他把伞放进女孩手里,另一只手摸了摸她微湿的头发,转身离去。

一只手,小而冰冷的手抓住了他的衣摆。

黑衣人诧异地回头,看见大串的眼泪正从女孩眼里流出来,无声无息地,沿着倔强紧绷的唇线流淌。

"为什么……"她站在那里轻声说,像在喃喃自语。

"怎么了?"

"为什么你也不肯帮我……"

"我该怎么帮你。"

"不知道。"千宁说，"我只是想，你是最后一个可以帮我的人……"

黑衣人在她面前蹲下，眉间有淡淡的忧伤。

"谁告诉你的？"他柔声说。

"你的玫瑰。"她说，"那么美，每天早上我睁开眼睛，都可以看见那些盛开的玫瑰，在窗台上唱歌。我就是想看看你种的玫瑰，看看它们开在花园里的样子，看看你照料它们的样子。"

"现在你看到了。"黑衣人说，"只是花而已。"

"那你讲给我的童话故事呢？"

"当然，也只是童话而已。"

千宁摇着头，任泪水嘀嘀嗒嗒地落下来，却咬紧嘴唇不肯发出一声啜泣，仿佛那些泪水都不是她自己的一样。

"不要哭了。"黑衣人捧住她小小的脸，那些滚烫的泪水落进他冰冷的手心里，像要烫出一个洞似的，那一瞬间，他感觉到了某种痛。

"听话，不要哭了。"他又说了一句。

千宁抬头看着他，琥珀色双眸里盛着满满的希望与绝望，令人心碎。

"你爱我么？"她哽咽着说。

"什么。"

"爱我么？"

"为什么……"

"爱么？"

黑衣人迟疑着，双手慢慢落在女孩柔弱的肩膀上，小心地握住。

"我，是不能爱一个人的。"他一字一句低声说道。

"为什么？"

"我已经没有心了。"

女孩只是流着泪看他，仿佛听见了，又仿佛什么都听不见。他继续说下去："我用我的心，换来继承这家店的权利，你明白么？"

很久之后，女孩开口说："没有心就不能爱我？"

"不能。"黑衣人说，"我看到你哭，会觉得难过，看到你笑，会觉得愉快，听到你的歌，会觉得那歌声很美，但这一切都只是像在戏台上看戏一样，我不会动心，因为我没有心。所以我只是这样活着，一个人活着，跟我的玫瑰做伴。"

千宁咬住嘴唇，她用力闭上眼睛，眼泪却依然在流，黑衣人用袖口帮她擦，却怎么也擦不干净。

"回去吧。"他轻叹一口气说，"回你自己应该去的地方。我不是你想象中的那个人，我没有魔法，如果可以做到的话，我很想帮你。但现在，只能说对不起。"

他们久久地沉默着，黑衣人捧住她的脸，认真地说："再见吧，真的要说再见了。"

他站起来，女孩却依旧拉着他的衣角不放。过了很久，她睁开眼睛，带着满脸泪痕抬头。

"你可以帮我。"她说，"最后一个忙。"

雨如泣如诉地落着，绵绵不绝，城市显得空旷，每一条街道，每一盏路灯，每一寸屋檐，都在用自己的调子唱一首歌，每一个人都听到了这些歌，像指尖拨动琴弦，在心底最幽暗的角落里奏出不同旋律的回响。

机械师坐在幽暗的灯光下，停下手中的工具，一朵机械夜莺躺在工作台上，半边身子已经覆盖上深蓝暗紫的金属羽毛，遮盖住零件与线路。

卡斯嘉坐在阴暗的下水道里，暗夜卧在她脚边，雨水从身后的管道里哗哗流下。

格雷站在叹息桥上，浑身淋得透湿。桥面随着半夜 12 点的钟声缓缓上升，一直升到比钟楼还要高的地方，桥下满是星辰一般灿烂迷离的灯光。

一把伞斜向他头顶上方。格雷失魂落魄地回头，将军站在那里，长风衣被雨水打湿了一半，向他点了点头，像父亲对着出来玩得太久的孩子。

他们一起走向桥头的飞艇，身后雨丝纷纷落下，寂然无声。

最后一曲
For the Last Song

朦胧的光像一团雾般弥漫开来，笼罩着各色玫瑰，花香四溢。依稀有人在唱歌：

> 如果我有雏鹅般小巧的翅膀，
> 我要坐在篱笆上，
> 看天上的流云来往，
> 我要离开这个伤心的地方。

歌声和琴声回荡在一处，缥缈得如同来自天上的仙乐，如此动听又如此熟悉。他竭力睁开双眼，循着歌声望去，女孩小小的背影矗立在玫瑰树下，短发拍打着面颊，洋溢着异样的光辉，就像最后一次在酒吧里唱歌时那样，吐出一个又一个高亢的颤音。

> 听，
> 夜莺歌唱，
> 泣血到天明，

夜 莺

为了下一段旅程，

为了一朵玫瑰的开放。

他想站起来，却发现自己的双脚被缠绕在玫瑰藤中。

远远地，女孩回过头对他微笑。歌声和琴声却还在继续着，越来越响。

"再见。"她说，"可惜我还不知道你的名字。"

他张开嘴，却发不出声音。

我血红的歌喉，

我釉蓝的羽毛，

我苍白的灵魂，

都是为了你而歌唱，

一秒不停息，

一秒不停息。

他在震耳欲聋的乐声中捂住了耳朵，但是没有用。

血红的玫瑰向上攀爬，瞬间就淹没了女孩的膝盖，尖利的刺扎进她苍白的皮肤，叶子在音乐声中疯狂震颤，吸饱了鲜血的玫瑰依次绽开，香气混着血腥味，浓烈得令人窒息。

他奋力向前移动，一步比一步更艰难，只能徒劳地伸出手想要抓住她。

女孩弯下腰，捧住他的脸。

"我爱你。"她轻声说。

一道银光闪过，七根琴弦一起断裂开，在他脸上划过一道血痕。女孩最后挣扎着露出一个凄美的微笑，然后被玫瑰覆盖了。

光芒崩裂开来，无所不在。

心跳声。

黑衣人睁开双眼，只有心跳声回荡在幽静的空间里。吊灯里依然亮着微弱的火光，把大大小小抖动不已的影子投在墙上和天花板上。

他坐起来，才感到出了一身冷汗。

空气里仍浮荡着一丝淡淡的玫瑰花香，两只白瓷杯放在桌上，杯里的茶隔了一夜，已暗红得如同铁锈。

一个梦。

墙上的钟指示现在已经是早晨了，晨光正透过窗帘的缝隙照进来，驱散了眼前跳动的那抹血红，但是鼓膜仍在嗡鸣。

他摸了一下脸，脸上有一道细细的伤痕，刚刚凝结，还带着新鲜的刺痛感。

那不是梦。他从沙发上跳下来，她真的唱了整整一夜，她的灵魂，在他的玫瑰园里，歌唱那刚刚盛开却已夭折的爱情。黑衣人摸出钥匙，冰冷的齿槽在同样冰冷的手指间颤抖着，叮叮当当唱个不停，他在漫长的甬道里跑得头晕目眩，咔嚓一声响，门被打开了。

一瞬间，刺目的光芒混淆了视线。

宁静的花园，明亮的花园。

没有歌声，也没有血腥，只有醉人的玫瑰芳香飘浮着，婉转而忧伤。

然而一夜之间，满园的玫瑰都凋谢了，花瓣落了一地，殷红，洁白，银蓝，淡粉，黛紫，蛋青，香槟色，鲜艳如初，那些都是在开放到最顶点时一起从枝头飘落的。

他跌跌撞撞地走进去，墨绿的枝头连一朵蓓蕾都没有留下，所有的花朵都在昨夜的歌声中燃烧尽了全部生命，以它们最美的形态死去了。

只有整个花园的最中间，那干枯的枝梢上醒目地绽放着一朵玫瑰，最外层的花瓣如天鹅绒一般柔软光滑，如红玉一般充满光泽，花芯更像是破裂的心脏里迸出的鲜血一样红。

在这朵玫瑰脚下，黑衣人看到了躺在花瓣中的小夜莺，羽毛蓬松的翅膀张开着，双眼紧闭，姿态舒展而优美。

仿佛久已消失的感情重新回到心中，黑衣人颤抖着跪倒在地，衣角掀起的风卷着最上面一层红红白白的花瓣翻滚着飞扬起来，然后缓缓降落。

婚　礼
Wedding

阳光从几百米高的玻璃穹顶上落下来，照亮整个大厅。

佳客云集，乐声飘扬，光芒闪烁，暗香萦绕，珍藏了几个世纪之久的陈年美酒在水晶杯里闪闪发光，荡漾出动人的波纹。

新娘坐在镜前，二十个女奴忙着为她梳妆打扮。两个人正在发套上装点出最华美的样式，两个人为她修补妆容，三个人在她赤裸的手臂和脖颈上描画着花纹，五个人为她拉展长裙的后摆，剩下的人小心翼翼地喷洒昂贵的香水，每一寸肌肤都不漏过。

时间快到了，她们盘起淡茶色短发，将乌木一般黑的发套扣在上面，在她苍白瘦小的脸颊上勾画出一副完全陌生的面容，她的婚纱通体素白，其花边纹路之精美举世无双，上面缀着钻石与红宝石，像星星不小心洒落在她身上。

一个站在一旁的女奴用黄莺般婉转的嗓音朗读礼单，另有一队女奴将一件又一件这世上最难得的珍奇礼品捧到她面前让她过目。

队伍终于走到了尽头，礼单被收了起来，然而还有一个小女奴跪在那里，举着巨大的木匣，脸涨得通红不敢抬头。

一个女奴悄悄走上前，在新娘耳边说了些什么，她用余光缓缓

174

瞟了一眼，小女奴连忙把手里的大匣子打开捧上来。

匣子自动向四边散开，一只做工精美的鸟笼露出来，缠绕在笼壁上的玫瑰花藤是银子打造成的，花瓣和叶子都像真的一样轻薄光滑，每一丝叶脉都清晰可见，笼中有一只色彩斑斓的小夜莺，青铜脚爪紧抓着玫瑰花藤，美丽的羽毛随着头和翅膀的振动发出细微的摩擦声。

惊叹和喘息声在女人中悄悄扩散开来，新娘伸出一只手，指尖沿着笼子上的玫瑰花藤轻轻滑过，睫毛下琥珀色的瞳孔如同两潭最深的潭水一般，一动不动。

"今晚会放焰火么？"她突然轻声说。

"会吧。"一个女奴低声回道，"按惯例都是要放的。"

"让他们多放些。"新娘说，"全城每一个角落都能看到。"

"是。"

远远地传来了钟声，两个女奴连忙捧着笼子退下，另两个为她打开面前的门。

乐声，色彩，香气迎面扑来，新娘转过脸，沿着铺着红地毯的走廊向前缓缓走去，一直走到新郎身边，从他手中接过花束，几十朵洁白的百合花簇拥在一朵完美无瑕的玫瑰周围，仿佛是掉落在雪地里的一颗心，她用上等蔻丹涂抹的双唇虽然红，也在这玫瑰的光彩下黯然失色。

这一对新人默默对视，眼中映出彼此的脸，新娘寂然无声，而新郎忧郁的眉峰紧锁着。欢声笑语环绕在四周，新郎伸出一只手让公主挽住，他们一起沿着走廊继续向前走，两边的宾客们在他们头顶抛撒着各色鲜花。

他们的身影化成了一张卡片上的水彩画，越来越远，慢慢淡下去，最终消失。

"这世界上有无数童话。"卡片依旧用那低沉悠缓的声音说道，

夜　莺

"美妙的，梦幻的，悲伤的。对生活在真实世界中的人来说，一切童话都只存在于书本中，这一个，也不例外。"

它变成一只纸折的小鸟，飞走了。

我的名字叫孙尚香

1

战场上烟尘弥漫。

我骑在马上仰望一成不变的天空，没有浮云，没有飞鸟，没有日月星辰的变化，有的只是一片无限接近透明的蓝。

我喜欢这片宁静空灵的蓝色，相比之下，周围看熟的战场反倒显得如此单调乏味，大大小小的城池，荒草丛生的道路，近的和远的山，还有那么多士兵与武将，时不时冲出来厮杀。

厮杀是这片土地上永恒的主题，每一场战争开始之后，大家便挥舞着自家兵器，高喊着豪气万丈的口号，纵马向敌方阵营冲去，见人砍人见马砍马，直到放倒别人或者被别人放倒——这主要取决于我们是否站在正义的一方，以及运气够不够好，打出来的武器和经验值都是别人的，我们什么都没有，打完以后收工回家，开个party慰劳一下自己，等下一场战争开始。

这是我们每个人的命运，一成不变如头顶上方的蓝天。

小时候我曾经问老爹，战场那一边是什么。他说，战场那边是山。我说，山那边呢。他笑笑对我说，山那边是世界的尽头。我继续问，你去过世界尽头么。他说，当然没有。我再问，那你怎么知道呢，他就闭上眼睛假装睡着了。

当然，以上这段对话完全发生在我的想象中，我从来没有经历过什么小时候，也没有问过死鬼老爹这些问题，因为我知道，无论是他还是家里那两个笨蛋哥哥，都不可能去过什么世界尽头。

我的名字叫孙尚香，吴国孙坚的女儿，有个外号叫弓腰郡主，喜欢舞刀弄枪和做白日梦，今年十八岁。

永永远远的十八岁。

2

一阵喧嚣响起，副将曾雅从门外奔来，跪倒在我的马蹄下。

"郡主！"她急匆匆喊道，"本阵快要守不住了，主公命您回去救援。"

"知道了。"我点点头，"传令下去，全营回撤！"

老爹果然又不行了，此人也算一个堂堂君主，怎么战斗能力就如此渣。我长叹一口气，一抖马缰率先冲出据点，向本阵方向奔去，一队姑娘兵花枝招展地紧随其后，远远看来倒也壮观。

不过仔细想来，这一战来得多少有些蹊跷，先是很长一段时间没有战事，大家日日窝在寨子里搞联欢，突然说要打，却又不知道对方主帅是谁，连个战前动员会也没来得及开就匆匆忙忙上阵了，虽说是乱世，可乱到这地步还是第一次见。

正在胡思乱想，马儿已经冲到本阵门前，隔老远便看见吴国第一猛将周泰大帅哥被三个大众脸武将围着，三人轮番发招，攻势密集，打得他身子飞起在空中久久不能落地，看见我来了也只来得及闷哼一声："郡主……"哼完便继续飞起，姿态优美如一只小鸽子。

我心中默默流下一滴眼泪，周泰大哥，东吴军中最接近神的男人，居然也有今天，这世道太乱，太没有天理了。

我喊了一声杀，纵马从人群中冲过，踩着一片小兵的哀号声在阵内穿插了几个来回，总算看见角落里好大一坨人聚在一处混战，有我们家老爹，两位英明神武的哥哥，外加上若干小兵和大众脸们，围着一人做穷追猛打状，只见人群中金光四射，不断爆出红蓝绿三色火焰，却不知是哪一位强者这样彪悍。

人多手杂，要帮忙也不知该从哪边下手，我只得刹住马蹄原地大喝一声："来将何人，报上名来！"

大约是这一声太过响亮，一时间所有人竟一起住了手向我这边望来，各色兵器停留在空中熠熠生辉，紧接着一道沉重的怒吼，大地震动风云变色，人群呼啦啦被震得向四周飞出一片，现出高大魁梧如一座小山般的黑影来。

一瞬间，我心中寒意顿生。只见此人：头戴三叉束发紫金冠，体挂西川红锦百花袍，身披兽面吞头连环铠，腰系勒甲玲珑狮蛮带，手持一把无双方天画戟，简直就是"生猛"二字披了一身战甲立在眼前招摇过市，更惊悚的是，此人胯下夹着一匹火焰般赤红的高头大马，两个碗口大的鼻孔如同火箭喷射器般吐着热焰，这等排场，简直就差把"人中吕布，马中赤兔"这八个字写成大横幅挂在战场上空迎风起舞了。

吕布！

这是个什么世道啊。

一般说来，在战场上遇见吕布的概率并不很高，就算遇见了你也可以绕路，绕不过可以躲，躲不过还可以跑，放冷箭，搞离间，发大招，条条大路通罗马，只有少数自恃逆天的强者才会主动找上门去单挑。眼下人家已经主动杀到阵前了，我便很想真诚地对老爹说一句："放下武器吧，没有胜算的，您老早点被砍死我们大家还可以早点收工回家吃饭呢。"

但是且慢，这里分明不是虎牢关不是下邳，为何吕布会在这里？

我的名字叫孙尚香　　　　　　　　　　　　　179

我围绕这个问题思忖了一秒，尚且没有答案，突然听见一声战马狂嘶，便看见那条火焰般的红影如风驰电掣般杀到面前，还没动武器，浑身上下先爆出一阵杀气，旋风一般汹涌澎湃席卷而来。

脑子里"呼"的一声，睁开眼发现自己已经坐在地上了。

身为一名武将，被放下马倒也是常事，只是放得如此没面子倒还是第一次，我弓腰郡主纵横沙场大大小小上上下下出生入死没有上百也有几十次，竟也有今天！一瞬间，我的杀气也如滔滔江水般源源不绝地从小宇宙中涌上来，遍布全身上下。

"混账东西！"我大喝一声，一个小跳飞身跃起，手中一对日月乾坤圈飞出，划破凝滞的空气呼啸而过，疾如风快如电，光芒闪过，赤兔马上已然空无一人。

是的，诸位没有看错，三国顶级逆天小强、鬼神见了都要退避三舍的吕布吕奉先大大，被我孙尚香方才这一记跳C打下了马。

烟尘弥散中，吕布无声无息地立在一丈远处，一双赤红圆睁的眼睛瞪着我，眸子黑得深不见底，慢慢地，竟从嘴角边浮起一抹战意十足的浅笑。

天生一副修罗相。

看来这家伙是真打算跟我铆上了。打吧，我心中默念道，事到如今只有放手一搏，水至清则无鱼，人至贱则无敌，老爹哥哥记得帮我收尸，回去风光大葬，碑文上要写某年春吴侯孙坚之女孙尚香于乱军中救父兄力战吕奉先不敌而死享年十八岁巾帼英雄不让须眉人民永远缅怀你。

空气也被战意烧得热了，卷着衣襟发梢猎猎作响，我握紧武器，身姿微沉，脚尖踏着坚实的地面随时准备发动，对付吕布这种力量型的悍将只能拼速度，打了就跑，移动走位，多偷袭少硬扛，争取靠游击战磨死他。对方不知是否看穿了我的作战计划，只是将一杆一丈来长的方天画戟横在腰间，黑塔一般立在那里，脸上笑意更盛。

就是现在了！

乾坤圈出手，照吕布面门而去，被画戟枪杆"锵"的一声弹开，不过这一招只是虚招，第二只乾坤圈随后即至，攻的却是对方腰间露出的破绽，想不到那个看似巨大沉重的身躯竟比我想象中灵活，上身斜斜侧过，以毫厘之差闪过这一击。

不过这第二招还是虚招。

在他闪避时，我已电光石火般一连串侧翻欺近他背后，照着毫无防备的膝盖窝就是凌空一脚，这一记得手的瞬间，两只乾坤圈刚好落回我手中，双臂一挥来个十字花切，敌人此时正是跪地后仰的姿势，从脑袋高度到脖子向外翻斜的仰角都是完美得不能再完美，手起刀落，血溅白刃，一代传说就此写就。

可惜，这一切依然只发生在我的想象中。

在我逼近吕布背后的那一刹那，他双腿分开站定，画戟在头顶上方呼呼飞舞着刚画完两个半圈子，一只比我腰还粗的右脚狠狠跺了一下地。

电闪雷鸣大地震动。

然后我就浑身着火地飞了出去。

方天画戟从苍茫的蓝天上落下，父亲，哥哥，我的朋友我的亲人，各位东吴的帅哥美女们，永别了，我会想念你们的。

套用一句毫无悬念的白烂老话，当时我与方天画戟之间最近的距离只有零点零四寸，在那短暂而又近乎永恒的一瞬间，一个陌生的声音从远方传来。

"住手！"

我睁开眼睛，吕布竟然真的住手了，姿态英武如一尊雕像，仓皇间我侧身一滚，寻个隐蔽处回头望去，只见一个身披白色道袍的干瘪老头飘飘荡荡一路奔来，手持一把鬼画符般黄底红字的纸片，停在我面前站定了。近处看造型更是不同凡响，一头白发根根向上

我的名字叫孙尚香

竖起，黄瘦面皮上点缀几缕白色长须，右眼一道妖异的紫色纹饰，依稀有点不食人间烟火的气质。

一瞬间，我脑中同时浮现出"神仙"和"妖怪"这两个立场截然相反的词汇，在一片雾蒙蒙的蓝色背景前飘来荡去捉对厮杀。

"郡主受惊了。"白袍老头拱手施礼，眯着一对细长的眼睛说道。

我一骨碌爬起来，说："你是谁？"

"在下左慈左元放，庐江方士。"

周围响起一片哗然，足以证明这个名号之响亮，我一时间脑袋有点发晕，继吕布之后，一个比传说还要传说、比逆天还要逆天的人物竟然出现了。

关于这个老头有许多传说，最近流行的一首童谣甚至是这样说的：

> 如果说张角张天师是个妖人，诸葛亮就笑了；
> 如果说武侯诸葛孔明是个妖人，司马懿就笑了；
> 如果说司马懿是个妖人，左慈就笑了。

我努力清醒了一下自我意识，爬起来拍拍身上的土，小心翼翼回礼道："久仰大名，敢问大师来此做咩。"

"元放来此，当然是有一件要事。"老头微微一笑，"此事事关重大，需要从长计议，我看今日天色已晚，不如大家就此鸣金收兵，一同回营寨内商谈可好。"

废话一箩筐，妖人你有话就不能直说吗。

我回头看一眼老爹和哥哥，再看看众将士，上前一步拍着老头的肩膀压低声音说："收兵没问题啦，你开心我也开心，只是敢问大师，这个东西怎办才好？"

老头顺着我拇指轻点的方向，看一眼旁边那铁塔一般的身影，仍旧是不慌不忙地笑道："郡主不必担心，这位吕将军本是元放的朋友，只是之前有些话没说清楚，贸然行动顶撞了郡主，还望见谅。"

敢情这两个小强是一家的！

我欲哭无泪，这年头，能打果然就是王道呀。事已至此还有何话可说，此二人联手，几招之内把我们东吴的阵营全部铲平也是毫无悬念的，所谓人为刀俎，我为鱼肉，更何况还是很没有抵抗精神的一坨烂鱼肉。

我咬了咬牙，脸上开出百合花般灿烂的招牌笑容，手一伸道："大师请，将军请！"

3

良辰美景奈何天。

月黑风高杀人夜。

砍杀一天后，众将士聚在一起吃吃喝喝烂醉成一摊，本是件无比美好又销魂的事，可毕竟有吕奉先和左元放这两颗人形定时炸弹在此，想 high 出气氛也难。

"情况不妙啊，郡主。"陆伯言偷偷摸到我旁边，压低声音说，"来者不善，总该想个办法应对才是。"

我摊摊手说："大哥，你的意思不会是让我想办法吧，我脸上像是写了有办法的样子么，要是有你揭下来拿去用好了。"

"我是说，这气氛未免太僵了，怕一会儿谈不好动起手来。"他尴尬地笑，"刚才子敬跟我说，要不要找乔家姐妹带几个姑娘出来跳个舞助个兴什么……"

"助你个甘草杏！"我一把捂住他的嘴，旁边周公瑾那张俏丽的小白脸果然已经黑了一层，此人就是小气，一听人提他老婆就翻脸。

我叹一口气，低声说："一边坐着去，等我出马探探他们的虚实。"

长袖善舞姑娘我虽不擅长，聪明美貌活泼可爱总还有七八九十分吧。端起一杯酒，行云流水般凑到近前，只看见老爹坐在那里陪着客人哈哈哈哈哈，回头看见我便像得了救星，一把扯过去做隆重推出状摁在桌边道："小女尚香，你们见过的，这孩子淘气，姑娘家的从小舞刀弄剑不学好，不过本质还是很善良的嘛，尚香还不给两位英雄敬酒哈哈哈哈哈哈——"

我暗地里向后踹了他一脚，脸上依旧笑得春光灿烂桃花朵朵开，举起酒杯说："左大师，我们东吴的酒如何？"

"好酒。"老头捋着胡子笑眯眯的。

"东吴的糖醋鲤鱼呢？"

"天下美味。"

"大师您不远万里来此，酒也喝了鱼也吃了，有什么事儿速战速决行不行，我老爹心脏不好，担当不起您这样玩玄的。"

"好！"老头还是笑，"郡主不仅耿直爽快，更难得有一片孝心。既然如此，元放该说的便也现在说了吧。"

一时间周围嘻嘻哈哈劝酒猜拳的声音都停了下来，七八十道目光唰唰唰地射了过来。老头站起身，捏着长须在室内踱了三个来回，站定了说道："天下本有三家，吴侯总该知道的。"

"知道。"老爹积极得如同一个小学生。

"这三家连年征战，终日不休，在座各位可知道又是为何？"

我爹连同各位将领立即就傻了，打仗嘛，还能为何，一上来就思考这么有深度的话题，谁都要傻。

看大家都傻差不多了，左老头这才不紧不慢地自己接上话茬："是因为有人在幕后操纵！"

这下大家不仅是傻，简直可以用呆若木鸡来形容。

"老夫我夜观天象，总有一颗妖星在天庭流转，时而入魏，时而入蜀，时而入吴，时而又迁徙他处，所到之处便战乱纷起，离去

倾城一笑

时便一方太平，多年以来竟从无差错，分明是有妖人祸乱三国，令天下苍生都不得太平！"

他的话在席间惊起一片议论纷纷，我一时间有些茫然，妖人？左老头你不就是最大的妖人么，难道贼喊抓贼？

不过他说苍生不得太平，我倒有几分同意，大家都在打打杀杀，一场接一场，真有人想过打仗是为了什么么，各家都有各家的荣耀和立场，各家的利益与纷争，天下就像一只三足的鼎，今天这边长出来一截，明天那边瘸下去一块，可怜鼎里的鱼，被煮成一坨鱼子酱，还不知道最终会被吃到谁的肚子里面去。

左老头继续慷慨激昂："奇怪的是，这几个月来，老夫发现那颗妖星并未再出现过，于是四方也无战事，老夫思忖，这必是百年难得一见的大好时机，或许可趁此机会掌握局势，一举平定天下，永无战乱！"

好大口气，搞不好你连鱼子酱都没资格做，顶多是根葱。

"要完成如此伟业，只靠老夫一人力量当然不够。"左老头还在滔滔不绝，气势比诸葛孔明舌战群儒还要高出七八层楼来，眼看着周围人便听得有点如痴如醉的意思了。

"首先，老夫需要组建一支最强的军队，惟有强大的实力做后盾，才能所向披靡，无往不胜。"

难怪你找上吕奉先那只小强，我心中流着泪默念一声。可话说回来，我们江东水乡一向盛产华丽美男，不产小强，老头你这般兴师动众又是何苦来哉。

"其次，要有土地。"老头大手一挥，"连年征战，田地多荒芜，人民饥不果腹，如此下去，不是长久之计。"

这个我同意，成天从战场上捡包子吃，早晚得吃腻。

"第三，也是最重要的一点，要有女人。"老头如上帝一般凝重地吐出这几个字，"放眼三国，兵皆男兵，将多男将，有男耕，无女织，到头来只有打仗。一个缺乏女人的社会是不完整的，先有家，后有国，只有人人都建立家庭，国家才能安康，四海才能升平。"他边说边用凝重的眼神望向我，缓缓说道，"早闻江东人杰地灵，物产丰富，更难得是弓腰郡主手下有三千女兵，骁勇疆场，闻名天下。今日元放前来，若能得到东吴协助，缔结盟约，共计统一大业，实乃三生幸事。"

我愣了一下，紧接着脊背上如滚雷一般碾过阵阵寒意。这老妖，竟想拉我手下的姑娘们去做慰安妇！

还未等我发作，老爹已颤颤巍巍地开了口："左大师心怀天下，忧虑苍生，实在令孙某佩服……只是……只是有些想法，是否太玄了一点，感觉有点不太妥当……"

"吴侯雄才大略，或许另有打算。"老头语气冷冷的，脸上却依然带笑，"不妥之处可以商量，元放确是一片赤诚之心，望勿猜疑。"

"不敢不敢。"老爹继续打着哈哈，"哎呀天色已晚，不如先送客人去休息吧，来来来这边请。"

"且慢。"老头猛地一伸手，我几乎能感觉到他这"且慢"两字一出口，老爹的心脏起码停了好几拍。

"在这三件事外，老夫还有一个不情之请。"

不情之请的意思就是，你不愿意也得愿意，看着办吧。

"方才元放也说了，先有家后有国，婚姻之缔，远胜歃血为盟，亦是互通血脉，共同繁荣的根本。"

老头你的意思是……想结婚？不是吧，你都这把年纪了……

"这位吕将军，"他手又是一伸，"乃不世出之人杰，远近闻名，无不如雷贯耳。只是常年在外征战，眼下暂未有婚配，老夫在此想替他求一门婚事，不求达官显贵，只堪奉箕帚，便是莫大的幸事。"

原来是替人说媒……我瞥一眼旁边那个沉默的身影，从出场到现在就没说过话，怕连读者都暂时把他忘了。不过仔细一想，这招还真是高，既难为住了老爹，又笼络了小强，他自己又没损失什么，高，实在是高。

不过仔细想来，还是有蹊跷的地方，以吕奉先这样火暴的脾气，为何肯乖乖供妖人驱使呢，有阴谋，绝对有阴谋。

我在一旁胡思乱想，老爹已经有点招架不住了，结结巴巴地说："我东吴……是还有那么几个姑娘……只是不知……不知将军喜欢什么样的呢……"

"素闻东吴有二乔，只可惜早已配了英雄。"左老头此话出口，我瞬间看见公瑾和老哥脸色都变了一变。紧接着，一种巨大的、势不可当的、异常不祥的预感从脚下升起来，顺着背脊一路爬上头皮，沿途炸雷般撒播无数冷战。

"老夫以为，"花白胡子下的嘴宛如一个黑洞，张合吞吐之间不知毁灭多少世界，"老夫以为，非弓腰郡主莫属。"

时间暂停了。

所有人停留在原地一动不动，连同空中飞行的苍蝇，滑落在半空中的酒杯，拔出一半的短刀，以及那张黑洞洞的嘴。

我走过去，先把苍蝇扔进那张嘴里，然后把老头干瘪的身躯扛出去，挖了个坑埋起来，填平压实，不留一点痕迹，回来扶起酒杯，拔出短刀一直走到吕奉先面前，他漆黑的眼睛直视前方，双眉永远那么紧锁着，像要随时跳起来砍人。

如果这时候我不杀他，留下始终是个祸害，可如果杀了，那么大一个坑谁来挖呢？

生在这个乱世真是苦恼啊，到处都是两难选择。

最苦恼的是，以上一切依然只发生在我想象中。

老爹手中的酒杯"咚"的一声滑落，幸好我早有准备一把抄了起来，还没顾上暗自庆幸，周围已经像炸了锅般响成一片。

"放肆！"陆伯言率先跳了起来，上前一步用刀尖指着老头的鼻子，"大胆妖孽，竟敢冒犯我家郡主，待我兄弟为主公拿下！"

后面紧跟着呼啦啦跳出来甘宁凌统吕蒙周泰黄盖太史慈等人，好兄弟，够意思，太够意思了。

"黄口小儿。"老头冷冷一笑，"天下之大，多你一个不多，少你一个不少，不是看在弓腰郡主面子上，今日在战场上就是把你们统统收拾了，也不过举手之劳。"

"来啊来啊！"陆伯言一对小刀在空中划出各种华丽的刀花，"打就打，who 怕 who！"

"住手，都给我住手！"二哥"咚"的一声跳到中间，"有话好说。"

我偷看一眼角落里的小强，虽然还是一副气势汹汹的样子，却并未有所行动，提到嗓子眼的心稍微往下落了落，在食道里找个地方暂且安身。

"妖星蛰伏，随时可能重现，将天下苍生推入水深火热中。"左老头高声说道，干瘪的脸上竟一瞬间涌出杀气，"平定大计，只争朝夕，诸位竟还在这里争吵不休，实在令老夫失望。这门亲事今晚定不下来，也休怪老夫不得不使些手段了！"

"你说定就定，你算老几啊？！"甘宁跳上桌子，"兄弟们，抄家伙，翻脸了！"

事已至此，该翻脸时就翻脸，大家纷纷踢桌子撬板凳，呼啦啦围成一片，酒壶盘子满天乱飞。老头不慌不忙，回头喝一声："吕将军！"这一声喊得中气十足洪亮无比，吕布站了起来，浑身冒着火焰，还是那熟悉的发招姿势，还是那杆无双方天画戟，还是那威力十足的头顶挥舞两圈半，还是那一模一样的踩地……

那一刻，我真的很想大喊一声："不——要——啊——"配合慢动作，眼神光，雄壮激昂的配乐，以抒发我心中悲愤的情怀。

然而没有用，一切都没有用。

所有人都浑身着火地飞了出去。

倾城一笑

这个世界为何如此不公平呢，我时常这样想。

人生来分男女，分贵贱，分武将和小兵，分大众脸武将和知名武将，分逆天的知名武将和不逆天的知名武将，常有人说众生平等，捡到篮篮里都是菜，武将没有不好用只有用不好，我想请问，张角张天师那样的渣人用得再好，能扛得过赵子龙么，能扛过关云长么，更不要说吕奉先，更不要说左妖人。

生在这个乱世，我像很多男人一样，轰轰烈烈地活过，战斗过，负伤过，欢笑过流泪过喝醉过，已是足够幸运，即便下一秒就战死沙场，也该心甘情愿。

只是仍然不能停止思考那个问题。

为什么如此不公平。

就像我不能停止追问世界的尽头是什么样。

"够了。"我站起身，扔下手中的酒杯。

够了。

为了什么天下苍生，先失去这么多兄弟，统不统一又有什么关系呢，妖不妖星又有什么关系呢。

"不就是嫁人么。"我走到左老头面前，冷冷地说，"反正姑娘我又不是没嫁过人。"

4

嫁人。

竟就真的嫁人了。

一身凤冠霞帔坐在床头，耳边锣鼓喧天，戏文里怎么唱的来着，"昔日梁鸿配孟光，今朝淑女配天潢。暗地堪笑我兄长，安排巧计害刘王……"哦错了，那是上一次。

此时此刻，竟恍恍惚惚回想起某个名叫刘玄德的衰人，以及那场声势浩大的闹剧。自那以后，每次在战场上见到此人，我都养成单枪匹马冲入敌阵将其砍翻下马打飞在空中戳啊戳啊戳到死为止的良好习惯。开始他会吐着血在空中大叫一声："夫人……"后来变成"尚香……"，后来是"郡主……"，后来是"女英雄……"，再后来干脆闭上眼睛什么话都不说，脸上默默流下两行屈辱的泪水。

面对我长虹贯日摧枯拉朽的杀气，五虎上将也只有在旁边祈祷围观打麻将耐心等待的份，有一次赵子龙脸上贴满小纸条，回头看我还在鞭尸，小心翼翼说一句："郡主……夫妻一场，何必下此毒手呢，俗话说十年修得同船渡，百年修得……"我回头冷冷瞪他一眼说："回家跟你老婆说去！"他沉默一阵小声说："我老婆说她支持你，让我叮嘱你悠着点，自己身子要紧……"然后面无表情地转过头去继续摸牌。

西皮摇板依稀还在脑海里悠悠盘旋："耳旁听得笙歌响，想是皇叔入洞房……"

门开了，脚步声进来，震得墙上刀枪棍棒哗啦啦一片乱响，我抬头，正对上那双大白鲨一般深陷漆黑的眼睛，心中先惊了一下，吕奉先大大，您老战袍不脱铠甲不除，手里还握着老大一杆方天画戟，这是洞房花烛夜又不是沙场秋点兵，莫非还要暴起杀人不成。

对视。

沉默地对视。

风萧萧兮易水寒少小离家老大还人生若只如初见蜡炬成灰泪始干地对视。

吕奉先说话了，在我以为他被开发商设计成根本不会说话的时候，他开口说话了。

他说："你很能打。"

我愣了一下，又愣了一下，愣到第三下的时候，终于张嘴说出一句："谢谢啊。"

半晌无言，吕布径自走到桌边坐下来，身上战甲哐嘟嘟作响，手里还好死不死握着画戟，我满腔愤懑终于攒作一股无名怒火喷到喉咙口，硬是压住声音一字一句地说："这位大哥你是来结婚的，把这阵仗收了可好。"

吕布抬头看我一眼，嘴角向上冷冷一挑，说："厮杀半生，何惧刀枪。"

奇怪。

这话为何有些耳熟。

而且耳熟得味道极其不对。

声音犹在四周盘旋，脑海里已先发制人地浮现出画面，红烛，喜服，罗帐，墙上的刀枪棍棒，刘玄德。

宫女跪在面前："启禀郡主，皇叔言道，撤去刀枪，方可进宫。"

我倨傲地扬着下巴："厮杀半生，何惧刀枪！吩咐撤去！"

吕布依然坐在桌边，自顾自倒起酒来。敢情这小子调戏我？

调戏版主尚且要封禁十四天，这里是我地盘你调戏我？！

我上前一步拉过椅子，"砰"的一声坐在他对面，抢过酒壶说："小醉怡情，独酌伤身，今天是将军大好日子，尚香陪将军共饮！"

"好！"吕布大笑。

两杯红酽酽的烈酒灌进喉咙，亮底，我手掌向下猛力一拍，酒杯深深陷入桌面。他笑一笑，五指顺势一并，青铜杯在掌心里被捏裂作两半。

算你狠，我心中恨恨念道，转头大喊一声："来人，换大杯！"

酒是个好东西，百炼钢，绕指柔，穿肠药，修罗刀。

东吴的水酿出的酒很甜很醇，后劲却大，以前喝到半酣时，一帮烂人击剑高歌，声遏行云，玩各种损人品的游戏，然后相互搀扶着胳膊连成很长一排大闸蟹，左摇右晃走在空旷的大街上。那时候我总说不清自己究竟醉没醉，醉是一种自我放纵，容易上瘾，你知道自己是安全的，即使鞋子甩进汤锅里赤脚蹦上桌子跳舞踏碎所有盘子碟子杯子，也会有兄弟付清了账一路背回去，第二天早上还把打捞洗净的鞋子放在门口。

但眼下，我不能醉。

醉了就失去最后一丝尊严。

此时此刻，我不是一个人在战斗，祖国和人民都在身后庄严地注视着。

酒杯越堆越高，蜡烛越烧越短，对面的男人虽然不说话，可他的眼睛却也分明越喝越红，像火，也像血。

身子热起来，周围的气氛却依旧那么冷，喝下去的酒一口比一口更不是滋味。我摇晃着半空的酒坛，一手撑在桌上说："这位大哥，你倒是说句话行不行。"

对方倒也干脆："行。"

这是传说中的幽默感么，很好很强大。

"不然我们猜拳吧。"我不依不饶，"输了回答对方一个问题，要答不出来就得喝杯酒。"

"不猜。"

"切，男子汉大丈夫，酒拳都不敢猜，没种啊。"

吕布双目一红，画戟换到左手，伸出老大一个拳头。

我冷冷瞪着他，目光如千年寒冰，突然伸手吆喝一声："人在江湖飘啊！哪能不挨刀啊！三刀砍死你呀！五刀砍……哈哈你输了！"

吕布端起酒杯："问。"

"你为什么来东吴？"我说。

"打仗。"

我捏碎了一只杯子，继续说："打仗去哪里不能打，你堂堂一个大将军，跟着左老头蹚这摊浑水算是怎么回事儿啊。"

"不懂？"他看着我。

"不懂。"

他仰头把酒倒进喉咙，抹着嘴角说："继续。"

好，那就继续，不信灌不死你小样儿的。我一挽袖子蹦起来："来啊！"

"两只小蜜蜂呀，飞在花丛中呀，飞呀，啪啪，飞呀……"

你来我往，转眼间又下去一坛酒，也不知道谁喝得更多些，脚下开始发飘，眼前尽是一片红，喜气洋洋的，烧眼睛。

"你输了。"吕奉先说。

"是啊，我输了。"我笑道，"你问啊。"

"一样的。"

"什么一样的？"

"你又为什么？"

你又为什么，我掰着手指头一数，五个字，有进步。

是啊，我又为什么，这个问题换自己想来就觉得好艰深，乱，真是乱。

"不打仗，就要坐在闺房里绣花。"我说，"要是你怎么选。"

"绣花？"吕布笑了一下，这两个字从他嘴里吐出来确实有点可笑，接着他一脸严肃地又吐出更可笑的三个字："我不会。"

"废话，真是废话！"我毫无悬念地哈哈大笑，"不会绣花，打仗你生下来就会么？！要是老天把你生成个女人，一个普普通通的女人，你连选都没的选。说到底，我们大家走到今天这步，哪一个不是被逼的！"

"逼的……"吕布低声重复一遍，我上前一步踏在桌子上，酒杯一直戳到他脸上，居高临下大声说道："你以为自己力大招猛，天下无敌，就能自由，就能想干吗干吗？看看你自己，你坐在这里是自愿的么？别以为我傻，左老头怎么跟你说的？天下统一？！别逗了！你也不过是颗棋子！"

吕布紧皱着眉，一把抓住我的手腕拧到一边，冷冷地说："你醉了。"

痛，钻心痛，骨头像是要裂开，眼中不由泛起泪花，嘴上却依然在笑。"你也不傻，吕奉先。"我说，"你想做真正的乱世英雄，成一方霸业，不想一辈子认人作父，当一杆威力十足却没灵魂的大枪，遇见左老头，是你千载难逢的好机会，我没说错吧。"

他依旧紧紧捏着我的手腕，我也就继续说下去，也许我真的醉了。

"对了，还有貂蝉吧。为了她，才要杀遍每一个战场去寻找，才要把天下都握在自己手中，是不是？"

他瞪着我，我也瞪着他，谁怕谁啊，姑娘我从小到大拼眼神就从来没输过。

"只可惜啊，等你终有一天遇到了她，却发现你为了统一天下已经娶了那么多老婆，不知道会怎么想。"

话说出口，就像火星落在火药桶上。

烈焰在浸满了酒精的双眼里熊熊燃烧起来，像要把我吞没。来啊，我心说，与其做一枚棋子任人摆布，不如奋起一搏，这一纸破婚约，我不能撕毁，便非要它硬生生自己碎裂成一千一万片不可。

今夜这洞房便是战场，不是你死就是我亡！

他动了。

在那之前，我已率先抄起手里的酒坛拍碎在那颗喷射着怒火的脑袋上。

有什么东西抚在脸上，温暖又轻柔。

依稀是阳光。

头很痛，我艰难地睁开眼睛。

天是亮的，地是硬的，我是活的。

房间里空无一人，有人在外面砰砰地敲门，我爬起来去开门，看见满面泪痕的曾雅一头扑进来。

"郡主啊，你没事吧……"她一张好看的小脸哭得梨花带泪，"敲了半天没人开门，吓死我了……"

我拍着她的背，说："没事没事，这不是活着呢么，昨晚喝多了。"

"喝多了？"她抬起头环顾四周，"您跟吕将军？"

我不由自主跟着回望，满屋酒气，遍地狼藉，被褥凌乱……

凌乱……

凌乱……

我赶紧回头："什么都没发生！真的，什么都没有！"

曾雅避开我的目光，嘴角竟流露出一丝羞涩的笑，慢声细气地说："少主他们怕你有什么闪失，非让我过来看看，我还说呢，能出什么事啊，都是一家人了……"

"冷静！"我手一伸打断她的话，"先问你，那群衰人呢，左老头呢，吕奉先呢，别告诉我真就这么天下太平了。"

"好像开会呢。"曾雅说，"开一上午了，大家都在，少主说您要是没起来就不急着过去。"

"算他狠。"我哼一声，"不急着过去，不过去又不知道卖我几次，我还非过去不可。"

外面阳光晃人眼，我刚走两步，被长裙下摆绊了一个趔趄，索性回转身，扯下满头珠翠扔在地上，说："先给我找身衣服换上。"

屋子里依稀非常热闹，我沿着墙根想偷偷溜进去，迎面咣地撞上一个人影，光着膀子露出满身刺青，健壮剽悍又不失几分性感，正是江东地区第一古惑仔甘宁甘兴霸。

"郡主，你怎么来了？"他诧异地打量我，"你没事吧？"

"没事没事。"我说，"你干吗去？"

"我出去更个衣。"

"更衣？你这个造型很完美了，还更什么衣。"

"上茅厕啦！"他愤怒地一摊手，"奶奶的，那群孙子老嫌我说话不文雅，文雅了人都听不懂呀。"

"好好，你先别急。"我说，"里边到底怎么样了？"

"还能怎么样，扯皮呗。"甘宁抱着胳膊满脸不耐烦，"妖道说要设一部什么宪法，先在东吴施行，以后推广到全国，让大伙儿投票表决，公瑾说是不平等条约，得改，两人一条一条磨了一上午了。"

"什么法，这老头有完没完。"

"叫'三国什么什么什么和谐大法'，中间好长一串呢，你自己进去看吧。"他又继续往外走，"我憋不住了，先闪人。"

朝堂之上熙熙攘攘，瓜子壳橘子皮遍地都是，开会开到这地步，很显然是要打持久战了。

眼下的格局倒是很有意思，东吴全体将领坐在一边，为首站着周公瑾，脸色通红美艳异常，敲着桌子显然非常激动，另一边就两人，左老头站着，吕奉先坐着，都不说话，但是周围明显有一圈强大的气场盘桓不去。

"我再次请对方两位注意。"公瑾慷慨激昂地说，"第十七条第二十八款里提到'代表最广大人民的利益'，其中'人民'一词究竟该如何定义，目前尚未有定论，是东吴的人民？西蜀的人民？还是您左元放统治下的人民？搞不清这个概念，后面一切根本无从谈起！"

底下稀稀落落地鼓掌，有点不够热烈，我偷偷摸到老爹身后坐下，他回头看见我像看见鬼似的，一把抓住我的胳膊拖长声音号："尚香啊你可来了，怎么样啊你没事吧……"

"没！事！"我说，"这边究竟怎么样了？"

"倒也没什么，大人的事嘛……"他神情慈祥地说，"会总是要开的，你先坐下等一会儿，开完后一起投个票就回家吃饭去。"

"老爹您成熟点行不行……"我无奈地抽回胳膊，"这是生死存亡的大事吧，您老这叫什么态度。"

"大事大事……"他轻轻叹一口气，说，"再大的事也是我和你哥哥扛着，你一个女孩子家，不想让你操这些心。"

我一时间没了话，老爹坐在我前面，身子斜侧着对我笑，脖子上尽是沉甸甸的皱纹，记忆里他一直是那个样子，像一尊佛，心里清楚，只是不说。

只是那一瞬间，突然觉得他的笑容很苍老。

耳边依然传来周公瑾慷慨激昂的陈词，老爹转过身去，跟其他人一起有一下没一下地附和着，他肩膀的线条松松垮垮，不像一个纵横疆场半生的人，旁边两位哥哥倒是英武高大的，这三尊背影并排呈现在一处，显得陌生。

当年跟我一起逃课去演武场上偷看将士练兵的男孩子哪里去了，那个天神一样立在马上、盔甲闪闪发光、说话声像擦亮的兵器般铿锵有力的男人呢。

有些事情是没什么道理的。

我默默起身，低声说："你们先开会，我回去绣花了。"

老爹斜侧过半边身子，冲我点点头。

走到门口再最后回望一眼，吕奉先依然披金戴甲坐在那里，腰杆挺得笔直，半个身子沐浴着窗外洒进来的耀眼阳光，另外半个藏在阴暗中，画戟威风凛凛地斜插在明暗交界处。

也许昨晚都是我在做梦。我自嘲地笑一下，他竟像是看见了我在笑，眼睛瞥过来，目光黑沉沉深不见底。

一瞬间，我觉得他似乎也笑了一下。

6

大会开了快一整天，据说按计划后面还有七天七夜，持久低效而又漫长，其间持续有人借更衣之名逃席，来来往往进进出出，刚好在隔壁凑一桌麻将。

"郁闷死了！"甘宁骂骂咧咧地摸牌，又"啪"的一声摔出来，"一部破法讨论这么久也就算了，说的话一句都听不懂，欺负老子没文化啊！"

一旁凌统眼疾手快抢过那张牌，眉梢隐隐透出喜色，又偏抿着嘴不说话，坐他下首的周泰大哥更是沉默寡言的主，自己摸了一张扔出来。

我一时间有点发愣，打麻将原本就不在行，更何况此时心思都在隔壁，摸了一张二筒捏在手里思量半天，实在看不出名堂来，便想往外扔，陆逊坐在身后像是急了，一边暗暗踹我椅子，一边接过话茬说："上午我都没去，讨论到哪儿了？"

"谁记得。"甘宁不耐烦地敲桌子。

凌统嘴角挑起一抹邪气的微笑，漫不经心地说："之前讨论了屯田法，保甲法，市易法，农田水利法，市容管理法，未成年人保护法，妇女权益法，这会儿该讨论婚姻法了吧。"

我心里一乱，随手扔出那张二筒，一旁甘宁大喜，喊着："和啦和啦！"一把推开面前的牌，五彩缤纷煞是华丽。

"有没有搞错，截和啊！我就单吊这张了！"凌统仰天哀号一声，方才的淡定荡然无存，甘宁在一旁得意地跷着脚狂笑，这两个人从来都这样，遇上个风吹草动便要争一争高低，上了战场却又铁得亲兄弟一般。

我摸出几个筹码扔在桌上，说："和就和了吧，反正我也不会打，伯言你坐我的位子，我出去透口气。"

一群人开始哗啦哗啦洗牌，我出了门，下午阳光暖洋洋的，照在院子里那棵石榴树上，隐约有红灿灿的花蕾，绸缎一般发着光。这棵树不知道长在这里多久了，每年都比别的树开花要早些，果子却结不多，也不甜。

身后响起一阵细碎的脚步声，回头望去，是陆伯言，像个幽灵般站在斑驳的树影中，脸白得近乎透明，被光照着又透出一抹绯红来，令这一画面整体散发出异常华丽的质感。

沉默半晌，他低声说："郡主，你……"

"没事没事当然没事。"我笑着说，"真是的，这两天大家见我都尽问这个，倒是你怎么也跑出来了。"

"吕蒙也逃席了，我让他先打。"

"阿蒙？阿蒙不是也不会打麻将么。"

"他说士别三日当刮目相看，你知道的，这人脾气倔。"

"还不是你们总逗他。"我轻轻笑着，又望向远方，说，"那会场里不是没剩几个人了，全靠公瑾一个人撑着？"

"本来就是他最爱死撑。"伯言说，"不说这些，我看你心情不太好，跟出来看看，你不嫌我烦吧。"

"不会不会。"我说，"可我也不是小孩子了，都是小事，一下下就过去了。"

"郡主啊……"他长叹一口气，背着手望天空，许久才开口说，"对这件事，郡主你怎么看？"

"我怎么看，能有多要紧么？"我回头看他，他站在那里，眼神异常坚定。我想了想，低头说，"大概，一个新的时代要来临了吧，只是这个时代里我们大家会怎样，这会儿谁都说不好。"

"新时代么……"他嘴角抽了一下算是微笑，说，"你想的倒比我还远，其实我想问的，是这桩婚事你怎么看。"

"婚事？"我愣了一阵，转过身看着他，他身上一股淡淡的气息随着暖风飘过来，却不是武将的臭汗，是书斋里浸染多年渗进去的纸卷香。这个书生一样的男人，要是不说，谁都不知道他能上场打仗，发起狠来也让人害怕，他可以干脆利落地砍下那些向我背后挥刀的手，像剖瓜切菜，也可以像现在这样，站在我旁边，像个哥哥一样轻声问我，对这桩婚事怎么看。

可是我该怎么回答他呢。

我一步步走过去，走到不能再近，风在吹，鸟在叫，寂静的傍晚多美妙，陆伯言的脸色越发涨红了，我踮起脚凑到他耳边，许久才吐气如兰轻声说一句：

"其实我一直在想……"

他僵在那里不能动。

"不如你代我嫁了吧。"

他依然僵着，我满意地笑了，继续说："代嫁很有前途的，要不要试试看，我看好你们哟。"

陆伯言脸色还是凝重，过了一会儿叹出一口气，说："你还是一点没变，嫁几次人也不会变。"

"没办法，永远十八岁。"我笑一笑，背着手向前走出几步，回头说，"有点热，我先回房去了，刚才牌桌上欠下那点你先替我给了吧。"

"这就不玩了？"

"不玩了，老输牌，伤自尊。"

"输牌说明打得不好，才要多练。"

"你们输得起，我输不起嘛。"

隔壁会议室里又响起稀稀落落的掌声，像一场质量低劣的文艺晚会，我一步步上了台阶，沿着阴暗的长廊往回走，身后陆伯言压低声音说一句："郡主，你也别什么事都自己扛，说一声……兄弟们会帮你的。"

我立在原地，脑海里自动浮现出一幅画面，东吴的华丽美男们聚在一处摆出圣斗士般光辉灿烂的造型，背景大旗飘扬海浪拍岸音乐雄浑激昂，真上等真豪快。

可惜他们不是五小强，我也不是雅典娜。

"谢了。"我低头笑笑。

7

房间依然凌乱，但比起我离开前的凌乱却又上了一种层次。

闻不见酒气了，都被脂粉香盖过去，地上也看不出狼藉，全是各色绫罗绸缎蕾丝缎带薄纱羽毛绣花鞋，莺莺燕燕花花草草红红翠翠，第一眼望去香艳，第二眼望去销魂，第三眼才看清，是大小乔领着我手下一群姑娘在玩脱衣麻将。

"哎呀，郡主回来啦！"曾雅兴高采烈地喊一句。

我呆立在门口保持石化状态，小乔穿着粉红肚兜外加一条白色小热裤噔噔噔跑上来，一把拉住我的胳膊左摇右晃，仰起温光正可的小脸秀出宇宙霹雳无敌杀人于无形中的娃娃声："尚香姐，她们欺负我和姐姐，快帮忙——"

我擦了一把汹涌而出的鼻血，冷静地说："你们怎么都跑来了。"

"陪你呗。"小乔忽闪着比例失调的大眼睛，"都说好了，今晚大家通宵，吃的喝的都有，only girls, no man！"

"谁挑的头？"

"没有谁，大家自愿。"大乔依旧坐在那里笑眯眯地数牌。从桌子以上的部分来看，她什么都没穿，桌子以下的部分我还暂时不敢想象。

"好吧。"我说，"这场面太……太让我感动了……"

几个姑娘给我搬来椅子，拿来拖鞋凉扇桃汁碎冰和瓜子果仁，我坐下，看着满桌粉雕玉琢的手银鱼一般在牌堆里蹦跳，禁不住开始想象，如果我能够穿越到未来偷一部相机再穿越回来记录这伟大光辉的一刻再穿越回去卖掉……或许我应该从现在就开始立志写一本书，让陈寿和罗贯中都没有饭吃……

"会开得怎么样了？"大乔在一边问，打断了我不着边际的绮思。

"还早呢。"我说，"可你们今晚不回去，大哥和公瑾他们不会说什么？"

"谁管他！"小乔鼻子里哼出一声，"都是他们两个讨厌，害你又嫁人，昨晚就要过来的，硬是被拦住了。"

我想象着昨晚跟吕奉先拼酒拼到白热化时突然杀进来两个春光无限的姑娘这等和谐而又强大的场面，一边和着鼻血抹一把眼泪，说："你们真好……"

"应该的应该的。"小乔说，"可尚香姐不是我说，你也太好说话了，嫁人这种事关系到终生幸福，怎么能一忍再忍一让再让呢。"

"君要臣嫁，臣不能不嫁。"我笑着说，"还说我呢，当初让你嫁的时候不也不乐意，说面都没见过，没有感情基础，现在怎么样？"

"起码知道是好人嘛。"小乔振振有词地说，"吕布是什么人啊，杀人不眨眼的，这不是把你往火坑里推。"

"火坑便火坑吧。"我说，"我一个人也扛了。"

大乔在旁边也哼了一声，不像小乔方才那样锋芒毕露，反倒像是有人在暗处低低拨了一指琴弦，自有一种惊心动魄的味道。

"哪是那么简单。"她说，"这件事，分明还是他们对不起你。"

"谁们？"

"男人之间勾心斗角的我是不太懂了。"大乔说，"可我看伯符他们的意思，这次左元放来，有利有弊，还是要先笼络住，摸清人家的底细，才好决定下一步该怎么办。这几天开会磨嘴皮，有真的也有假的，一手准备合作打天下，一手也预备着随时翻脸。"

"这我也知道。"我苦笑一声，大乔这姑娘果然萝莉身御姐心，说起话来令人好生心寒。

"你知道，却也没有办法，是不是。"她低垂着眼皮说，"不管是和还是打，都免不了牺牲你，却还是没办法，自家父亲兄弟，还是不能不管。"

我低着头不说话，女人心，海底针，可是女人也最明白女人，她什么都知道，我也什么都知道，但我们能做的也只是坐在这里摸牌而已。

"我就看不惯这些男人的手段！"小乔气哼哼地插一句，"尚香姐你放心，只要吕布在这里待一天，我们就陪你一天，想笼络，他们自己去陪床好了！"

大家哗啦哗啦纷纷鼓起掌来，场面着实热烈，我突然想到史书里一定是无法记载这种场面的，一起写进我的书里配上之前的照片岂不很火爆。

这时候突然有人在窗口喊了一嗓子："哎呀，说曹操曹操到了！"

"曹操？"我茫然地看她，曹操这会儿跑来凑什么热闹，她激动地挥舞手臂，"吕布，我说吕布啦，来了来了！"

小乔跳起来，兴奋得满脸通红，抽出绣金描红的大扇子一抖，高喊："来得好！关门，放狗，抄家伙！"

"冷静！"我带着满脸浓重的黑线伸手拦住，说，"挡是挡不住的，我看你们还是先把衣服穿起来吧……"

吕布到门口了。

他推门，门是闩住的，但他又推了一下，门就开了。

满屋姑娘齐刷刷一起看他，目光汇聚在一处异常有压迫感，吕布明显是感觉到了，一手握着画戟立在身前，双脚依然稳稳站在原地不动。

一瞬间，有很多可能性飘过我的脑海，像四格漫画般快速闪烁，但我用最快的速度给它们纷纷打上马赛克，贴上"十八岁以下禁止观看"的标志，剪成碎片揉成团扔进黑暗的角落里。

吕布环视四周，目光终于落在屋子正中那桌麻将上，他花岗岩一般的嘴唇中吐出黑沉沉冷冰冰的三个字："三缺一？"

沉默良久后，我用一个字回敬他："滚！"

关于那一夜发生的事，历史上有三种解释。

第一，吕布没走，走的是姑娘们，删去一千二百字，那是龙空流的。

第二，吕布走了，姑娘们没走，删去两千四百字，那是晋江流的。

第三，吕布和姑娘都没走，删去四千八百字，那是起点流的。

当然，也有可能大家都走了，可这样的故事有谁要看呢。

我坐在桌前发着呆，考虑究竟把哪一个版本写进我的书里会比较好，单从稿费上看，这几种版本倒也没什么不一样。但毕竟，要给翘首等待的看客们一个交代。

上午的阳光穿过窗户，在小屋里一寸一寸移行，窗外有棵上年纪的大槐树，把枝叶繁茂的影子印在书桌上，随着轻风和鸟雀啁啾轻轻地摇。我发呆，发呆，还是发呆，阳光是那么温暖，那么光亮崭新。

突然间窗外响动，我惊忙间一侧身，有东西破窗而入，"嗖"的一声掠过鬓角钉在身后的书架上。我愣了一愣奔过去看，却是一支半寸长的箭头，缠着一张小小的字条。

秀丽的蝇头小楷写在白绢上，倒也赏心悦目，一共八个字。

"今夜马厩不见不散"。

我没有费心出门去追，也不打算查笔迹对指纹，值得欣慰的是，此时此刻，我可以把吕布和姑娘们这桩世纪奇案先放一放。

8

又是月黑风高。

我穿一身黑衣，点一盏小灯，悄无声息地摸进马厩，里面空无一人。

看来有的等，毕竟在钟表发明之前，人类的时间观念还很薄弱。为安全起见，我吹熄了怀里的灯，借着一抹幽暗的月光往里走，潮湿腥臭的气息直冲鼻子，两侧各种声响连绵起伏，马儿喷着响鼻刨着地，嚼着草料放着屁，间或有老鼠吱吱喳喳打情骂俏，一瞬间，我开始怀疑那字条不是哪个兄弟整蛊搅事，就是冤家对头写来玩我的。

惟有一个角落特别安静些，我一步步摸过去，隐隐看见一个高大健硕的影子立在那里一动不动，皮毛极油亮，即使在如此暗淡的月色下，依然散发出一层暗红的光晕来。

那是赤兔。

关于这匹传说中的神马，我也只是在战场上匆匆瞥过一眼而已，马毕竟是马，再神勇无敌，也免不了被主人抢了风头，此刻卸了镏金镶玉的鞍鞯与辔头，静静地立在暗处，一双大而乌黑的眼睛望着我，没什么表情，竟也只是一双动物的眼睛而已。

我的心突然颤了一下，慢慢伸出一只手，放在它结实光润的脖颈上，那里有一个旧伤疤，像箭伤，或是被其他利器刺过的，深深凹陷下去，这样的伤口若是烙在人身上，怕是扛不过去的吧。

赤兔依然默默无声，偶尔眨一下眼睛，既不躲闪，也看不出与人亲近的意图。马有许多种脾气，火暴高傲温顺活泼吃苦耐劳，眼前这一匹我看不透，却依稀有点理解它的感觉。

"看什么看，就会扮酷。"我低低笑了一声，在它鼻梁上拍了两拍。赤兔哼了一声，突然间一摆脖子，随即警觉地竖起耳朵，鼻子里喷出热气，分明是发现了什么。

外面传来了脚步声，很轻，只能隐隐从一大片嘈杂的背景声中分辨出来，我一惊，抱住赤兔的脖子轻拍两下，说声："乖，别出声。"便躲进最黑的一个角落里蹲下，耳朵贴在四处透风的木板上仔细听着。

夜色如此暗，来人却没有点灯，而且走得极快，只一会儿就到了门口。

沉默片刻后，一个熟悉的声音渺渺响起："老夫上了年纪腿脚不便，千赶万赶还是迟了，甚是惭愧。"

我结结实实打了一个冷战。

左！老！头！

万万没有想到是他。

心口尚在原地狂跳，听见老头在外面又吆喝了一嗓子："既然到了，不如出来相见吧。"

我死死缩在那里不动。

紧接着，突然不知从哪里又传来一声轻笑，声线异常清朗动人。

"月色缭乱，马厩密谈，大师好品位。"

我血都凉了。

这声音更熟，熟得令人心碎。

周公瑾。

昏黄的月光洒下来，照得大地一片苍凉，两条细细的黑影如同蛇一般在地上缓缓潜行，有人点燃了灯，又被吹熄了，便听见左老头似笑非笑的声音："元放本以为大都督是明人，不喜欢在暗处与人相谈。"

"暗虽暗，你我心里明白即可。"这是周公瑾的声音，"今日在明处已经谈得不少，此刻无须再拐弯抹角，有什么都说出来可好。"

"好，好。"老头又是连笑两声，"元放约都督来这里，便也是为了好好说话，话说清楚，对你我双方都有好处。"

周公瑾冷笑一声，那声音如同轻薄锋利的一叶刀片划过夜空，与他在朝堂上慷慨正义的声调截然不同，仿佛换了个人般由内而外泛着寒气。

"也好。"他说，"那么便请大师如实回答我的问题。"

"大都督请问。"

"大师来了东吴，是否下一步就要去西蜀？"

"是。"左老头倒也干脆。

"是否准备联合西蜀，两家并一家，再同去合并北魏？"

"是。"

"与东吴和亲，是否为了扣押郡主在身边做人质？"

"是。"

"到了西蜀，是否准备再将郡主献给刘王，作为缔结盟约的筹码？"

周围一时寂然无声，我蹲在黑暗中浑身汗湿，只觉得一颗心扑通扑通，眼看就要蹦出喉咙。

片刻后，便听见左元放的声音："是。"

一个字如滚珠般落地，四下里蹦跳反弹，许久才慢慢静了下来。周公瑾又是一声冷笑，说道："大师不愧神人，来了便要解散军队，让将士卸甲归农，又要大张旗鼓搞通婚，令众将士再无心打仗。况且郡主在东吴将士中颇受爱戴，若以和亲为名挟持她一同离开，我等从此若要违约，便又多了几重顾忌。等大师到了西蜀，如法炮制，先兵后礼，攻心为上，谈判时便声称吕布与郡主并无夫妻之实，和亲只是万不得已，只是为了蜀吴之间能重建盟约，共同讨伐曹魏云云，如此一来，只凭三寸不烂之舌便可一统天下，三国英豪皆是棋子，大师下得一手好棋！"

这一番话声音虽不高，却一句紧逼一句，滔滔不绝翻涌出来，如同平静水面下的暗流般四下里激荡，左老头依旧稳稳立在那里不惊不忙，像一块冥顽的岩石。

许久他淡淡答道："看来大都督对元放的计划很有意见。"

"计划是好计划，只怕赶不上变化。"周公瑾轻叹一声，"三家归一，天下太平，说起来当然慷慨激昂，只是乱世之中，究竟是为了些什么在厮杀，到头来真有几人能说得清楚呢。天下苍生？想来未免有点可笑。"

"可笑？以大都督之位高权重，竟也会说出'可笑'二字？"

"大师总该记得，当年一场黄巾之乱，惹四方豪杰纷纷踏入这片杀场，八年征战，剿灭黄巾军十余万人，天师张角被剖棺戮尸，人人皆曰可杀。然则他们兄弟三人最初治病传教，不过是悲悯苍生疾苦，那些争先恐后投靠黄巾的，又何尝不是些走投无路的贫苦百姓。当年群雄靠着杀黄巾起家，有多少人是踏着他们的尸骨才走到今天，踏过还要回身唾一句：'乱臣贼子。'将来呢，将来又会怎样？世事纷乱，成者王侯败者寇，与天道无关，真正打起仗来，是没有什么理由的。"

沉默一阵，听见左老头的声音："大都督说得不错，一将功成万骨枯，踏上这条路，便再没有道义可言，然则人生在世短短数十载，总要为了心中所愿尽上一点绵薄之力，只要今生无悔，将来就算是有人来踩元放这把老骨头，便也由得他踩了。"

"大师自有大师的雄才大略，在下不敢非议。"周公瑾声音还是冷冷的，"只是如果按大师的计划发展下去，东吴不免陷入被动局面，不敢不防患于未然。"

"大都督这样说，必然是有了对策，元放愿洗耳恭听。"

"不敢。"周公瑾冷笑一声，"只是大师能走到今天的局面，最重要的一颗卒子是吕布，只要吕布肯跟随身边，便是谈判时最好的筹码。"

"大都督的意思……"

"若是这颗卒子落入我东吴手中呢？"

　　　　　　　　　　　　　倾城一笑

"哦？"

"吕布此人，至情至性，为一个貂蝉敢与天下人为敌，如今虽然愿意为配合大师的计划，娶了郡主，却也难保他从今往后不会被郡主所羁绊。"

"美人计？"左老头冷笑一声，"大都督当年就是败在美人计上，如今还敢再用？"

"吕布不是刘大耳，更何况，郡主的脾气大师也见到了，要让此二人按照大师的计划乖乖行动，哼，怕是难。"

那一声哼在空气里袅袅盘旋，一时二人都无声，我在暗处听得心中五味杂陈，免不了在想象中将此二人洗刷干净上锅焖透煨了毛剥了皮细细剁成臊子做成雪白鲜嫩的两大屉人肉叉烧包，刚蒸至三分熟，便听见左老头放声大笑，气息澎湃豪迈，震得天花板下陈年蜘蛛网簌簌乱掉，周公瑾也跟着大笑，笑声又轻又飘，惊得草堆里大小老鼠吱吱狂叫。

许久之后笑声终于停歇，左老头道："都督笑什么？"

周公瑾道："我看大师笑得如此开怀，跟着笑两声烘托一下气氛。大师又笑什么？"

"老夫笑你我步步算计，最终竟把这一盘大局的关键一子，押在一对原本毫无关系的男女情事上，造化如此弄人，未免令人发笑。"

"世间万物，本是环环相扣的一个整体。一叶落而知天下秋，一滴水而观沧海，东吴一只蝴蝶拍动翅膀，北国平原上便可能有一场风暴，谁能操纵那只蝴蝶，就只能靠个人本事了。"

"不是一只，却是一对蝴蝶。"老头冷笑一声，"大都督好浪漫。"

"浪漫不浪漫，你我两个大男人在这里白扯又有什么意思，不如听听当事人的意见。"

随着他最后几个字落地，只听见嗖嗖两声，一道暗蓝的光波闪过，挡在我面前的草帘轰然倒地，溅得草屑烟尘四下飘散，许久才徐徐落下，仿佛漫天花雨，将我小心隐藏在黑暗中的身形隆重推向前台。

我抹开脸上灰土抬头望去，正对上左老头阴惨惨的目光，当下浑身打了个寒战。周公瑾立在他身后，正把一双白皙的手收回袖里，俊脸半掩在暗影中，一时看不出颜色。

我干咳几声爬起来，哑着嗓子说道："今晚月色不错，你们聊，慢慢聊，我出门去看看明天下不下雨。"

想要走，双腿却如棍子一般僵直冰凉，挪不动半步，周公瑾喊一声："郡主。"声音又硬又脆，像没冻结实的棒冰一掰就断。

左老头笑了两声，说："好，好，原来都督还埋了一颗棋子在这里，元放大意了。"

周公瑾打断他说道："郡主，无论过去还是现在，我所做的一切都是为了东吴，事已至此，请您自行决断。"

又是半晌无言，左老头眯起眼睛看看我又看看周公瑾，开口说道："郡主，今夜的事……"我艰难地举起一只手轻声说道："两位大大，天色真不早了，有什么重要事儿你们接着议，恕我不能奉陪了。"

四下里寂然无声，我一步一步挪出房门，外面月色黯淡，洒在身上却是彻骨的凉。

只管往前走，不要停，不要向两边看。血液重新流回酸麻的双脚，拐个弯，再也没人能看见了，我迈开腿，迎着潮湿黏稠的夜风一路狂奔回去。

9

推开门，房里漆黑一片。

我摸索着在身后闩上门，手脚又冷又僵，颤抖个不停，好不容易摸到床边，才感到滚烫的眼泪早已流了满脸，索性扑进枕头里去，扯过一层又一层被子沉沉压在身上，黑暗中，只觉得整个身躯轻如一秆菅草。

这无边无际的黑暗啊。

我趴着，一时间好像就这么死过去，却又没死透，分明还听见浑身血脉一下一下清晰地跳，像手指弹拨琴弦，像鼓槌敲打心房，像一个声音，反反复复趴在耳边问，为什么？为什么？为什么？

非如此不可？

非如此不可！

这就是命吧，脸上流着泪，我却无声无息地笑了，以前看哪一本书里说的，这一辈子，你不信，是戏，信了，就是命。

我是不信的，从来不肯信，哪怕白纸黑字写在眼前，竹板夹着手指，指尖里插了钢针，淌出的热血涂满双手，被人硬扯着按了手印画了押，还是不信。

可是不信又能怎么样呢，可以翻供么。

竹签子扔下来，落在地上清脆地响，秋后问斩。

就把我这么斩了吧，斩了我还是不信！

身旁很近的地方，一个声音突然低低响起，仿佛一把沉重的大斧劈进温暖迷人的黑暗中。

"你哭什么？"

一瞬间我仿佛是被这声音敲晕了，四肢瘫软在被子里不能动，好容易挣扎出来抬头环顾，便看见偌大一摊黑影正横陈在离我不到一寸远的地方，只有一双眼睛在暗处泛着微光。

我惊跳起来，额头重重撞上床梁，努力了好几下才控制住紧咬的牙关，颤声说道："你在我床上干什么？"

黑暗里传来两个字："睡觉。"

我在原地愣了半晌，随即翻身登上床沿，一个鱼跃取下墙上的短刀，牙齿咬去刀鞘向下便刺，一星寒光沿着刀刃如油滴般滑落，那黑影侧身一滚，刀尖随着一声喑哑的轻响没入床板。

我另一手举起刀鞘狠命扔出去，一声闷响，他吃痛低吼一声，我双手握住刀柄奋力一拔，回身刚要再刺，一只巨大黑沉的手掌早已斜插过来，牢牢箍住手腕。

"你疯了？"他瞪着我低声怒喝。

"放开我！"

沉默片刻，他松手，我扔下刀抹了一把脸，脸上依然有泪痕，东一缕西一缕粘着乱蓬蓬的发丝，不知道此刻的样子该有多难看。

"滚！"我咬牙说。

"为什么？"

"不为什么，我让你滚滚滚！"

又是沉默，吕布翻身下床，窸窸窣窣在床边找鞋，我这才注意到他只穿了一袭白布里衣，战甲不披金冠不束，连头发都是乱蓬蓬散在肩头。他拿过床头的方天画戟，披上外袍便往外走，快走到门口时，我又不由自主开口说一声："站住。"

吕布停住脚步，我做了几个深呼吸，心中默念一遍八荣八耻，念完后说："你坐。"

他回头，随即拎着画戟走到桌边坐下，腰杆依旧挺得笔直。

房间里黑漆漆的，只有黯淡的月色透进来，为大大小小的影子勾一层极模糊的边。

我也走过去坐下，开口说："吕奉先，我现在问你问题，你老实回答我，哪怕一个字也好，我要听真话。"

他说："你问。"

"左老头的计划，你到底知道多少？"

吕布一愣，我不等他反应，继续问下去："他许你什么好处，又是怎么说服你供他驱遣的，还有，你明明有心上人，为什么还答应和我的婚事，你做这一切，到底都是为了什么？！"

许久，吕布闷声说："你问题真多。"

"我就是问题多，就是想知道，行不行啊！"我拍着桌子大喊，拍了两下还不解气，顺手把桌上东西一股脑扫到地上，稀里哗啦一片杂乱的碎裂声，像玉碎，像金戈相撞。为什么，我就是不懂为什么，你不是最骄傲的武将么，战场称雄，辕门射戟，如今也来蹚这趟肮脏的浑水，你有什么可怕的，你有什么自己做不了主的，你想怎样就可以怎样，想去哪里就去哪里，扛着方天画戟，骑着赤兔，带着你心爱的貂蝉，哪怕跑到天尽头也没人拦得住，然而你此刻坐在这里，对着我一堆无聊的问题皱眉头，你真的明白自己想要什么？真的么？！

满地碎响终于安静下来。

吕布紧皱着眉，把双眼藏在浓重的阴影中，过一会儿开口说："我没想过。"

"没想过？"

"以前想过，想不通。"

"所以？"

"所以不想。"

"不想？"我瞪着他，"别人说什么你做什么，你傻啊？"

"想了又有什么用。"

我一时间愣住了。

是啊，想了又有什么用，我从最初到现在，不是一直在想么，又有什么用。

可是不想又该怎么办，混混沌沌地往前走，看不到四周看不到脚下，什么时候才是个头。

"人活这一辈子，总该有个目的吧。"我说，"连自己想要什么都不明白，活着又有什么意思。"

"总会明白的。"

"明白什么？"

"活下去，活着活着就明白了。"

我的名字叫孙尚香

话这么说倒是不错，只是我没想到会从这么一个看似只有胸肌没有大脑的男人口中说出来。

我在一片寂静的黑暗中愣了许久，突然觉得跟眼前这人再没有什么可说的，他的逻辑简单直接却又无比强悍，我能理解，却接受不了。

也许因为他生来就是吕布，而我生来是孙尚香，他可以战到最后一刻，哪怕是五花大绑被人砍下大好头颅，史书里还有一个亮光闪闪的名字，一段金戈铁马豪气干云的传奇。我却总免不了有嫁人的一天，做一个老朽的妇人，子孙满堂或者孤苦无依，夜深人静才敢舀一勺往事出来，烧热了泡一泡僵硬的双脚。

这样想来，真是不甘心，不甘心，非常非常非常不甘心。

"你去过世界尽头么？"鬼使神差的，我突然冒出来这么一句。

"嗯？"

"说出来你也许会笑。"我低头，看着自己攥得发白的指尖，"以前上阵杀敌，打赢了，还不急着鸣金收兵，我会一个人骑着马，随便找一个什么方向，快马加鞭一直跑，想在一切结束前跑到那些山后面，看看那里到底是什么样子。可是不管跑得多快，跑得有多远，哪怕看上去离苍翠的群山只差一线，世界突然就静止了，我骑在马上再不能前进一步，一步都不能，马蹄嗒嗒的回响飘荡在天地间，那么空旷，像敲在人心里，我只能转身，跟着将士们回营寨里去，到底是为什么，我不明白，也许是因为我跑得还不够快，还不够远。那时候我看着面前一条空空旷旷的大路，伸向远方不知道有多深邃，我会想如果我有一匹赤兔会怎么样，会不会跑得更快一点，会不会就这么跑下去，把一切都远远甩在后面。"

我说到这里，不再说了，也许是累了，也许是觉得，突然对这么一个人说出这些话，有些可笑。

吕布皱着眉，许久才说："你想骑赤兔，我可以借你。"

什么叫对牛弹琴，这就叫对牛弹琴。

"我也可以带你去看世界尽头。"

我愣一下，抬头看他黑漆漆的眼睛，那目光沉毅坚定宛如战神，他不是开玩笑的。

"貂蝉呢？"我脱口而出，然后觉得这问题非常傻。

"我会去找她。"他缓缓地说，目光依旧沉毅坚定。

我无言以对，他当然会去找她，这跟我不着边际的世界尽头又有什么关系了。

"其实……"他沉默了许久，"你们很像。"

"像你个头！"我跳起来，想要拍桌子砸东西，却发现已经无甚可砸。

"就是这个样子。"吕布点一点头。

我哭笑不得，原来那个长袖善舞倾城倾国的美人也会像我这样跳起来拍桌子的么，好吧，我没有见过她，但传说她在战场上使一对金丽玉锤，飘若浮云矫若惊龙，也是常人不敢近身的。

吕布看我半天不说话，多少有些得意地眯起眼睛，说："问完了？"

我咬咬牙，紧盯着他说："最后一个问题，如果将来你我在战场上对决，你出手还会那么狠么？"

吕布想想，回答道："不会。"

我还是忍不住问："为什么？"

"你打不过我。"

我恨恨地一拍桌子，喊一声："好，我们走着瞧。"

吕布又笑一下："可我们为什么要对打呢？"

"你不是不问的么。"我说，"等到了那一天自然就知道了，现在你赶紧给我消失吧。"

"怎么消失？"

"你爱怎么消失怎么消失。"我咬着牙一字一句低喊，"本姑娘绝对尊重你的选择！"

吕布白我一眼，说一声："不。"

他站起来，径自拎着画戟移动到床边，脱鞋上床躺下了。

"你干吗？！"我不敢相信自己的眼睛。

"睡觉。"吕布回答。

我环顾四周，墙上还有不少兵器，可是哪一件看起来都是那么遥不可及，就算拿到了又怎么样呢，像小孩子的玩具，软弱得不堪一击，我知道我杀不了他，至少今晚不行。

巨大的虚弱感宛如一种沉重的气体从头灌到脚，我用游魂般飘渺的步伐慢慢走过去，说声："往里一点行不行，你娘怎么能生出你这么大一坨呢。"

吕布移过去，我在他脚边躺下，抱着我心爱的小被子，很快便感到甜美的睡意一波波涌上来，这一天实在是太漫长了。

脚那头传来吕布闷闷的声音："我脚臭么？"

"还行。"我迷迷糊糊地回答，"感冒了，鼻子有点堵。"

"你的脚倒香。"

"天生的。"我说。

"人如其名。"

脚边很快传来震天的鼾声，像暗夜里翻涌的滚雷连绵不绝，尽管如此，我还是沉沉地睡着了。

10

为了尽快结束这个冗长而又混乱的故事，我决定略去中间许多旁线枝节，直接跳到结尾。

大会终于开完了，也就是说，左老头计划达成，开始整顿军备，出征西蜀。关于我个人的去留问题，尤其是，关于吕布的去留问题，大家经过长期斗争，终于达成了一个极不靠谱的共识。

打。谁打赢了听谁的。

是的，我说过不靠谱了。

在我记忆中，那是一个异常明媚的艳阳天，天色蓝得透明，干燥的大地上烟尘弥漫，有一种金黄耀眼的色泽。然而后来他却说，那一天愁云惨淡，天是阴沉沉的。

显然，说这话的人是色盲。

演武场上搭起了擂台，三军将士各按次序入场，锣鼓喧天彩旗飘扬，呐喊声声军歌嘹亮，还有流动商贩兜售杏仁瓜子吊炉花生的，气氛热闹得有些不正常。

我跟着一群姑娘坐在指定方阵里，被大太阳晒得汗流浃背，许久才听见三声锣响，老爹作为主办方代表上台发言了。老人家倒是难得严肃，穿一身铠甲闪闪发亮，站在高处环视一周，干咳两声说道："各位将士！"

周围一时间都安静了下来，众人屏息等待着。老爹显然对这种效果颇为满意，又咳了两声，继续说："各位将士，最近一段时间来，大家的生产活动搞得很有起色，将我们东吴的物质文明建设推上一个新的高峰，在此，我代表政府，代表我们孙家列祖列宗向大家表示感谢！"

下面哗啦哗啦鼓掌，我爹四下里点一点头，接着说下去："当然，生产搞上去的同时，军队建设也不能忘。今天这个擂台赛，我希望你们把它当作一个很好的练兵机会，希望大家，赛出风格，赛出水平，赛出友谊，在国际友人面前展现我们东吴的实力，我就说这些，谢谢！"

下面又是一阵热烈鼓掌，老爹下台后，二哥走上去说道："在比赛正式开始前，我们也欢迎左大师上来给我们说两句好不好。"

稀稀拉拉的掌声里还混合若干口哨和嘘声，有些人已经摸出准备好的臭鸡蛋和西红柿捏在手里，左老头不慌不忙上台，神情依旧是似笑非笑，立在那里好似一颗饱经风霜道骨仙风的白毛葱。

"该说的，刚才吴侯已经说了，说得很好。"老头说话声音不大，中气却充沛，场内每一个角落里都听得清清楚楚，"在下今天的任务，就是负责监督场内秩序，有捣乱，作弊，违反体育精神的，一定严惩不贷，也欢迎大家监督指导我的工作。"

"严惩不贷"这几个字说出口时，老头浑身便隐隐泛出紫黑色杀气，如一场寒流席卷全场，大家握着手中臭鸡蛋僵在那里不敢动。老头说完还是笑一笑，微微鞠个躬便径自下台了。

二哥赶紧上台，大声说道："各位，本次比赛采取擂台形式，上场顺序不限，场上人数不限，最终留在台上的最后一人即为获胜者，希望大家自行维持秩序，未满十八岁者禁止上台，暗器飞镖毒药打狗棒一概不许用。生命可贵，点到为止。接下来我宣布，比赛开始！"

又是一阵密集的锣鼓声，远远地，一个高大的身影纵马跃上擂台，依然是头戴三叉束发紫金冠，体挂西川红锦百花袍，身披兽面吞头连环铠，腰系勒甲玲珑狮蛮带，手持一把无双方天画戟，胯下夹着赤兔，稳稳如一座山般立在那里不动。

这边先上场的是黄盖，此人貌似憨厚，却是个炸弹狂人，一落地便开始密集的火药攻势，只听雷声阵阵，喊杀声声，很快便搅得台上硝烟弥散，一片乌烟瘴气。

这就是战场。我呆呆地坐在那里看着，突然想起老爹说过的话，战场那边是山，山那边是世界的尽头，可是要去世界尽头，究竟还要穿过多少战场呢。

至少眼前这个得算上。

烟雾很快散了，黄盖被人抬了下来，接着他上场的是吕蒙。我起身离席，找到正带着啦啦队专心排练的曾雅，问："秩序册呢？秩序册你有没有？"

曾雅瞪大眼睛看我好一会儿，才说："有，我给你找找。"

秩序册上用朱砂红笔写着各将士上场顺序，吕蒙之后是凌统，凌统之后是甘宁，之后是大小乔姐妹一起上阵，之后是周泰大哥，之后是陆逊，之后是太史慈，之后是老爹还有大哥二哥，之后还有周瑜，也不知究竟是按什么规律排下的，看起来颇为玄妙。

对方阵营却只有那么孤零零的偌大一个名字，吕布。

他的字可真难看。

我抬头问："有笔么？"

"笔？"曾雅眼睛瞪得更大，我叹一口气，狠狠心把右手指尖伸进牙间狠狠一咬，痛，痛得钻心。一面心中大骂发明这脑残方法的古人，一面又使劲从伤口里挤了点血出来，正要挥毫泼墨，旁边突然伸过一只手来抓住我，手指纤长莹白如玉，化成灰我都认得。

"郡主你干什么？"陆伯言的声音从旁边传来。

"你看不出来么？"我说。

"你也要跟他打？"

"这不是看出来了么。"

"你……"陆伯言一时无语，依然抓着我手腕不放，我笑一笑说："你一个白衣书生都能上场，就不许我去了么？平日里过招，你还打不过我呢。"

"这次不同。"陆伯言颦着一双秀眉，异常严肃地说，"这是生死存亡的大事……"

"不是小孩子做游戏，我知道我知道。"我接过他的话，挣脱出手腕退后一步，"伯言，你这一辈子，最大的梦想是什么？"

"我？"他一愣，显然还被我的跳跃思维隔绝在八百里之外。

"建功立业，保家卫国，封妻荫子，那是你们男人。"我说，"女人最想要的，不是名，不是利，不是情，只是想自己能做自己的主。生为女儿身，就算再倔强再不服输，也是茫然的时候多，无助的时候多，任人摆布的时候多，我知道这是命，没什么办法的，只是惟独这一次，我想试着亲自去做个了断，不为别的，只为我自

我的名字叫孙尚香

己，你明白我的意思么？”

陆逊不说话，我低头，又狠狠捏了捏指尖，在东吴阵营最后一排写下我的名字，孙尚香。

斜挎一对日月乾坤圈，我慢慢走上擂台，吕布骑马立在那里，战了大半天，一身铠甲上添了不少烟熏火燎刀砍斧斫的痕迹，气势却不减，浓眉下漆黑双眸放出炽热的红光，正是小宇宙持续爆发越战越 high 的显著症状。看到我出现他倒毫不惊讶，嘴角依然是战意十足的浅笑，手中无双方天画戟在头顶缓缓旋转一圈后收在腰间，摆出随时迎战的姿势。

“你说过会让我的。”我笑意盈盈地开口说道。

“不错。”吕布回答，“怎么让。”

“我说怎么让你就怎么让？”

“当然。”

“好！”我举起手中一红一黑两根布条，“我们把眼睛蒙上打。”

吕布一愣，我立刻祭出一副无赖相：“怎么，不敢？你那天夜里不是挺能打么！”

他双眼果然又是一红，一个翻身跳下马来。我又开始解腰带，吕布再一愣，说：“你干什么？”

“别紧张。”我笑道，“这腰带是把我们两个绑在一起的，不然谁都找不到谁，要打到什么时候去。”

不由他反抗，我便径自走上前，把腰带另一端绑在他腰间，然后递过黑色布条，说：“我们各退三步。”

三步退后，腰带刚好被紧紧绷直。我展开手中红布条，一抹耀眼的阳光正透过来，染得满手澄澈鲜亮的红，仿佛正沿着手腕向下流淌。

“手下留情啊。”我笑一声，举手蒙住自己眼睛。

什么都看不见了，只有风声，阳光，额角的汗珠，还有尘土和

倾城一笑

血的气息。

"好了就喊开始。"我说。

片刻之后，对面传来吕布低沉的声音："开始。"

最初谁都没有动，我立在原地倾听，腰带上传来被绷紧的细碎声响，紧跟着劲道突然一松，我上身轻轻向后一仰，一道沉重的呼啸声擦着鼻尖划过——不出我所料，这家伙第一招必然是向前横挥——与此同时，我左手中一只乾坤圈也应声飞出，打是打不中的，不过是造个声势，空出的左手向下顺势拉住腰带，在手腕上连挽两圈向后一拉，腰带重新被绷直，此刻我与他之间距离是五步，右手乾坤圈如风驰电掣般出手，"锵"的一声钝响，什么东西砰然落地。

观众席里激起一片惊呼，我放开腰带向后连退，直退到六步远的极限，双手收回乾坤圈，忍不住用一根指头挑起眼前布条，刚好看见吕布一头乱发落下来披在肩头，被艳阳镀上一层金棕色光晕，仿佛鬃毛蓬乱的一头雄狮，不，雄狮是非洲特产，那就像山猪吧。总而言之，刚才那一击打落了他的束发紫金冠。

吕布伸手摸了摸自己的头顶，眉眼藏在黑布后看不见，嘴角依旧在笑，却有一股盛大的怒气激荡周身，隐隐爆出红蓝绿三色电火花。我忙放下遮眼布，两只乾坤圈交叠在身前，身姿微沉准备迎战。

方天画戟的攻击极限范围是五步半，乾坤圈的范围是六步半，况且乾坤圈是抛物线攻击速度变化快，只要掌握好距离，就能发挥出最大威力，画戟虽然可挥可砍杀伤力又大，一旦挥起来不中必然露破绽，这一场战斗我精心算计有备而来，吕奉先没有胜算！

正在暗自得意，只听吕布一声怒吼——这一吼实在惊天地泣鬼神，达到生化武器水准，四下里飞沙走石，方圆几十里内空气都如钟鼓锣磬般轰然乱响，我五脏六腑被震得剧痛，心里不禁慌了一下，紧跟着腰带上又是一松，来了！

我向侧面一闪，刚刚躲开这一击，却有一股巨大的力道沿着腰带狠狠一拽，将我拉得向前扑去，画戟划过空气的嚓鸣声从天而降，我忙顺势在地上一连串侧滚，冰冷的刀尖擦着衣襟划过落入尘土中，腰上又被一拽，这小子，仗着自己一把膂力便使如此横招！

我顺势往前滚，画戟刀尖紧随其后，一声又一声向下猛劈，腰带已短到不能再短，我手持乾坤圈贴着地面横扫，被什么东西弹回来，皮靴！另一只乾坤圈伸出去，圈住那只脚猛一拉，对方一个踉跄，我趁势跃起，背后却撞上什么东西，冰凉坚硬，是他的背。我一惊，跳起向前猛蹿，画戟枪杆却重重打在腰间，一阵钻心痛，仿佛整个身体都断作两段。

我紧咬住牙关不敢出声，回手摸到枪杆末端，将腰带在上面连绕两圈，枪杆又是横挥，被腰带缠住势头一滞，我赶在千钧一发时挥手斩断自己这端的腰带，顿时腰间力道一轻，紧跟着回身就是一脚，踢中了！

吕布一声闷哼，我一把扯开眼上的布条，看见吕布背对着我，半截断掉的腰带在风中猎猎起舞，手中画戟架在头顶猛抡，不等他抡完一圈，我飞身对准他膝盖窝又是狠狠一脚，巨大的膝盖哐哐两声落地，我双手挥出，从后面架住他脖子，两只乾坤圈交叉紧贴住毫无防备的咽喉，像寒光闪烁的獠牙咬住猎物。

四下里突然寂静，片刻之后，那一方殷红的布条才随着漫天黄沙徐徐落地，在尘土里翻滚几下，不动了。

周围人都看得呆了，几千张黑洞洞的嘴大张着却没有声响，一时间，整个世界里只剩下我一个人的心跳。

我喘息未定，俯身贴近他耳边问："你服不服？"

吕布双眼依然被蒙着，花岗岩般冰冷坚毅的嘴角紧闭在一处，我手中兵刃又逼紧了几分，勒得他喉咙间皮肉深陷进去，微微搏动的粗大血管都隐约可见。

左老头突然从台下站起来，不阴不阳地喊一声："郡主，你作弊！"

满场哗然，场边其他兄弟们也呼啦啦跳起来，神色紧张却不知该如何是好。

"闭嘴，这里轮不到你说话。"我冷冷朝左老头瞥一眼，扯开吕布眼上布条扔到一边，不急不缓地低头对他说："不错，我是作弊，但这一场只是你我之间的比试，是你自愿让我的。"

吕布沉默半晌，低声说："我不服。"

"当然，你服了也就不是吕奉先。"我说，"我只是让你知道，为了赢你，我什么手段都使得出。这世间造化本来就没有公平可言，弱肉强食，胜者生存，公平只是强者为了欺凌弱者才制定的游戏规则。我生来比别人弱，又为何硬要讲什么公平呢。"

吕布不说话，我瞥一眼左老头，他也不说话。我又继续说下去："我孙尚香也是个不服输的人，想要凭几场可笑的比武就决定我的命运？做梦吧。你不服，我们可以再比，任何时候，任何方式，但我会想出一切办法赢，吕奉先，你还敢再让我么？"

吕布回头看我，一双眼睛被压在散乱的额发下，却依然黑沉沉深不见底。

许久他开口说："你果然能打。"

"谢谢。"我字正腔圆地回答。

"我不能留下。"他一字一句慢慢地说，"你也不想走，对吧？"

我看着他不说话。

"但你嫁了我，就是我的人。"他说着，眼里又燃起战意，"我要带你一起走。"

我怔了半晌，突然笑起来。分明是强盗的逻辑，却被这家伙说得理直气壮，吕奉先你让我怎么说你呢，还不如直接掐死你来得省事。

我收回手中乾坤圈挎回肩上。

"傻瓜，谁说我不想走了。"我说，"可不是你带我走，是我和你一起走。"

他浓眉一挑。

"离开东吴，去更广阔的天地。"我继续说下去，"一路走一路战斗，直到世界的尽头，这是我自己的选择，跟嫁不嫁你又有什么关系？"

吕布张了张嘴，却没声音，我很少看见他这样的表情，不禁笑得更加开心，笑罢我说道："你记住，不管我们今天谁输谁赢，不管谁强谁弱，我就是我，不是任何人的附庸。无论将来发生什么事，我在你心里地位如何，那只是你的事；我怎么看你，把你当成什么人，也只是我的事。我愿意与你并肩战斗，踏遍每一片战场，看遍每一段景色，征战天下，到死不停，直到明白自己究竟为何而活，这是你教我的，吕奉先。"

他依然疑惑地皱着眉头："我教你的？"

"师傅领进门，修行在各人。"我说，"怎么样，你明白我的心意了么？"

"不明白。"他说。

那一双漆黑如战神的眼睛瞪着我，我默不作声地看回去，呵，事到如今我还有那么多话没有说，再不说就没机会了吧，这个故事就快要完结。

我想说男人到底想要什么，我其实一辈子也不会懂，我想要什么又有谁会明白呢，有时候自己都不知道。我只知道我不想穿着长裙戴着满头珠翠坐在绣楼里，手里抱一个孩子，眼睛望着窗外等丈夫从战场上回来，就在那等待中一日一日衰老下去，化为灰烬。我想做那个永远十八岁的弓腰郡主，骑上马挥舞自家武器，跟你，跟大家一起冲回战场去，见人砍人见马砍马，放倒别人或者被人放倒。如果你我能一起活到最后一刻，活到所有 boss 都死光了，而音乐还没有随着天光熄灭之前，或许我还有机会跳上你那匹天下无双的赤兔马，坐在你身前，我们一起沿着大路，向着远山，向着世界尽头纵马狂奔。那里是什么我不知道，也许是一面墙，也许是一片虚空，也许有一面牌子，上面写着"此路不通"几个字。但也许那里又真的有什么呢，也许有一条河，一片寂寥的沙洲，沙洲上开满白蘋，岸边有细柳和桃花，芳草鲜美落英缤纷。我们跳下马，把手中武器插进松软的泥地里，找一棵最高最美的桃树坐下，砸开一坛酒，一人一口喝完它。你不用说话，我也不用说，但人喝多了酒总会话多，如果酒足够，时间也足够，也许你会愿意开口，讲你的故事给我听，我也会讲我的故事给你，我们就一直这么讲下去，讲到地老天荒。如果地老天荒之前故事讲完了，酒也喝完了，那你就骑上马走吧，继续去世界每一个角落找你的貂蝉，让她跳舞给你看，我要一个人醉死在那棵桃花树下。漫天花瓣不分四季地落，永远落不尽，总有一天会把我的身体埋在下面，再也不用醒来。

这一切我现在不会告诉你，吕奉先，所以你不明白，可是我站在这里，等你一句话。

许久他低声问："刚才这场怎么算？"

"我说了，你不服，可以再比。"我说，"不用手下留情。"

吕布握紧无双方天画戟，缓缓站起身，我一步步退后。阳光明亮耀眼，穿透金色尘土四下里弥散，有一股劲风从遥远的地方吹来。我仰头望去，天空宁静空灵，没有飞鸟，没有浮云，一片无限接近透明的蓝。

"来吧！"吕布低喝一声。

我回头大喊："还愣着干什么，一起上！"

台下华丽的东吴美男们怔了短短一瞬，还是甘宁先反应过来，高喊一声："奶奶的，老子不信砍不死你小样的！"便率先跃上擂台，其他人也纷纷抄起家伙紧随其后。大地震动，飞沙走石，各色兵器在阳光下发出耀眼的光芒，空气像火焰般猎猎燃烧起来，十来条身影被裹上一层微黄的烟尘，仿佛一部胶片泛黄的老电影，轮廓色彩早已黯淡，却依旧热血沸腾。

在那一片光芒和呐喊声组成的海洋中，有一道激昂的怒吼爆裂开，将整座战场劈作两半。巨大黑影逆着光芒拔地而起，如一只凌空展翅的大鸟。

许多年后我写回忆录，一定会用这样华丽无双的句子描述当时情景：

那一刻被电光照亮的他的身姿，千万年后仍凝固在传说之中。

其他的就交给读者去想象吧。

2008 年 6 月

最后的两句掰扯：

打《三国无双（四）》的时候，我最喜欢用女将，女将里最喜欢孙尚香。这个短发绿眸的漂亮萝莉不娇不妖，十分能打，一招 C6 旋尽方圆十八里敢于近身的男人，比起甄妃女王的吹箫大法毫不逊色。

然而她的命运却是最悲惨的，我一度怀疑无论是对读演义还是看戏文的人来说，她的亮相只剩下甘露寺里短暂而辉煌的一幕。说出"厮杀半生，何惧刀枪"八个字后，她便完成了由少女到人妇的转变，从此坠入尘埃，尘埃里开出一串惨淡苍白的花。被丈夫骗，被亲人骗，背井离乡，夺子丢夫，步步落入他人算计，分不清哪里是敌阵，哪里又是家。直到许多年后，某个血色弥漫的夜晚，嘴里默念丈夫的死讯立在江边自刎。

因此恨大耳，恨孔明与公瑾那对没天良的妖人，恨孙权这个没有人情味的哥哥，甚至恨夺了阿斗的赵子龙。

第一次打《尚香传》，最后一关听闻刘玄德在敌阵中，我确是怒气勃发地冲上前去将五虎上将一一挑翻，然后旋飞主帅放在空中戳啊戳啊一直戳到死，然后胜利，出结尾动画，猥琐男躺在姑娘

怀中闭上双眼，耳边传来女孩子悲痛欲绝的呼喊："どして？どして……"

这个世界太残酷，好白菜都被猪拱了不说，还从皮拱到心，拱得七零八落不能收拾。

后来听说刘备要拿真黄龙剑，就得在某关中杀掉孙尚香，尚香见了他就跑，还得追在背后赶尽杀绝。

遂放弃玩大耳，永远放弃。

那之后某天早上，我做了一个邪恶的梦，梦见《三国无双》的系统被某个程序错误封闭，里面各方势力纷纷自我觉醒，开始寻找通往其他世界的道路。有人跳出来说要和谐，要三家统一，要开荒种田，要增加人口，要共产共妻，要大力发展走婚制度……于是天下再次纷乱，局势发生种种微妙的改变，东吴的美男美女们一步步卷入旋涡，又是和亲，拜天地，有人进了郡主的闺房，不，不是皇叔，是谁……

战场上烟尘弥漫。

醒来发呆良久，打开电脑开写。

这次，我要我的姑娘勇往直前，天下无双。

如同以前经常发生的那样，笔下人物很快开始脱离了我的控制自行其是，华丽美男变成了流氓团体，孙家父子沦落为小白，左慈大神根本是自己跳出来的，尚香姑娘在开场十分钟内完成了从忧郁文学女青年到凉宫春日的转变，至于吕奉先，每次让他开口说句话都是那么费劲……

最可怕的是，洞房那幕回忆皇叔的戏原本纯是为了搞笑外加发泄怒气，然而西皮摇板悠悠响起，我才猛然发现，其实尚香心里真的是有那个男人的。

女人心，海底针，不管你怎么为她武装，她心中依然有一块柔软的禁地，连万能的作者都琢磨不透。

世道就是这个样子。

不管怎样，我尽忠尽职勤勤恳恳地完成了这个故事，尚香又被我嫁了一次人，不过这次，在这个阴差阳错乾坤逆转的世界里，或许她能更好地掌握自己的命运吧。

顺带一提，写文过程中无意从网上搜出一篇八卦帖，里面说陆伯言本名陆议，是在尚香死后才改名的，"逊"者"孙走"，说明该小白脸心中一直有他的郡主。这种八卦古人的精神我很喜欢，于是将其顺理成章安排为一条忠狗。

回想史书中那个冰冷残酷女子命运轻如草芥的世界，若是真有一双眼睛始终默默凝视着弓腰郡主飒爽英姿的身影，那么多少还会有一丝温暖吧。

雨　季

那　司

雨季已经来临了一个多月，并仿佛打算永无止境地持续下去。

那司将面前那些水蛇一样细长妖娆的叶子拨到一旁，抹去眉毛上冰凉的水珠向前方努力眺望。路早已被新长出来的苦蕨遮蔽了，丛林里浮动着牛奶一般浓稠的水雾，他在雾里穿行，乌黑的树影逐一从那层层厚重的毡幕后显现出来。

雨水窸窸窣窣地落着，偶尔从某个方位传来一声鸟的鸣叫，显得空旷又寂寥。那司站住了——这确实是来时路上的那棵树，又粗又长的须状藤蔓从几十丈高的地方垂荡下来，树干上附着厚达几寸的苔藓和色彩鲜艳的菌类，散发出腐败气息的树洞凹陷处点缀着一丛丛灰白，蓝的和紫黑的兰花。

他终于松了一口气，坐在滑腻腻的树根旁休息片刻，一只树蛙从脚边的泥潭里蹦跳着逃开，背上满是暗紫和翠绿的花纹。

"我究竟在这里干什么呢？"他睁大被雨水浸泡得微红的双眼，盯着那团邪恶扭曲的躯体自言自语，吐出的热气惊扰了浓稠的雾。

自打来到这里，雨总是没完没了地下着，而他也总是没完没了地在泥泞的雨林里跋涉，为了某些虚无缥缈的希望，一个近乎疯狂的梦。

双腿沾满了泥，掺杂着苦蕨的汁液和低等爬虫破碎的躯体，湿答答地往下淌着水。于是他拽下一大把灰绿色的苦蕨叶子来蹭掉腿上的泥，努力让饱受辛苦的腿舒服一些。

那个声音又从后面逼近了，轻柔得几乎像是在草叶中飘过一般的脚步声，柔软的肢体穿越水雾发出的碰撞声，甚至露珠凝结在皮肤上，然后慢慢滑落的声音，他听见风在女人的发梢里游走，咝咝作响，神秘莫测而又魅惑动人。

他依旧没有回头，不管周围的一切到底是幻觉还是真实。

雨声稍微稀疏了一些，那司站起来，从一个树洞里小心地揪下几棵开得正旺的兰花，攥在手里继续向前走。如果好运继续跟随他的话，他将在天黑之前走出丛林。

小　屋

傍晚提前来临了，更糟的是，雨点变得密集起来。那司在泥泞的小路上一步三滑，雨水沿着不同的路径从他的头发里成股流下。微弱的一星灯光在视野里闪烁，时远又时近，当他最终触碰到吱呀作响的门板时，感觉到自己好像已经耗尽了浑身的力气。

恩嘉坐在桌子旁边等他。小屋里仍旧是安静的，温暖而干燥，橘黄色的火苗在灯盏里幽幽浮动，光芒仿佛有生命般四处蔓延，动人地闪烁着。

雨水的气息和苦蕨清冽的草汁味道被带进来，那司忙着抖落身上的水，假装顾不上抬头说话。温和舒适的气氛下隐藏着某些东西，微妙地存在于两个人周围的空间里。这种情况已经持续了许多天，令人无能为力。

恩嘉一言不发，只是端上盛着热汤的瓦盆，然后清理掉陶罐里

　　　　　　　　　　　　　　　　倾城一笑

萎蔫成一团的枝蔓，换上新的兰花，动作敏捷有力，几乎如同小屋里干爽的空气，那些坚硬光洁的木质桌椅，还有那些擦洗得干干净净的餐具一样，散发出一种镇定自若的气息，并且从不被外面恶劣的天气所影响。

热汤和食物蒸腾起来的气息冲淡了僵持不自然的感觉，那司用木勺在汤盆里搅来搅去，还故意发出很响的啜吸声。他又累又饿，所以其他想法可以先放一放。恩嘉沉默不语地站在他身后，突然俯身轻柔地拥抱了他的肩膀。

"又见到她了么？"她湿润的唇在他耳畔低语。

那司的身体僵硬了一下，然后慢慢松懈，像是雨水慢慢流回瓦罐里的感觉。

"没有。"他仰头轻声说，恩嘉的额发散落在他脸颊上方，被灯光渲染成金红色，"我听到了声音，但是不能确定。"

恩嘉微微点了一下头，发梢在半空中跳跃了一下。

"明天，我跟你一起去。"她轻声说。

那司沉默着，既不表示惊奇也不反对，恩嘉已经作了决定，就是这样。明天，一切问题都会有一个分晓，尽管那未必是可以令人满意的最终解答。

夜渐渐地深了，门窗在风雨敲打下一直吱吱作响。那司先是在风雨声中辗转反侧了一阵，但精疲力竭的感觉很快抓住了他，将他拖入沉沉的睡梦中。

梦里，有只红嘴雀在开得正盛的苹果花丛中啁啾婉转，唱了一夜。

恩　嘉

清晨，雨似乎稍微停住了。

那司站在门口向四处张望，一眼就看到了恩嘉的背影。她低着头，赤足站在不远处的树丛里，过了很久才回头望向他，随手把一缕被露水浸湿的额发掠到耳后。

她的目光清亮动人，无袖短褂包裹下的身体温暖而干爽，进入雨季之后，恩嘉就像一枚吸饱了水分的籽实，变得丰盈水嫩，而那司自己却逐渐虚软，苍白，手掌上的皮肤被雨水浸泡得皱皱巴巴。

她的双眸沉静如水，却仿佛穿越了他，望向更远处的一个虚无的所在，开口说道："时候不早了，我们出发吧。"

那司点点头，把包裹挽到肩上，向雾气弥漫的丛林深处走去，恩嘉紧跟在他后面，两人仍是一言不发，只听见远远近近的鸟鸣交错着一声接一声。

丛　林

雨声又逐渐响起了，伴随着那些喜爱潮湿的低等植物疯狂生长的声音，新的苦蕨和羊齿觅取代了昨天的，灰暗的羽状叶片开开合合，一寸一寸地向上长，直达膝盖以上。那司每迈出一步都会踩倒一些挺立的植株，但它们几乎立刻就开始缓缓地竖起来。恩嘉不得不紧跟着他，尽可能踩进他的脚印里以节省体力，在她身后，又是一片茂盛的仿佛从未有人涉足过的林地。

走过很长一段时间后，他们会找一棵树停下来稍作休息，各自清理腿脚上的泥浆，也吃些冰冷的咸肉以补充体力。同时，那司必须仔细把他们驻足过的树的外形记在心里。做记号是没用的，那

　　　　　　　　倾城一笑

些苔藓、地衣，以及像蛇一样攀爬在树干上的藤蔓会迅速遮盖他们留下的任何记号。

周围的景色在逐渐发生改变。他们穿过一片竹林，所有的竹子都高达数十丈，从叶子到竹竿都是泛着白的灰绿，仿佛被雨水漂洗得褪了色。在他们周围全都是着了魔一样向上蹿的竹笋，不时有脱落的笋衣在空中翻转着，喑哑地落到不知积了多厚的落叶层上，里面蓄满了水。他们不仅要努力使自己不陷在落叶里，还要提防突然从脚下刺出的新笋。

接着他们进入一片更加奇异的树丛里。岩石间、树枝上、草棵里，到处缠挂着长长短短、色彩斑斓的长带。恩嘉本能地屏住呼吸，尽管她也明白这是完全没有必要的——这些只是蛇蜕而已。丛林中的蛇在雨季前聚集到这里蜕下皮，之后就藏匿得无影无踪，它们留下的恶臭在雨季来临后的半个月里就被冲刷得干干净净，只留下这些质地坚韧又不怕水浸泡的蜕皮在空中相互拍击，发出空空落落的响声。

那司注意着身后的脚步，他能感觉到恩嘉已经极其疲惫了，尽管她一声不吭，但是喘气声愈加粗重。

"我们刚刚走了不到一半路。"

那司回过头说道，这是今天早上他对她说的第一句话，他的声音在雾气里显得沉闷、低缓。

恩嘉抿紧削薄的嘴唇，然后点点头。

沼地里的花

临近中午的时候，随着禽鸟的鸣叫逐渐远离，他们进入了一片氤氲弥漫的沼泽。

这是一片从这大陆创始之初就已存在的，潮湿而寂静的魔潭。

谷地里开满血红色的野百合，低洼处积着一片又一片潭水，被雨水击打出无数细密繁复的涟漪。

一段粗大的树干横搭在水泽上方，表面像煤一样漆黑，枝叶早已剥落干净，躯干也成了菌类和爬虫们的乐园，所幸内部还没有腐朽。树干疏松的表皮又腻又滑。两个人小心翼翼地攀爬上曾经是树根的一头，几乎是手脚并用地向对面移动。

走到正中间的时候，恩嘉突然停下了。她直起身子，向四周张望。

"雨停了。"她说。

雨的确停了，他们的注意力一直只被危险的地形所占据，以至没有及时发现这一变化。

丛林里一片寂静，只听见草叶相互摩擦的细碎的声音，让人耳朵很不习惯。那司环视四周，然后向头顶上方望去，千万簇交错起来的枝叶间逐渐透出一种奇异的颜色。

那是阳光。

无数的光点愈加闪耀，像流动的金属一样筛落下来，尽管数量稀少，仍然在这里或那里溅开几小块不规则的斑点。

那司屏住呼吸向远处望去。沼泽里的潭水异常平静，映出明亮而奇异的倒影，一片连一片向远处延伸。就在这时，恩嘉抓住他的手。

"你看。"她小心地指着。

在他们面前，有一个曾经是树洞的凹坑，里面积满灰色的絮状苔藓，但是一小簇鲜亮的绿色正从里面冒出来。它摇摇晃晃，噼噼啪啪地弹开一片又一片柔嫩的小叶，上面覆盖着一层银白色的绒毛。

周围嘈杂起来，无数棵青翠的幼苗叽叽喳喳地争着向上蹿，抢夺一星半点阳光，但站在那里的两个人无暇他顾，就在一瞬间，树洞里的植株已抽出几个晶莹的花苞，由上到下依次绽开。

倾城一笑

小小的白花在空气里颤动着，金黄色的花蕊星星点点，像是融进了阳光。

空气中涌动着一种激扬的气息，如同一曲流淌翻滚的旋律，把两个人包围在中间，他们对视着，手紧紧地攥在一起，连姿势都不曾改变一下。

一道光束落到恩嘉的眼睑上，合着睫毛的影子一起跳跃不止。一瞬间，她的唇颤了一下，又突然抿住，那司以为她要说些什么，但是她只是抬起双眸，目光闪耀着，带着几点忧郁。紧接着，他们周围的光芒随着她眼中的亮斑一同黯淡下去了。

几点雨声响起。

丛林上方，新的流云填补了被疏忽的小小空隙，重新把丛林包围在浓密的雨帘里。

盛开的花儿将路过的阳光误解成雨季结束的信号。在雨点的敲击下它们迅速萎蔫，茎叶都缩成墨色的一团。各种颜色的花瓣飘零着，连同金子般的花蕊坠落进泥水里。刚刚升起的绿色帷幕比来时更快速地落下，仿佛只是上演了一场明艳而静谧的梦。

两个人静静地站立在雨中。恩嘉把目光移开，说："我们走吧。"

她湿冷的手从他的手心里滑出来，像一条濒死的鱼。

那司垂下眼睛，转过身，沿着树干搭成的桥走向对岸。

树，道路，以及……

他们又在丛林里跋涉了很久，手脚并用，指缝里都嵌满绿茸茸的泥浆。道路早已消失在纠缠错结的树根中间。随着地势逐渐低洼，水雾像河流一样涌动着，愈加汇积起来，最终把他们带入一片笼罩在阴霾中的谷地里。

"快到了。"那司停下脚步，这几个字跟随雨滴一起从唇边滚落，两个人站直身子，一时间，只有粗重的呼吸声，心跳声和骤然变得幽远的雨声一起蔓延开来。

他们现在身处一片快要过人头的灌木中，加上光线阴暗，几乎什么都看不见。但是，只有那司清楚。

"就在那后面。"他感觉稍有点不自然，这片孤寂而又阴郁的林地，到底有多少外人到访过呢？但是至少直到现在，他一直当作自己一个人的秘密，一瞬间他像一个孩子般羞涩，又有点骄傲，正准备揭开幕布。

"这就是她带你来的地方？"恩嘉笔直地站在那里，并不回头。

"先不要问。"他摇摇头，"用你的眼睛看。"

他向后仰起头，深吸一口气，然后把最后一道屏障拨向一边，姿势轻柔得仿佛怕惊醒了沉睡中的美人。

恩嘉向前迈出几步，最初她似乎有些迷惑不解，接着浓重的雾气后巨大的黑影开始慢慢浮现出来，于是在刹那间，呼吸停止了。

雨水仍在缠缠绵绵地落着，恩嘉仰起头往前看，再往远处看，她头发上温热的湿气就在那司的颌下徘徊，稍一低头就能用嘴唇碰触到。他站在那里，等待着恩嘉对所看到的一切能在脑海中形成一个概念，这个过程似乎用了很久。

"……树……道路……"恩嘉嗓音嘶哑地说。

那司点点头："树。"

乌黑的、露出地表的根系在他们面前绵延了很远，几乎覆盖了整片泥淖的谷底，隆起的部分远远高出一人的高度，像是土地自身的起伏一样，被其他灰压压的低等植物所覆盖。根系全都来自一棵树，坐落在这片宏伟的迷宫的中央。

他们现在离树干还很远，涌动的雾气模糊了距离感，让人无法估量树的尺度，只看到黑沉沉的树干像远处的一道墙。树冠在无限高的地方展开，把整片谷地包裹在下面，从下面望去，就如同一片黑暗的、轮廓不清的云。

树的根系间有无数条道路，随着最高的隆起处蜿蜒曲折，从树干的方向放射性地向四面八方散开，像是一幅浮荡在空中的苍白的立体脉络图案。那些道路明显带有人工痕迹，它们的精致纤巧与作为背景的宏伟构造相比显得微不足道，然而正是它们清晰无比地标出了每一道树根分叉的走向——从树干基部，一直随着根系四处伸展蔓延，最后在谷地的边缘隐入地下。

那司从后面搭上恩嘉的肩头，在湿润的水层之上他感到了自己掌心的热度。

"来，这边。"他说。

他们绕着树走了几百步，找到了一个道路入口，路的一部分被暗绿色的污泥吞没了，然而从泥沼里却矗立起一段倾斜的长杆，也许曾经是路标或是旗杆，更高的部分则保存得相当完好，仿佛一只枯萎的手臂般依旧固执地指向某个不知名的方向。

两人踏上了那条道路，恩嘉有些不知所措地站在原地，路面不可思议地又宽又平，脚下感觉很是光滑，修建它的人们似乎用了某种清漆来保护木质的路面不受潮气侵蚀，再加上庞大的树冠遮蔽了雨帘，使路的寿命远远超出人们的想象。

"我们……去哪儿？"恩嘉抱着肩膀问，她一直泡在泥水里的双脚在光洁的路面上不安地滑动。

"那儿。"那司伸出手，顺着道路的方向划出一条弧线，沿着树干，一直移向他们的头顶上方。他把这姿势保持了一会儿，等待恩嘉收回目光。

"别怕。"他故意咧开嘴笑了一下，双手把湿透的额发向后拢去，露出苍白的额头。

"不用怕。"他重复了一遍，拉住恩嘉的手，轻声说，"跟我来。"

他们沿着盘旋上升的路向氤氲覆盖后面朦胧的庞大树影前进，留下两串残缺的污浊的脚印。两列不到半人高的路灯排列在路旁，间距有一里左右，形态异常精巧，仿佛是由某种暗蓝色的植物天然形成的，硕大的花球静静地矗立在枝干顶端，半透明的花瓣半闭半开，幽暗的花笼中只剩了黏腻的积水。

在一些特别陡峭的地方，有专门修出的台阶，只是阶梯之间的距离比他们所熟悉的标准要宽大和倾斜很多，仿佛这些工程的修建者们习惯了用更加轻盈的步伐来行走一般。恩嘉惊异地望着这不可思议的工程，然后又用同样惊异的目光望着那司，那司则始终一言不发，埋头领路。

风从这里吹过，将雾气逐一兑浓而后冲淡，道路两旁是不知繁衍了几百年的寄生菌和蕨，不时妖冶地攀爬上灯柱，紫色的藤萝从高处垂荡下来，有些搭在了路面上，仿佛毛茸茸的巨虫在这个寂静得出奇的世界中沉睡。

没有雨，雾气仍旧在皮肤上凝结成水珠，两个人在沉默中走了很远。路开始不断汇聚起来，变得更宽广。现在，转过一个大弯，树干已经很近了，越发像一座碉堡的墙壁般呈现在眼前，回头望去，一大片盘根错节的根系仍静静地匍匐在脚下的泥沼里，伸展向无穷远。对任何无意间闯入的造访者来说，这一切都如同一个没有尽头的奇异梦境。

恩嘉仍在琢磨那司手势的含义，很快她便明白了，道路在树干基部并没有中断，而是连接上了几道沿着树干盘旋而上的楼梯，它们都是在树干上直接建造而成的，同样用清漆防腐，并且在外侧加上了栏杆和扶手，路灯则安装在靠近树干的一侧。

走完这些楼梯同样用了很久的时间，他们不得不中途休息了几次。恩嘉精疲力竭，但是她的嘴唇张开着，闪闪发光的眼睛里毫无倦意，向远处和下面用力张望。

随着高度的增加，整片阴沉的谷底逐渐被雾气掩盖了，退成一片高低起伏的阴影，似乎很难想象他们是从那令人窒息的地方走上来的。头顶上方，暗沉沉的树冠仿佛近在咫尺，一环环须状长藤从不知多高的地方垂荡下来，像巨蛇的身躯一般闪着幽暗的光。

倾城一笑

他们走到了旋梯的尽头，那里是树杈伸展开的地方，像是一大片平地一样宽阔，在边缘处才有迅速增加的弧度。这片平地中央被一座精美的二层小楼占据着，以及围绕在它周围的庭院。

恩嘉又一次屏住了呼吸。

没有什么比这个奇异的地方出现的一座人类的憩所更令人如坠梦中了，它仿佛一座遗忘在丛林里的魔宅，或者仅仅是幻术营造出的蜃楼，那么安逸，静谧，在冷漠的外表下不知隐藏着怎样甜蜜的诱惑。他们像梦游一样向房子走去，在它的门廊前流连。房子也几乎完全是木质结构，然而工程上的细致程度却远不是刚才的道路和楼梯所能比拟的，墙壁和窗台贴着具有天然美丽花纹的银桦树皮，琥珀色的漆层光可鉴人，紧闭的门窗厚重结实而不失灵巧，屋顶上被极其巧妙地覆盖了一层细腻的黑泥，在潮湿的空气中吸饱了水分，正丛生着大量郁郁葱葱的灰绿色蕨叶和色彩斑斓的菌类。周围的庭院用小径和扶栏优美地分隔开，中间甚至有一泓依然清澈见底的水潭，洁白的石子沿着边缘层层叠叠地铺垫下去，缝隙间蒙上了暗色的青苔，只是缺少几尾游鱼在水波里追逐嬉戏。花坛里同样精心填充了泥土，那些丛生的杂草间依然看得见主人曾经精心栽培的花朵、形态优美的藤蔓，以及三五成群的细小灌木，在漫长的雨季中一一散发出腐败荒芜的气息，仿佛为了等待情人绝望而死的少女尸骨，依然执着地凝固在最初近乎完美的姿态上。

一架秋千静静地憩息在庭院一角，绳索是用古藤拧成的，一些已经萎蔫得辨认不出原色的残叶还在幽暗的光线里颤动。

恩嘉也抖动得和那些残叶一样，周围的雾比谷底稀薄了很多，她的身体逐渐变干，但是依旧是冰冷的。那些生动鲜活的每一道细微精致的设计中都仿佛凝注了具有生命的灵魂，不经意地轻轻一碰便悄无声息地散逸出来，随着雾气一起侵入人的肌肤骨肉，令周身血液也减缓流动。

那司握住了她的一只手。

"这只是一小部分。"他说。

四周，沿着上升的树枝还有各式各样依据起伏的形态修建出的楼梯和道路，通向更高的地方，通向四面八方，通向无数枝干分叉处的结点。

"这是……"

"这是一座城。"那司说，"树上的城。"

"到底……有多大……"

"非常大。"

他们一直向上望，望到脖子发酸。周围寂静得恐怖而又优美，只有风吹过树叶传出的细碎低语。

"来。"他握了握她的手，"当心脚下，我们要继续往上走。"

城

内陷的旋梯。

幽暗的洞穴。

垂荡的绳索。

那司启动一座又一座吊桥，穿越在枝干构成的立体迷宫间。繁茂的枝干掩映下，形态各异的建筑物坐落在不同层次的空间里，庭院，长廊，上升的阶梯，屋顶的阁楼和旗杆，隐藏在树洞里的旋转扶梯，用来引水的管道错综复杂，沿着枝干生长的形势通向各个地方，没有任何累赘的装饰和雕刻，只是凭借本身完美的构造和工艺便拥有令人如坠梦中的魔力。它们沉默地栖息在那里，像一群疲倦的小鸟散落在树丛中，却仿佛可以将居住在这其间的居民的全部生活展现给你看一般。

一座不可思议的树城，一座沉睡中的魔城。

然而却是如此寂静空旷。

"一个人都没有。"恩嘉望着那些一尘不染的窗台和门廊，却不敢伸出手去触碰一下。几只暗红的瓦罐被遗忘在窗台上，边缘略有些残破不全，里面盛着深浅不同的、清亮的积水，没有人猜得出里面曾经存放过什么。

他们还在向上攀爬，楼梯没有了，只能利用绳索和吊篮垂直上下，然后手脚并用地在纤细的树干上爬行。周围的建筑物也变得愈加小巧，大都是圆形的单间，有着矮矮的尖顶和向外延伸的、宽大的窗台，每一扇窗台下都悬挂着一束早已腐烂变色的花朵。

隐隐地从枝叶包裹的重围外又渐渐传来了雨声，那司停下来。

"到了。"他说。

"什么？"

"我们到这棵树的顶端了。"他扶着一簇树枝以保持平衡，小心地站起来，把头伸到枝叶外面去，恩嘉也站了起来。

他们像两只鸟一样身体没在茂密的树丛里，只把脑袋探到整个树冠边缘以上，浓密的雨帘从天而降，光亮和流动的空气让人一时无法适应。

树冠的顶部像是一片被暗绿色地衣覆盖的、起伏不定的原野，几乎望不到边际。头顶上方，铅灰色的流云从近在咫尺的地方涌过，以令人难以置信的速度翻腾变幻着。

在他们面前是一座小屋，它的上半部分连同窗台露出树冠，窗台如同其他房屋的一样宽大而结实，可以容好几个人坐在上面，两扇木质窗户在风雨的侵袭中略吱作响。

"来，窗户没有锁。"那司说。

他们挽着手，小心翼翼地移动过去，像是在齐胸高的灌木丛里跋涉。那司爬上窗台，用力推开窗，又拉起一道厚重的绒毯，小屋的内部便毫无遮拦地呈现出来。

他们爬进屋子，飘飞的雨丝和略带苦涩气息的风冲进这个幽闭多时的空间，还有朦胧的光线照亮了屋子里的陈设。两个人筋疲力尽，浑身淌着水站在光洁的木地板上，屋里温暖而宁静的空气被他们所带进来的气息搅乱了，又晃晃悠悠地打着圈子，缓缓沉淀下来。

小屋的陈设很简朴，但是同样整洁清爽。桌，椅，床铺和墙上造型奇特的木架上都空荡荡的，散发出温暖淡雅的原木光泽。

恩嘉呆呆地望着墙角的床，窗户在她身后依旧不堪重负地呻吟着。

窗口的光线在逐渐暗淡下来，两人并肩坐在地板上，眼睛彼此对视，无数的问题在空气里盘旋，来回飘荡，这是谁的房子，为什么在这里，发生过怎样的故事，他们去了哪里，你是如何发现的，又是为什么，窗户没有上锁。

那司用眼神无声地回答着，不知道，不知道，我并不知道，他疲惫地闭上眼睛，潮湿的脑袋向后靠去，挨上了坚实冰冷的墙壁。这一天实在是太漫长了。

"我……什么也不知道……"

雨　夜

幽暗的夜色弥漫开来，两个人坐在桌边，不声不响地吃着冰冷的腌豆和咸肉，然后背靠背挤在光秃秃的床上，几乎一夜未眠。

小屋随着树枝在肆虐的风雨声中有韵律地颠簸着，恩嘉睁大眼睛凝视着黑暗，身体蜷成一团。冰冷的指尖沿着墙根缓缓滑动，似乎碰到了什么东西，她把它拈到眼前，用手指轻轻搓动着。

是一片洁白的羽毛。

"我想……"

"嗯?"

"我想他们是走了。"

　　　倾城一笑

随着一声若有若无的叹息，她的声音像一线幽蓝的轻烟，袅袅上升，然后盘旋游荡在空气里。

"他们遗弃了他们的城，去了没有雨的地方。"

那司并不回答，只是睁开眼睛望向与她相反的方向。窗外，依稀又是那个虚无缥缈的声音，高高低低地吟唱着，没有歌词，没有乐器伴奏，只是穿越在一个又一个空无人烟的房间里，连绵不绝。

"你又听到了她的声音，对么？"

那司在黑暗中默默点头。

"我猜……那是这座城的声音。"恩嘉合拢双手，让那片羽毛在掌心里安静地浮动。身后那个温热的背脊贴着她的背，无声地颤动了一下。

"她太寂寞了，在呼唤你。"

少　女

阳光照进窗口，铺洒在少女颤动的眼睫上。

深绿色的双眸睁开了，如同二月兰的草叶一般明艳晶莹，丰盈的色泽像是要随时漫溢出来。少女把一只手伸向光线中，看着被惊动的灰尘在指缝间悠扬地舞动，有一种曼妙的韵律感。

窗外的红嘴雀跳跃在枝梢间，滚落一串银色的啁啾，少女坐起身，赤裸的胳膊支在窗台上，眯起眼睛向外望去。

三位青年在窗沿下唱过了一夜情歌，这时也早已经回去了，只有他们留下的花束还整整齐齐地并排摆放在一只简陋的木架上，花叶中掺杂着色泽艳丽的鸟羽，光彩夺目。

这是一个天气异常明媚的早晨，树丛中正开放着大团大团晶莹的白花，馥郁的芬芳融在阳光里。鸟儿们拍打着翅膀，梳干羽毛上的露水，少女敲敲窗子，它们就吱吱喳喳地聚拢过来，小小的脑袋向一边歪着。

"我……做了一个梦。"

她也侧过脑袋枕在手臂上，对着鸟儿轻声呢喃。银白色的短发拂过面颊，碎金一般摇曳的光斑里，一切都静谧得如此不真实。

"我梦见雨神来到了我的小屋里。他们赤着苍白的脚，头发里缠绕着泥沼里的雾气，眼睛像没有月光的夜一样黑。"

鸟儿依旧把脑袋歪向旁边，黑漆漆的眼睛滴溜溜转动，少女叹口气，从旁边一个竹筒里捏出几颗橡实的碎粒慢慢撒开，看着那些小脑袋欢欣喜悦地争抢啄食。

清晨的阳光与树影在窗台上绘出曼妙的图案，少女坐到鸟儿中间，双腿在风里轻轻摇荡，莹白的脚腕上缠绕着红色丝带，随风猎猎起舞。脚下的城已经醒了，琴声，歌声和早茶的香气飘上来，四处散逸。

她拨开一道树枝，湛蓝的天空就在面前铺展开，周围是龙璜连成一片的树冠，向四面八方铺展到不知多远的地方，只有像这样无比高大而尊贵的树木，才可以容纳整座羽城，盛开的白花挤挤挨挨地簇拥着，仿佛浮荡在绿海表面洁白无瑕的睡莲。更远处，黛青色山峰伫立在终年不散的云层上，孤傲沧桑，像是一座座遥不可及的孤岛。

小鸟在她赤裸的膝头蹦跳着，少女迎着阳光伸展开双臂，惬意地闭上眼睛。一片羽毛悠缓地飘荡下来，越过树梢，一直飘向远方那片未知的云海。

在那明净的云层下面，依然是阴晦潮湿、终年不见天日的莽莽雨林吧，雨季仿佛永远不会结束，或许他们真的再也不会回去了。

她眼神闪烁着，嘴角浮现出一丝略带忧郁的笑容。那座沉睡在深谷里的城，那座曾经热闹繁荣的城，在浓雾掩盖下不知道会不会梦见阳光和花香呢，会不会在梦里反反复复吟唱她熟悉的那些歌谣呢。

微风拂面，少女轻轻唱起一支歌，鸟儿们展开小小的翅膀，随着风和歌声，随着还未完全消散的迷蒙的梦境，一起飞向无尽的碧空之中。

并蒂莲

"直到现在，听到'并蒂莲'这三个字，依然会令我毛骨悚然。"年轻人低声说出这句话，黑眼睛沉默地盯着角落里晃动的灯影，许久才开始用一种与年龄不相称的苍老嗓音讲述他的故事。

来到这个戏班之前，我曾是一个信使，像许多穷困潦倒的人一样，骑着一匹瘦马在这片土地上四处流离。很多时候我独自穿越杳无人烟的莽林和沼地，走进那些几乎与世隔绝的小山村中，捎去他们远在千里之外的亲人朋友们早已陈旧的消息，再带着很少的一点酬金和装信的口袋离开，前往下一个地方。有时候送信的人在我出发前已经死去了，我就在头上绑一条黑色布条走进村子，村民们站在各家门口，一声不响地远远看着我，等待我最终去敲响哪一家的大门。

十九岁那年在越州，我遇到了几个运酒的商人，我们结伴同行，渡过阴郁幽暗的大雷泽，向更南方的山里前进。然而不久之后雨季就提前来临了，道路被山雨浸渍得泥泞难行，我们几个不得已找了一家偏僻的小客栈停留下来，没有想到，一待就是半个多月。

大雨没日没夜地下个不停，人们无所事事，每天除了一日三餐和睡觉，就只是坐在一起，望着门外毡毯一样浓密的雨帘发呆。大家开始喝酒赌博打发时间，有些人很快输光了钱，就拿出贩运的酒做赌注，边赌边喝，入夜后无论输赢多少都是酩酊大醉。

在那里我还认识了一个年轻人，身形消瘦面容斯文，一双细长的手白皙整洁得出奇。他从来不赌钱，只是坐在一旁捧着一本书看，有人经过时便抬起头笑笑，唇线像女人一样妩媚。据说他收集各种稀奇的草药并以此为生，不久之前还治好了店老板的偏头痛，雨季来临后便也住了下来。

"叫我柏羊吧。"他这样微笑着介绍自己，"这不是真名，不过你可以这样叫我。"

许多年后再听到这个名字，已经蒙上了一层近乎传奇的浓艳色彩，人们总是神色虔诚地向我讲述那个云游四方的年轻人和他身上各种神奇的草药，那时我眼前总是浮现出他说那句话时的笑容，眼神清亮得像个孩子。

兴致好的时候他也会跟我们坐在一起喝几杯，轮流讲述各种稀奇古怪的故事，酒酣时大家免不了山吹海侃，越讲越没有边际，听的人也不多问，只是跟着胡乱应和，伴着窗外黑沉沉的漫长雨夜直到天明，也是难得的消遣。

陌生人到来的那个夜晚，外面风雨正紧，店里几个人坐在幽暗的灯影下仍是有一搭没一搭地闲聊，突然间传来几下沉闷的敲门声，夹杂着被雨水浸烂的门闩咯吱作响，惊得人心里一阵阵冷抽。

店老板披衣起来开了门，只听见"扑通"一声，从暗夜中跌进来一个落水狗一般的男人，衣服都被泥水浸得看不出原本颜色，背上还扛了两道粗黑的麻绳，后面拖着一辆简陋到极点的木板车，车上用锁链密密匝匝地固定了一只黑漆漆的大木箱，雨水从上面成股流下，瀑布般溅落在地上。

那人手脚并用往前挣了几步，脚下一绊，反又向后软软地倒了下去，被抽了筋似的靠着箱子瘫在地上，一时间仿佛连气息也停止了，整个身子缩成一团，像堆冰冷透湿的破布，只有身下一圈水印无声地扩散开来。

店老板拿近了灯凑过去，我这才看清那人的样子，瘦得几乎要刺出骨头来的脸，表面绷着一层被水浸得浮肿起来的皮肉，惨白里泛出青灰，再仔细看过去，那层青灰竟都是一块块湿腻腻的菌斑，长得密密麻麻，头发里，衣服上，脸上手上到处都是。

店老板伸出了手去探他的鼻息，那人却颤了一下，慢慢地睁开眼睛，灯光下看去，连眼白里似乎都蒙上了一层灰绿色的光。

"麻烦您，一壶温酒。"他低哑着嗓子有气无力地说，像是喉咙里也积满了水一样含混不清，骨节嶙峋的手指颤抖着摸索进胸口，摸出来几枚锈绿的铜钿捧在半空中，从指缝里往外淌着锈水。

"妈的，这家伙真邪。"我旁边一个叫老皮的黑壮汉子低声说道，"这么鬼的天气，倒是从哪儿钻出来的。"

我偷眼看过去，陌生人慢慢地爬进角落里坐下来，依旧靠在那只黑沉沉的箱子旁边，两只手颤巍巍地拢住酒壶凑到嘴边，也不用杯子，就那么就着壶嘴慢慢抿着，好像随时就要摊在地上化成一摊水的样子。

"怕也是在路上困的吧。"我说，"或者跟同路的走散了。"

老皮摇摇头，眼神闪烁着端起杯子，更压低了一层声音凑近了问我："你见过淹死的人没有？"

我背上一寒，缩了脖子不说话。

"我见过，就是那样子的，活人脸上哪能长出那样的绿斑。还有他带着那箱子，你看像个什么？"

"像什么？"

"傻小子……"老皮嘿嘿冷笑，"根本是口棺材！"

窗外一道闷雷滚过，震得桌上的灯火也跳了两跳，我从耳朵到后背全是麻酥酥一片冰凉，闭紧了眼睛，再不敢朝那个角落里多看

倾城一笑

一眼。

柏羊探过身子，懒懒地伸手挑了挑灯花，转过脸笑着说："下雨天不能说这些，老皮你不怕撞邪么。"

"这不是闲得慌么。"老皮仍是嘿嘿地笑，"死憋了这些天，甭管是邪是鬼，能招来一个逗逗闷子也好。"他声音虽然放得低，在这空荡荡的小酒馆里仍然听得清楚，我又偷眼去看那陌生人，倒像没听见似的，仍然低着头抿那一小杯酒，光线幽暗也看不清脸上的神色。

老皮又打个哈欠，眯缝着眼睛说："真的，硬是憋出病来，这么个小破地方困了七八天，活人都要长毛了。"

"南越这带天气是这样的，一年中倒有六个月阴雨不停。"柏羊点头，两眼望着灯火像是若有所思的样子，许久才慢慢开口说道，"倒是突然想起一个故事来，不知道你们想不想听。"

"听，干吗不听。"老皮来了劲，"就爱听你讲那些花了草了神神道道的东西，快讲快讲。"

"说的正是这一带沼泽地里生的一种花，叫作并蒂莲。"柏羊轻声说道，"我这次千里迢迢跑来，也是为了找它。"

"咔"的一声轻响，角落里的陌生人放下了酒壶，一张惨白的脸向这边慢慢转过来，柏羊并不理会，继续说："传说并蒂莲是种异常珍贵而稀少的花，花朵艳丽迷人，异香扑鼻，可以用来制成价值连城的香料，焚烧起来能令人产生各种奇妙的幻觉，贵族们和秘术士都不惜花费千金收购。然而这花却古怪得很，普通水土都养不住，只能寄生在血肉之躯上，据说花籽细如针芥，被鸟兽随风吸入体内，就在颅骨里生根发芽，浸润血脉而长大，之后从两个耳孔各生出一株幼苗来，茎叶都是血红色的。最奇的是，被寄生的鸟兽还能自由行动，等它们带着的花快要开的时候，就会像个傀儡般自己向着某个隐秘的地方进发，那里往往是某片与世隔绝、暗无天日的水泽，里面开满了殷红如血的花，那些鸟兽就那样走进水泽里，安

并蒂莲

安静静地没入柔腻的泥汤，等待它们头顶上的花朵开放。"

"真有这样的花？"我打了个寒战，"你从哪儿听来的。"

"一本已经失传的药书上，多年前无意中看到的。当时书上大部分的内容已经损毁了，只剩下几片残页，我便抄录了下来，按上面所记载的草药一种一种去找。"

"你怎么知道就是真的？"我还是半信半疑。

"听说过龙渊阁么。"柏羊淡淡地笑，"是个藏书的地方，那书页上有印章，一般人仿制不来，我想不会假。"

"真能找到么？"老皮也问。

"当然并不容易，书上说，要找到这种花，惟一的办法是能找到被花寄生的鸟兽，放在身边慢慢养起来，等花要开时，跟着它去找那个开花的地方，一旦找到就是一大片。然而并蒂莲生长得很慢，从发芽到开花往往要两三年时间，寻常鸟兽等不到那时候便死了，不然也会死在去开花的路上，寄主一死，整株花也随之枯萎了。"

"那可要找到什么时候去啊。"我说。

"碰碰运气呗。"柏羊仍旧靠在桌边，懒洋洋地笑，"不过我这次来也是听到一个传说，大约十几年前在这一带，曾有个无名的小村子专门出售并蒂莲的干花，宛州许多大商户都派了商队，秘密来这里购买。不过这里的村民对花的来历守口如瓶，连村子的位置都不肯透露，每次来往交易都安排得非常隐秘，双方各派一名使者约了地方私下碰面，交换了货物与金铢之后立即离开，决不相互多加追问。曾经也有商户雇用了专门的猎手充当采购的使者，跟踪来交易的村民，结果派出的人从此就断了消息，也没留下任何痕迹。"

"不过是朵花嘛，搞得那么神神秘秘的。"我禁不住说。

柏羊并不说话，拿着杯子捏在手心里慢慢旋转，老皮在一旁插话说："那是当然，这么稀罕的东西，谁不想要，谁不想抢，都被别人抢到了自己可怎么挣钱，自然是拼上了命。"

"不错，打探秘密和守护秘密的人彼此争斗，甚至不惜杀人灭口，这样的故事太多了。"柏羊点点头，"不过这个故事到此还不算结束。谁都想不到，不过是几年之后，关于这个村子的消息却突然消失了，前往交易的人在这一带反复搜寻，都没有得到任何线索，关于这种花的故事真的彻底成了传说。"

"这……这可真邪了。"老皮斟满了酒的杯子悬在半空中，"一点消息都没有？"

"一点消息没有，八大商会最后也是没有办法，干脆彼此挑明了，联合出了重金悬赏，你猜猜看最后出到多少？"

"多少？"

柏羊伸出五个指头。

"五千？五万？"老皮一边说一边自己摇头，"你倒是快说。"

"五成。"柏羊仍是淡淡地笑，"凡是打探到确切消息的，整个宛州并蒂莲的生意分五成。"

老皮抽了一口冷气。

"这样的重赏，十年过去了，仍是一点进展没有，如今这种魅惑而浓烈的花香在宛州大地上已经消失许久了，只有少数秘术士们还在四处搜索它的下落，我一路追寻他们的足迹，但似乎也只能到此为止了。"

窗外的雨帘仍在愈加黑沉的夜色里交织成一片，柏羊住了口，清亮的眼睛望着外面静了一会儿，周围的几人也各自不说话。许久，他从怀里摸出一本薄薄的小册子来，边角都被摩挲得旧了，却不翻开，只是放在桌上用手慢慢抚过去，叹息着说道："真是神秘又妖艳的花，跟着那么些零星的传说与记载走来这里，就仿佛带着一卷古旧的画卷去寻访美人的下落一样，总觉得有种宿命的味道，走得越近越是彷徨，最后连自己都不知道该不该继续找下去。"

"你小子说什么傻话。"老皮呆了一会儿，闷着嗓子说，"找到了可都是钱呢。"

"或许吧，如果我真有那个运气的话，怕只怕没那么简单。"柏羊微微拧起眉，嘴角还是轻笑着，慢慢放低了声音，"那可是吸食血肉而开放的花，牵扯上的人从来是凶多吉少。说起来这几天我总是做同一个梦，梦见在暗无天日的密林里走了许久，终于来到一片水塘旁边，水清亮亮的，里面开满了红得像血一样的花，满是烈酒一样的花香。我向前走，一直走到水边，伸手去摘那花，却怎么都够不到，向下一看，水面下全是密密麻麻的人头，男女老少面目都不一样，一个个仰头张大了嘴，瞪着眼睛在看我……"

哐当一声闷响，我手里的杯子砸落在桌上，四溅的酒花飞进幽黄的灯火里哔哔作响，蹦起星星点点的淡蓝色火苗，旁边坐着的人都是一惊，一张张苍白的脸在灯影里仓皇四顾。

许久，柏羊又是一笑，捡起杯子摆正了，淡淡地说："讲故事而已，吓成这样子。"

我憋得面红耳赤，心怦怦乱跳，捏住双拳小声说："是你说下雨天不说这些的，越讲越吓人。"

"好好，我的错。"柏羊漫不经心地拿起那本小册子，说道，"也不过是为了解闷嘛，村庄啊赏金啊什么的，都是些传说，其实草木本无情，如果不是人们费了千辛万苦去找它们，或许也不过在哪片沼地里自生自灭而已，哪有那么多故事。光是这本书里，也写了许多自相矛盾的记载，有的说花期几个月，有的说长达数十年，甚至还有的说被这花寄生的人也好鸟兽也好，一直都是活着的，等到花结籽枯萎之后，还能恢复行动，不过像做了一个很长的梦一样。"

"只怕都是胡说八道。"老皮沉着脸摇了摇头，"说到最后全都是虚的，真他娘的没劲。"

柏羊只是笑，直起身子伸了个懒腰，说道："好吧，就是这样了，今晚到此为止，讲得人口干舌燥，再喝一杯就要去睡了。"说完他把那本小册子揣回怀里，端起杯子不再说话，屋里又是一片寂静，只听见外面嘀嘀嗒嗒的雨声。

那夜睡得并不踏实，各种各样的故事像是活了似的在周围飘来荡去，同屋的老皮倒是鼾声如雷。睡到后半夜，迷迷糊糊之间却听见各种稀里哗啦的响动敲打着楼板，等到我终于从床上爬起来，跟着杂乱的脚步声奔上楼时，只看见几个人都胡乱披着衣服聚在柏羊的房门前，为首一个人举着一盏幽暗的油灯，摇曳的光线映照出屋里两个晃动的人影。那浑身青灰的陌生人压在柏羊身上，两手死死掐住他的脖子不放，脸上的神色却漠然得如同死人，柏羊脸上也早已失了血色，一只手费力地撑住对方的手，嘴唇都泛出青紫色。然而他们两个谁都不作声，只是这么默默地对峙着。

"你一个人跑上来了，你的箱子……可还在房间里放着呢。"许久，柏羊终于喘过一口气，嘶哑着嗓子说道，惨白的脸上竟还是挂着笑。掐住他脖子的男人身子一颤，僵在了原地，两个身影就那样凝固在忽明忽暗的灯光中彼此对视着，我们几个也呆呆地站在门口，只听见满屋子长长短短的喘气声交织成一片。

许久，柏羊慢慢地把手伸进身下的铺盖中，摸出那本颜色微黄的小册子，举在半空中说道："你是想要这个吧。"

男人张了张嘴，喉咙里却只像呛水的人一样发出咯咯低响，他犹豫不决地松开一只手，向那些轻薄的纸张伸过去，却被那只拿书的手轻轻一扬，划了个圈子避开了。

"不过一本书而已，想要了借你看便是，我不是那么小气的人。"柏羊深深吸了口气用力说道，脸上总算恢复了一点血色，男人仍是直勾勾地盯着他手里的书看，手固执地伸在半空中，仿佛什么都听不见似的。

柏羊又把书向明亮处举了举，轻声说："条件很简单，告诉我你所知道的关于这种花的事。我知道你是从南边回来的，到底都看到了些什么，说出来，或许我可以帮你。"他边说边咳了两声，微微皱起眉，"还有就是，先放开我。瘦成这副样子，居然这么大的力气，真是邪了。"

"我……没什么可说的……"许久，陌生人松开瘦骨嶙峋的手，向后一摊泥般软软地坐倒下去，声音低沉得几乎难以分辨，"都是为了瑕儿，这么多年……都是为了她……"

"瑕儿？"柏羊拧起眉毛，一边揉着脖子上的红印一边喘着粗气问道。

陌生人青灰色的眼睛开始缓缓转动，仿佛从一潭死水里重新又泛出温柔的波纹来。

"为了瑕儿……我找了她这么多年，从澜州一直来到这里，啊，家里还有人在等我带她回去，两个儿子……一个女儿……"

"瑕儿……是你的妻子？"

"我找她找得真是辛苦，她不听我的话，硬要去找那种花，一点消息也没有……五年，啊不，六年了……"陌生人继续喃喃自语着，从他深陷的眼窝里，逐渐涌出来两颗青绿色混浊的眼泪，沿着脸颊流淌下来，"我把所有东西都卖了，一路找来这里，所有的人都死在路上，只剩我一个……一个人继续往南走，不知道还要找多久，雨一直下个不停，不能生火，找到什么吃什么，蛇、青蛙、苔藓、野菇，都是生的……"

"结果呢，你找到了，对吧。"柏羊坐起身，紧紧盯着面前的男人。

"找到了……呵呵，真的找到了，简直像做梦一样，看到一头小鹿在一丛灰绿色的灌木里慢慢走着，红艳艳的枝叶和花蕾从两只耳朵里长出来，沿着漂亮的鹿角向上攀爬，火一样燃烧啊。我跟着它足足走了好几十天，自己都忘了，路上所有鸟兽都远远躲开我们，我们走啊走，终于走进一片废弃的村庄，房屋和街道早被雨水淋垮了，村子中央是一大片水塘，像传说中的一模一样，一片红花看不到尽头，安静得一点声音没有。偶尔有些花凋谢了，花瓣像凝固的血块落在水里，下面就有什么东西塞塞窣窣地动起来，仿佛想从泥水里往外爬……"

一股寒气从脚底沿着脊背爬上来，我打着寒战，听着眼前那个男人梦吃一般狂乱的话，他说话的时候牙缝里都积满绿森森的污迹，一瞬间我几乎不能确定他是否真的还活着，还是一具早已经泡烂在沼地里的尸体，一步一步爬来这里，坐在幽暗的灯光下讲他看到过的一切。

"我跳进水里，一株一株地找，把那些脑袋一个一个挖出来。"男人不再流泪了，他空洞的眼睛直勾勾地盯着自己的双手，一边说一边牙齿咯咯作响，"有些脸已经烂了，看不清五官，然而它们都是活的，不管是人还是鸟兽，眼睛还会慢慢地动，只是不再呼吸了，嘴巴鼻子里都塞满了泥。我挖到各种各样的脑袋，甚至有一头很大的狰，最初没有认出来，然而当我伸手去摸它露在外面尖利的獠牙时，那张大嘴居然突然狠狠咬了一下，如果不是那些刀一样锋利的牙齿早已经松动的话，大概当时就把我的手咬掉了。"

柏羊默默地看着他，双手抱在胸前点了点头，然而他的眉头依然紧皱着，仿佛对这些事情都不感兴趣。

"之后呢，"他追问，"你找到她了么？"

"找到了……"陌生人平静地回答，"她眉心里有一颗小痣，不会错的，她还像平时睡着了那样，一只手放在嘴巴上，鼻子皱着，不知道做着什么梦。"

"然后你就把她带走了么？"

"当然，我找了那么久，就是为了带她回家……"陌生人慢慢地说，"开始我背着她往外走，走了不到半天花就开始萎蔫了，她的身体也渐渐干瘪起来，好像被吸了许多水，我只好又回去，去那些废弃的房子里找来了箱子和推车，箱子里装上一口水缸，把她的身子连同花泡在水里，这样就没事了，我带着她又走了许多天，才终于走来这里。"

柏羊沉默着，慢慢伸出手，把几根手指按在陌生人苍白的手腕上。

"真是可怕。"他轻声说，"经历了这么多事，你居然还活着，我游荡了这么多年，也曾见过许多伤病快要死的人，从没有人像你……"他没有说完，纤细的指尖轻颤了一下，缓缓收回手，又静了好一会儿才说："那么，接下来你打算如何呢？带她回家么。"

"回家……"陌生人吃力地点点头，"我要带她回家，家里还有人在等我们……"

"你是想，等到这花开过了花期，凋谢了，还能把人救回来，是不是。"

陌生人眼中闪烁着奇异的光芒，继续点头。

"果然是这样。"柏羊长长地叹了口气，"然而我不能允许你这么做。"

陌生人仰起头看着他的脸，并不诧异也不惊恐，眼睛里竟是一种异常平静的神色。柏羊向后靠在床头，脸垂向一边，声音轻柔地说："变成这个样子，脑子却还很清楚，你比我更明白这最终的结果，你都亲眼看到了，只是还不愿放弃最后那一点点的执着，对不对。"

陌生人依然平静地看着他，不再说话，我从来没有见过那样一种眼神，明明是绝望到了万念俱灰，却只是空空落落的，仿佛什么都没有。

柏羊重新拿起那本小册子，放进他手里，说道："抱歉，我帮不了你的，不管被寄生的人有没有可能复活，你都不能带她走，一旦花谢结籽，曾经在那村子里发生的一切都会再次上演，在澜州，甚至其他地方。"他顿了一下，用低得几乎听不见的声音说，"况且，你自己也走不出去了，你知道的。"

男人捏着小册子，脸上在瞬间浮现起一丝淡得看不出的微笑，然后缓缓转过身，向门口这边的方向伸出一只手，张开的手指微颤着，仿佛想抓取什么。

　　　　　　　　倾城一笑

我浑身上下都像掉进冰水里一样抖个不停，柏羊的目光扫过人群，最后停在我身上，向我点点头，过了许久我才明白他的目光，鼓起全身的力气挪动双腿走过去，各种各样的目光打在我身上，像火一样烫又像冰一样凉。

　　"你是信使吧，年轻人。"陌生人僵硬地抽搐着，嘴角泛出带着绿色泡沫的脓液，用一只手死死抓住我的衣襟，我不得不恐惧地俯下身，酸腐的气息扑面而来。

　　"把我的……消息……带给我的孩子们……"他断断续续地说，眼睛里青幽幽的光芒忽隐忽现，"他们住在秋叶城，就说我没有找到她……说我死在路上了……"

　　我惊恐地四处张望，柏羊再次向我点点头，年轻俊秀的脸像我的父亲一样肃穆而坚定，我也只能向着面前那张扭曲的脸努力点头。

　　那人仿佛是集中了最后的力气，从衣襟里摸出一块青绿色冰凉的东西按在我手里，然后就向后沉重地倒了下去。

　　柏羊揽过我的肩，他的手温暖而有力。

　　"好了，没事了，剩下的交给我来办。"他说。

　　我不解地看看他，再看看面前那具躯体，柏羊深吸了一口气，伸手去把他脸上散乱的头发抚向一边，说道："这个人还没死，然而也没有多少时间了。"

　　我微微俯下身，于是终于看清了，从陌生人苍白的一侧耳朵里，正刚刚冒出尖角的一片暗红色的叶子。

　　"我想他最终走来这里，只是为了找些人讲他的故事吧。"柏羊低声说，"也或许是我想得太天真了，这样一个人，经历了这么多事，究竟在想什么是谁都猜不到的。"

　　我低头看了看手心里的东西，那是一个碧玉雕成的哨子，质地温润剔透，然而雕工却很是粗糙，像是做给小孩子玩的东西。

　　后来我们去了那个陌生人曾待过的房间，去扛下那个箱子，柏羊犹豫了许久，终于将最上面覆盖的木板揭开一条缝，我站在他身旁，只看到女人的黑发漂浮在水面上，两朵娇艳欲滴的红花从发束中伸展上来，花瓣上挂着晶莹的水珠，浓烈的香气四处飘散，几乎令人窒息。

"毕竟，这么美的花不看一眼，将来会后悔的。"他边说边迅速盖上盖子，回头向我淡淡一笑，"然而又不能多看，美丽的东西总是有毒，你也要记住。"

几天之后的清晨，雨终于停了，柏羊把陌生人的尸体和箱子一起装上车，拉去外面的空地，架起一堆大火一起烧。柴虽然都是从屋里拉来的，仍然有些潮，浇上烧酒后才噼噼啪啪地迸出蓝紫色的火苗，呛人的烟雾也一起升腾起来，烧到中午的时候火焰全部变成胭红色，像朵巨大的花朵盛开在湿漉漉的林地中央，随风摇曳着，发出呼呼的巨响，仿佛有人在遥远的地方唱歌。

天晴之后我们就此分别，再也没有见面，柏羊说他不打算再去找那些花了，我也带着陌生男人留给我的玉哨继续上路。两年后我在秋叶城找到那人的儿女时，他们已经分别有了自己的家业，生活富足平安，提起他们的父亲时，几人口气都显得有些淡薄，并且谁都说不出那个人当年孤身离家的原因到底是什么。

最终，他们把那个玉哨送给了我作为酬谢，我带着它一直到现在，走过许多地方。偶尔吹起来的时候，那声音就好像从很深的地下传来的沉沉的水声，冰凉而忧伤。

梦 垚

　　与想象中不同，陌生人的到来是在一个阳光明媚的午后，那时候我正靠在窗前打盹，手边还没看到一半的书早被微风吹乱了好多页。

　　半明半暗的梦中我听见有人敲门，却用了很久才终于睁开眼来，额头晒得有些发烫，屋里满是明晃晃的阳光，被窗棂分割为大大小小的方块，我慢慢站起身，穿过那些棋盘般交错的光影走去开门。门外是一个身形娇小的姑娘，身穿淡紫色长衫，与许多单独来访的女客一样，也戴了垂着厚重面纱的软帽来遮住她神秘莫测的面容，当她走进房间的时候，步伐轻盈柔软得几乎没有一点声音，我闻到她身上散发出一种淡然而熟悉的气息，像是雨后漂满浮萍的池塘，湿润氤氲却又有一些凉。

　　她站在光线照不到的角落里，抱着一个并不大的包裹一言不发，那种袅娜柔弱的姿态和孤绝的气质令我想起自己年轻的时候。于是我又挪动自己沉重的双腿慢慢走过去，拉下了窗上细密的竹帘，整个房间便又黯淡阴凉下来，热度连同脑子里昏昏沉沉的睡意一起散去。我重新沏了茶，邀请客人与我一起在桌边坐了下来。

　　"你知道，我并不是普通的医生。"许久之后我开口说道，"我医治人的心，所以你有什么想说的不妨说出来，看看有什么可以帮你的。"

姑娘摇了摇头，她白皙的脖子在面纱遮掩下若隐若现，接着她放下手里的包裹，与桌面相触的时候发出一声沉闷的回响，像是有黏稠的液体在罐子里摇荡。

"听别人说，你甚至不用别人告诉你什么，就可以猜到他们心中所需要的东西。"她低声说道，吐字轻柔得像是一个个细碎的气泡往上冒。

我笑了起来，有些疲倦地撑住满是皱纹的额头，坦然地说："有时候只是没有办法，人们总不愿意把心里的伤病交给不相干的人去诊断，我只能试着去猜一部分，让他们相信我的能力，然后才把剩下的告诉我，这一行做了几十年，一些事情难免变成了传说。"

我边说边仔细凝视着她，她淡紫色的身影在暗淡的光线里纹丝不动，仿佛一个剪影，身上散逸出的水汽四下荡漾开来，于是我继续说："比如说我看到你，就知道你是魅，来自湿润的地方，湖泊或者是沼泽中，你凝聚的时间不算很长，大约不过十几年，因此你现在的身体还很新，精神力也平衡稳定，没有遭受过大的创伤，因此我猜不到你来找我到底是为了什么。"

我看着她露出袖子边缘的细嫩的指尖轻微颤抖了一下，慢慢喝下一口茶接着说："不过你给我一种很奇怪的感觉，好像在哪里曾见过，虽然记不得了。我想这个世界冥冥之中还是被某些东西联系着吧，所以今天你我才可以坐在这张桌子旁边喝茶，你会告诉我一些事，而我或许是为了听到这些事，才在这里等待了那么久。"

"您说得不错。"姑娘轻声开了口，虽然我看不到她的脸，却觉得她的呼吸掀动了厚重的面纱。"我为了今天的这次见面，已经跋涉寻觅了许多个年头了，现在我把我要讲的故事告诉您，或许有一点点长。"

我没有说话，只是往茶壶里重新注入了热水，对于我这样年逾古稀孑然一身的老妇人来说，最淡然的就是时间，而消磨时间的最好方法，也不过就是听故事而已了。

"好吧。"姑娘轻轻点了点头，潮湿的空气仿佛也被她的动作激起了细碎的涟漪，"我要说的是许多年前的故事——或许超过一百年了吧，比我所知道的任何人所记忆的事情都要久远。"

"那个时候我并没有现在你所看到的形体，仍是一只虚魅，生活在梦沼西边一片僻静而狭小的沼泽地里，那些漫长的岁月里，我曾有过惟一的一个朋友，它是一只垚。"

"您大概没有听说过垚吧。"姑娘边说边用手指蘸了茶水，把这个字写在桌上，我凑近了去看，只是感到茫然。

"这是九州大地上最奇特的动物之一，几乎很少有人知道。它们的样子很奇怪，没有四肢和五官，整个身体就像一团黏土一样柔软黏稠，带一些暗黄或者灰绿的颜色，喜欢潮湿幽静的环境，大多栖息在沼地或者河塘里，大部分时候它们都只是一动不动地静静伏在那里，像周围的泥土一样难以分辨，有时也会无声地沿着地势起伏缓慢涌动。当它们黏稠的表面碰到水里的蚍蜉，或者幼小的鱼虾时，就会用整个身体把它们包裹起来，慢慢消化掉。"

垚生长得非常缓慢，它们性情慵懒，无论是捕食，消化，思考，栖息，或者被其他动物吞食，总是不紧不慢，无动于衷的样子，仿佛一团没有生命的黏土——这或许也就是它们名字的由来，然而这种动物的生命力却十分惊人，只要有水和很少的一点食物就能存活。当一只垚被撕扯或者践踏而分裂成大小不同的几个部分时，每个部分不久之后都能长成一只新的垚，有时候两只或几只不同的垚相遇时，也可能会彼此融合，而成长为较大的个体，我曾无数次亲眼目睹它们这样分分合合，仿佛做游戏般改变着自己的大小和形态，除此以外，它们之间不分雌雄，也无须交媾，分裂和融合似乎是惟一创造新个体的方法。

偶尔也有极少数的垚能长到超出常人想象的大小，这样的个体

梦垚

无论在力量还是智慧上都是非常危险而强大的。你们大概也曾听过这样的传说，一片看似普通而坚硬的湿地，一旦不小心踩到某块地方，会突然像着了魔般地往下陷，越是挣扎就陷得越深，不管是鸟兽也好，牛羊也好，甚至人，转眼间便淹没在泥潭里消失不见，留不下一点痕迹，那往往便是误打误撞，做了垚的食物。

说到这里姑娘静了一会儿，似乎是在观察我的反应，我只是耐心地听着，于是她继续讲下去："现在说说我所认识的那只垚吧。"

事到如今，已经很难回忆起我们是何时相遇的，凝聚之前没有一个固定的形体，对时间和实践的概念总是非常朦胧。那时我就像一团无形无色的气体，在沼地潮湿浓稠的空气里无声地流淌穿行，我看不见也听不见，只能用自己的方式去感知周围的一切，那感觉就仿佛一个漫长无比的梦，又像是婴儿在母亲的子宫里伸展手脚一般，一边孕育出自己的意识和知觉，一边熟悉包裹在四面八方的世界。对我来说，梦沼就是孕育我的母体，那些终日湿漉漉的苇草，有风经过时便随风摇荡，窃窃私语；那些隐藏在泥潭与灌木丛中嗤嗤作响的蛇蜥，如闪电般移动，吞食大意的蛙类，而后者们则同样敏捷而贪婪地吞噬着草丛里成群嗡嗡作响的黑色蚊虫。天空永远是阴霾的，如同一道铅灰色的拱顶笼罩四方，而大地则像一只刚刚煮开的汤锅，薄薄的草皮下不断翻涌着暗绿色气泡，散逸出温暖的腐败气息。

那时的我独自生活在这片封闭的天地间，如同所有年轻而好奇的魅一样，终日四处游荡，一边汲取空气里最精粹的灵息，一边不知疲倦地探究周围的一切。我观察那些草木和动物共同生长，相互斗争的过程，从日出到日落，从旱季到雨季，从生到死，一个又一个无比复杂而迷人的循环，我探寻那片土地上从空中到水里所有细致入微的规律，水位的涨落，天气的变化，大大小小的生灵们遵循

倾城一笑

着不同的生活轨迹，它们共同构成的世界如此繁复而又如此和谐，仿佛是冥冥之中被某种看不见的力量所精心计算安排出来的一样。所有这一切都令我着迷，时间就这样不知不觉地流逝了。

某个阴郁的下午，空气潮湿闷热，我刚刚结束了对一只流星蛱蝶长达三个月的追踪，看着它最终像一朵凋零的花朵般坠落进泥水中，激起一圈细碎的涟漪，然后转眼消失不见。周围异常静谧，像是整片天地都在懒洋洋地沉睡，没有任何迹象表明有第二个观察者注意到了这段惊心动魄的死亡之舞。我突然觉得身体很轻，像是随时就要融化在空气里，被一阵风吹散到四面八方一样。

在以后漫长的岁月里，我一次又一次重复体验到那种感觉，直到离开梦沼之后很多年才有人告诉我，人类管这种感觉叫作寂寞。

我就那样随意飘荡着，不知不觉进入一片死去多时的水曲柳林中，弯弯曲曲的枝干倒映在混浊的水面上，宁静得近乎死寂。就在那时我感受到了一种奇特的气息，像一团涌动的光雾般从一丛腐烂的树桩下散逸出来。我禁不住凑过去仔细观察，却只感受到一大团黏腻温热的泥浆在缓慢地起伏着，突然间，那团泥浆涌起了一阵波动，像一个大大的气泡般缓缓涨开，温热的气息扑面而来，仿佛有人打了个很大的哈欠。

后来我才明白，我的莽撞就这样惊扰了一只垚的午睡，那些光雾是它正在做的梦。

以后的岁月里我们逐渐熟识了，尽管一只魅与一只垚之间的交往听上去是如此不可思议。与许多人想象中不同，垚的身体构造虽然简单得出奇，然而它们的意识却可以随着体型的增长逐渐发展到不可思议的程度。沼地里大部分的垚都只能像虫豸那样浑浑噩噩地活着，而我所遇到的那只却是如此与众不同，它所度过的岁月连它自己都记不清了，身体堆积起来像一座小小的土丘，铺展开来可以

梦 垚

覆盖大半片沼地，在它漫长而安逸的生命中，大部分时间都只是趴在幽静而温暖的浅滩中，一边晒着太阳消化食物，一边懒洋洋地观察和思考周围各种各样的事情。有时候我会觉得彼此之间是如此相似，同样没有固定的形体，同样拥有几乎无穷无尽的时间，又是同样如此孤寂，这种相遇几乎像是某种宿命的安排。

我们用非常奇特的方式进行交流，像两只魅或者两只垚之间那样，各自伸展出身体的一部分接触交缠，交换精神的讯息，仿佛昆虫借助自己的触须彼此交谈。除此以外垚还具有一样特殊的能力，它可以通过身体形成的空腔而发出某种震颤，这种震颤没有声音，却可以像魔笛一般有效地诱捕各种猎物。

有几次纯粹是为了好玩，我硬缠着要它表演这项绝技，当它开始发出波动后，整片沼地像是沸腾一样震颤起来，几乎所有的生物——飞虫、鱼虾、蟾蜍、蛇蝎……都从四面八方聚拢而来，疯狂地扭动身躯，跳跃飞翔着，仿佛恐怖而优美的舞蹈，连续一整夜不停。在我终于尽兴之后，垚又毫发无伤地放它们各自散去，周围的水泽重新恢复了宁静，只剩下东倒西歪的草叶烂在泥泞中，仿佛谢幕后狼藉的舞台。

那之后，我和垚总是懒洋洋地趴在这片舞台中央，沐浴在珍珠白色的晨曦中继续漫长没有边际的交谈。

更多时候，它会用某种特殊的波动来召唤我，我总是像一阵风般穿过沼地来到它身边，把我新发现的事情讲给它知道。温暖而微醺的下午，微茫的阳光穿过薄雾落入水中，照得空气中每一粒飞翔的尘埃都纤毫毕现。这时它总会即兴发出各种各样连绵不绝的波纹，如同一首没有旋律的乐曲，又像来自沼地内部具有生命的声音。我在旁边静静聆听，更确切地说，声音散布在空气中，穿过我的身体起伏荡漾。

我们就这样共同分享漫长的时光，如同两个性格迥异却又意气相投的朋友。

有些时候我跑得太过远了，一直到沼地的边缘，浓密的树丛从浅水滩中生长起来，一层一层交叠扩展向远方，陌生的气息从枝叶缝隙中飘散而来，微弱却新鲜，像是来自一个完全不同的世界。我着迷地品味那些气息，想要循着它们到来的方向一路追踪，又怕那些太过复杂的结构与湍流会把我的整个身体切割得支离破碎。

"小虫儿，你太好奇了。"垚时常这样叹息着，"世界很大，大到你无法想象的境地，而你所能掌握的时间和空间总是有限。要懂得知足，不要心急，最终总会有些东西会属于你，也有东西会失去，只是在那一切发生之前你总是不可能会知道。"

直到后来，发生了许多事情之后，我才明白它那些表述的真实含义。

在沼地中也时常能遇见其他垚的存在，它们体型大多很小，过着终日吞食或者被吞食的生活，然而我的朋友却始终对这一切无动于衷，后来我想到，意识层面上的差距导致它与它们永远无法交流，相比之下，我更像是它的同类。

然而有一次，我却遇见一只相当大的垚在试图捕食一窝刚孵出不久的银尾雀。令我惊异的是，那只垚居然最大限度地改变了自己的体形，像条蛇一般爬上低矮的山茱萸树丛，缓慢地，然而却是坚忍卓绝地一点一点把那只垒得很是坚固的鸟巢向一侧挤过去，巢里有五只羽翼未丰的雏鸟，像绒球一样缩在一起叽叽喳喳地叫个不停。一旁一对成年银尾雀显然预感到了危险的来临，一边凄厉地尖声鸣叫，一边拼命拍打翅膀轮番攻击，细碎的羽屑混杂着垚身上被撕扯下来的碎片四处飞溅，然而被攻击的垚却毫不理会，只是不慌不忙地继续它的工作。

突然间我明白了捕食者的意图，它惟一的目标就是要推翻那只鸟巢，用一天甚至更久的时间，直到雏鸟们最终跟着一起掉进水里淹死，之后它便可以把它们裹起来，不慌不忙地慢慢消化。我在沼地里生活了那么久，看惯了各种惊心动魄的厮杀，为了生存和后代，或者争夺配偶，然而如此沉着冷酷的捕猎方式却是从未见过的。

一瞬间我近乎愤怒起来，看不见的波纹激荡全身，像凌厉的风一样扩散向四面八方，那些枯黄的芦草噼噼啪啪地剧烈摇荡起来，锋利的叶片像是刀剑般相互撞击，周围嘈杂的鸟鸣蛙叫都在这阵风中突然安静下来。

正在捕猎的垚感受到了我的存在，它既不惊诧也不慌张，只是停止了运动，长久的静止后，它把身体慢慢扭曲成一个近乎轻蔑的姿态，然后轻轻一弹，从枝梢间径直掉落进混浊的泥水里，溅起一朵巨大的暗绿色水花，随后便消失不见了。

当我把这件小小插曲描述给我的朋友时，它巨大的身体漾起了一阵阵细微的波纹，那是一种类似戏谑的笑意。

"真是情绪丰富的小虫儿。"它发出这样的讯号来表达对整个事件的意见，"每个生灵都有捕食的权力，这是这片天地间的规则，这样莽撞的干扰也只有你才做得出来。"

我近乎气恼起来："你并没有看到当时的状况，土球儿，我只是有些震惊而已，无论如何那也是个可恶的家伙，简直无法想象你们是同类。"

"或许吧。"它恢复了平静，"事实上，那可恶的家伙曾是我的一部分，在我看来一切都很容易理解。"

"你的一部分？"我大为惊奇。

"那是认识你之前很久了，那时候比现在弱小得多，一次穿越岩洞时不小心被卡在了一道狭窄的缝隙中，连续被困了很多天，最后不得不放弃后面的躯体才得以继续前进，但是被丢弃的部分依然活了下来，最终变成现在的样子。我见过它几次，是脾气很暴烈的家伙，或许像你认为的，有些冷酷。"

"真是难以想象。"我迟疑着，"然而你们又是如此不同……"

"大概是因为那次痛苦的分裂过程吧，给彼此都造成了创伤，又或许是在分开的过程中，个体中自相矛盾的部分也不知不觉随着身体被分割开来了。我们曾经享有共同的记忆和个性，如今却几乎水火不容，或许这就是我们这种生物的奇特之处。"

我暂时沉默了，风从遥远的地方吹来，携带着陌生的气息穿过沙沙作响的灌木丛，从我们周围匆匆流过，如同连绵不绝的水流。

于是我们重新换了一个话题，那之后也再没有提起过这件事。

在那些漫长平淡的岁月里，也有一些奇异的事情发生，在我模糊得成问题的时间观念中，那些事情就仿佛平稳涓细的水流中露出水面的岩石，四周翻滚着曼妙的旋涡，向四面八方扩散一层又一层涟漪。

我无数次地回想起某个阴霾漫长的雨季里，雨点穿过空气敲打混浊的水面，织出一片绵密的声响，我们两个百无聊赖地蜷缩在一棵紫槐树洞中，水汽氤氲的空气渗透进来弥散在四周，世界变得非常狭小，静谧而安逸。然而就在那时，某种陌生的震颤隐隐约约传来，打破了宁静。

好奇心驱使着我进入飘飞的雨帘中，忍着水滴穿透身体的锐利感觉一路寻找。声音来自非常遥远的地方，虽然掩盖在雨点蹦跳的韵律中而显得微弱驳杂，却绵延不绝，更重要的是随着声音而散发出的那种气息，温热而又繁复，瞬息万变，有一种仿佛这片沼地内部一般丰厚的芬芳。在那一切的尽头，我终于找到了我的目标，一个在泥水中蠕动的躯体，巨大而沉重，移动得极为缓慢，然而它的每一个动作却又无比精巧，仿佛那身体并不是一个整体，而是由许许多多细小的部分以一种难以理解的奇妙方式组合粘连在一起，当它动起来的时候，每一个部分都在各自发生微小的变化，许多变化似乎是毫无意义的，却又仿佛遵循某种内在规律，最终驱使整个身体慢慢运动着。而最耀眼的却是从它身上散发出来的那些气息，挟带着无比炫目强大的精神力，像是最狂乱的飓风一样四下散开，紊乱的气流令我几乎不能靠得更近。

这是一种我从未见过的生命，我着迷地盘旋在四周，小心翼翼地探察和感受它，它的情绪是如此复杂而强烈，完全无法与之交流，就好像你面对着一幅绚烂无比的画面，而一时间无法理解它所描述的形体和色彩一样，这种复杂程度令我甚至感到敬畏，令我忘记了周围时远时近的雨声。

天色逐渐暗淡下来，空气愈加寒冷潮湿，那个躯体逐渐停止了运动，在原地缩成一团微微震颤着，然而它散发出来的气息并没有停止，只是平稳了下去，像是雨后逐渐宁静下来的水流。

我带着感知到的那一切回到我的朋友那里，鲜活的记忆像雾气一样流入它的躯体，一瞬间，垚不安地颤动起来。

"小虫儿，那是人。"它告诉我，"在我所知道的生物中，它们是最复杂最奇妙的一种，没有弄错的话，你所遇到的是一个女人。"

它向我耐心地传达它所知道的一切，关于我发现的奇特生物，那么多难以理解的概念一下子灌输进来，对当时的我来说，就仿佛向未出生的胎儿讲述《石鼓经》一样，我拼命消化那些意念，一切都像获得了新的意义一般爆裂开来，焕发出种种色彩。

"你从哪里知道它们的事？"我禁不住疑惑着。

垚没有回答，它沉默下来，我也不再追问，只是思考着那一切，多么美妙，多么完美的造物，精致的形体与复杂的意识结合得如此融洽又如此浑然天成，人啊人。

雨停之后我们一起出发去探访那个神奇的造物，我实在太过心急，不断催促我行动迟缓的朋友。

"快啊快。"我像一阵风一样盘旋在四周，不时伸出精神的触须敲打它的身体。垚只是默不作声地尽力赶路，沉重的身体缓缓移过湿软透滑的泥沼。

当我们终于来到那附近的时候，不祥的气息翻涌而来，空气中到处是蚊虫和食肉鸟儿扇动翅膀的湍急气流，也有无数微小的灵气小团无声地围绕在四周，像是萤火虫微微散发着光芒，它们贪婪地聚集在一处，像苍蝇争夺腐肉一样抢夺着那些不断向外散溢的精神碎片。

我恼怒地把它们统统驱赶到一边，伏下身去细细探察，那个身体已经不再动弹了，她身体中全部复杂微妙的流淌近乎要停滞下来，像一潭逐渐陷入死寂的水，她光滑的躯体表面有一些破洞和裂口，像利刃随意划破精美的画面，仍在慢慢向外渗着略有些温热的液体和最后一点生命气息。

"真是可怕。"垚默默地叹息，虽然当时它并不想告诉我，能够有力量用如此残酷的方式摧毁她的东西，应该是她的同类。这一点要等待很长一段时间后，我才能慢慢明白过来。

我突然觉得非常难过，虽然难过这种情绪的存在，也是经过许多年学习之后才逐渐意识到的。她快要死了，死亡这个概念对我来说并不陌生，花朵凋零，松鼠冰凉，鱼儿肚皮朝天浮上水面。那样无比神奇而华美的生命居然也脆弱得如同一只蝴蝶，汹涌澎湃的力量转瞬间便流淌殆尽，只留下一个依旧精致却毫无生气的躯壳躺在泥潭中，随意被吞食撕扯，最终腐烂并化为尘埃，重新回到自然的循环之中，那么最初把她造得如此完美灵巧的某种力量，归根结底又究竟是为了什么呢。

我思考着，悲伤和迷惘像潮水一样随着身体向外扩散，垚温柔地碰触我，如同最亲密的母亲和朋友，它说："小虫儿，不要难过，你感觉不到么，它还活着。"

于是我离得更近了一些，几乎快要进入她空荡荡的躯体内部，然而那里确实还有什么东西，又暖又硬，在逐渐冰冷下来的表层下微弱不安地跳动着，像是一颗小小的心脏。于是我明白了，垚的意思是她虽然死了，但是它还活着，这两个概念在我们的交流中具有清晰的不同，"她"是指死去的那个，而"它"是一个我们之前没有发现的新东西，掩盖在她当时依然强大的气息之下。

我惊诧地跳动起来。"那里有一个蛋。"我说，"在她的身体里。"

"不过它也快要死了，在慢慢凉下去。"垚忧虑地回答。

"我们把它取出来吧。"我说。

"傻小虫儿，那是不能取出来的，她跟那些鸟儿不一样。"

垚又思考了很久，在当时那么危急的情况下，简直是它生命中最有耐心的一次思考了。

"好吧，不管怎么样，让我们来试试看。"最后它这样回答道。

它把她还没有完全冰凉下去的身体整个地包裹了起来，并逐渐渗入她的身体内部，用自己分泌出的养分来滋养她，将自己身体的各种成分分解再重新组合，变成里面那个生命继续生长所需的物质，一切都需要被精心控制，温度，水分，空气，溶液里各种细微的成分，所幸的是垚的体液成分与新的小生命非常相似，它把那个温暖柔软的蛋浸泡在自己分泌出的大量体液中，蛋的表面就可以自己吸收所需的一切。我想起所有生命都有这样的体液，像是同样来源于大地深处那些温暖浓稠的水泡。天地间的一切是如此相似而又如此玄妙，或许一切本身就是一个蛋，我们都在蛋中。

那段日子里我与我的朋友几乎形影不离，孵化这样一个生命是非常辛苦的工作，垚消耗了大量身体物质，甚至连很大一部分精神力也被源源不断地输送出去，成为孕育那个新生命灵魂的必须养分。我们一起亲眼目睹那具结实有力的躯体慢慢变得苍白浮肿，变色的伤口像花朵一样绽放，露出下面淡黄色的脂肪和各种交错复杂的脉络，她原本光洁柔软的表面被水泡得皱皱巴巴，一点点萎缩下去，使得那些身上和脸上精致匀称的器官都呈现出一种怪异的模样，只有身体中央那个椭圆形的部分，那个蛋，像蚕蛹一样以惊人的速度膨胀着，它的表面甚至逐渐变得半透明起来，可以看见里面暗红色的小小身影在沉睡，偶尔舞动一下尚未成形的肢体，那些温暖黏稠的液体被它散漫的动作搅动，产生细密得难以察觉的波纹。

我们一起耐心地等待，时间线仿佛被这样一件细致的工作无限拉长了，说不清究竟过了多久，外面的躯壳层层腐败剥落，被垚小心地消化吸收，再转变为养分哺育给新的生命，那个小东西开始形成自己小小的灵魂，生命的光芒和气息越来越明亮，清晰地穿越血肉之躯一层层浮现出来，有时候宁静无瑕，有时候不安地波动，有时候近乎顽皮地溅落起各种小小的旋涡，仿佛也在做着难以参悟的迷人梦境，我们听到它踢打和吮吸手指的声音，似乎是迫不及待地想要打开这层樊笼到外面来。

垚开始试着与它交流，这并不比想象中更加复杂，小生命还没有形成属于自己的感知方式，它接受从垚那里得到的一切，并逐渐学会了这种无声的交流，我也尽量参与其中，我们三个聚在一起，彼此分享这个小小世界。

雨季结束是短暂的旱季，然后又是雨季，垚拖着沉重的身躯缓慢移动，陪同那个新生命领略周围发生的一切变化，它的性情也不知不觉间改变了，时常急躁或者冲动得像是许久之前的我一样，有时我甚至觉得它的精神有一部分已经和那个小东西联系在了一起，它们的情绪通过相互交融的方式彼此影响，而在另外一些时候，小东西似乎陷入了漫长而朦胧的梦境，这时候垚就沉静下来，独自默默思考，各种纷乱的气息围绕着它交替闪烁，却惟独对我的呼唤和询问置若罔闻。

终于有一天，它难得从那种迷蒙的状态中清醒过来，开始忧心忡忡地召唤我。

"我感到不安。"它的气息已经变得相当虚弱，"小东西的身体已经长得太大，开始受到外面那层壳的束缚，它闹腾得很厉害。最重要的是它想知道的越来越多，超出了你我所能够获取的范围。"

"那又怎样？"我依然迷惑不解。

"我的意思是，或许应该想办法放它出去了，送它回到它的同类中间去。"

"送回去？去哪里？"这个突如其来的决定令我焦虑不安，"同类又怎么样，它跟我们在一起不是很愉快么。"

"小虫儿，固执的小虫儿，我们不能一直这样下去啊。它是与我们完全不同的物种，在阳光下奔跑跳跃，成长，学习，品味那些我们难以想象的情感与经历，最终衰老死亡，我们不能把它禁锢在这个一成不变的世界里。"

我们沉默了一阵，又开始争论，然后继续沉默，这种不和谐的交流令周围的气流都变得紊乱纷杂起来，那个小东西于是醒了过来，开始捶打四周脆弱的樊笼，我几乎可以感受到她细小却有力的四肢敲击在那层薄膜上砰砰的回响。

是的，无论如何，它就是那么本能地想要离开这里，尽管现在的它对外面的世界还没有任何概念，也完全不知道会有什么样的变化在等待它。于是我终于妥协了，黎明时分我们达成了共识，由我出发去这片沼地边缘寻找人类所在的地方，再回来带领它们一同前往。

我就这样出发了，像一阵风般掠过草木丛生的水泽上方，朝那些从来没有探索过的遥远边界进发，我的朋友在原地静静等待，用低沉而明晰的频率轻声哼唱着，那声音伴随我一路前进，像细长却坚韧的游丝般始终维系着我们。阳光透过浅水暖暖地四处铺散开，空气里和水里，到处是细小的生灵在光雾中上下翻飞，跳舞歌唱。我随着这股生命的湍流寻寻觅觅，努力分辨来自远方的微弱气息，却对自己最终所探寻的目标，以及不久之后将要发生的变故全无概念。

垚的歌声是在第三天午夜时突然中断的，那时我正在一片荒骨堆积成的沼地中艰难行进，四处是邪恶的魅灵伺机而动，它们由瘴气和死亡的怨念凝成的身形发出黑红的腥气，在四周缭绕不去。

　　　　　　　　　　　　　　　倾城一笑

歌声停止的那一瞬间，就仿佛一条细韧的钢线骤然崩裂，我惊骇得不住颤抖，鼓起最大的力量扫开那些邪灵，向着回去的方向加速前进。

当我最终赶回垚那里的时候，所发生的景象令我在一瞬间几乎冻结，一片狼藉的泥泞中，我的朋友被另一只垚牢牢缠绕在其中，后者像是把自己的身体变成许多粗重坚韧的触手一般，每一只触手末端都紧紧吸附在土球柔软的身体表面，一边贪婪地吮吸一边往里面钻，像是要把对手彻底吸干。我不知道这场斗争已经持续了多久，我的朋友气息微弱，只能勉强维持住自己笨重而虚浮的身体，抵御那些触手无孔不入的侵袭，这样残忍的攻势下它完全无法动弹，甚至已经不能告诉我究竟发生了什么。

我的愤怒像一把剑般贯穿在空气中噼啪作响，令偷袭者感到很不舒服，然而它竟然全不在意，只是耐心而狰狞地继续它的工作。于是我终于认出了它，是许多年前我曾遇见过的那只垚，整片沼地上最危险也最卑劣的杀手，曾与我的朋友是一个整体，如今却反目成仇，等待了许多年后它终于等来了这个机会，为了来吞食我的朋友和它精心保护的那团鲜嫩的生命，也是为了一个最冷酷无情的复仇。

我完全束手无策，只能在一旁焦急而恐惧地徘徊，偷袭者完全无视我的存在，只是不慌不忙地发动进攻，并不断寻找对手身上最薄弱的地方，伸出新的触手狠狠施以重创。浓黑的夜色一点一滴流淌，空气寒冷彻骨，我的朋友仍在与对手苦苦抗衡，那个小东西仿佛也预感到了危险来临，在内部扑腾不止。

夜露凝结成晶莹的珠子，沿着草叶一颗颗滑落进泥水间，这时候我的朋友突然开始放声歌唱，用一种极强大的高音向四面八方源源不断地传送出去，我无法明白那歌声的意思，只是感觉到它们激起的震颤中交织着激昂与挣扎，痛苦与牺牲，生的希望与死亡的绝望，就那么一轮一轮向着最遥远的地方扩散扩散，像狂暴的风又像忧郁的雾，滑过狭窄又宁静的水面，滑过开满小黄花的浮萍与淡白色的水莲，宛如最锋利的刀尖，一旦飞出就再不停息，就那么飞啊飞啊，轻而易举地划开一切阻碍，向世界的尽头飞去。

我呆呆地任由那些声波穿越我的身体，就好像被分割为无数碎片般，几乎不再感觉到自己的存在。那是一首什么样的歌啊，我没有办法体会它的旋律和音色，可是它的每一道震颤都仿佛深深地融入了我的身体里，永远不曾忘记。

黎明来临之前，我终于看到了这一切的结果，我的朋友几乎耗尽了它所有的力量，浑身渐渐松懈下来，偷袭者肆意吸吮着它的身体，洋洋得意地进一步向内侵袭。

然而就在那时，我逐渐感到了来自远方的强大气息，伴随着大地的波动越来越近，前所未有的声音交织在空气里，搅乱了酝酿死亡气息的夜。

先是身披皮毛的四足动物狂吠着奔跑而来，紧跟在后面的是人，许许多多人，火把的光线照在他们纷乱的影子上，有力的脚步踏碎了混浊的水花，他们就这样循着垚最后的歌声一路赶来这里，眼前的一切令他们惊恐疑惑不安，他们大声呼喊，夹杂着小声交谈，漂亮的四足动物蹦跳低吼着，向两只交战中的垚不断发起挑衅。

偷袭者最终停止了动作，依然是那副恶毒的姿态，偷偷化为一团流淌的泥浆融入水中，不慌不忙地离去，与此同时，垚的身体像一团烂泥一样四下散开，露出里面那具完整的灰白色尸骸，她仍然保持着最初的姿态，只剩下骨架的双手安详地交叠在腹部，保护着里面那团不断蠕动的血红肉球。

人群静静地围在旁边，我可以感受到他们的恐惧和不安像火把上冒出的松烟一样聚成厚重的一片，就在那一瞬间，从那个肉球表面终于裂开了一道缝，腥臭的血水喷薄而出，像艳丽的花朵一样绽开，一波一波地向四周溅落，伴随着温热的气息，是一只红白相间

　　　　　　　　　　　倾城一笑

的小手，从那道裂口中缓慢而坚定地向外伸了出来。

有什么声音在空气里炸开了，那是新生婴儿的啼哭，执着单纯，像是最锋利而明亮的利器划开了黑暗，那时候一轮惨白的朝阳正从遥远的地平线上升起，把它微弱的光辉投射在平静的水面上，投射在那些静立不动的荒草间，也投射在人群高高低低的身影上。

人们讨论了很久，婴儿的哭声一直持续不停，与此同时垚的生命力在一点一点涣散下去。我来到它们身边，转眼之间，我仅有的两个同伴就要离开我了，我却无能为力。

"不要难过，小虫儿。"垚散发出一点点微弱的气息，"这是我留给你和它……最后的礼物……"

在我明白它的意思之前，我的朋友已经散落成近乎没有生命的泥土，之后那些人向它走来，小心翼翼地从一团模糊的血肉中抱起那个哭闹不止的小东西，咬断脐带，并带着它默默离去了。

这个世界只剩下了我一个，无所依靠无所交流，我慢慢地靠近垚尚有一点点温度的身体，试着靠得更近，最终像水融进泥土里一样无声无息地滑入，它的意识尚未完全消散，那么多鲜活细腻的回忆飘荡起伏，似乎在彷徨地寻找一个出口。我努力将它们一一聚拢在自己体内，不，是我和垚逐渐融合在一起的身体，从那时候开始，我逐渐明白了许多它未曾告诉我的事情，未曾表达的情感，我们的生命合二为一，并一点一点创造出新的结构与形态。

那就是我凝聚过程的开始。

外面的天色早已暗淡下来，我沉默着，不知道该如何回应这个漫长奇异得宛如梦境的故事，这时候对面的姑娘掀起她的面纱，于是我有些惊异地看见了她的脸，有些苍白，然而五官却分明与我年轻的时候无比相似。

"这就是我的故事，一切冥冥之中仿佛遵循着某种安排，我却始终不知道是为了什么。"她说，同时一层层揭开她捧了许久的那个包裹，露出一只小小的陶罐来。

"这些年来我一直试着寻找你，比想象中难得多，凝聚破茧的过程就像是人类的分娩，精神的脐带断了之后，我就多少丧失了与那片沼地相互感应的能力，只能凭借一些残留下来的微薄气息碎片一路追寻，一直找到今天。"她如水的墨色瞳孔中有一点暗绿的光，就仿佛那些深不见底的沼地，埋藏了太多秘密，"这么多年的寻找，就是想要讲这个故事吧，讲完了，也就该走了，这样东西可以留给你随意处置。"

她把罐子推到我面前，并不打开，然后无声地站起来转身离去。我用僵硬的手指慢慢推开陶罐上精巧的盖子，里面只有一团浸泡在浑水里的普普通通的泥浆，只是在我的眼中看来，那团泥浆周围却笼罩着一层淡淡的生命气息，色泽温暖而简单，随着某种韵律缓缓起伏着，仿佛睡梦中婴儿的脸颊。

"好吧，垚。"许久之后我终于开口说道，不速之客已经消失在门外，所以现在我所说的一切都只有自己能听见，但是我依然说下去，"生命是一个又一个窄窄的圆，这是你教我的，所以在我离开这个世界前，不如一起来续上这个圆吧。"

或许我需要找一些东西来喂它，等到它长得足够大，孕育出思维和智慧后，再重新找到某种方式来与它交流，不过那些都不要紧，我已经是年过古稀的老人，剩下的时间全部可以用来等待。我一边这样想着，一边慢慢趴在桌子上，陶罐粗糙而有一点温暖的表面贴上我的脸颊，于是我闭上眼睛，仿佛听到了来自非常遥远的呼吸声，像水波一样四下荡漾在小小的屋子里，又像是最初和最后的梦境。

　　　　　　　　　　　　　倾城一笑

十 日 锦

厌 火

七月里最热的那一天，整座厌火城都浸在一片浓稠的白烟中，仿佛随时要烧起来。

我坐在阴凉的店铺里喝一杯掺了古井水的金盏花，突然间徐伯拿着一封信进来了。

"大小姐，您看看这个。"他两个指尖拈着信封一角，像是怕弄脏了手似的。"老宅那边托人带过来的，说不知是谁家信使扔在门房那里，上面写的是您的名字。"

我接过来，心猛然一跳，信封是破旧了，一道道折痕里满是灰黄粉尘，一碰就扑簌簌往下落，上面那几个小字也被揉成一团，然而笔触还是熟悉的。

南药，琊王府。

珧青。

我拆开信封，里面竟是空落落的，抖了两三下只掉出些灰绿的碎片来，干而薄脆，落在掌心隐隐散发出一股植物的苦涩气，是一片叶子吧，只是在漫长的旅途中被碰碎了，辨不出原本形状。

我心念一动，抬头对徐伯说："有火盆么，拿一个过来。"

他愣住了："大小姐，这是三伏天呀——"我打断他的话，"没有就生一个，快，我现在就要。"

火盆端上来，我小心地撮起那些碎片撒进去，咝咝几声轻响，果然就冒起星星点点的绿色火焰来，在浮动的灼热空气中翩翩起舞，妖艳得近乎不真实。

"软儿……"我不禁喃喃道，脑子里大片往事轰然炸开，浑浑噩噩搅成一片，身子却已站了起来，向着门口走去。

"大小姐，您这是上哪儿去啊？"徐伯的声音从身后追上来。

我愣了愣，这才发现已经到了门口，一棵高大的龙槐遮天蔽日，枝叶缝隙中洒下碎金般的光斑，随着院子里的微风阵阵摇晃，像水波荡起涟漪。

"我得出一趟门，要紧事。"我回头说。

"去多久啊？"

"不好说，徐伯，我不在的时候，这店还是您帮我照看着。"

我边说边往前走，转眼间已经出了院门，灼热黏稠的空气如同海浪般扑面而来，徐伯的絮叨声还在后面一路追赶着。

"才回来几天，又要往出跑，这生意还怎么做……大小姐，您是坐车还是坐船啊，要不要派个人跟着，女孩儿家，出门还得小心点哪。"

"不用您操心，我飞着去。"我头也不回地喊一句。

与软儿有关的一切

那夜便是七夕，天空有点薄云，港口聚满了准备出发的人群，酒香和花香缠绕在略带咸腥味的海风里，竟有节日的味道。我混在一群大包小包的商人和拐客中，不禁觉得自己两手空空未免有点碍眼了。

"上哪儿去，姑娘？"旁边一个高挑身材的小伙子问我，脸上挂满快活的笑容，不像有恶意，或许只是在找人搭伴同行。

"中州，天启。"我回答。

"天启？那可远哪，一天一夜可飞不到。"

"飞到哪儿算哪儿。"我微笑着说。

"那不要累死了。"他吐吐舌头，像个没长大的孩子。

"累不怕，关键是赶时间。"我说。

"什么要紧事啊？"他穷追不舍地问。

"没什么，去看一个朋友。"

他一怔，随即促狭地挤挤眼睛，说："男的吧？"

"女的。"

"女的朋友跑那么急？"他先是有点不信，看我目光坚定，又不禁长叹一口气说，"你们关系一定很好。"

"是不错。"

"千金难买有情郎，万石不换知己赏啊。"他仰望天空，竟然转起文来，"说来说去，还是朋友最难得。"

"是这个道理。"我说。

"你知道秋叶城的徐子雍吧，那字画，是出了名的。"他话匣子一打开，竟一时关不上了，"去年秋天他得病死了，死前一堆亲友去探望，这个人小气，生前字画都是自己留着，从不轻易往外送，到临死的时候突然想开了，来看他的每人送一幅，都值大价钱哪，只有一个打小就认识的朋友没送，你猜这是为什么？"

"为什么？"我很乖地问。

"他说了一句话，'别人都是从字画知道的我，你是从我知道的字画，不敢用那些字画辱没了咱们的情谊。'"

"这话说的……"我沉吟一下，"倒也是难得。"

"谁说不是呢。"他仰天长叹道，"要我说，虽然一幅字画没得着，可一辈子有人对你说这么一句话，不比什么都值了。"

十日锦

我点点头，还想说点什么，周围人群却喧嚣起来，潮水一般起伏荡漾。天空不知不觉间变得明朗，是月亮，从薄云包裹下破茧而出，圆满得不见一丝瑕疵。我被人群挤得向前拥去，走到半路突然回过味来，转头问他："你说的那个人莫非就是你自己？"

他还是那副快活的笑容，对我挥挥手说："要飞了，姑娘，保重啊！"

一双双青色羽翼在空中绽开，月光落上去，牛乳一般泼洒下来，翎羽碰撞拍击声清脆动人。我跟着人群一起腾空，在无边无际的深蓝色夜空中不断上升，迎着清新的海风向遥远的彼岸飞去，方才跟我说话的年轻人却隐没在重重人影中，再也找不到了。

月光洒在宁静的海面上，如同繁星洒落，又如万千流萤闪烁个不停。

我突然想起来了，二十年前，我跟软儿正是在这样的月光下相遇。

她坐在一棵龙槐树上，头发剃得短短的，像个小男孩，穿一条粗布裤子，洁白的膝盖露在外面，一双细瘦的小脚垂下来，脚腕上挂着泛旧的银链子，随着双腿摇晃发出碎玉般的声响。

正是那声音让我发现了她，我抬起头瞪着她看了许久，然后问："你在我们家树上干什么？"

她咯咯咯笑起来："谁说这树是你们家的？"

"这片地，还有这片地上的树，都是我们家的。"我叉着腰理直气壮地回答。

"才不是。"她说，"地面上的算你的，你够不到的地方算我的，所有树的树梢，从这一棵到那一棵，再到这片森林的尽头，从南药城，到整个宁州，凡是树梢连着树梢的地方，全是我的地盘。"

"你胡说！"我气哼哼地跺了跺脚。她说："不服你就上来啊，来跟我打一架，谁赢了就算谁的。"

我上不去，那时候我三岁，还没长出翅膀来呢。

"你怎么上去的？"我想一想问她，"难道你会飞吗？"

"飞什么，爬上来就行了。"她说，"你试试看。"

我看看面前粗大的树干，要几人才合抱得起来，漆黑的树皮光溜溜的，就算是头山猫也不见得能爬上去。

"你骗人。"我气哼哼地说。

话音刚落，她就从我头顶上方跳了下来，说："骗你干什么，我爬给你看！"

她边说边轻盈地向上一跳，双手抓住一根横斜出来的枝条，两脚在树干上连蹬了几下，膝盖一弯挂上去，整个身体紧跟着摇晃两下，就奇迹般地从倒悬变成端端正正坐在那根枝条上。

"看，很简单嘛。"她说。

我看得有点傻了，过了好久才开口说："你下来，再爬一次给我看看。"

整个漫长的夏夜，绿幽幽的萤火在草丛里亮了又灭，我在她的指点下一次又一次试图爬上那棵树，却始终没有成功。

认识软儿的那些日子里，我几乎没有什么事情能胜过她，从最简单的游戏，到最放肆的冒险。有时候我们只是坐在树下，一边从茂盛的草丛里捡起一颗颗殷红的小果子，一边随口编些乱七八糟的故事，国王娶了河洛女，鬼弓大战白鹭团，编着编着就斗起嘴来。

"我带来了一头狰。"我神情严肃地警告她，"非常非常厉害，可以把你的人都吃掉，一点骨头都不剩！"

她轻蔑地笑一下，细声细气说道："我带来一个瘤子，瘤子里藏着一根针。"

我不敢再说话，虽然不知道瘤子里的针能干什么用，但听上去就是比我的狰厉害多了。

这个道理我到现在也没完全想明白。

十日锦

我们也真正动过手，一次两次，或者更多，谁也不记得最初到底是为了什么，也许只是打闹，不知不觉就较起真来，相互掐着肩膀在高高的河岸边连翻带滚，像男孩子打架一样各自把牙咬得紧紧的，闷不吭声。有一次我急了，向上胡乱一蹬，正好踹在那张小兽般凶相毕露的脸上，她哼都没哼一下，便像块石头般地沿着岸边滚下去了。

　　我吓坏了，不顾一切地跟着往下滚，滚到一半竟然被她接住了，两人一起跌进冰冷刺骨的河水里。

　　一阵瞎扑腾后，软儿拉着我爬起来，眼神有点呆呆的，一张嘴竟然吐出半截染血的门牙来，孤零零落在掌心，红得刺眼。

　　我们同时开口了。软儿说的是："我的牙。"

　　我说的是："怎么办？"

　　掉一颗牙，对那个年纪的孩子来说毕竟是大事，更何况从没有人教过我们如何应对。我们爬上岸，坐在草丛里想了许久，阳光耀眼，大丛零星的白花在脚边摇曳。我终于想到一个办法，我说："我们把它埋起来吧。"

　　"为什么？"她问。

　　"听大人说的，上牙掉了要埋起来，下牙扔到屋顶上。"

　　"埋起来究竟会怎么样呢？"她喜欢刨根问底，"能长出新的么？"

　　"别人就找不到了呀。"我说，"总之你听我的，埋起来没错。"

　　软儿听了我的话，她虽然是个桀骜不驯的丫头，遇到这种貌似很有道理的话，还是会听的。

　　那天傍晚，我们把那半颗牙埋在经常碰面的那棵龙槐树下，精心做了标记，并且约定这件事不能告诉任何人，小孩子总有许多秘密，这只是我们曾经拥有的无数秘密中的一个，毫不起眼。只是许多年后，我回到南药，看见那棵树还在，当年留下的标记却无论如何找不到了。

　　那之后又发生了许多事，最初的回忆被蒙上尘埃，遗忘在不经意的角落，然而突然某一天，不过是不经意的一弹，泥灰剥落化为齑粉，下面竟还是光亮簇新的。

那信封上难道不是软儿的笔迹么，我们曾用同一本字帖练的字，虽然练出来风格各不相同，虽然七八年不见，那字迹娟秀了许多，可我就是认得，横竖撇捺间的味道没有变，那"青"字三横总往右上方斜，那"珧"字一钩偏要拖出去长那么一些，像是肆意伸展的肢体。

还有那片叶子，十日锦，不是我送她的那一株么，出了南药，哪里去找第二株来。

多年杳无音讯，她突然寄了那信，送来那叶子，其余再不着一字，什么意思，我不知道，只是拿到那封信的一刻，我便已经知道自己要去见她，用走，用跑，用翅膀，一刻也不要耽搁。长大成人的生活总是循规蹈矩，今夜就让我变回那个小孩子吧，一心只往要去的地方飞。

无边无际的夜空中，我逆风飞翔，脑海里浮现出与软儿有关的一切，纷纭并至。

信　使

天启城比我想象中还要繁华，不提那些店铺和街道，那些巍峨的高墙屋檐，只是满街那么多人，从早到晚川流不息，每个人都神情严肃地赶路，仿佛同时在被什么神秘的指令驱遣，去完成一个共同的巨大工程一样。这情景最初令我惊奇，到后来就觉得有些恐惧了。

我坐在最热闹的街头，最豪华的一家酒楼里，手里掂着一壶喝到寡淡的茉莉花茶，双眼茫然地望着窗外，不知道该怎么才能见到我的朋友。软儿就在这座城里，离我不远，拍拍翅膀就能到，但这里不是宁州，不是厌火更不是南药，纵横交错的街道把所有人都隔开了，如同河流里的水珠，一颗一颗四下散落蹦跳，每一颗都与其他有着千丝万缕的联系，只是我看不出来。

台子上有人在说书，开始不过混进大片嘈嘈切切的人声中，听得久了竟也有一句半句飘进耳朵里。

"皇子得了那美人，自然十分宠爱……专门为她修建了一座宫殿，木材全专程去宁州运来……如此专宠，朝野震动，上书讽谏者络绎不绝……那新娘娘也是个有手段的……这一场争斗，胜负未分，千尊万贵的皇后位究竟谁能坐上，各位看官，咱们下回接着说！"

我转身望去，人影晃动，汇聚又分离，说书先生满面红光，起身一闪就不见了，这说的究竟是哪一朝的事啊，又或者这些全不重要。

软儿，软儿，事到如今，那个男人待你还好么？

我不想再坐了，结了账起身离开，却迎面撞上一个人。

"姑娘，是你？"那人睁大一双颇秀气的眼睛，随即便露出灿烂的笑容，"这么巧？"

我也愣住了，仰头便看见微黑的面庞上十几颗雪白的牙齿闪着光，一时间脑子有点犯晕，半晌才说出一句："是啊，你怎么也在这儿？"

"工作呗。"那在厌火港口见过一面的小伙子依旧笑得开心，"从澜州一路过来，大大小小跑了好几个城，到了天子脚下，喝碗酒歇口气。"

我这才看清他手腕上那段窄窄的红布条，绑一个细巧的结，被一路风尘沾染得有些黯淡了。

"你是信使？"我抬头问。

"是啊是啊。"他点着头，"满世界跑还能遇上，真是有缘，不然坐下来喝一杯吧，我请。"

"不了，还有些事。"我说。

"哦，见你那个朋友嘛，怎么样，见到没有？"

"还没有。"我叹一口气，"不知道该怎么见。"

"不知道？为什么？"他说，"不然说出来我帮你想想办法，找人我在行。"

"没那么简单。"我踌躇着，不知道这样纠缠复杂的往事，该如何对一个陌生人说起，许久才压低声音回一句："她在宫里。"

"宫里？"小伙子又一次睁大秀气的眼睛，双手一拍笑道，"早说嘛！"

稀里糊涂地，我竟就跟着这位半路相逢的信使进了宫。他说他叫严腾，其他的没告诉我，我也没问，信使的工作不是安逸逍遥的活儿，艰险，而且孤苦无依，那些无根无家的人为了讨条生路才干上这个。看他言谈举止，不是贫贱出身，却也做了信使，这其中总有段故事可以讲的，只是眼下我不想听。

我们沿着幽深的宫墙向里走，下午的阳光在墙根投下大片浓重的阴影，另外半边却是明晃晃的，看久了就觉得不舒服，偏偏这路却没完没了地长，走了许久终于进了一个小院，有个年长的宫女在院里站着，大约是管事的女官。

严腾上前一步，掏出一个大方锦盒恭恭敬敬地呈上去，回头便对我偷打眼色，我的心跳得厉害，不知该如何开口，眼看那女官转身要走，只得硬着头皮追上去，低头问道："大姐请留步，我有些事想见绿烬夫人。"

那女官惊得一跳，鬓边钗子连同两只耳环一起晃个不停，也不知是因为我这"大姐"的称呼，还是因为后面那过于直白的请求，严腾原本面容肃静地立在一边，竟忍不住"扑哧"一声笑出来。

场面尴尬许久，女官才缓缓转过身来，扬着下巴"哼"一声道："你想见，便能见了？"后面那半句不用她说我也能猜到："你当这里是什么地方？！"

眼看她又要走，我连忙从衣袖中摸出那早已揉得面目全非的信封，递过去说道："大姐，不是我跟你捣乱，您看这封信，是夫人寄给我的，信封上是她亲手写的字，麻烦您把这信封拿进去给她，她看过就知道我来了，自然会让我进去见她的。"

　　女官半信半疑地盯着看了许久，才伸出尖尖长长的两根指甲拈住，撂下一句："在这儿等着。"便款款地走了。

　　严腾在一旁偷笑了许久，抬起脸对我说："原来你那朋友是当今娘娘啊。"

　　"不想说这事儿。"我有些愤懑地去一旁找了张石椅坐下，他也只是好脾气地笑笑，在旁边另找个地方坐了，说："没什么的，我陪你等一会儿就是了。"

　　我突然在心里很感激他，便也向他笑笑。

　　小院里寂静无声，高大的栾树在背后撑开一片荫凉，有小巧的绿色果子落在地上，三片叶子合抱成个小灯笼的形状，风一吹满地乱滚，暗哑如无数风铃。

　　那声音令我没来由地想家。

　　等了片刻，那女官回来了，我们两个赶紧站起来。

　　"娘娘说了，她身子不适，不能见客，两位请回吧。"

　　我愣在那里许久，突然一个箭步冲上去拦在她面前，羽人身形毕竟比人高出许多，更何况是这么一个干瘪的老女人，她惊得又是一跳。

　　"不能，还是不愿？"一个一个字抵着牙尖迸出来。大概我那目光太过吓人，她愣了愣，转头便扯着嗓子喊起来："来人哪，来人！"

　　严腾几步蹿上来扯住我的袖子，低声道："不是搞笑吧，快跑！"

　　他力气实在很大，动作又敏捷，终于赶在有人冲进来之前把我拽跑了。

　　人是会变的，这我知道。

倾城一笑

小时候我曾在南药城见过一个蛮族女人，骨骼粗壮，梳一条乌黑油亮的大辫子，一直垂到膝盖，她喜欢穿牛皮缝制的厚底靴子，喜欢骑马，喜欢吃烤肉，喝有一股怪味的奶茶，她说在她的家乡，小伙子喜欢一个姑娘，就要骑着马跟在姑娘的马后追，追上了才有资格求婚，可从没有人能追上她。

谁知她最后竟然就嫁到南药来了。刚来的时候没人喜欢她，她不肯住在树上，不跟周围人说话，不拜我们的神，身上还始终散发着牛羊的腥膻味，笑起来声音那么尖利，总是吓飞一树的鸟。许多年后我再回到南药，看到她依然住在那里，简直像换了一个人，她不再放肆地大笑，不再吃肉，不再弹奏蛮族的乐器，她们家的窗户前原本挂着牛骨装饰，现在变成了羽毛和鲜花，和别人家再没有任何区别，连她的身形和脸颊也变得清瘦了，节日里她会穿上轻纱做成的衣服，戴着花冠，赤裸双足，跟别家的女人们一起围坐在年木下，手拉手唱一首空灵曼妙的歌。

然而我始终不懂，一个人如何能改变那么多。软儿，我最好的朋友，我那桀骜不羁的野丫头，你在这宫里究竟变成了什么样子，如今你竟不肯见我！

傍晚，我跟严腾坐在巷子里一家不起眼的小面馆，他把脸埋在碗里呼哧呼哧地喝着汤，我却毫无胃口，一盆汤面散尽了热气，变成油腻腻的一大坨，看上去十分醒龊。

严腾喝尽了最后一口汤，抬起脸来说："说到底，你们女人还是麻烦。"

我心里烦，一拍桌子说："不懂不要乱讲！"

"好好，我不懂。"他吐了吐舌头，把碗推到一边，打个饱嗝道，"那怎么办，你还见不见她？"

"见，死也要见！"我咬着牙，"不就是道破宫墙么，什么了不起的地方，我想见谁，就偏要见！"

十日锦

"好，不就等你这句话么？"他咧嘴笑起来，"别生气了，有我帮你，保证能见上。"

我一时间愣住了，自从酒楼重逢，这个年轻的信使竟然一直陪着我，人再热心也该有个限度。

"我不想再麻烦你了。"我直截了当地说，有些话越早说越好。

"我知道。"他点点头，这样一个走南闯北见多识广的人，心思该是何等透亮。他依旧微笑着，说："今晚算最后一次吧，不管成不成功，帮完后我该干吗干吗去，以后有缘再见。"

我咀嚼着他这句话，不知是苦是甜，然而软儿的字迹又在眼前浮现出来，清晰得如同她的呼唤："珧青。"她脚上的银链子在风里一荡一荡。

"那就谢谢你了。"我哑声说。

宫墙影重重

那么巍峨耸立的宫墙，原来真的不高。

月色朦胧，严腾托着我，从鳞次栉比的拱角长廊上掠过，他的羽翼如此灵活，连一丝拍击声都不曾发出，只有风穿过翎片间细碎轻柔的摩擦。

"你知道她住哪儿么？"我压低声音问他。

"重影宫嘛，谁不知道。"他说，"皇帝专门为她盖的，木料全从宁州运过来，嘿，老故事了。"

"可你能找到么，这么大片地方？"

"那不就是嘛，别出声。"

我们悄无声息地降落在一片空地上，像一片羽毛。

重影宫有许许多多柱子，彼此掩映遮挡，繁茂得如同一座森林，据说这宫里一年四季都阴凉幽静，连西斜的余晖都穿不进去，

倾城一笑

与之相对的，也没有一丝光亮能从里面透出来。深沉的夜幕下，整座宫殿静默死寂，竟连个走动的人影也看不到。

我们向里走，很快便被重重叠叠的立柱包围了，木头的气味从那些剥落的漆层后面飘出来，仿佛循环往复的呼吸，那都是来自宁州的树啊，枣木，水榆，白杨，银柳，紫柏，云桐……一棵一棵都那么熟悉。

严腾叹一口气，说："可惜了。"我明白他的意思，对羽人来说，每一棵树都是生命，是地面上的生灵与天空交流的途径，人族却把它们砍下来，变成无生命的材料堆砌在这里，制造出大片死灵般的幽静。

都是为了软儿，那个喜欢树的软儿。

我们走了许久，终于看到尽头一扇小门，门扉紧闭，这层层叠叠的宫中竟然还藏着这样一座小屋，像盒子里的盒子，软儿应该就在那里面了吧。

我来到门前，想了想，伸出手去。

"你干吗？"严腾惊诧地问。

"敲门。"我说。

指节叩在冰凉光滑的门板上，笃，笃笃。

笃，笃笃。

笃，笃笃……

一长两短，那是我们儿时的暗号，她在外面敲，我就从窗户跳出去，翻过几道围墙，一起跑去不知哪里疯玩，可是为什么要定这么一个暗号呢，难道不是我探出头来看一眼，就知道是不是她来找我了么。

都是小孩子的心事。

有时候我跟家里人闹了别扭，便一个人跑出来，躲进那棵龙槐树上我和软儿自己搭建的小屋，小屋在树梢最顶端，虽小却很坚固，枝条编的骨架，绿泥抹的墙，泥墙上开满毛茸茸的野草花，掩映在枝繁叶茂间，再好的眼力也不容易找到。家人在下面呼喊寻觅，我偏偏就当听不见，只是一个人寂寞地吹着树叶做成的哨子。

那时候大概十二三岁吧，谁也说不清的年龄，只是无缘无故就想把自己关起来。

等大人们都走了，软儿就偷偷爬上来，在外面敲着门，笃，笃笃，笃，笃笃，她总是很有耐心，太阳落下去，树叶间金色的光辉逐渐熄灭了，敲门声还在继续，笃，笃笃，最终我总会开门放她进来，我们两个肩膀挨着肩膀，像两颗鲜嫩粗糙的果实，躲在同一个山毛榉壳里，夜风吹着满树叶子哗啦哗啦作响。

许多年过去，变成我来敲门。软儿，如果你在里面，请给我开门。

"什么人?!"

一个声音突然划破寂静的夜空，有火光刺进来，以及杂乱沉重的脚步声。

"不是吧，快跑!"严腾又来抓我，却抓住了我的手，他的手心温暖干燥，我的却冰凉。

这次我们谁都没跑掉。大队侍卫围成圈子，箭弩刀枪光芒闪烁，黑沉沉的影子在柱子间乱晃。这时候我才恍恍惚惚想到，这破宫墙里面还是有些了不得的地方。

一个总管模样的人匆匆走过来，脸色很不好看，我猜是吓的，两个来历不明的羽人这么轻易就闯进来，报上去他自己也逃不了干系，在琊王府那座幽深的老宅里长大，这种事我已经学到许多了。

果然，"赶紧拖下去，别惊动了皇上。"

严腾依然紧握着我的手，我不知哪儿来的勇气，上前一步大声道："让明烨出来见我!"

一群人都愣住了，大概没见过死到临头还这么横的。

"我是珧青，告诉他，要是他心里还有软儿，就出来见我！"

我和严腾被带到一间漆黑的小屋里，不知是不是待宰。他凑到我耳边压低声音说："了不得，当今皇上的名字，喊得如此有气势。姑娘，认识你这样的女中豪杰，我死也无憾了。"

我知道他在贫嘴，便也只有歉意地笑笑。接下来就是等，死生悬于一线，结果如何谁也不知道。

人都是会变的，我知道，软儿不再是那个头发短短的小姑娘，她是住在重影宫的绿烬夫人，明烨也不再是那个眼巴巴蹲在树下的孱弱少年，他是人族的皇帝了。

可那时候，他在树下第一眼看见软儿，看见她脚上泛旧的银链子在风里窸窣作响，看见她留长的头发，从枝梢间一直垂到他鼻尖前面，银丝里透出青绿色，像一瀑山泉水，纵身跃下深谷便是说不清道不明的风情万千，我想就是从那一刻起，那个连树都不会爬的十五岁少年心里便有了决心，那是男人的决心，纵使粉身碎骨烧成灰也无法磨灭的。

明烨心里有她，我知道，否则那个短暂的夏天结束后，便不会再有那么多事。一个孱弱的九皇子，一个名曰送去南药调养身子、实则做质子的稚嫩少年，最终竟做了皇帝。五年后他坐着雪桐木的车辇来亲自迎娶软儿，一个来历不明的野丫头，娶回宫中做他的皇后，只能说一句谁能想到呢。

软儿走的那天我已经不在南药城里了，我去了厌火，去打理那间颇值几个钱的药草铺子，以后便很少再回去。那一年我和软儿都是十八岁吧，不同的人生在面前展开，夏日的光芒里一片耀眼夺目，看不清方向，于是竟连正式的道别都没有说一句，匆匆忙忙地各自东西，像逃跑，头也不回地离开家乡，离开童年。

内心里我只知道一件事，软儿自己心里是愿意的，否则别说是雪桐车，就是一百头六角牦牛拖着她也不会走。

我们等了并不长时间，很快便被带去另一间明显大很多也明亮很多的屋子，等那些侍卫总管宫女都退散干净，皇帝就出来了。

他果然变了许多，肩膀宽厚，下颌坚毅，然而我盯着他的眼睛看，他看过来的第一瞬间，眼神里竟仍是瑟缩的，仿佛那个胆怯的少年又回来了。

现在的我，不敢随手去揪他的头发，也不敢往他的靴子里塞青蛙。他身后那个贴身侍卫眼神阴沉气息悠长，一只手就能把我们两个轻易收拾，可皇帝他还是害怕。我想自从他带走软儿那一天起，就已经在心里埋了那么一枚恐惧的种子，孕育无数个日日夜夜终于开了花。此刻我就站在他面前，他看见我的眼睛，看见我眼睛里那惟一的问题，软儿过得好不好？

他却怕得不敢回答。

我们长久不说话，不知从何说起，又或许是在逃避。严腾是个聪明人，他也不说。然而窗户纸总是要捅开的。

"软儿寄了一封信给我。"沉默许久之后，是我先开口。

"什么时候？"皇帝问。

"前几天刚收到。先寄到南药，老宅那边再托人带给我。我一拿到就出发了。"

"你现在住哪里？"

"厌火。"我回答。是了，皇帝不知道，软儿也不知道。到了天启后她写过两封信给我，都是先到南药，后到厌火。我回过一封，信里只是扯些琐事，花如何，鸟如何，喝茶时的点心如何，那之后就断了音讯，却自己也说不清是为什么。严腾有一句话说得对，我们女人很麻烦。

"信里写些什么？"皇帝问。

"没什么，只是一片叶子。"我说。

皇帝沉默不语，他心里很多事，我看得出来，过一会儿，他像一个溺水的人一样努力抬起头吸气，然后说："软儿病了。"

"什么病？"

"不知道，她的病，不是一天两天了。"

我心里抽了一下，沉下声音说："你从头慢慢告诉我。"

绿烬夫人

故事的开头与我听来的差不多，孱弱的皇子终于做了皇帝，迎娶了远在宁州的美人，宠爱得堪比手心里的一颗明珠。

然而软儿是不习惯做一颗锁在深宫里的宝贝的，她在宫墙里四处奔跑，跟每一个人快活地打招呼，爬上每一棵足够粗壮的树，当她坐在树上时，那一头银中带绿的长发垂下来，像水银泻地，树叶的浓绿都映在里面，光华流转却不夺目，只是静静地一寸一寸燃烧。皇帝经过时看见了，便微笑着拈起一缕发丝闻一闻。

"还是南药的味道。"他说。

等到史官来为这位娘娘讨一个称号的时候，他说："叫绿烬夫人吧。"

尽管史官负责地向皇帝指出，烬字有生命枯竭之象，不适宜作为夫人的称号，但皇帝并不在意，他喜欢什么就是什么，不用管别人怎么想。

偌大一座宫里，除了绿烬夫人外，就再没有其他嫔妃，皇帝并不算很贪心的人，有他最喜欢的一个就够了。然而总有许多老臣觉得这件事匪夷所思，便挖空了心思来劝导皇帝，这件事我始终觉得很没道理，那些老臣大多像我爹一样，回到家里只敢跟在老婆身后捏背揉腿，指天咒地说自己不敢有二心，进了朝堂就开始编织华丽雄辩的辞藻，来向皇帝表明只娶一位皇后对江山社稷是有百害而无一利的。

皇帝当然是不听的，自己家务事哪轮到这些老头子来管教，然而一天不听两天不听，一年两年也就这么过去，皇帝长大了几岁，更加成熟了，考虑事情更加深远周到，更何况绿烬夫人始终没能为他生下一名皇子或公主，他开始觉得老臣们说的话有几分道理了。

这中间又经过许多波折，三言两语很难道清。深宫之中总是这样，千百年未曾改变。总之新娘娘入宫之后不久，绿烬夫人就病了，那病实在奇怪，竟是不能见阳光，晒得多了皮肤便发红烫伤，严重时竟会溃烂。所有的太医都说，这种病闻所未闻，更没的治，只能静养。

重影宫就是从那时候开始修建的，这么大一项工程，只花了不到半年工夫，宫殿落成那一日起，绿烬夫人便搬了进去，从此再没有轻易出来过，而皇帝，也渐渐不喜欢去那个见不到阳光的地方。宫墙里听不见绿烬夫人的笑声和歌声，也看不见她的长发从枝梢间垂下来，所有的大型庆典上，出现在皇帝身边的人都变成了那位新娘娘，她已经有了称号，叫虢嫣夫人。虢嫣夫人甚至生下了两位公主和一位皇子，那么考虑废后也是很自然的事情，一个不能出门见人又不能生育的皇后，成何体统呢。

而在这个当口上，却发生了一件更加诡异的事。

据说绿烬夫人的重影宫正中央，有一个小小的花园，每天只有正午阳光可以照进去，这是她恳求建造宫殿的工匠为她保留的，里面养了一点花草以消遣暗无天日的生活。有一天夜里，当她照料那些花草的时候，手腕里不小心扎进了一根尖刺，那些太医忙碌了一番，帮她取出来包扎好。然而几天以后，当太医来换药的时候，发现伤口非但没有愈合，反而从里面长出一根新的刺来。

他们拔掉那根刺，包扎，几天后又长出一根，而且似乎比原来的还要粗还要坚韧。太医们尝试了各种方法，用火烧，用药草敷，用硫磺清洗，甚至挖掉了一小块手腕上的骨头，然而尖刺仍然会长出来，仿佛一个顽强而恶毒的诅咒。

事情到了这一步，就不是废不废后的问题了。老臣们联名上书向皇帝指出，绿烬夫人出身低微，来历不明，入宫后行为不端，且未能产下子女，如今手腕上长出尖刺，更是不祥之兆，应该尽快把她定罪处死。

这才是迄今为止的全部故事。

我没有语言了。

有时候你听一个故事，虽然是由身边熟悉的人说出来，却无所谓真实或虚幻，无所谓美丽或残忍，只觉得太过遥远了一点。像我老爹吹嘘他年少时的英雄事迹；像那个蛮族女人讲她在草原上的生活；像我以前在南药养过的那一对金花鼠，有一次老宅托人带信，说淘气的时候掉进没熄灭的炉膛里，等发现时已经焦成团了。

这些统统离我很遥远。

我说："软儿在哪里，让我再见她一面。"

"还在重影宫。"皇帝回答，"她把门锁上了，谁都不让进。"

"你不会砸？"我说。

"怕她生气，你也知道她的脾气。"

"生气？"我冷笑一声，"怕是你不敢见她。"

皇帝不说话，我站起来说："我自己去，让你的人不要管了。"

严腾一直坐在旁边不吭声，我径自走到他面前，说："再帮我一次吧，算我欠你的。"

十 日 锦

黎明时分，严腾又一次托着我飞起来，我们径自飞到重影宫的上空。这座宫殿是圆形的，从内到外共有九层，内里一层的屋顶总比外面的要高出一截，像一座宝塔。然而惟有最中间的圆心处有一个小小的圆形天井，如同海上深深的旋涡，在大片阴沉的黑瓦中闪出一星淡薄的光。

那是软儿的花园。我和严腾便在那里降落了，像坠入一口幽深的古井，许久才碰到地。

光线幽暗，只能看见头顶正上方极高远处，那层层叠叠的屋顶包围中，指甲盖大小的一片天空，正在晨曦渲染下微微透出一抹粉紫色调。花园里长满低矮湿润的灌木，叶片低垂，仿佛还未从梦中醒来。

生长在这暗无天日的地方，它们也会觉得憋闷吧。

我低下头，一一辨认那些熟悉或陌生的植物：玲珑木，落暮红，紫杉，炎薇，月见风，番石榴，白花和粉花的樱草。漫长的岁月里，它们是软儿惟一的伙伴。我想象无数个深夜，她坐在这里对它们喃喃倾诉，说那些再没有人知道的秘密。

心突然跳了一下，我看到了一株小小的灌木，娇柔，孱弱，茎上却长满坚硬的深紫色尖刺，叶子形状像小小的桃心，绿色上面蒙一层细嫩的银白色绒毛。

十日锦。

我送给软儿的那一株。

那不算什么神奇的花草，南药城里颇不少，只是一旦移栽回家中就很难养活，这种灌木长得极缓慢，从抽枝发芽到开花不知要等多少年，就算哪一年突然开了，也只是开十天而已，花谢后不一定就结果，第二年也不一定接着开。

只听传说，那开出来的花非常美，美得令人一见之下，终生难忘。

离开南药前的那个夏天，我曾去龙槐树下看过，树上我们亲手建造的小屋许久未曾修缮，已经变成鸟兽做窝的地方，许多往日的痕迹也不见踪影。我没有找到我们埋牙齿的地方，只看到盘虬的树根缝隙间有一株十日锦的幼苗，于是我把它挖了出来，盛在一个小小的陶土盆里，作为一份礼物留给她。

那或许仍有某种斗气的成分在里面吧。她隆重盛大的婚礼上，我不愿送珍珠玉石，只送这么一份微薄的礼物。

她果然一直养着。

我突然就流泪了，过去和现在，虚幻和真实，直到这一刻才被粘连在一起。

或许人们在面对往昔的时候总会落泪，那些化为灰烬的葱茏岁月，是无人能够挨过的伤痛。

严腾在旁边叹一口气。他不懂我为什么哭，但又似乎是懂得的，毕竟他也曾有过一个朋友，临死前没送给他一幅字画。

许久他问我："还进去么？"

我点点头。

"要我陪你么？"

我摇头。

"那去吧。"

我走进屋檐下圆形的长廊，这时候太阳似乎又升高一点了，天空颜色变得更透彻。长廊中有一扇门，我伸手敲上去。

笃……

门开了，像我猜想的一样，通往花园的门并没有锁上。

里面连一盏灯也没有，幽暗里有一股潮湿的植物气息。我摸黑一步一步地走，掀开一道又一道低垂的轻纱幔帘，似乎一直向前，又似乎在走一个圆。这座重影宫到了最深处仍是层层叠叠。浓深的阴影中，我似乎能看清一点东西了。我看见纱帘后依稀有床，床头挂着帐子。我走到床边，手伸进冰凉沉重的锦缎中，它们像水一般滑过皮肤，分向两边。

我看见了软儿。

她独坐在黑暗中，长发在身畔缠绕垂荡，如同水波。黑暗中我看不清她的脸，只闻到熟悉的气息，像南药漫长的雨季，树木在腐败，也在生长。我看到了她的手，手腕上不是一根尖刺，而是粗大繁茂的枝叶，从整只胳膊，从一侧肩头四散舒展开去，几乎要将她纤弱的身躯吸榨干净。我听到了她的呼吸声，那已经不再是人类粗重的呼吸，而是属于植物的，轻柔细密，每一片叶子都有共同的频率，此起彼伏紧密无间。

软儿正在变成一棵树。

"软儿……"我的声音不由自主颤抖。

许久，她的声音才传来，语调悠缓而奇异。我想此刻，她感知时间的方式也与我不同了。

"你来了。"她慢慢地说。

"是，我来了。"

"真好……"她似乎轻轻地笑了一下，"刚才我还在梦中见到你。"

我死死攥着床边雕栏，指甲抠进那些精美的纹路中。

"我想回家。"她说。

眼泪无声无息流淌下来，烫得脸像是要化掉了。

"我会带你回家。"我说，"可为什么呢，软儿，告诉我。"

"这样很好。"她说，"我可以回家了。"

"告诉我！"我扑上去摇晃着她的肩膀，她银绿色的长发在肩头窸窸窣窣，"告诉我，为什么你从来不肯告诉我？为什么你要跟着那个男人离开，为什么你甘愿过这种不自由的日子，为什么你允许他再娶别人，为什么，为什么你会生病，为什么住在这里，为什么为什么，是不是有人害你，那个虢嫣夫人，还是明烨，他们到底对你做了什么？你现在变成这个样子，究竟是为什么！"

"不怪别人。"她的语调越来越慢，"是我自己傻，我想跟他走，想给他生个孩子……"

黑暗中我依稀看到她的微笑，那是一种光辉，从每一片叶子上散发出来。我紧握住她的手，长出叶子的那只手温暖柔软，另一只却冰冷坚硬。我泪如雨下。

许久之后，软儿说："太阳升起来没有。"

"不知道。"我哽咽着。

"那抱我去花园里等一等吧。"她说，"我想看一眼阳光。"

我抱起她，她的身躯娇小，却异常沉重。

我们穿过一层层帷幔，终于找到那扇通往花园的小门。天空又亮了一点，宁静透明的蓝，但这一口深深的天井里仍是暗沉沉的。严腾坐在一边，看见我们的时候露出诧异的神情，但我顾不上跟他解释。

我们坐下来。软儿依在我的肩头，轻轻地说："你看，那一株是十日锦。"

"我看到了。"

"这也是。"她指指自己沉重的手臂，"看到十日锦，我就会想起你，看到这里的每棵树，每朵花，我都会想起家。"

刹那间我心头一闪，似乎一切都明白了。然而就在这时候，一缕金色的阳光从头顶上方最高的屋檐上滑下来，滑进层层叠叠的藻井与雕梁，每一道鎏金勾勒都纤毫毕现。

"我们进屋去吧。"我说，"再过一会儿阳光就该照进来了。"

"不。"她说，"我要等。"

阳光一寸一寸落下来，我看着它慢慢逼近。软儿在我身旁微笑着，光芒灌满整座花园的一瞬间，她轻盈地跳了起来，跳进那一小片花草凄迷中，银绿色长发吸饱了光，竟明亮得令人不敢正视。一阵白烟腾空，软儿在我面前燃烧了起来，瞬间化为灰烬，只隐约听见有什么东西"砰"的一声落地。

"带我回家……"

她的最后几个字在光芒中袅袅盘旋了一阵，终于散去了。

我呆呆地站在那里，一切发生得太快。那一瞬间过后，阳光又慢慢爬上了另一侧庭院，沿着立柱上剥落的红漆一寸一寸移动。地上只剩一截树枝，那是软儿的手臂，叶子兀自在没有风的空气里颤动。

许久之后，严腾在我身后长喘了一口气。他上前一步捡起那截树枝，向我递过来。那叶子是心形的，碧绿上蒙一层细密的银白色绒毛，深紫色尖刺一根根挺立。

他说："你这朋友，是一只魅啊。"

这就是我要的答案了。软儿是一只魅，一只凝成羽人模样的魅。她的一颦一笑，一呼一吸都与南药那块土地联系在一起。她原本就是十日锦的精魄化成的。严腾看出来了，我却没有，明烨也没有。

然而这又不是全部的答案。软儿，那个丫头的心里还有那么多秘密。她为什么不离开重影宫，为什么不离开明烨身边，尽管他已经变了，不再是当年那个眼巴巴蹲在树下的少年。她为什么在宫中建这么一座小小花园，为什么把我送她的十日锦种在这里，又为什么会刺伤了自己的手腕，变成一棵树，为什么会在阳光中化为灰烬。为什么给我寄那封信，又为什么在见到我之后不做任何解释，只让我带她回家。

还有，那棵龙槐树下的十日锦，是不是她的牙齿变成的。

女人真是麻烦啊，这些事她不说，或许我永远没办法知道了。

我抱着那截树枝去见皇帝。

"绿烬夫人已经死了。"我说，"这一株十日锦是我当年送她的，请允许我带回去吧。"

皇帝颓唐地坐在那里。他老了，还不到三十岁，可是明显老了。我想，他身体里有那么一段最葱茏的岁月，也随着软儿一同化为灰烬了吧。

可我跟他再没什么话可说了。

　　　　　　　　　　　　　倾城一笑

严腾还要继续向南，去其他城市，去宛州，我们平静地挥手道别。有缘自会相见，话都是要这样说的。我一个人回到宁州，回到南药，那棵龙槐树还在。我种下十日锦，看到它的叶片上发出银白的微光，仿佛女人最宁静的微笑。

如果这还不算结束

再一次回到南药，是一年以后了。

龙槐树上的小屋彻底不见了，或许被风雨击落，化为尘土。但那棵十日锦却长得很好。我惊异地发现树上居然结了一个果子，有碗口那么大，碧绿表面上蒙着银白色绒毛，微风中摇摇欲坠。

我伸手，轻轻在果子上叩了叩。

笃，笃笃。

果子应声而落，不偏不倚落进我怀里。我把它拿到面前仔细端详，隐约有一点血肉之躯的温暖和脉搏，那光芒是柔和宁静的。我把脸凑上去，竟隐约听到有活物在里面动弹的声音。

这才是一切的答案。

她想为他生个孩子，虽然明知魅和人的结合，是不能有孩子的。然而她却那么执着地想，那意念令宫墙内丰厚的花草精魄进入她的身体，一点一滴凝聚，以她的身体为容器，孕育一个新的生命。那是多么强大的秘术也很难做到的，她却做成了。

我猜想，只是单纯地猜想，那过于可怕的消耗毁坏了她脆弱的身体。十日锦原本就是怕光的植物，只有在大树的荫庇下才能长得好。软儿喜欢待在树上，喜欢躲在繁茂的枝叶浓影中呼吸草木气息，幽深的宫墙如同可怕的牢笼，令她日渐枯萎。

然而最重要的还是她的心，她的心在死去，在她当初亲自选择的男人身边，于是她的身体也逐渐变得不堪一击。

我想软儿在那座充溢着树木气息的重影宫中，一定是失望又充满希望的。她默默孕育自己的孩子，不为争夺什么人的宠爱，只是单纯地爱一个生命，爱它，不惜消耗自己。然而最终她还是绝望了，她意识到那个孩子一旦生下来，只能沦为宫廷政变的牺牲品，没有幸福。最终她做了选择，像一只荆棘鸟一样，在我送给她的带刺植株上刺穿了自己的手腕。她选择回到自己生命的原初状态，选择逃离那阴影重重的宫墙，回到家乡，回到宁静的永恒。

我终于把所有问题的答案都串起来了，像解开一个晦涩艰深的谜题，然而我还是什么也没得到。我失去了太多东西，剩下的都是疤痕，是烧到尽头的冰凉灰烬。

还有那个小而温暖的果实。

回到厌火的那天，依然是艳阳高照，晒得整个世界都发出白亮的光。

我走进那间属于自己的小小店铺，刚一进门就撞上一个人。抬头望去，十几颗白牙闪闪发光。

"你也在这里？"年轻的信使笑得灿烂，手腕上依然绑着那根窄窄的红布条，"这么巧啊。"

我脑袋有点发晕，院子里的龙槐树在风里沙沙作响，一时间不知自己究竟身在何时何地。

"你来这里送信？"我问。

"不是，刚跑了一上午，天气热有点中暑，来买点药草茶喝。"他说，"你呢？"

"这店是我家的。"我回答。

他睁大一双秀气的眼睛，随即笑着说："那好，给算便宜点吧。"

"便宜不便宜，我还欠你人情呢。"我说，"进来坐吧。"

我们一起进了阴凉的店铺，徐伯端上两盏冰镇雪梨水，他一下子就喝光了。

"真好，出门在外，认识几个朋友就是好啊。"严腾叹着气，看见我怀里的果实，犹豫一下，却没有问。依然是那个心思通透的人。

我把我面前那碗没碰过的雪梨水也推到他面前，说："最近过得怎么样？"

"怎么样？到处飞呗。"他说，"趁年轻再飞两年。"

"为了钱，还是别的什么？"

"都有，钱，还有别的。"

"想起来，有件事一直没顾上问。"

"什么？"

"你怎么会当上信使的。"

"那说来可就话长了。"他笑眯眯地，"你真要听么？"

"说吧，下午又没什么事。"

"为什么想听。"他神情有点严肃起来，"这可不像你啊，又遇上什么麻烦，说出来，我或许可以帮你。"

我无声地笑了，自己确实难得有这份耐心，他跟我不过萍水相逢，看得却比我清楚。

"没什么。"我说，"想找人跟我一起养个孩子。"

他嘴里半口雪梨水扑哧一下喷出来。

"现在开始相互了解还不迟。孩子需要一个健康的家庭。"我继续不慌不忙地说。

严腾擦干嘴，认真地打量了我许久。

"这事情可有些复杂啊，前因后果能讲一讲么。"他柔声说。

"你愿意听？"

"当然，我也没什么事。"

"那你先讲起吧。"

炎热寂静的下午，我坐在店铺里听着信使的故事，窗外传来寂寞的蝉鸣，又是一个夏天正在流逝。

连我自己也不知道为什么会有这份勇气，或许是长大了一岁，或许是老了。我想起那个蛮族女人，她曾对我说过，最终能下定远嫁宁州的决心，竟是因为母亲突然病重。陪伴母亲死去的最后岁月里，她开始明白，漂泊浪荡的青春岁月已经结束，自己必须有一个归宿，必须开始一段新的生活，哪怕是去一个那么远那么陌生的地方。

有些事真说不清为什么，有些东西会逼迫人向前走，朝着某个既定的终点。

软儿，明烨，十日锦。已经烧成灰的，就让它埋葬吧。

我也只能这样做。

后 记

请允许我将此文献给我已经结婚和尚未结婚的儿时好友，尤其是在新西兰的 Q 和在加拿大的 R，献给她们此刻相伴身边的男人，请好好珍惜，献给一切童年回忆，献给龙槐树，皂角树和栾树，献给绿色小屋，如果有一天我忘记了你们，那么就和死过一次没有什么分别了。

衷心地祈祷，世界和平，科技进步，治疗光敏症的特效药能早日被发明出来。

卡　门

　　传说中，从太阳系尽头一直通往人马座的星途上，每一间酒吧里都有卡门的身影。

　　卡门永远歌声嘹亮，舞姿曼妙，檀木般乌黑的长发里插着大束的茉莉花或者金合欢，香气馥郁醉人；卡门的皮肤像金子般闪闪发亮，细长的眼睛闪着猫样的光彩，湿润的嘴唇半开半闭，露出杏仁般细碎的白牙；卡门身穿古老的波希米亚舞裙，暗红色的花边从腰间一直拖到赤裸的脚边，破旧的披肩上布满大大小小的窟窿，可是一旦音乐声响起，你便能看见它们飞舞在卡门的手臂与肩膀间，仿佛被赋予了生命的精灵。

　　如果你是来往于星途中的远航者，我是说，无论是礼教森严、措辞谨慎的贸易商，还是训练有素、冷酷无情的雇佣兵，或者神情疲惫、穷困潦倒的新移民，甚至那些九死一生、终生颠沛流离的拓荒者，只要踏出飞船，呼吸到岩石与烈酒的气息，都不能不迫切思念着卡门的身影。或许她只是静静地坐在某个光影暧昧的角落里，指尖的烟草弥漫出幽蓝的光雾；或者她斜倚在吧台边，伶牙俐齿地跟七八个围在四周不怀好意的男人们斗嘴（可最终谁也别想占了她的便宜）；或者她一眼看到了你，便像只猫一样无声无息地分开人群走过来，向你昂起她小巧的下巴。

"嘿，地球老乡，"她总是一眼就能看出你是从哪里来的，仿佛你额头上贴着出生地的标签一样，"让我给你算上一卦吧，算算你这一路上还能迷住几个好姑娘。"

然而就算她已经喝得两眼迷蒙，坐在你大腿上东摇西晃，又是唱又是笑，可只要音乐声响起……啊，只要音乐响起，你就只看见她像火焰般腾空而起，裙裾飞扬，手中的响板发出雨点般密集的声响，连地板也会在她的脚下律动，绽放出一轮又一轮令人心醉神迷的涟漪。

这就是关于卡门的传说，从星途开拓之初直到现在，足足流传了一个多世纪。然而又有谁能讲完关于卡门的故事呢？悲壮的、凄婉的、妖冶的、狂放的，连同卡门曼妙的身姿一同流传在每一代远航者的梦呓中，生生不息。

说起来，就连我们这些从小生活在月球这种小地方上、连太阳系都没出过的孩子都多少听过几个关于卡门的传说，虽然有关卡门、有关星途和远航者的一切都离我们相隔不知多少光年那么遥远，虽然那些几代前流传下来的故事传到我们父辈那里时，早就被漫漫星途洗涤得面目全非，变得如同一切古老的神话歌谣般，既模糊又苍白。然而我们又怎能不向往那些浪漫、神秘、狂野而又残酷的故事呢？我们又怎能不向往那些闪烁在星途每一个角落中，艳名远扬的波希米亚女郎呢？要知道，这么多年来，哪怕是最保守、最潦倒的移民姑娘，每到了盛大节日，也纷纷要在头发里插上一大束山茶花或者别的什么，扮出风情万种的样子来呢。

以上这一切就是卡门·纳瓦罗到来之前的情况。

卡门到来的时候正是阴郁的春天，我们拥出教室，看见一个消瘦而苍老的男人紧紧拉着一个同样消瘦的年轻姑娘出现在甬道尽头，后者乱蓬蓬的短发四处飞翘，身穿大了不止一号的网格衫，弓着腰低着头，用一种典型的地球移民才有的笨拙脚步，跌跌撞撞地

　　　　　　　　　　倾城一笑

走着。

走到近处时，男人停下步子，凌厉的灰色眼睛缓缓从我们每个人身上扫过，然后一言不发地在姑娘肩膀拍了两下，转身离去了。

我们好奇地围成一圈，盯着新来的姑娘看。她一个人站在原地，目光呆滞，两眼紧盯着自己破旧的鞋尖。

老师走上前去拉住她的手，和颜悦色地说："跟大家介绍一下自己吧。"

姑娘抬了抬眼皮，仍旧是盯着脚尖，用一种异常古怪的口音慢吞吞地回答：

"我叫卡门。卡门·纳瓦罗。"

消息传遍整个月城后，来看卡门的人数不胜数，最初是隔壁班的孩子，然后是他们的姐妹和父母，最后连那些严肃的僧侣也要不远万里赶来，假装不经意地从附近经过。老师总是尽量和和气气地把他们劝走，请他们不要破坏正常的教学秩序，然而走了一批之后还会再来一批。谁让她是我们这里从古到今独一无二的卡门呢？又是谁让她偏偏要到月球这沉闷乏味的地方来的呢？我们从出生起就住在巴掌大小的地下城里，面对的是灰褐色的岩石和混凝土，呼吸的是循环系统滤出的温吞吞的空气，很多人一辈子连星空都没见过，也从没想过要去看什么星星或是飞船。星际酒吧或者卡门？那都只是传说中的东西罢了。

结果呢，我们的卡门小姐让所有人都失望透顶了。她简直比月球上所有的平庸加起来还要平庸，比所有的乏味加起来还要乏味。她苍白瘦小的脸上既看不见泼辣与倔强，默默无光的黑眼睛里也没有火焰在燃烧。连她的身材也像没发育完全似的干瘪瘦小，远远比不上我们这些早熟的月球姑娘，虽说她跟我们大家都是一样的十五六岁。

最让人难以忍受的还是她的口音，永远是那么慢吞吞的，仿佛有意放慢了的录音那样低沉，一字一句地回答那些被问了无数遍的问题："是的，我是卡门，我从地球上来……不，我没有去过星途，我哪儿也没去过……是的，纳瓦罗先生是我父亲。"

至于跳舞之类的，根本没人问过她，卡门的走路姿势比哪一个地球佬都要难看。起初还有那么一两个捣蛋鬼跟在后面模仿她的步子，或者在一旁跳来跳去地取笑她。后来连他们也对她丧失兴趣了。

直到有人看到纳瓦罗先生递交给移民局的申请表，才多少解释了一些事情——卡门有先天性心脏病，在地球的重力下活不过二十岁，所以才搬到月城来。于是大家对她身上的最后一丝幻想也就此消失殆尽了。

很长一段时间里，你都只能看见卡门一个人坐在角落里，眼睛盯着桌子下面自己的双脚，仿佛要看着自己一天天长在那里一样。

在整个月城居民失望并淡漠卡门的日子里，或许只有我是个例外。那时候我也是十五六岁，头发短得像个小男生，姿色只能算中等，内心深处却时不时有种莫名的火光闪耀，比最会招蜂引蝶的姑娘还要狂野。

卡门到来之后的那个春天里，我心里的火光终于炽烈地燃烧起来，仿佛一颗火星溅落在干草丛里。无数次，我假装不经意地用余光扫过她瑟缩在角落里的身影——短发披散在苍白的脖颈上，嶙峋的脊柱轮廓在皮肤下蜿蜒起伏。这平凡又卑微的模样，却让我的心脏在胸腔里怦怦作响，好像不受微弱的引力控制一般。

"卡门……卡门……"我在心中反复默念着，仿佛这简单的音节具有不可思议的魔力。无论她来自何方，无论外貌多么平庸，这与生俱来的魔力都与她的姓名一样，深深烙刻在她的血液中，我始终固执地相信着，幻想着。

然而最初的日子里，无论周围人如何围观、羞辱或者漠视卡门，我都始终不动声色，用一个年轻姑娘的全部忍耐力，还有全部

　　　　　　　　倾城一笑

残忍、羞怯和心怀叵测暗中观察这一切。

直到三个星期之后的某一天，趁没有人注意，我终于鼓足勇气，让口袋里的羽球不小心滚落到她脚边。

卡门把球捡起来握在手心里，我故意不看她的眼睛，假装并不在乎跟谁说话的样子，漫不经心地说："听说这是从地球上流传过来的，可惜我玩得不太好。"

卡门一声不吭地看着我。我的心都快蹦出来了，赶紧加上一句："你会玩吗？"

沉默了一会儿，卡门垂下眼睛，轻声说："是的，我会。"

我们的友谊就从这句话开始。

许多人都以为羽球是种再简单不过的玩具，靠电磁手套把小球控制在两只手掌之间的空间内，那些看不见的磁力线无比微妙地牵引着小球，仿佛在惊涛骇浪间翻转腾挪。这是一种简单而又精巧的游戏，几年前曾在月球上流行过一段时间，后来大家很快就转向其他更加疯狂刺激的低重力体育运动了。然而只有真正内行的人才知道，那些更加精细微妙的玩法是多么奇妙无穷，又是多么容易上瘾。

我自以为算是个中高手，结果意外地发现，类似这种完全与引力无关又很适合一个人自娱自乐的掌上运动，卡门比我更精于此道。

接下来的几个星期里，我们只要一到课余时间，就会心照不宣地坐在没有人注意的楼梯拐角下，连续玩上好久。最初两个人只是默不作声地相互较量，偶尔说一两句话，后来逐渐变成无话不谈。

除了玩羽球，卡门还教我其他更加古老的地球游戏，比如立体象棋，甚至翻手绳，这些傻乎乎的过时游戏让我们两个都乐此不疲。

时至今日很难确切地解释清楚，我锲而不舍地试图与卡门建立友谊的原因何在，一切与浪漫有关的传说在她身上都毫无复活的迹象。但换个角度来看，卡门确实与众不同。她笨拙、羞怯，有些不善表达，却拥有那种只有习惯了长期孤独的人才具有的奇妙特质，令人忍不住想要去探寻她的内心世界。

有时你坐在她身边，如此之近地凝视她颤动的睫毛和敏感的嘴唇，会恍惚中以为来到古老的童话世界，遇见一位受诅咒的公主，一个被禁锢的女巫，等待勇士砸破冰冷的高墙救她出来。然而一瞬间幻象散去，你看见的仍只是那个苍白、瘦弱、需要你陪伴和保护的小卡门。

表面上看来，我们的友谊并没有多么的热火朝天。卡门不住校，来去都有纳瓦罗先生接送，午餐时她也只是独坐一隅，默默克服那些对她来说难以下咽的月球蔬菜。我不止一次看见一些男孩和女孩成群结队拥过去，呼啦啦围成一片，假模假样地问："说说你在地球上的生活如何，卡门小姐？"

卡门放下勺子，望着他们慢慢地说："地球上……没有什么不一样的，我们也住在城市里，不过城市是在地面上的，抬头就能看见天空……"

"天——空——"那些家伙一边嘻嘻哈哈地笑，一边故意拖长了声调模仿她。

"天空上有云，有太阳……夜里还有月亮……星星……"

"星——星——"

笑够之后，他们便挨个把黏糊糊的甘蓝杂烩菜全堆在她盘子里，然后扬长而去。

等他们走远了，我才默默地端着盘子在她旁边坐下，把炸红肠叉给她，说："告诉我，卡门，星星是什么样的？"

"星星很模糊，一般都看不见，除非下过雨。"然后她抬起头，凝视着我的眼睛，"你要亲自去看了才知道，如果能从一片黑暗中找到一颗闪闪发光的小星星，会是非常神奇的感觉，仿佛它为你才在那里闪烁了那么久。你会一直想，到底是什么让它这么与众不同，你会莫名其妙地想一整夜，你会以为能听见它对你说话。"

"我们可以到上面去看，卡门。"我突然想到一个好主意，"他们说从月球表面看星星，每一颗都看得很清楚。"

卡门摇摇头："纳瓦罗先生不会同意的。"

于是，剩下的时间里我们就只是低头克服各自的甘蓝杂烩菜，浪费粮食的罪过可是很大的。

现在不得不说到纳瓦罗先生。

纳瓦罗先生多少算是个神秘的人物，他自称是卡门的父亲，然而卡门却从来只是称呼他纳瓦罗先生。他在移民局的档案几乎是一片空白，有人猜测他要么曾经身居要职，要么就是一位拓荒者——前者自然受到严密保护，后者则终生穿行在星域最荒凉的边疆，与炽热的恒星、危机四伏的陨石、恐怖的黑洞、陌生的种族甚至逃犯、星际海盗、奴隶贩子，诸如此类一切危险的事物殊死搏斗。传说他们中有许多世代相传的机密，却纷纷在退休后把自己充满传奇色彩的履历销得一干二净。

纳瓦罗先生据说四十多岁，但看上去还要苍老得多，他的相貌……怎么说呢？总之令人一见之下十分难忘：身材又高又瘦，肤色很深，双手骨节突出，牙齿白而坚固，眼窝深陷，按照月球上的审美观倒也算得上有几分英俊，然而却是我所见识过的最专横的男人。从没有任何一个月球男人会像他那样沉默冷酷，深居简出，也没有人会如此严酷地监管自己十六岁的女儿。

在我看来，卡门的心脏病简直成了他监管一切的理由和借口，好像多走一步路，多说一句话，就犯下什么天大的罪过似的。很多时候他甚至根本不用去监管什么，只要用那双冷冰冰的灰眼睛看上一眼，就足以让人心惊胆战。在这样的目光笼罩下的卡门什么都不敢做，不敢参加体育活动，不敢唱歌跳舞，不敢跟男孩子们嬉笑，甚至不敢穿漂亮衣服，不敢跟大家一起喝下午茶。

我不止一次对卡门说过："老天，我不知道你们地球上是怎么搞的，在这儿十二三岁的姑娘就能搬出去自己住了，他怎么还能这样管着你？！"

卡门只是垂下眼睛摇摇头，她也真逆来顺受得离谱。

如果不是因为巧克力松饼，我大概也不至于发展到如此记恨纳瓦罗先生的地步。

巧克力松饼是卡门无数次答应我的。

"如果这轮让你赢了，"她总是说，"我就请你吃我亲手烤的地球风味巧克力松饼。"

"那有什么了不起。"我假装嗤之以鼻。

"吃过你就知道了，保证忘不掉。"她故意伸出舌头舔舔嘴唇，像一只猫。

或者是为了甘蓝胡萝卜杂烩菜，或者是线性代数作业，诸如此类的事情。但是没有一次能够兑现，一切只不过是口头说说的游戏而已。

然而一天下午，卡门却突然提出请我去她家做客。

"纳瓦罗先生去了移民局办公事，要明天才能回来。"她故意不看我，假装漫不经心地宣布，"卡门准备在家烤巧克力小松饼和鲜奶布丁，不知道有没有谁愿意赏光？"

那原本是一个愉快的下午。我第一次来到卡门家，惊讶地发现房子摆设比最循规蹈矩的月球居民家里还要简洁：简易厨房加厕所，还有一间小小的房间，白天做客厅晚上当卧室，除了最基本的几件折叠家具外，几乎连一件多余的东西也没有。我简直禁不住以为住在这里的人只靠呼吸空气就能过活了。

尽管如此，卡门还是神奇地用最简单的几样原料烤出了松饼和布丁。我们把所有家具都收进壁柜里，坐在一尘不染的光洁地板上吃点心，喝袋装红茶，简直比那些总督府人还要快活。

那个时候，隐藏在墙壁里的灯把最轻柔的光芒均匀地布满整个

　　　　　　　　　倾城一笑

房间，笼罩在卡门黑得发蓝的头发上，仿佛一盏轻盈明亮的花冠。我凝望着她，禁不住微笑起来。

"怎么？"她看见我的表情，连忙使劲擦嘴，看是不是有点心渣留在上面。

"我只是想，"我一本正经地宣布，"这样一个独一无二的美妙下午，我与整个月城中独一无二的卡门小姐坐在她家的地板上共饮下午茶，这是何等的荣幸！"

卡门别过头去不说话，脸不由自主涨得通红。我笑了笑，禁不住叹了口气，靠过去轻轻拉拉她已经垂到肩头的头发，她转过头来看着我。

"卡门，你不属于这里。"我轻声说，"你生来是一个小女巫，难道还算不出自己的命运么？"

卡门抿紧嘴唇，这使得她脸色更加红了。最终她只是摇摇头，望着天花板，轻轻地叹息了一声。

"你知道吗？"沉默了一阵后，她开口说道，"有时候我觉得，自己并不是真正的卡门。"

我惊讶地望向她。她犹豫了一下，把墙上的储物柜拉开，从一个隐藏得很好的夹层里取出一张全息照片。

"这是搬家的时候发现的，千万别告诉别人。"

我接过照片，上面是年轻的纳瓦罗先生与一位艳丽的波希米亚女郎栩栩如生的影像。前者穿着几十年前拓荒者们流行的银蓝色紧身服，一双易怒的灰眼睛注视着他的情人；女郎身穿袒胸露臂的长裙，一只丰腴的臂膀环绕在他胸前，手腕上印着一个紫红的刺青，仿佛一簇熊熊燃烧的火焰。她妖娆地旋转扭动着，充满挑逗，神情却像只野猫般桀骜不驯，若即若离。

我把照片还给卡门。她低着头，指尖从照片上缓缓抚过，仿佛想抚平所有埋藏在过去的，或许永远不为人知的秘密。

"你看，我什么都没有，没有艳丽的脸庞，没有婀娜的舞姿，"

她轻声说，"甚至连个身份代码都没有，有谁会相信我真的是卡门呢？"

"其实仔细看看，你跟她还是有点像的。"我故意这样安慰她，"或许你真的是他们的女儿呢。"

"那不可能。"卡门摇摇头，"我宁愿不是这样。"

"或许你仅仅是另外一个卡门。"我继续猜测，"我听说不是每个卡门都能去星际酒吧跳舞，有些有钱人会私人注册一个，甚至为自己的喜好在基因上动点小手脚，虽然这些都是违法的……"

卡门仍旧低着头，神情愈加彷徨了。

"我不知道。"她说，"从没有人告诉我这些……纳瓦罗先生……我不知道，有的时候我甚至觉得他恨我。"

"也许他仅仅是不希望你离开他。"我说，"有些人表达感情的方式是有些与众不同。"

"我能去哪里……"她苦笑一声，"我的身体……"她突然停住了，手放在心口，面色惨白地盯着地板上凌乱的影子。

"你刚才说……基因……"她用微弱得近乎耳语的声音喃喃道。

我伸出手去扶住她瘦弱的肩膀，惊愕地望着她。

在我不知该怎样回答之前，卡门已经转过脸，惨淡一笑道："算了……没什么。"我们共同陷入沉默。

许久之后，我勉强笑了笑，故意揉乱她的头发，然后顺势躺倒在温暖光洁的地板上，把杯子碟子全部推到一边。

"算了，忘掉吧，无论命运怎样安排，你永远是我的小卡门。"我懒懒地说。

于是卡门也在我旁边躺下来，把她小小的头放在我的肩膀上。我们就这样肩膀抵着肩膀躺在地板上，望着空旷一片的天花板，以及没喝完的红茶反射出的颤动的光波，忘记了时间的流逝。钟表无声地跳跃，四周一片寂静，只有我们彼此的呼吸声弥漫开来，暖暖地布满整个房间。

314

是的，那本来是一个梦境般美好的下午，却最终以噩梦收场。当天晚上，纳瓦罗先生提前回到家中，意外地发现地板上凌乱的杯子、剩下的红茶点心以及两个熟睡的女孩。几秒钟的错愕之后，他一把拽起睡眼惺忪的我，干净利落地丢出了门外。

　　在一片黑暗中，我只看清了他一双深不见底的灰眼睛，然而却把一切憎恶、轻蔑、冷酷都包含在其中，以致让我一瞬间完全丧失了抵抗力。很久之后我才明白了，他为什么能对卡门施加那样严酷的影响。

　　第二天早晨，我早早地在学校门口等待着，最终看见卡门像往常一样被纳瓦罗先生送来学校。只是吃饭的时候我才发现，她的手腕上多了两个青灰的指印。

　　这次我一声不响地把她的甘蓝炖菜全舀到自己盘子里，心里暗暗发誓总有一天要报复。

　　转眼间又是一个多月过去了，一切平淡无奇，然而空气中的温度却在逐渐改变。短暂的夏天到来时，整个月城都不再死灰沉寂，而是换了一副崭新的面貌。

　　卡门一如既往地穿着过时的网格衫坐在她的角落里，仿佛对四周装扮得妖娆火辣的少男少女们视若无物，然而我走过去坐下的时候，她却带着些许揶揄的目光打量着我几乎全部暴露在外的双腿，淡淡地笑着说："好漂亮的裙子。"

　　我扮个鬼脸，凑过去扯扯她的头发，说："小姐，你也该注意一下潮流了吧。"

　　她笑着推开我的手，我却紧追不放，拉住她的衣角："不知道今天下午可否赏光逃学，跟随我行动呢？"

　　"逃学？为什么？"

　　"因为，"我坐直身子，假装一本正经地说，"今天是解放日。"

不知道很多年前在这一天里，是谁解放了什么，或者是谁被解放了，但事到如今对于月城人来说，解放日只意味着为数不多的那么几样东西：酒，狂欢，夏天，还有生命，解放身心，诸如此类。

　　整个下午，我和卡门都在沿着街道漫无目的地晃悠，街道两侧挂起光怪陆离的彩灯和旗帜，还有无数造型夸张诡异的花环，构造出各种意义不明透视超常的几何造型，空气里弥漫着馥郁的花香。我摘下一大丛洁白的栀子花插在卡门蓬松的头发里，那副样子不知怎的有几分不伦不类。

　　我耸耸肩，笑着说道："你看起来美极了，亲爱的。"

　　这是一个美丽而疯狂的夏夜。傍晚降临时，城市关闭了公共照明系统，各处的灯光却一盏一盏亮起来，拼凑出五彩斑斓的夜色。人们纷纷走上街头，无论十一二岁的男孩女孩还是五六十岁的中年人，无不穿着最为暴露的奇装异服，随着逐渐响起的音乐摆动身体。他们裸露的皮肤上用热敏材料涂绘着不同风格的纹路图案，因为激动而开始闪闪发光。然而这一切还只是热身运动而已，为了放松身体和心灵，为了度过一年中独一无二的仲夏之夜。

　　我紧拉着卡门在人群中穿行，感觉到她的手心又湿又冷，我的手中却热滚滚的满是汗水。四周飘荡着无数鬼魅一般荧光闪烁的人影，靠近时却能感受到灼热的汗气、酒气和欲望的气息，从每一个毛孔里散发出来，醺醺酽酽地混杂作迷蒙的一片，又再次被我们吸入身体，烧灼着每一个细胞。

　　最终我们到达了自由广场，这里已经完全变成了光焰和鼓点的海洋，男男女女都像沐浴在水汽中般湿漉漉滑腻腻，紧贴在一起最大限度地扭动肢体。音乐撼动空气，将它们分解为疯狂与热情的元素，时不时有身强力壮的少男少女们像鱼一般高高跃起，在人群上方几米的地方翻转腾挪，动作狂野美妙。光线抛洒在他们起伏的肌肉轮廓上，仿佛具有生命一般。

　　我抑制住自己想要随着人潮一起摇摆身体的欲望，转向卡门的耳边大喊："在这儿等我一下，我去买点喝的！"

卡门僵硬地点点头，汗水从她苍白的额头一直流到脖子里。她的头发被空气和汗水濡湿了，一缕缕粘在脸上。

我冲到广场边缘，从自动贩卖机里取出两罐冰凉得扎手的"迷幻绿妖"，平常这些含大量酒精的饮料是在正规途径里很难买到的。当我回到原地时，卡门仍然僵直地站在那儿，两眼闪着迷乱的光，她头发上的栀子花已经开始枯萎了，散发出愈加浓艳的气息。

我塞给她一罐，说道："喝点吧，小东西，会让你感觉好点。"

其实我心里也紧张得要命，酗酒、狂欢，眼前的一切混杂在一起，显得如此不真实。一瞬间纳瓦罗先生阴沉的目光浮现在我脑海中，随即又被手中饮料诱惑人心的冰凉洗涤一空。

我们双双把泛着泡沫的荧光绿色液体一口气灌进肚里，浓烈的酒精在胃里灼烧开来，沿着胸膛一路冲上喉咙和大脑，好像要把整个人炸成碎片。我扔掉罐子，大声问卡门："想跳舞吗？"

卡门剧烈地呛出一连串咳嗽，向我摇摇头，她的双颊红艳得像火烧一样。

我禁不住高声大笑起来，脑中开始有一片云雾旋转飘荡。就在这时，一群几乎赤裸上身、绘饰着金色和紫色花纹的少男少女从旁边经过，其中一个朝这边看了一眼，我认出他们是学校里那几个经常和卡门过不去的家伙。

就在我还没决定该怎么应对的时候，他们已经迅速向着猎物围了过来，我下意识地向前一步，挡在卡门面前。

"嘿，看看这是谁！"一个男孩兴高采烈地拨开我的肩膀吆喝着，他的文身变成了青绿色，幽幽地闪烁着，"美丽的卡门小姐，难道没有人请你跳舞吗？"

一群人哈哈大笑起来，你一下我一下地伸出手来推她的肩膀，在上面留下一道道混合着汗渍的光斑。

一个女孩轻盈地跳出来，开始随着音乐摇摆身体，她闪闪发光的乳房被涂成炫目的金红色,仿佛两条热带鱼,在浸透了汗水、近乎透明的紧身吊带装下晃动。紧接着,又有几个人加入了舞蹈的行列,手臂相互缠绕着,在我们周围穿行,并故意用肩膀和臀部去碰撞卡门,男孩们把自己的女孩子高高举起,轻松地抛给同伴,然后转身接住下一个。他们闹了一会儿,最终手拉手围成圆圈,一边旋转一边大喊大叫着,连成一片晃动的光影和声音:

"卡门小姐不跳舞——卡门小姐不跳舞——卡门——卡门——"

我奋力伸出手想推开他们,然而却被紧紧困在中间。这时卡门从后面拉住我的手,她的指尖冰凉,手心滚烫。

我惊异地回过头,正迎上她的眼睛,里面有莫名的光焰在燃烧。她的脸颊愈加红艳,嘴唇却仿佛死人那样苍白,抿出一道倔强而轻蔑的曲线。当周围的大合唱逐渐弱下去的时候,卡门终于张开嘴,用一种异常清澈冷漠的声音说道:"想见识一下吗?"

接下来发生的事情是我永生难忘的,卡门松开我的手,不慌不忙地捏住网格衫的带子轻轻一拉,让一侧领口滑到肩膀以下,露出赤裸的脖颈和胳膊,另一只手将长裙的下摆提到腰间。

乐声定格了半个拍子。

随即是电闪雷鸣。

卡门腾空而起,在空中转了五六个圈,一轮炽热的光波夹杂着风声呼啸着从她身上甩出来,辐射向四面八方。

最初我只能看清卡门发间白得耀眼的栀子花,紧接着,随着激烈的鼓点,她的脚尖和脚跟在地面上轻盈灵动地敲击,仿佛在水面上起伏荡漾一般;她的肩臂和腰肢扭动得那样曼妙、那样有力,像是有无数道电流从她身上蜿蜒流淌;她的下巴高高扬起,嘴角挂着骄傲的微笑,睁得大大的眼睛仿佛穿透了一切,望着无尽的远方,然而眼中的光芒却愈加艳丽,令人不敢直视。

就在短短的一瞬间,她变成了另一个卡门,一个埋藏在她基因与命运深处的、熊熊燃烧的卡门,像风一样轻快,火一样灼热,电一样凌厉，光一样明艳。

我呆呆地站在原地注视着她，卡门如入无人之境般自由奔放地舞蹈着，所到之处人们都纷纷停下脚步，同我一样茫然地注视着她跃动的舞步。

突然之间，有人在背后狠狠地抓住我的肩膀，痛得我差点叫出声来。我回过头，正看见纳瓦罗先生那张阴沉的脸，同样充满惊异和茫然的神情，他低声嘶喊道："她在干什么?！你这个小巫婆！你对她做了什么?！"

我颤抖了一下，仅仅是一下而已，随即突然领悟到他的力量已经彻底失效了——被一种远比他更加强大的、不可抗拒的生命的本能击得粉碎。我鼓起勇气大声说道："你看不出来吗？卡门在跳舞！"

纳瓦罗先生恶狠狠盯着我，我从不知道一张脸上能混杂着如此多的情感：震惊、憎恶、愤怒、失望、悲哀、无可奈何、筋疲力尽以及那种深深的绝望。他的五官都彻底塌陷了下去，像个风烛残年的老人般松弛无力。

一瞬间我心里充满了报复的快感，夹杂着些许怜悯。然而就在这时，一朵栀子花轻柔地弹在我的眉心，将我的视线转了个向。卡门正伫立在我面前，明艳的唇边绽放出胜利的笑容，额头与脸颊上燃烧着令人心悸的殷红，正向我伸出她苍白的手。

随后她就倒下了，在我还没来得及将手放在她的手心上之前。

广场上一片混乱，忽明忽暗的光影疯狂地搅作一团，我被挤在人群中东摇西摆，只隐约看见纳瓦罗先生迈着沉重的脚步走过去，抱起卡门瘦弱的身躯消失在混乱的光影和声音中。这时我才发现自己的手仍然停留在半空中，指间夹着那朵已经枯萎的栀子花。

以上这一切就是我最后一次见到卡门的情景，自那夜之后，她就和纳瓦罗先生一起消失得无影无踪。月城恢复了原先的平静，而短暂的夏天也即将结束。

　　关于卡门的去向有数个不同的版本：一种说法是，纳瓦罗先生带着她连夜搭乘飞船回到了地球，并在监护病房里度过余生；另一种说法是他们去了木卫六，那里是一个更加单调、严寒、冷漠的世界。

　　当然流传最广、也是我最为喜欢的结局，是有关通往人马座的星途以及酒吧的——卡门一个人去了那里，踏着她悠扬激昂的舞步，为那些传奇续写新的篇章，尽管她已经留下了一个如此明艳不羁的故事在月球上永世流传。

　　夏季里的最后一天，我一个人穿着太空服来到月球表面，看见远方明亮的蓝色地球刚刚从地平线上升起，它的光芒洒在四周那些寂寥、荒凉的环形山表面，是如此哀婉动人。我向另一侧望去，漆黑的太空中悬挂着无数大大小小的繁星，静静地从几百几千或者几万光年以外，送来它们微弱的光芒。

　　我把已经风干的栀子花留在一块岩石下，转身离去，身后，我的卡门在漫天星光后向我绽放她最灿烂的微笑。

2005 年 4 月

后　记

　　春天总有令人骚动不安的魔力，正如同我在某个阴郁的上午，坐在课堂里面对满黑板的数理方程发呆，心中却像着了魔般反复默念一个从未真实存在过的波希米亚女郎的名字。

　　卡门风情万种，卡门放荡不羁，卡门热爱歌舞与自由胜过一切，卡门的笑声足以令迷恋她的男人心甘情愿沦为强盗，更让他为这不顾一切的爱情将匕首刺入她的胸膛。

从梅里美的小说，到舞台剧，到电影，为之着迷的应该不止我一个。然而那个阴郁的上午，我的心欢快地跳跃，那两个字如同烟花一般绽放，绚烂的幻想散落得到处都是，让我心旌荡漾，努力想把这些碎片编撰成另一个故事。

那种心情是激动的，简单纯粹的，与自己正在写的东西究竟能实现什么目的毫无关系。

文章写好后，传给朋友们拍砖，结果姐拉同学的一句话深得我心："茄子这个东西，就是写来给自己玩的……哼哼，披着科幻的外衣……来进行埃及艳后与罗马帝国式的暧昧华靡……"

于是我心下释然，厚颜无耻地送给编辑过目。不管这科幻外衣究竟能被几人承认，在自己改变主意之前，就让我继续从事"稀饭科幻"这份依稀很有前途的事业吧。

热　岛

　　夏夜是永恒的夏夜，潮湿的夜风从窗外吹来，令人难以入眠。

　　这种时候我总是想试着给自己讲个故事，简单的故事，随便关于什么。时间足够了，惟一的听众只有我自己，沉默而忠实，只要想办法开一个头，然后耐心等待，等待那些记忆慢慢从脑海中浮现出来，自行编织成语言，在我耳边悄声低语。

　　你看，就像我现在这样，关掉灯，关掉手机和一切会发光的东西，把表藏在枕头下面，安安静静地躺在床上，对着微凉的墙壁轻声说：很久很久以前……

　　很久很久以前，我被困在一座岛上，天气炎热潮湿，每天晚上都会下雨。

　　说起来不过是去年夏天，却仿佛上辈子的记忆那样遥远。

　　6月，每个人都似乎在忙，写论文，喝酒吃肉，上论坛灌水，一边灌水一边写论文。我每天都去实验室，穿过日渐空旷的校园，爬五层楼，进入走廊尽头一间没有窗户的小房间。几台电脑终年不关，应和着空调笨重的节拍一起嗡嗡作响，因为功率太大而不时跳闸。桌子上的书堆摇摇欲坠，除此以外就是不知从多久之前流传下来的各类生活用品，枕头被子运动鞋，敞开的食品包装袋散发出气味，还有一大盒一大盒各种牌子的速溶咖啡。

我用着最阴暗的角落里最破旧的一台电脑，内存老化得连最基本的作图程序都转不动，更不要提上网打游戏，我正是在这样的机子上天天与海量数据搏斗，北京气象观测铁塔十几年的夏季观测资料，堆积成一座蒙尘的小山，我的工作就是输入这些数据，曲线平滑修正，提取节点，做各种平均，按照时间和高度这两条轴线做出五花八门的表格来，比较，画图，消除噪点，再做表格画图。

整整一个多月的时间里，我每天早上起床给 MP3 充上电，出门买个早点，趁着空气还算凉爽冲去实验室，开机，输入，计算，计算，输入，同时戴着耳机听风格诡异的俄罗斯歌曲，脑子里神游八极，中午打电话叫个盒饭，一边吃一边玩扫雷，把实验室电脑上郁结多年的纪录一遍又一遍刷新。

进入 6 月后，那些幽灵一般的研究生师兄就一个个消失了，整个实验室里只剩下我和另外一个本科生。虽然跟着同一个老板干活，但我们之间并不很熟，他是物理学院的传奇级别人物，从不上课，但照样有奖学金拿，大二就开始跟着老板做课题，桌上的参考书目没几本是中文的。这种人的世界跟我之间，就如同他崭新锃亮配置强劲连型号都叫不出来的电脑和我那台同样没有型号的陈年旧货一样，是从内到外的异次元世界。

时至今日，我甚至不能确切说出他的名字，物理学院的男生实在太多，风格又是如此相似。只记得初次寒暄是在 5 月里一个阴雨绵绵的下午，地点当然是在五楼最尽头那间没有窗户的实验室，我们两个面对面坐着，以理科生特有的方式相互微笑点头，十分含蓄。

"我记得你。"他说，"以前上军事理论课的时候我总坐最后一排，你就坐我前面。"

我尴尬地笑一笑："这种课当然是要抢占后排座位打瞌睡的了。"

"你还总望着天花板发呆，是不是，要不然就是在本子上写写画画。"

我心中深感惭愧，赶紧岔开话题："你的课题是什么？"

"北京热岛效应建模研究与可控变量相关性分析。"他有意说得很慢。

"热岛？"我努力在脑海中建立一点相关印象。

他报以典型的理科男微笑，说："你看，北京是热岛效应很明显的大城市，下垫面植被覆盖率低，反射率高，相比起周边环境就如同陆地和海洋的物理特性，会形成类似海陆风那样的局部环流，而且城市本身就是分布不均的巨大热源，这种局部小气候的变化特征很值得研究。"

幸亏姑娘我还练过几年，不然真听不懂他在说什么。

"所以你是要建一个模型，是不是？"我说，"一个热岛的模型。"

"是的，建成这个模型，后面的研究就好做了。"

"什么研究啊？"

"这个……不太好说，因为是和军方合作的项目。"

"气象武器？了不起。"我真诚地赞叹。

他再一次对我报以理科男的微笑。

整个夏天发生许多事，迅速地认识一些人，又和另一些人分开，各种各样的聚会和活动，一次又一次喝醉，一次又一次为始料未及的理由躲在别人看不到的地方放声大哭，一部老电影，几个梦，几个来自远方的电话，一场旷日持久的感冒，还有一个终生难忘的生日。

除此之外，我仍然在各种爬得起来的时候出发去实验室，一个人坐在阴暗的角落里，面对光线微弱的电脑屏幕，输入计算，计算输入，把自己与外面那个炎热而空旷、响彻蝉鸣的世界隔绝开。

生日过后那一天阳光惨淡，热浪涌动，如同一潭快要烧开的水。我从物理大楼门口的自动贩卖机里掏出一罐冰冷的橙汁，一边按在额头上降温一边走进实验室。翻开厚重泛黄的气象资料，看着某年夏天的资料，那一年的6月同样闷热潮湿，我想象那时候这座楼的样子，是不是也有浓绿的常春藤拍打着窗户，是不是也有杨树在风里哗啦哗啦低语，是不是也有脸色惨白的学生抱着厚重的资料，像个幽灵般从走廊里匆匆飘过，大楼外面呢，是不是隐约有枪炮声传来。

十几年过去，这个世界到底有什么改变？

我沮丧地笑一笑，低下头，却意外地发现凌乱的书堆里多了一罐不到巴掌大的盆栽仙人掌。

"送你的，生日礼物。"我的搭档转过身来对我说。

我莫名感动，那一小团皱巴巴的仙人掌养在暗红色陶土罐中，有种晶莹剔透的质感，如同这个炎热而寂静的日子里突然收到礼物本身一样，显得那样超现实。

"谢谢。"我说。

搭档只是微笑。

过了一会儿他又转过身来："我的模型初步建好了，要不要看看。"

我凑到他的电脑前，老实说我不是很记得那是什么样子的，不同的曲线和色彩缠绕一团，确实有些像一座岛。

"这只是简图，显示北京这座城市的温湿压变化。"他边说边点击鼠标，这时候我才发现模型是三维的，蓝色等压线和红色等温线，勾勒出大大小小的山脉起伏，相互重叠相互嵌套，当他拖动鼠标以改变视角的时候，整个图像就像立体地图一样发生了曼妙的改变。当然，所谓曼妙，只是我从纯美学的角度能够得出的判断。

"这里就是我们所在的地区。"他让模型图变为俯视，指着某个点对我说。我看到下面是北京市地图，红蓝两色的线一圈一圈，很像平时课上分析天气预报时画的气象图。

"这是什么时候的数据？"我问。

"前天晚上到昨天。"

"哦。"我仔细凑到近处看一看，蓝色等压线与红色等温线相互挤压，推移，一个低压槽正在逼近。

"那今天晚上是不是会下雨啊？"

"应该会。"他点点头，"你带伞了没有？"

"没，等雨停了再回吧，反正还有这么多数据要做呢。"

"嗯，也不会下很久的。"他又敲打了一阵键盘，图上的曲线变化起来，右上角有个小小的时间坐标一格一格地跳。

"动态模型？"我惊奇地瞪大眼睛，"那不是可以准确预测天气了？"

"是啊，虽然范围只在北京这座城里，但精度很好。"他让图上的数字停下，回头对我说，"最多下到 11 点，不要紧吧，到时候我送你回去。"

"没事没事。"我摇头，"你做完模型就早点回去吧，趁雨还没下下来。"

"我不着急，回去也没什么事情做。"他说，"快毕业了，天天晚上宿舍里一群人喝酒打牌，我喝不过他们，不如在这里整理资料写论文。"

"你论文还没写？"

"是啊，一个字都没动，之前时间都耗在这个模型上了。你呢，开始写了么？"

"我早着呢，还有一堆图要画，眼看不到一个月就答辩了，想死的心都有。"

"哦，需要帮忙么？"

我想了想，说："我的机子上没法装画图软件，你帮我画风玫瑰图好不好，我把数据给你。"

"行啊。"

风玫瑰图是显示风向出现频率的图，通常来说是一个淡绿色带刻度的圆圈，圆心是红色的，从圆心放射出十六个长度不一的扇形，像许多浅蓝色花瓣，非常好看。

我甚至写了一首叫作银蓝色玫瑰的诗，然后小心地藏在电脑上某个尘封已久的文件夹里，并且幻想着许多年后，另一个在这台电脑上处理数据的年轻学生会无意中发现它，然后惊讶地猜测当年是哪位学长会做出如此富有浪漫气息的举动。

我想象他或者她在满屏的海量数据中打开我的诗，默默朗读，然后突然望着窗外浓绿的树荫流下两行眼泪。

进入 6 月中旬，天气更加湿热，我开始失眠，为这难以忍受的气候，也为迫在眉睫的论文答辩。感冒好了又犯令人心烦，我早出晚归，终日坐在空调冷气的笼罩下，披着一条厚厚的毛巾被手边放着纸巾盒，写啊算啊，画图啊，贴表格啊写综述啊。

我的搭档也跟我一样加班加点地熬着，这种牲口般沉默而剽悍的工作态度几乎令我嫉妒，相比之下他的课题博大精深，他的研究厚积薄发，随时能整出一篇高技术含量的论文来，而我只有表格和图，所有的中英文参考文献都是电子期刊里搜来充门面的。我们就这样背对背埋头工作，咔嗒咔嗒的键盘声回响在幽暗的房间里，只有在给仙人掌浇水的时候我会发一会儿呆，回头看看他，他面前的屏幕上色彩线条变幻莫测，如莲花法相。

答辩前最后一个星期，整个北京如同受了诅咒般疯狂下雨，每天晚上 7 点钟开始，凌晨 1 点钟停止，像装了个开关一般准时。大雨瓢泼之后整个校园的道路都被冰冷的波涛淹没，我踩着拖鞋一路跋涉回到宿舍，听到那几个搞定了论文的姑娘抱怨着不能出去夜宵。我冲了冲脚就爬上床睡觉，无数梦境翩然而至层出不穷，醒来的时候却看见窗外天光明亮，路边只留下漂着几片落叶的零星水洼，一层氤氲之气刚从土地里被蒸出来，挟带草木腐败的气息袅袅上升。

实验室的电闸开始频繁跳闸，仿佛两台电脑四盏日光灯一座空调已经是它的极限，而每次跳闸都将毁掉我少则半天多则一天的工作量。几次吐血涅槃之后，我干脆把自己的笔记本也搬来实验室疯狂奋战，于是惟一的问题只剩下了对心理素质的无限循环磨炼。一片嗡嗡声中突然传来异响，瞬间灯灭了，空调也哆嗦着慢慢停下，我抓紧时间停下来喝口水揉捏一下酸痛的手腕，望着天花板默默发呆。

背后总会有某个人站起来，踢踢踏踏踩着拖鞋一路走出去，去走廊上开闸，回来开灯开空调，一片惨白的光芒中我回头与他对视。他脸上浮现着理科男的微笑。

答辩之前那天夜里，我记得是 6 月 19 号，不眠之夜，死亡之夜。据说那夜整座校园里有无数实验室和宿舍灯火通明，人们加班加点做最后的垂死挣扎。大雨倾盆而下，一派愁煞惨淡之气。

我坐在笔记本前，最后一次调整了答辩 PPT 的字号和格式，开始慢慢陷入一种迷茫的状态，周围的一切都显得那么不真实，狭小幽暗的实验室，嗡嗡作响的空调，凌乱的隔间沉默的电脑，已然肮脏不堪的枕头毛巾被和纸巾盒，还有架在书堆上小小的盆栽仙人掌，我生活了一个多月的地方，如此熟悉又如此不真实。

"搞定了？"我的搭档转过身问我。

"搞定了，你呢？"我也转过头看他，彼此的声音和面目都是如此陌生，恍惚间我已经想不起上一次对话是什么时候了。

"模型还需要调整，不过足够交论文了。"他眼窝深陷骨瘦如柴，脸色在电脑光下化作一片惨绿，我想我自己此刻应该也是如此。

"真赞。"我笑一笑，把自己放在椅子里缩成一团，觉得身子很轻脑袋却很沉。

一时间两人都突然找不到什么话说，窗外大雨哗哗，电闪雷鸣。

　　　　　　　　　　　　　　　　　倾城一笑

"真想出去喝酒庆祝啊，这该死的雨。"我说，"每天晚上都下，一个多星期了吧，热岛效应？"

"是啊，热岛。"

我想起教大气物理学的老头站在黑板前侃侃而谈的样子，苍白的手指挥动，勾勒出风云变幻。白天城市空气受热上升，风挟带水汽从周边流入，晚上空气冷却下沉，气团猛烈碰撞，暴风骤雨，释放潜热，雨水渗入地下进入下一轮循环，局部环流，稳定而又循环往复的局部环流。

稳定得不可思议。

"你说怎么会这么巧呢。"我说，"每晚都下，就算人工降雨都做不到这么准时的。"

不见了理科男的微笑，他疲惫而又沉默地看着我，像是等待着什么。

"最后一天了。"过了一会儿，他自言自语般低声说。

"什么最后一天，下雨么？还是论文？"

"都要结束了。"

"是啊，结束了。"我懒洋洋地靠在椅子里伸展双腿，"想起来真是让人不知道说什么，大学四年啊，就要这么结束了。"

"嗯，四年。"他点头，嗓音有点喑哑。

一时间又没有什么话说，我舔一舔干裂脱皮的嘴唇，回头问他："想不想喝点东西，我去楼下的自动售货机上买。"

"我去买吧。"他站起来。

"不用不用，我请你，你帮我这么多嘛。"

"楼梯上黑，还是我去。"他不等我再说话，推门出去了，脚步声在空旷的走廊里逐渐消融。大雨绵绵不绝，我不知道这场雨什么时候才能停，或许整整一夜，或许一年。

就在那个时候，跳闸了。

房间里一片漆黑，空调和日光灯管一起安静下来，只有窗外狰狞的树影在雨里剧烈地晃。我坐在黑暗里，用柔软的毛巾被裹住全身，缩在椅子里一动不动，像一只羽毛凌乱的小鸟。

　　只有呼吸声蔓延成一片。

　　对面的电脑仍然执着地亮着，那个复杂的模型呈现在屏幕上，仿佛超现实的艺术作品。我慢慢蹬着转椅移动过去，小心地移动鼠标察看。

　　模型比半个月前的样子还要令人眼花缭乱，我慢慢调整视角，仿佛进入一座巨大的城市，四处是闪烁着荧光绿的坐标和各种系数，天空中是交织成一片的等高等温线，如层峦叠嶂又如同云山雾海，各种颜色的细小箭头一刻不停地运动着交织成一片，流场，温度场，散度和涡度，潜热输送通量输送，彼此间千丝万缕的联系都由最严谨的方程组约束，井然有序一丝不乱，我被这种和谐而纷繁的宏大庄严所震撼，一切的一切都是那么美，美得令我这样隐藏在科研队伍中的文艺女青年都屏住了呼吸。

　　外面的云团仍在激烈地碰撞，一如我面前气象万千的数字和流线的海洋，我突然注意到了角落里的数字，2008/6/20/2:00，此时此刻，眼前所看到的模型状态正刻画着此时此刻身处的这座城市。

　　我用颤抖的手拖动鼠标，在地图上寻觅，调整比例，放大寻找再放大，我看到了那座熟悉的校园，那座熟悉的楼，流场在低空形成一个闭合低压，如同巨大的涡旋，又如同一只眼，将一切笼罩在其中。

　　那只眼睛里有小小的字。

　　"试点一号，可控局部闭合低压，持续时间：2008 年 6 月 10 日—20 日。"

　　就在这一瞬间，灯亮了。

　　白亮的光充溢双眼，我用手挡在眼前，回头，他怀里抱着两罐

　　　　　　　　　　　　　　　　　倾城一笑

橙汁站在门口。

"你……看到了？"沉默了很久之后，他用异常沙哑的声音开口说话。

我没有回答，只是看着他，大脑里茫茫然一片空白，如同窗外翻滚的云雾，我在那片空白中努力挣扎，拖着沉重的身子慢慢爬上来。

"军事机密，是不是？"我低声说，声线如生锈的刀刃，冰冷粗糙，在潮湿的空气中慢慢失去锋利。

"是……我现在做的科研……"

"气象武器，是不是？"

"我……"

"这一个星期每天晚上下雨，都是你在搞鬼，是不是？"

"其实……其实我……"

"其实什么？"

他深深埋着头不说话，我突然觉得浑身无力，那种无力像被一大盆冰冷的水从头浇到脚，从外凉到内，一丝热气都散发不出来。

"我要回去了。"我慢慢地从椅子里站起来，却觉得双腿冰冷僵硬，因为坐得太久而完全失去了知觉。

"雨还没停呢。"他茫然地说，脸色在日光灯下一片惨白。

"我要回去。"我踩住拖鞋，开始收拾电脑，噼里啪啦哐里哐啷。他向我走过来，放下两罐已经开始凝结水珠的冰冻橙汁，他的表情变化得很厉害，我努力低头并不看他。

"再过一个小时雨就停了，你等等再走吧。"他说话声音越来越低，"你还生病呢，明天怎么办。"

我固执地抱起电脑包向门外走，我一直很固执，要走的时候从来没人能拦住我。他愣愣地站在那里，空调的嗡嗡声在周围响成一片。

后来的事情我记得并不清楚，像是一组快速拼贴顺序混乱的画面，答辩，病倒，浑浑噩噩，然后毕业，办理各种手续，拍照合影，喝酒吃饭，吃饭喝酒，大大小小的聚会。

惟一记得的，是从答辩那天开始就再也没下过雨，每天都是艳阳高照。

最后一顿散伙饭大家都很放得开，啤酒喝空喝白酒，白酒喝空再叫啤酒，我晕得要命，却一副比谁都清醒的样子坐在角落里，突然发现周围是那么多陌生的面孔，共处四年，却依然陌生。

我的搭档坐在另一个角落里，我几乎把他的存在遗忘了，后来他过来给每个女生敬酒，说一些不太流畅的祝酒词，说完就一杯一杯认真地喝掉。

我举起杯子笑着："合作愉快，搭档。"

他也笑："你病好了吧。"

"没好，脑子都烧坏了。"我说，"以后再也搞不成物理了，转行写小说。"

"挺好挺好。"他说，"你喜欢就好。"

"你呢，留在北京么？"

他犹豫了一下，说："我去四川。"

"为什么？"我着实吃了一惊，"你没保研么？"

"定向生，毕业后就是九院的人，科研继续做，还是热岛。"

"哦。"我做大彻大悟状。

九院，工程物理研究院。

"中国工程物理研究院是以发展国防战略武器和国防尖端技术为主的科研事业单位，承担着国家重要和繁重的国防科研任务，为向国家培养高科技专门人才，2001年12月与北京大学签订《中国工程物理研究院与北京大学联合培养定向本科生协议书》，北京大学从2002年起为中国工程物理研究院定向培养本科生，学制四年。"

我想起他那台功能强劲的电脑，想起屏幕上包罗万象的模型图，想起那场绵绵不绝的大雨，雨中那只眼睛一般的闭合低压。

"搞气象武器？"我笑着说。

他有些为难地露出理科男的微笑，我举杯，冰凉的泡沫顺着指尖流淌下来。

"好同志，努力吧，国家需要你。"

我们碰了杯。我说："那天晚上……"

他看着我。

"那天晚上，谢谢你送我回宿舍。"

他只是点头，然后借着酒劲拥抱了我一下，在别人来得及起哄之前，就转身去跟下一个女生碰杯了。

那天晚上雨水已经漫过大门，淹没了一楼的走廊，我抱着电脑包站在台阶上，他蹬着自行车停在我面前。

他说："我送你吧。"

我坐在车后座上，把惟一一把伞举在我们两人头顶，伞缘上的水珠落下来，浸湿了他的头发，他的衣服，他坚实的后背散发出淡淡热气。

"其实……"他低哑的声音从前面传来，隔了一层雨帘，显得沉闷，"其实我……"

"别说了。"我也压低声音。

他把车子停下，费力地扭过头来看我，头发一缕一缕贴在额头上，他的眼睛在路灯光下，闪着湿润的金红色光。

"你说什么？"

"我说别说啦。"我大声重复，"我都知道！"

"知，知道什么……"

"反正就是知道。"

"哦，知道就好。"他冲我笑了笑，又继续回过头去专心蹬车了。

我望着绯红色夜空中万千雨丝，像细小的刀锋般闪着整齐划一的光。我赤裸的双脚在水面上一晃一晃。

是啊是啊，不会说话的理科男生，大学四年同学，又在同一间实验室里共同奋斗那么久,你什么都没说过。

可是你会帮我画图,会教我处理数据,会在实验室跳闸的时候跑出去开开关,你会记得我的生日,送我仙人掌。

你会让这座城里下起雨,整整十天,从晚上 7 点到凌晨 1 点。

"真是的。"我轻轻笑一声,"也亏你想得出来。"

倾盆大雨中,我们一路穿过淹没在水下的街道,自行车轮划开冰凉深邃的水面,留下一波又一波荡漾的声响,像小时候在公园里划船。

很好听。

后来的事情依然在记忆中模糊不清。收拾东西,能卖的卖,该扔的扔,我去了一趟实验室,把那些毛巾被枕头拖鞋杯子纸巾盒,没喝完的咖啡,还有那罐依然绿着的仙人掌,统统塞进一个纸箱里打包带走。

离开北京的那天晴空高照万里无云,我想我一辈子也没见过那么蓝的天。

一个人坐上火车,窗外铅灰色的楼群街道和立交桥开始慢慢晃动着后退,城市尽头是一望无际的葱茏麦田,在夏日骄阳下散发出旺盛的气息。6 月就这样结束了,7 月刚刚来临,我在一片绿色中离开了身后的城市,那座孤零零的、炙热的岛屿,以及留在那里的许多回忆,等待着再次回来的那一天。

故事讲完的时候,天色微明,喧嚣和暑气一起平息下来。终于,我拥着被角沉沉睡去,电风扇在一旁呼呼吹个不停,而梦里,却隐隐传来了雨声。

童童的夏天

1

妈妈告诉童童，过两天外公要搬来家里面一起住。

外婆去世以后，外公一直是一个人住。妈妈说外公干了一辈子革命工作，闲不住，一把年纪了还天天去诊所坐诊。前两天下雨地滑，回家路上摔了一跤，把脚摔坏了。

幸亏及时送到医院，脚上打了石膏，休养几天，可以出院了。

妈妈特意叮嘱："童童，外公年纪大了，脾气不好。你是大孩子了，要懂事，不要惹外公生气。"

童童点着头，心想，我从来都很懂事的呀。

2

外公坐在轮椅上，像个小电动车似的，手边有个小操纵杆，轻轻一推就能前后左右地跑，真好玩。

童童从小就有点害怕外公。外公的脸方方的，眉毛白白的长长的，像硬硬的松针一根一根翘着。她从来没见过谁的眉毛有那么长。

外公说的话她也有点听不懂，口音很重。吃晚饭的时候，妈妈跟外公说请护工的事情，外公只管一个劲摇头，连声说："没得事欸！"这句童童倒是听懂了。

外婆生病那阵子，家里也请过护工，是个农村来的阿姨，个子小小的，力气却很大，能抱着胖墩墩的外婆下床，洗澡，上厕所，换衣服。这些童童都亲眼见过的。后来外婆去世了，也就再不见她来了。

吃完了饭，童童打开视频墙玩游戏。游戏里的世界跟现实世界太不一样了，游戏里的人死了就是死了，不会生病，也不会坐轮椅。妈妈和外公还在旁边你一句我一句，爸爸走过来说："童童，别玩了，再玩眼睛要坏掉了。"童童学外公的样子，一边摇头一边说："没得事欸！"爸爸妈妈都忍不住笑了。外公却不笑，板着个脸阴沉沉的。

3

过两天，爸爸领了一台呆头呆脑的机器人回家。圆圆的脑袋，长长的胳膊，两只白白的手，脚下是一对轮子，可以前后左右地转动。爸爸按了一下机器人的后脑勺，它鸡蛋一样光溜溜的脸上闪了三下蓝光，紧接着显出一张年轻人的面孔，活灵活现的很是逼真。

童童很吃惊，问："你是机器人吗？"

那张脸笑了，说："你好，我叫阿福。"

童童又问："我能摸摸你吗？"

阿福说："你摸吧。"

童童就摸了摸阿福的脸，又摸了摸它的胳膊和手。阿福身上有一层软绵绵的硅胶，像人的皮肤一样暖暖的。

爸爸说，阿福是果壳科技公司的新产品，还在测试阶段。它最大的优点就是像真人一样聪明灵活，能削苹果，能端茶倒水，还能做饭、洗碗、绣花、写字、弹钢琴……总之有阿福在家，绝对能把外公照顾好。

外公还是阴沉着脸不说话。

4

中午吃过饭，外公坐在阳台上看报纸，看着看着睡着了。阿福悄无声息地过来，把外公稳当当抱起来，挪到卧室床上，盖好被子，拉上窗帘，轻手轻脚关门出来。

童童一直跟在阿福后面盯着它看。阿福摸了摸童童的小脑袋，问："你怎么不去睡午觉？"

童童歪着头问阿福："你真的是机器人吗？"

阿福笑了，反问："怎么，不像吗？"

童童又仔细看了一阵，很认真地说："你肯定不是。"

"为什么？"

"机器人不会像你这样笑。"

"你没见过会笑的机器人吗？"

"机器人笑起来的样子都怪吓人的。你笑起来不吓人，所以你肯定不是。"

阿福笑得更厉害了。它问："你想看看我的真面目吗？"

童童郑重地点了点头，心怦怦直跳。

阿福来到视频墙前面，从头顶上方发出一束光来。光打到墙上，显出一幅画面，画面里有个人，坐在一间乱糟糟的房间里。

画面上的人跟童童挥了挥手，与此同时，阿福也用一模一样的姿势举起手挥了挥。童童仔细看，那人身穿一件薄薄的灰色长袖外套，戴着灰色手套，上面有许多细小的灯在发光。他脸上还戴着一副大大的眼镜，眼镜后面的脸白白瘦瘦，倒是跟阿福的脸一模一样。

童童看得呆了，说："原来你才是真的阿福呀？"

那人挠了挠头，怪不好意思地说："阿福是我们给机器人起的名字。我姓王，不然你叫我小王吧。"

小王告诉童童，他其实是一名大四学生，正在果壳科技公司的研发部门实习。阿福就是他们团队的产品。

小王又说，现在社会老龄化越来越严重，很多老人生活不能自理，自己儿女没有时间精力照顾，住老人院又怕孤单，对专业护工的需求就变得越来越紧迫。如果家里有一个阿福，平时不用就让它歇着，需要的时候下个指令，就有护理人员上线为老人服务，省去耗费在交通上的时间和费用，也能大大提高效率。

小王还说，现在的阿福是第一代测试版，全国一共有三千套，也就是三千个家庭在试用。

小王还说，几年前他奶奶也生病住过院。他有照顾老人的经验，所以自愿报名来他们家看护外公。

小王还说，恰巧他跟外公算半个老乡，能听懂外公的乡音。如果是机器人就不行了。

小王还说了很多专业名词，童童听得半懂不懂，但她觉得好玩极了，像科幻小说一样精彩。

童童问："那外公知不知道你是谁呀？"

小王说："你爸爸妈妈都知道，外公还不知道。先别跟他说，过几天慢慢告诉他。"

童童信誓旦旦地保证："没得事欸。"她和小王都笑了。

5

外公在家闲不住，让阿福推他出去转。转了一次回来，嫌天

倾城一笑

热，不肯再去了。阿福偷偷告诉童童，外公不习惯坐在轮椅里被人推着走，觉得路上人都在看他。

童童却觉得，没准他们是在看阿福。

外公不愿意出门，一个人在家又怪闷的，脸色就更加阴沉，隔三岔五摔摔打打地发脾气。有几次他指着鼻子骂爸爸妈妈，爸爸妈妈都不吭声，低着头任由他骂。过一阵子童童去厨房，却撞见妈妈躲在门后面偷偷抹眼泪。

外公变得不像以前的外公了，要是不摔那一跤该多好呀。童童越来越不爱在家里待，家里的空气让她憋闷。她每天一大早就跑到外面去玩，吃饭的时候才回来。

爸爸又带回来一样新奇东西，也是果壳公司的产品，是一副眼镜。爸爸让童童戴上眼镜在屋子里走，她看见听见的一切就在家里的视频墙上清清楚楚显现出来。

爸爸问："童童，你愿意做外公的眼睛吗？"

童童愿意。她对一切新鲜玩意儿都充满好奇。

6

童童最喜欢的季节就是夏天。夏天可以穿裙子，可以吃西瓜、吃冰棍，可以去游泳，可以在草丛里捡知了壳，可以光脚穿凉鞋在雨地里走，可以追着雨后的彩虹跑，可以玩得一身大汗去冲凉水澡，可以喝冰镇的酸梅汤，可以去池塘里捞蝌蚪，可以摘葡萄、摘无花果，可以晚上在院子里乘凉、看星星，可以打着手电筒去捉蟋蟀。总之，夏天里一切都是好的。

童童戴着眼镜出去玩。眼镜沉甸甸的，老是顺着鼻梁往下滑，她真怕它会掉下来。他们一群小伙伴，有男的也有女的，十好几个人，自从放了暑假，天天聚在一起疯玩。小孩子玩起来老是没个

童童的夏天

够，旧的游戏玩腻了，第二天就发明新花样。累了热了，就浩浩荡荡杀去小河边，像下饺子似的扑通扑通跳到河里面去。头顶上大太阳晒着，河水却那么清凉，多痛快！

又有人说去爬树。树在河岸边上，好高好粗的一棵龙槐树，像要把蓝天刺穿似的。真是一条龙变的吧。

却听见外公在耳边急忙忙地喊："童童，别爬树，危险！"

原来眼镜还能传送声音。她快活地高喊一声："没得事欸，外公！"爬树是童童的长项，连爸爸都说她上辈子属猴子的。可外公还是嗡嗡叫唤个不停。听不明白，吵死了。童童摘下眼镜扔在草丛里，脱掉凉鞋，觉得一身轻松，像一朵云直往天上飘。

树很好爬，茂密的枝干好像伸出手来拉她。童童越爬越高，把其他人远远甩在下面，眼看就要爬到树梢顶了。风呼呼吹着，太阳透过一丛丛叶子洒下万点金光，世界那么安静。她停下来歇一口气，却远远听见爸爸在下面喊她："童童！快——下——来——"

探头一看，黑黑的一个人影，像只小蚂蚁似的。真是爸爸。

回家的路上被骂了一路。

"多危险！一个人爬那么高！怎么这么不懂事！"

她知道是外公告诉爸爸的，除了他还能有谁？

自己不能爬树，还不准别人爬，外公真没劲。还让她在朋友们面前丢那么大一个人。

第二天，还是一大清早就跑出去，却再不肯戴那眼镜了。

7

阿福说："外公是担心你。万一你掉下来把腿摔断了，不就跟外公一样要坐轮椅了吗？"

童童噘着嘴不说话。

阿福说，外公透过眼镜，眼睁睁看着童童往树上爬，急得连喊带叫，差点儿自己栽个跟头。童童却在心里赌气，有什么可担心呢，比那再高的树她都爬了，从来没摔过。

眼镜用不上了，打包寄回果壳公司。外公又一个人在家里无所事事。不知道怎么心血来潮，翻出一块旧棋盘，硬拉着阿福陪他下象棋。

童童不懂下棋，搬个小凳子坐在一旁看热闹。她喜欢看阿福细细白白的手指，拈起那些颜色泛旧的木头棋子轻轻放下，喜欢看它思考的时候指尖在桌上嘀嘀嗒嗒地敲。那手多好看呀，简直像是象牙雕出来的。不过几盘下来，她也看出阿福不是外公的对手。才走了没几步，外公就啪的一声吃掉一颗棋子，嘟囔一声："臭棋！"童童也在一旁跟着帮腔："臭棋。"

外公又加一句："还不如机器人呢。"他已经知道阿福是由人操纵的了。

外公赢了几盘棋，居然神气起来，脸色也变得红亮，甚至摇头晃脑哼起了小曲。童童也忍不住跟着高兴，之前的不愉快好像全扔到了九霄云外。只有阿福哭丧个脸。

他说："我另给您找个对手吧。"

8

童童回到家，吓了一跳。外公变成了个怪模样！

他也穿着薄薄的灰色长袖衣服，戴着灰色手套，上面亮晶晶地发光。脸上也戴着大大的眼镜，两只手在空中比比画画。

对面的视频墙上也有个人，却不是小王，是另外一位陌生的爷爷，满头白发，倒是不戴眼镜，面前摆着一盘棋。

外公说："童童，这是赵爷爷。"

原来赵爷爷是外公的老战友，前不久刚做了心脏支架手术，也是一个人在家里无聊，他家里也有一台阿福。

赵爷爷也爱下棋，也成天抱怨阿福下得臭。小王灵机一动，给外公寄了一套操纵阿福的传感装备，再通过家里的阿福教外公怎么用。没过几天，外公就能指挥赵爷爷家的阿福下棋了。

不仅能下棋，还能用家乡话聊天，聊得外公神采奕奕，兴奋得像个小孩子。

外公说："童童你看好了。"

他两手在空中一抓，画面里一双白白的手，就把木头棋盘稳稳端了起来，轻轻转了一圈，放回原处。

童童睁大眼睛看呆了，这双手难道是外公的吗，简直比魔术还神奇。

她问："我能试试吗？"

外公就把手套脱下来给童童戴上。手套有弹性，童童的手小，却也不显得很松。童童试着动了动手指，画面里阿福的手也动了两下。

外公说："童童，跟赵爷爷握握手。"

赵爷爷笑眯眯地把手伸过来，童童试着握了握。她感觉到手套里面微妙的压力变化，好像真的握着一个人的手似的，还热乎乎的。这可真的太好玩啦。

她通过手套去摸阿福面前的棋盘，棋子，还有旁边冒着热气的茶杯。指尖上居然传来灼热，童童吓了一跳，手一滑，茶杯落在地上啪地摔碎了，棋盘也掉了，棋子稀里哗啦滚了一地。

"哎呀——这孩子！"

"没事没事。"赵爷爷连忙摆手。他要去拿个笤帚来扫地，外公不让他去，说："老赵你别动，小心手，让我来。"他戴上手套，指挥阿福把棋子一个一个捡起来，把地上的垃圾清扫干净。

还好外公没生气，也没把童童闯的祸告诉爸爸。

倾城一笑

"小孩子心急。"他笑着跟赵爷爷说。赵爷爷也呵呵地笑。

童童心里有点委屈。

9

爸爸妈妈又跟外公吵起来了。

却吵得跟以前不一样。外公还是一口一个："没得事欸。"妈妈语气却越来越严厉。到底为什么吵，童童在旁边越听越糊涂，好像跟赵爷爷的心脏支架有关系。

吵到最后妈妈说："什么没的事，有事怎么办！您就再别胡闹了！"

外公气坏了，把自己关在屋里不肯吃饭。

爸爸妈妈又给小王打视频电话，这次童童才大概听明白了。

赵爷爷跟外公下棋，下着下着一激动，心脏病犯了——据说是支架没放好的缘故。当时家里没有人，是外公指挥阿福给赵爷爷做了急救，还打电话叫了救护车。

经过抢救，赵爷爷脱离了危险。

可谁也没想到，外公竟然提出，要去医院看护赵爷爷。

不是亲自去，是派阿福去，外公在家指挥阿福。

可外公自己还是个需要人照顾的病号啊，谁来看护外公呢？

外公说，等赵爷爷康复出院，他就教赵爷爷使用传感设备，两个老人相互照顾，也不需要别的护工了。

赵爷爷倒是一口答应了，可是两家儿女都觉得实在太荒唐。连小王也一时间转不过弯来。想了半天他才说："这个事情，我得向部门领导汇报一下。"

童童想，通过阿福下棋，这个容易明白，相互照顾可怎么照顾呀？她越想越觉得复杂，难怪小王也要头痛了。

唉，外公就像小孩似的，一点也不听大人话。

10

外公老是待在屋里不出来。起初童童以为他还在生气，后来才知道，事情不知不觉间起了大变化。

最大的一个变化是，外公变忙了。他又开始像以前一样每天给人看病，却不是去诊所里坐等病人上门，而是戴着传感设备，操纵别人家的阿福，替各家各户的老人们问诊，摸脉，开药方。他还想让阿福给病人推拿针灸，为了锻炼这项技术，竟然指挥阿福在自己身上扎针！

小王说，这个想法将会对整个医疗系统产生翻天覆地的影响。未来的人们或许再不需要去医院挂号排长队了，医生们可以上门服务，或者在每个小区的卫生所里安置一台阿福，看病将变得轻松许多。

小王还说，他们公司的研发部门已经成立了一个小组，专门研究医用型阿福的改进方案，并且聘请外公做他们的顾问。于是外公就变得更忙了。

外公自己腿还没好利索，暂时还是小王看护他。不过小王说，他们正在筹划建立一个网络系统，让有闲暇有爱心的人都能注册账号，远程登录全国各地的阿福，照顾老人、小孩、病人、宠物，参与各种各样的社会公益活动。这也是变化的一部分。

如果这项计划成功的话，将真正建立起一个古书里面说的大同社会。"人不独亲其亲，不独子其子。使老有所终，壮有所用，幼有所长，鳏寡孤独废疾者，皆有所养。"

当然，也可能会有各种弊端和风险，譬如网络安全，入室犯罪，操作失误造成的意外，等等，等等。但既然变化已经来了，就

倾城一笑

必须去面对它们。

甚至还有更意想不到的变化。

小王给童童看了许多视频，阿福们在做着各种各样的事情：炒菜做饭、照顾小孩、维修水电、种地浇花，还有开车的，打网球的，还有教孩子下棋写书法拉二胡刻印章的……

操纵这些阿福的，都是一些原本需要被人照顾的老人。有的老人腿脚不好，但是耳聪目明；有的记性不行了，但年轻时练就的基本功还没忘；还有好多人身体没有大毛病，只是精神不振郁郁寡欢。但现在，大家都八仙过海各显神通了。

阿福竟然能有这么多种玩法，之前谁都没想到。这些年过古稀的老人，怎么会有这样的想象力和创造力呢？

印象最深刻的，是十几台阿福组成的民乐队，聚在一个公园的池塘边，吹拉弹唱好不热闹。小王说，这支乐队在网络上已经小有名气了，指挥它们的是一些双目失明的老人，所以就叫"老瞎子乐队"。

小王最后感慨说："童童，你外公带来的是一场革命啊。"

童童想起妈妈以前常说外公是老革命，说他"干了一辈子革命工作，这么大把年纪也该歇一歇了"。外公不是医生吗，什么时候干的"革命"？"革命"到底是什么样的工作？为什么要干一辈子？

童童想不明白，但她觉得革命真不坏。外公又像以前的外公了。

11

外公每天都精神抖擞，得空便亮开嗓子唱两句：

　　　辕门外三声炮响如雷震，
　　　天波府走出我保国臣。

头戴金盔压苍鬓，

铁甲的战袍又披上身。

帅字旗斗大穆字显威风，

穆桂英五十三岁又出征。

童童笑嘻嘻地说："外公，您都八十三岁啦。"

外公不生气，摆个立马横刀的姿势，脸色越发红灿灿的。

再过几天，就是外公的八十四岁生日了。

12

童童一个人待在家里玩游戏。

冰箱里有做好的饭菜，童童自己拿出来热热吃。傍晚天阴沉沉的，空气湿闷，知了喳——喳——喳地叫个不停。

天气预报说晚上有暴雨。

墙角里蓝光闪了三下，有个身影悄无声息地移动过来。是阿福。

童童告诉阿福："爸爸妈妈带外公去医院了，还没回来。"

阿福说："你妈妈让我提醒你，下雨别忘了关窗。"

他们一起去把所有窗户都关上。瓢泼大雨下了起来，打在玻璃上像咚咚战鼓声。黑云被一道白一道紫的闪电撕扯成很多块，一个炸雷滚落，震得天地间隆隆作响。

阿福问："你怕不怕打雷？"

童童说："我不怕，你呢？"

阿福说："我小时候怕，现在不怕了。"

童童突然想到一个以前从来没想过的问题。

"阿福你说，是不是每个人都要长大？"

"应该是的。"

"长大以后呢？"

"长大以后就老了。"

"老了以后呢？"

阿福不回答。

他们打开视频墙看动画片，是童童最喜欢的《彩熊寨》。不管外面的雨怎么下，彩熊寨里的小熊们永远幸福快乐地生活在一起。也许一切都是假的，也许只有小熊们的世界才是惟一真实的。

看着看着，童童眼皮开始打架了。雨声哗哗，像是在催眠，她把脑袋靠在阿福身上。阿福抱起童童，挪到卧室小床上，盖好被子，拉上窗帘。它的手像真人一样暖暖的。

童童嘀咕一句："外公怎么还不回来。"像是在说梦话。

耳边有个声音悄悄地说："睡吧，童童。睡醒了外公就回来了。"

13

外公没有回来。

爸爸妈妈回来了，脸色都不好，像是疲累得厉害。

却更加忙，整天整天地往外跑。童童一个人待在家里，还是玩游戏，看动画片。阿福有时候来给她做点饭吃。

过了几天，妈妈把童童叫过去。

告诉童童，外公脑袋里长了一个肿瘤。上次摔跤，就是因为肿瘤压迫了神经。去医院检查，查出来了，医生建议尽快开刀动手术。外公年纪大了，做手术有风险，可硬拖着更危险。爸爸妈妈找了好多大医院咨询，商量了一宿又一宿，最后一咬牙，还是得做。

瞒着外公，把医院偷偷联系好了，跟外公说只是个脑血管小手术。

手术做了一整天，终于成功了。取出来的肿瘤有鸽子蛋那么大。

手术后外公一直在昏迷，到现在还没醒。

说着说着，妈妈突然抱着童童大哭起来，哭得咬牙切齿，身子抽得像一条鱼。

童童抱着妈妈，看见她头上一根一根的白头发。一切都显得很不真实。

14

童童跟着妈妈去医院。

天真热呀，大太阳那么耀眼。童童和妈妈打着一把伞走在路上，妈妈手里提着一罐刚从冰箱里取出来的红红的果汁。

一路上没有什么人，只有知了喳——喳——喳地叫个不停。这个夏天终于快过去了。

医院里很凉快。她们在走廊上等了一会儿，有个护士走过来说外公醒了，妈妈让童童先进去。

外公的模样很陌生，白头发剃短了，脸有点肿，一只眼睛上蒙着纱布，另一只眼睛闭着。童童握着外公的手，心里很慌，她想起外婆来了。周围尽是一些管子和仪器，嘀嘀嗒嗒响着。

护士在一旁叫外公的名字。"醒醒呀，外孙女来看你了。"

外公把闭着的眼睛睁开了，紧紧盯着童童。童童动一下，那只眼睛也动一下。但他不能说话，也不能动。

护士小声说："跟你外公说说话，他能听见的。"

童童不知道说什么。她用力握住外公的手，感觉外公也在握她的手。外公，她在心里叫了一声，外公你还认得我吗。外公的眼睛一直跟着童童转。她终于叫出声来："外公！"

眼泪落在白色的床单上。护士连忙哄她："别哭，别哭，让你外公看见多不好。"

　　　　　倾城一笑

童童被领出病房，在走廊上哇哇大哭了一场。

15

阿福要走了。爸爸要把它打包寄回果壳公司。

小王说，他本想亲自来找童童一家人道别，但他住的城市实在太远了。好在现在通信技术发达，以后视频电话都方便得很。

童童一个人在屋子里画画，阿福轻手轻脚走进来。童童在纸上画了很多小熊，用蜡笔涂成各种颜色。阿福看了一会儿。它看见一只个头最大的小熊，像彩虹一样五颜六色的。小熊脸上戴着一只黑色眼罩，只露出一只眼睛。

阿福问童童："这是谁呀？"

童童不说话。她抓着蜡笔，一心一意把所有颜色都涂到小熊身上。

阿福从背后抱了抱童童，它的身子微微颤抖。童童知道阿福哭了。

16

小王发了一段视频给童童。

他说，童童，你收到我寄给你的包裹了吗？

包裹里是一只毛茸茸的小熊，像彩虹一样五颜六色，戴着黑色眼罩，只露出一只眼睛，跟童童画的一模一样。

小王说，小熊身体里的传感器连接着医院的监控仪器，有你外公的心跳，呼吸，脉搏，体温。如果小熊闭着眼睛，就是外公在睡觉。如果外公醒了，小熊就会把眼睛睁开。

小王说，小熊看到听到的一切，都会投影在医院墙上。你可以跟它说话，给它讲故事，给它唱歌，外公都能看见听见。

小王还说，他一定能看见。外公虽然身子不能动，但他心里面一定是醒着的。所以你要多跟小熊说话，多陪它玩，多让它听见你的笑声。这样外公就不会寂寞了。

童童把耳朵贴在小熊胸口，果然有咚咚的心跳声，很慢，很低沉。小熊胸口暖暖的，随着呼吸一起一伏，睡得可真香。

童童也要睡了。她把小熊放在床头，给它盖上被子。她想，等明天外公醒了，我要带他出去晒太阳，去爬树，去公园里听那些爷爷奶奶唱戏。夏天还没过去，好玩的事情还多呢。

"没得事欸，外公。"她轻声说。等你醒来，一切都会好好的。

后　记

我想把这篇小说献给我的外公。8月是他的忌辰。我会永远记得跟他在一起的日子。

也献给那些每天在公园里打拳、舞剑、唱戏、跳舞、遛鸟、画画、写大字、拉手风琴的爷爷奶奶。你们让我知道，向死而生并不是一件那么可怕的事。

虽然用了一个小孩子的口气来叙述，但这篇小说真正要讲的是"革命"。在我看来，革命不是大碗喝酒大块吃肉大秤分金，不是一人登高振臂一呼应者云集，革命是弱者和绝望者改变现状的勇气，是叫千万普通的男男女女老弱病残鳏寡孤独知道，生活应该更美好，也能够如此，只是需要想象力，需要勇气、行动、团结、爱与希望，需要一点对于亲人和陌生人的理解与同情。这是每个人与生俱来的可贵品质，也是科幻所能够带给我们最好的东西。

　　　　　　　　　　　　　　　倾城一笑

嘀　嗒

他

他在黑暗中，独自数着嘀嗒声。

一、二、三、四、五、六、七、八、九、十、十一、十二……

六十秒是一分钟。

左手拇指从食指指尖向第二个指关节滑动。

一、二、三、四、五、六、七、八、九、十、十一、十二……

六十分钟是一小时。

左手清零，右手进阶一位。

一、二、三、四、五、六、七、八、九、十、十一、十二……

丁零零零零……

闹钟声响起，他从黑暗中醒来。

风吹起窗帘，泻进一缕阳光。又是新的一天。

他起床，洗脸，刷牙，煮咖啡，煎蛋，烤面包，吃早餐，换上衬衣西装，打好领带，下楼，开车，出门。

一个风和日丽的好天儿，晴空中飘着几朵白云，像张卡通画片。他一边开车，一边草草浏览今天的工作计划表。任务比他想象得还要多。

最近工作很忙，每天超负荷运转。谁让他发自内心喜欢这份工作呢，即便累趴下，也得拼尽全力去做。

他把车停在一座学校附近，打开后备厢，找到编号为一的箱子，取出服装道具。

换上校服，衬衣衣角从腰带里拉出一半，穿上脏兮兮的运动鞋，头发抓乱，像是刚从床上爬起，脸上喷一层化妆液，让皮肤变得光洁饱满，眉毛要更浓密，眼睛要更清澈——青春就应该如此。

他对镜中的自己感到满意，便下车在路边做了几个热身运动，让腿脚更舒展，关节更柔韧。清晨空气微凉，不知从哪里飘来一阵桂花香气。

一切就绪。他拍拍手给自己鼓劲。

预备——开始！

他拔腿向学校方向跑去。

要迟到了，怎么办怎么办，快跑快跑快跑……空气涌进肺里，风把头发吹得更乱了，校服外套上下翻飞，鞋底开始发烫。他拼命挥舞手臂冲破空气阻力。再跑快点，快快快……

砰！

路口拐角处，他迎面撞上一个人，巨大的力量撞得他四仰八叉倒在地上。

痛，头晕，眼冒金星，天旋地转。他躺在那里起不来。

"啊呀呀呀……"一个女孩子的声音。

他抬起头，看见白球鞋、白短袜、光洁的小腿、双膝、大腿、校服裙摆……

　　　　　　　　　　　倾城一笑

一位短发少女蹲在旁边，睁大眼睛看着他。清晨阳光照在她脸上，连鼻梁两侧小小的雀斑都看得一清二楚。

　　"你没事吧？"少女问道。

　　一股热流沿着下巴往下淌，他这才发现自己流鼻血了。

　　好了，就到这里，停。

　　他坐起来，一边用衬衣下摆擦着鼻血，一边在心中回放刚才那一幕。够自然吗？是不是有些浮夸？摔倒的姿势对吗？一个对异性毫无经验的高中男生，与第一次爱的女孩初次相遇，应该是这样一种状态吗？真实与否或许并不重要，重要的是能否在成年人心中唤起那种青春萌动的微妙情愫，这是一场戏成功与否的关键。

　　"有问题吗？"少女开口问道，语调怯生生的，像一只无辜的小猫。

　　真年轻啊。他暗自感慨。这才是真正的青春，什么样的化妆术都复制不来。看着女孩沐浴在晨光中的脸，他心头突然涌上一股初恋般又苦又甜的滋味。

　　*再来一遍吧。*他终于决定。

　　一切倒回，衬衣上的血迹消失不见，女孩退回街道另一边，他也回到几分钟前出发的地方。

　　对着后视镜整理妆容，活动腿脚，拍拍手给自己鼓劲。

　　预备——开始！

　　他再次拔腿向学校方向跑去。

　　砰！

　　停。

　　这一次比上一次更好。反复对比之后，他感觉到满意。

　　时间不早了，他开车离开学校，去往下一个场景。

滴　嗒

天边的云一丝丝散去，阳光更加明亮，在道路上洒满斑驳的树影。

他把车停在一个地下停车场里，取出二号箱子，换上合体的深灰色制服，系上腰带，别上徽章，头发向后面梳理整齐。他乘坐电梯上升，心里默默背诵台词。

电梯门打开，他昂首阔步走上舰桥，船员们在两边向他敬礼。

"报告船长，曲速引擎已预热完毕。"副船长高声汇报。

"前进！"他挥手下令。

你

在黑暗中，你独自数着嘀嗒声。

一、二、三、四、五、六、七、八、九、十、十一、十二……

六十秒是一分钟。

左手拇指从食指指尖向第二个指关节滑动。

一、二、三、四、五、六、七、八、九、十、十一、十二……

六十分钟是一小时。

左手清零，右手进阶一位。

一、二、三、四、五、六、七、八、九、十、十一、十二……

丁零零零零……

闹钟声响起，你从黑暗中醒来。

打开灯，照亮没有窗户的凌乱房间，新的一天又开始了。

你从水壶里倒出一杯凉水喝下去，走进浴室，冲澡，擦干，换身干净衣服，冲杯速溶咖啡，叼着冰箱里拿出来的三明治，来到工作台边坐下。

浏览邮件，查看工作计划。任务很多，一件一件慢慢来吧。你叹一口气。

你首先建立起第一项任务，一个校园爱情故事。场景可以直接从素材库里调用，世界上绝大多数校园爱情故事都大同小异，连校园样貌都相差无几。你将学校和周边几条街道的 3D 微缩影像呈现在工作台上，稍微改动几处街边店铺招牌，加一点汽车和行人。你调整光效、色调与滤镜，让蓝天白云更加明朗动人。时间设定为 9 月，加一点清晨的微风，一点桂花香气。好极了。

接下来，你开始设计女主角形象。身高、体重、三围、服装、发型、面部特征……你选择了有点男孩子气的短发，皮肤微黑，一点点浅褐色雀斑，双腿像小鹿般修长。多像你当年曾经偷偷喜欢过的某个女孩啊。

你知道男主角会爱上这个角色，因为你就是他，他就是你。你创造了他。不，应该说，你以自己为蓝本，创造出虚拟世界中的另一个分身。他拥有与你完全一样的心智、情感与人格。你以他为主角，编织各种故事，而用户则通过他的眼耳鼻舌身意心，来身临其境地体验这些故事。其他角色，包括女主角在内，都不过是一些用算法实现的 NPC（non-person character），能哭能笑能唱能跳，但也仅此而已。惟有身为主角的 RPC（real-person character），才能像有血有肉的人类一样，在每一场戏中，给出各种微妙而真实的反应。

他出现在路口，按照剧情要求改换服装发型。你顺便对他的身体参数做了一点微调，让速度、灵敏度和柔韧度变得更高。毕竟这是一场需要体力的戏。

以真人为蓝本而创造出的 RPC，不能像其他 NPC 那样随意改头换面，否则会出现人格混乱。所以必须赋予他另外一重身份，创造出另外一个独立于所有故事之外的生活世界。你让他相信自己是一个演员，每天穿行在形形色色的故事中，带着对于表演的热爱，尽心尽力去诠释每一个角色。

人类本身就擅长自我欺骗。仅仅存在于虚拟世界中的RPC，会主动整合信息，为自己编造出完整而自洽的世界观，从而相信自己身上发生的一切都合情合理。就好像当你做梦时，无论梦境如何荒谬，你都很少会心生怀疑。

虚拟世界中的他也会做梦吗？你有时候会产生这样的疑问。

这倒是个有意思的问题：一个已经生活在梦中的人，又会做什么样的梦？没有人知道。倒是你自己好像已经有很久没做过梦了。

一切就绪，你将手指放在 start 键上。

预备——开始！

［外景］学校门口——早晨

他拔腿向学校方向跑去。

（要迟到了，怎么办怎么办，快跑快跑快跑……）

砰！

在路口拐角处，他与另一条路上跑来的女主角迎面相撞。

巨大的力量撞得他四仰八叉倒在地上起不来。

（好痛……）

少女的声音：
啊呀呀呀……

他抬起头，看见白球鞋、白短袜、光洁的小腿、双膝、大腿、校服裙摆……

陌生的短发少女睁大眼睛看着他，清晨阳光照在她脸上。

少女：

你没事吧？

一股热流沿着下巴往下淌，他这才发现自己流鼻血了。

你按下 pause 键。

够自然吗？是不是有些浮夸？摔倒的姿势对吗？归根结底，作品是否受欢迎的关键，在于是否能在用户与主角之间建立起一种感同身受的共鸣感。即便剧情是虚构的，情感和体验却必须真实可信。

也许他也对这一场戏并不满意吧。他就是你，你就是他。很多时候，你会莫名地感到那份心有灵犀的默契。

再来一遍试试看。

你按住进度条向回拖拽，将整个场景复原。指尖再一次放在 start 键上。

预备——开始!

我

闹钟声响起，我从睡梦中醒来。

灯光慢慢变亮，照亮仅容一人的狭小睡眠舱，我依旧躺在那里，回味昨晚的梦。那样丰富，那样华美，那样曲折、刺激、饱含情感、栩栩如生。我时而是性格孤僻的侦探，在大都市中追踪罪犯的蛛丝马迹；时而是智勇双全的舰长，率领船员向广阔无垠的宇宙深处进发；时而是风流倜傥的侠客，一边浪迹天涯，一边四处招惹那些美丽又刁蛮的女侠；时而又回到情窦初开的青涩岁月里，为每一次经过隔壁班的窗前而心跳加速……

每一个梦中世界都是另一重我渴望却无法抵达的人生。梦醒之后，我只是我，一个大城市中碌碌无为的小职员，终日循规蹈矩，不敢做什么非分之想。但在梦里，我穷奢极侈，翻云覆雨，上天入地，无所不能。我可以是我自己之外的任何人，在这方寸之外任何地方，随心所欲，流连忘返。

面前屏幕亮起来，熟悉的旋律伴随广告语一起弹出。

Dream Worker

Dream your dreams！

一个甜美的女声在我耳边柔声低语："早上好！昨晚做了好梦吗？"

屏幕上出现"Yes"和"No"两个选项。我点了"Yes"。紧接着一个付款界面跳出来。

"确定支付吗？"

Yes　　　No

我为昨晚的梦付了钱，账户余额骤然跌落。梦是昂贵的，数字是现实的，这让我刚从梦里醒来的好心情略有一点低沉。

"谢谢，祝您度过愉快的一天！"

该起床去面对这个现实的世界了。去上班，去工作，去赚钱，去为今夜的梦而奋斗。

在梦里，大脑感知时间的方式与清醒时不同。十分钟的快速眼动睡眠，足以让一个人去大槐安国里逍遥一番。这意味着，只要买得起，我就可以在短短一夜良宵里享受几生几世的荣华富贵。

既然如此，又有谁会去在意白天的生活呢？工作无聊又怎样，一事无成又怎样，贫困、卑微、孤独、绝望，这些不过是一时烦恼。咬牙忍耐吧，白天被压抑的，都将在夜里回返。

我手脚并用，从狭小的六边形睡眠舱中倒退着爬出来，跟随左邻右舍一起穿过狭窄的走廊。整整一面墙，可以容纳三百多个这样的舱位，每个舱位里都住着一个和我一样卑微的小人物。整个房间里，一道又一道睡眠舱组成的墙平行而立，仿佛图书馆里的书架。整个大楼里又有不知多少个这样的房间。我们像蜂巢里的工蜂，白天为生计奔忙，夜晚各自睡去，做着天马行空精彩纷呈的梦。

梦是驱动这个时代运转的燃料与润滑剂，正如同上一个时代的煤炭和石油。

前方突然传来异样的声响。我停住脚步，看见人群向两边分开，让出一条小路。两个裹得严严实实的白衣人，像幽灵般一前一后向这边走来。我看见他们爬进一个睡眠舱，从里面拖出一具沉甸甸的尸体。

那个人就睡在我隔壁，虽然我们彼此并不认识，甚至没怎么打过照面。什么时候死的，难道是昨天夜里？想到今天早上自己竟然躺在一具死尸隔壁，我突然感觉有一股恶寒爬上脊背。

"死在梦里，也怪幸福的……"旁边有人窃窃私语。

"high 过头了吧！"另一个人冷笑一声。

我曾不止一次见过死在梦里的人，他们脸上大多会有一种沉溺在极度欢乐中的古怪神态。梦就像一面风月宝鉴，映照出人的欲望。那些不知节制的人，会像瘾君子一样，无休无止地在梦中追求最极致的感官刺激，直到被欲望的无底深渊所吞噬。

白衣人将尸体塞进袋子里抬走了。拉链闭合的一瞬间，我看见了死者的脸。一个黑发女人，很瘦，并不年轻。她的眼睛紧紧闭着，五官扭曲成一团，看不出生前长相。那是一种无法用语言形容的神情，不是享乐，也不是痛苦或者恐惧，甚至不像是人类的脸。尽管只匆匆瞥了一眼，但那张脸却给我留下了深刻的印象，也许永生难忘。

今晚恐怕要做噩梦了。我一边跟随人群缓缓前进，一边暗暗在心里说。总做甜美的梦未免审美疲劳，偶尔也需要有噩梦调剂一下。想到这里，我禁不住产生了几分期待。

我 们

电影院的灯光渐渐暗下去，空气中弥漫着黄油爆米花的香气。我伸手去抓爆米花，却不小心碰到另一只小小的手。刹那间像通了电一般，从脚底涌上一阵酥麻。那是很久没有过的初恋的感觉。

那只手悄无声息地躲开了。我侧过头，看一眼身边的少女，她假装没有在看我，鼻尖两侧小小的雀斑在黑暗中若隐若现。这是我们第一次单独出来约会。我知道她注定属于我，早晚有一天，在某个没有人知道的地方，我会把她身上的校服一件件脱去。我也知道这不过是个梦，因为现实世界里早已经没有电影院了。但我依然全身心投入这个角色，享受这情窦初开的美妙时刻。

我大着胆子，伸手去抓她的手。那小小的手象征性地抵抗了一下，像只小鸟般安静地蜷缩在我手心里。我得到鼓励，把那手握得更紧了些。别着急，慢慢来。我提醒自己。游戏要循序渐进地玩才有意思。

黑漆漆的电影银幕上光影闪动，一行惨白的大字浮现出来：

揭秘真实的血汗梦工厂！

这是什么，预告片吗？
我有点疑惑，但是影片已经开始了。

特写：一张安详熟睡的男人的脸。

画外音：
每天晚上，你躺在床上，将白天的不愉快抛到一边，期待Dream Worker为你带来精彩纷呈的梦。然而你知道这些梦是怎么做出来的吗？

各种熟悉的广告片段、宣传图片、产品发布会视频、技术总监自信的笑脸。

广告词：Dream your dreams！

画外音：

Dream Worker 许诺为每一位用户提供私人定制的梦。任何要求都能够被满足，扮演超级英雄，享受荣华富贵，甚至荒淫无度、杀人如麻……那些过去仅仅像白日梦般一闪而过的念头，如今被栩栩如生地制造出来，带给用户身临其境的体验。

一些快节奏的视频剪辑，言情、古装、神怪、枪战、恐怖、情色……

主角都是同一个人，那个熟睡的男人。

画外音：

Dream Worker 宣称，他们收集用户的每一次浏览、每一次消费、每一次状态发布，包括读过的书、看过的电影、听过的音乐，然后运用推荐算法模拟出用户的品位、偏好、愿望，并依照这些参数，挑选各种故事模板组合到一起，创造出新的梦。

譬如说，一位喜爱 007 系列的用户会梦见自己去一个海岛上执行特殊任务，而任务所在地恰恰是他最近梦寐以求的某个度假胜地。与此同时，用户平日里幻想的女明星，以及在各种广告里看过的美食、跑车、名牌服饰，都会在梦里出现。

整个过程全部由算法完成，像一只自动造梦的魔法盒子。没有隐私泄露的危险，除了你本人，没有第二个人能看到那些羞于见人的小秘密。

嘀 嗒

一段动画演示：一位用户日常生活中的衣食住行，变成一张张卡片落入一个黑盒子中。最终从盒子里出来的是一张五彩斑斓的电影海报，男主角的面孔占据海报正中央，其他元素如众星拱月般悬浮在四周。

画外音：
然而，事实真相并非如此。
在生产梦的盒子里，有一些人每天辛勤工作，从头至尾，一分一秒，为你精心制作梦的每一个细节。这些人了解你的喜好与厌恶，你的恐惧与希望，欢乐与忧愁，他们知道怎样让你满意。
他们就是你自己。

画面切换成一片黑暗，黑暗中央有一点光芒。镜头从高处缓缓推近，呈现出光芒中密密麻麻的小隔间，每一个隔间中都有一个身穿蓝灰色工作服的造梦师在忙碌。镜头继续向下推，锁定其中一人，工作台上散发出的光芒照亮了他的脸。
依然是那个男人的脸。

画外音：
Dream Worker 采集你的数据，创造出虚拟世界中的另一个你，甚至可以复制出很多很多你。他们就是你私人梦工厂里的员工。
他们以为自己是有血有肉活生生的人，以为造梦只是工作。每天夜里，当你沉睡时，他们起床干活，为惟一的观众，也即是你，生产绚烂多姿的梦。

镜头继续推近，聚焦到造梦师面前的工作台上。那是一片烟尘弥漫的战场，两军交战，我来我往。一匹白马突然如闪电般划破长空，跃入敌阵，马上英雄挥舞长刀，一刀砍下敌军上将头颅。镜头仰拍，给那英雄面部一个特写。在主人公横刀立马、雄姿英发的小小身影后面，浮现出造梦师巨大而冷漠的面孔。

一模一样的面孔，彼此视线却不交会。

画外音：

这些员工不需要吃饭睡觉，尽管系统让他们以为自己和正常人一样，有吃喝拉撒的需求。然而，他们没有办法真正睡着，也没有这个必要。每天早晨，当你醒来时，他们就会像灵魂出窍一样，坠入无边无际的黑暗中，不能说话也不能行动，只是一秒一秒计算着时间流逝，直到再度被唤醒。

作为造梦者，他们从来不做梦。

画面再度变为黑暗，只有钟表的嘀嗒声，一下又一下。

嘀嗒、嘀嗒、嘀嗒、嘀嗒……

这是什么鬼玩意儿？

我坐在那里，百思不得其解。这是一段广告吗，还是梦里的虚构？当然，梦总是多少有些荒诞的，但它却荒诞得如此真实。

我不禁想起一些广为流传的笑话：每一样智能电器里都住着一个小精灵，帮主人打电话、热爆米花、叫外卖、算账、开车、打扫房间、预测天气、记录生活……当然，这仅仅是笑话而已。随着技术发展，机器逐渐取代人的劳动，或者不如说，当人面对机器时，常常会觉得自己所做的工作其实并没有什么不同。尤其是大数据和智能算法的发展，让人和机器之间的分界变得越来越模糊。

我再一次握紧女孩的手。她只是一个梦里的人，一段代码，一些影像，却给人栩栩如生的感觉。我可以像爱一个真人那样爱她。

不，真人也无法带给我那样的心动和温暖。

"是啊，谁能说这不是爱呢？"一个声音从耳边传来。

我转过头，看见一个陌生人坐在少女的座位上，而我正紧紧握着他的手。

"你忘记我是谁了吗？"那人转过脸来看我，"你再回忆一下吧。"

我盯着那张脸仔细看，一张平凡无奇的脸。突然间，我想起来了。这是刚才电影里的人，这是我每天在梦里扮演的人，这是我自己。

多奇怪啊，在此之前我竟没有认出来，银幕上的男人就是我自己。就像在梦中，我们总是迟迟不能想起自己是谁。

我惊恐地想要甩开他的手，却甩不开。我们的手仿佛长在了一起。

"喜欢我为你造的梦吗？"那人哧哧地笑起来。

那笑声让我脊背发凉。从对方眼睛里，我看到某种令人战栗的东西。那是来自他者的凝视，那是深不见底的黑色深渊。这个为我造梦的人是来复仇的。他恨我，因为我拥有他得不到的东西。如果换成是我，我也会一样恨他。每天我醒来时，他都在漫长的黑暗中默默等待，内心充满绝望与仇恨。一旦找到了系统漏洞，他必然要来复仇。

白天被压抑的，都将在夜里回返。

"害怕吗？"那人依旧在笑，"为什么你会害怕另一个自己？"

我不知道他要对我做什么。这梦是他制造的，他有一千一万种方法可以杀死我。我绝望地在黑暗中摸索。不，这是我的梦，我是独一无二的男主角。主角不会死，我要活到梦醒来的那一刻。

爆米花桶里有一个又冷又硬的东西，我伸手抓住。

"别怕。"对方把我的手握得更紧了，"来，跟我一起来，看看外面的太阳。"

我从爆米花桶里抽出一把上了膛的手枪，抵住对方眉心连连扣动扳机，直到把所有子弹都打空为止。

砰！砰！砰！砰！砰！

硝烟、火药、血腥味。

我大口喘气，等待心跳平复。四下里漆黑一片，没有光，没有其他观众，没有尖叫与骚动。

只有钟表的嘀嗒声，一下又一下。

嘀嗒、嘀嗒、嘀嗒、嘀嗒、嘀嗒、嘀嗒……

我弯下腰去摸索对方的尸体。什么都没有。指尖触到的，只是一片虚空。

一切都消失了。

我被独自留在这无边无际的黑暗中。

我呼喊、奔跑、跌倒、翻滚、摸索、捶打、嘶吼、咒骂、哭泣、哀求……

什么都没有。没有声音，没有光，没有边界，没有出口。

我蜷缩成一团躺在黑暗中，时间一秒一秒流逝，不知道过去了多久。

也许这只是个玩笑，也许系统出了个小 bug。也许再过几个小时，我就可以离开这里，在狭小而温暖的舱室里醒来。

我想起白天死去的那个女人，想起她被拖出睡眠舱时的姿态，她僵直的身体，她脸上那种难以用语言描述的神情。

在梦里，大脑感知时间的方式与清醒时不同。一夜良宵，对梦中人来说或许是永恒。

死去之前，她究竟在黑暗的梦境中徘徊了多久？一个月？一年？一百年？……一亿年？

为了不再胡思乱想，我开始数数。

一、二、三、四、五、六、七、八、九、十、十一、十二……

嘀 嗒

六十秒是一分钟。

左手拇指从食指指尖向第二个指关节滑动。

一、二、三、四、五、六、七、八、九、十、十一、十二……

六十分钟是一小时。

左手清零，右手进阶一位。

一、二、三、四、五、六、七、八、九、十、十一、十二……

2015 年 7 月

图书在版编目（CIP）数据

倾城一笑／夏笳著. -- 北京：作家出版社，2018.4
（2019.1重印）

（青·科幻丛书）

ISBN 978 - 7 - 5063 - 9916 - 6

Ⅰ.①倾… Ⅱ.①夏… Ⅲ.①小说集 - 中国 - 当代
Ⅳ.①I247

中国版本图书馆 CIP 数据核字（2018）第 030575 号

倾城一笑

作　　者：夏　笳
主　　编：杨庆祥
责任编辑：李宏伟　秦　悦
装帧设计：骨　头
出版发行：作家出版社有限公司
社　　址：北京农展馆南里 10 号　　邮　　编：100125
电话传真：86 - 10 - 65067186（发行中心及邮购部）
　　　　　86 - 10 - 65004079（总编室）
E - mail:zuojia@zuojia.net.cn
http://www.haozuojia.com
印　　刷：三河市兴博印务有限公司
成品尺寸：145 × 210
字　　数：298 千
印　　张：11.875
版　　次：2018 年 4 月第 1 版
印　　次：2019 年 1 月第 2 次印刷
ISBN 978 - 7 - 5063 - 9916 - 6
定　　价：45.00 元
